湖北省公益学术著作出版专项资金
Hubei Special Funds for Academic and Public-interest Publications

中国古代流贬文学研究丛书

尚永亮 主编

北宋前期贬謫文化與文學

赵雅娟 著

WUHAN UNIVERSITY PRESS
武汉大学出版社

图书在版编目(CIP)数据

北宋前期贬谪文化与文学/赵雅娟著.—武汉：武汉大学出版社，2025.6
中国古代流贬文学研究丛书/尚永亮主编
湖北省公益学术著作出版专项资金项目
ISBN 978-7-307-24426-9

Ⅰ.北… Ⅱ.赵… Ⅲ.①中国文学—古典文学研究—北宋 Ⅳ.I206.441

中国国家版本馆 CIP 数据核字(2024)第 109088 号

责任编辑:聂勇军　　责任校对:鄢春梅　　版式设计:马　佳

出版发行：**武汉大学出版社**　(430072　武昌　珞珈山)
(电子邮箱:cbs22@ whu.edu.cn　网址：www.wdp. com.cn)
印刷:湖北金港彩印有限公司
开本:720×1000　1/16　印张:17　字数:279 千字　插页:2
版次:2025 年 6 月第 1 版　2025 年 6 月第 1 次印刷
ISBN 978-7-307-24426-9　定价:98.00 元

作者简介

赵雅娟，陕西蒲城人。武汉大学文学博士，中山大学古代文学访问学者，韩山师范学院文学与新闻传播学院讲师。主要研究方向为唐宋文学、贬谪文学与文化。

参与国家及教育部人文社科项目多个，主持广东省社科项目 1 项。在《中国比较文学》《新疆大学学报》等刊物发表学术论文多篇。

总　序

从法律角度来看，流放和贬谪是对负罪人员的一种惩罚，但政治史意义上的流贬，早在唐、宋之前，就超越了其法律内涵而成为帝制社会打击异己的一种手段；至于文化史意义上的流贬，内涵更为丰富，它以官僚阶层权力争斗或政治纷争为主要动因，以失败一方的空间远徙和恶地囚居为主要惩罚方式，以对失败、挫折、苦难的承受、消解或超越为流贬主体的心理表现，形成了一种环绕个体或群体之生命沉沦，并旁涉地理、宗教、思想、文学等多个领域的特殊文化现象。

严格来说，流放与贬谪并不相同，二者存在发生时间、个体身份、量刑程度等方面的差别。从时间上看，前者出现更早，上古三代，就有了“流宥五刑”的记载，后者到了中古时代才出现，并形成“减秩居官，前代通则；贬职左迁，往朝继轨”①的相关制度；从身份上看，前者包括官员和一般罪犯，而官员一经流放，即被免职，与普通罪犯无异，后者则主要针对官员，虽然被贬，却仍有官做，只是职位、品级下降而已；从量刑上看，前者于北齐被列为五刑之一，除流徙远恶之地外，往往还要附加笞、杖等刑，颇为严厉，后者并未入刑，多为降职和外放，而外放者则视其政绩和年资，允准量移善地。所谓“流贬量移，轻重相悬……流为减死，贬乃降资”②，指的就是这种情况。然而，从实质上看，有些外放的贬谪几与流刑混同，甚至惩罚程度更为严苛，以致二者在“徙之远方，放使生活”一点上，并无明显差异。所以孔颖达说：“据状合刑，而情差可恕；全

---

① （南朝·梁）沈约著，陈庆元校笺：《沈约集校笺》卷二《立左降诏》，浙江古籍出版社1995年版，第47页。

② （宋）王溥：《唐会要》卷四一《左降官及流人》，中华书局1955年版，第738页。

赦则太轻，致刑即太重。不忍依例刑杀，故完全其体，宥之远方，应刑不刑，是宽纵之也。”①进一步说，无论流还是贬，流贬主体都经受了来自政治强权施予的打击(尽管其中有正向、负向之别)，都在逆境中体验了生与死、放与归、自我拯救和他者救助的多重矛盾，都产生出或执着或超越的意识倾向以及远超常人的悲剧性情感，因而，我们广义地将流与贬作一整体看待；而在流贬者中，重点关注的则是那些被外放、流徙远方且有文学创作的文人士大夫。

这些文人士大夫多是历代士人中的翘楚，他们或因“信而见疑，忠而被谤”②，落得个“行吟泽畔，颜色憔悴，形容枯槁”③的结局；或因“一封朝奏九重天”④“许国不复为身谋”⑤，而被贬窜荒远，过着“食无肉，病无药，居无室，出无友，冬无炭……大率皆无”⑥的生活，半生沉沦，甚或殒身异域。明人王世贞《艺苑卮言》“文章九命”条列举历代“流徙”“贬窜”者有云：

> 流徙则屈原、吕不韦、马融、蔡邕、虞翻、顾谭、薛荣、卞铄、诸葛厷、张温、王诞、谢灵运、谢超宗、刘祥、李义府、郑世翼、沈佺期、宋之问、元万顷、阎朝隐、郭元振、崔液、李善、李白、吴武陵，明则宋濂、瞿佑、唐肃、丰熙、王元正、杨慎；贬窜则贾谊、杜审言、杜易简、韦元旦、杜甫、刘允济、李邕、张说、张九龄、李峤、王勃、苏味道、崔日用、武平一、王翰、郑虔、萧颖士、李华、王昌龄、刘长卿、钱起、韩愈、柳宗元、李绅、白居易、刘禹锡、吕温、陆贽、李德裕、牛僧孺、杨虞卿、李商隐、

① (唐)孔颖达等疏：《尚书正义》卷三《舜典》，(清)阮元校刻《十三经注疏》，中华书局2009年版，第271页。

② (汉)司马迁著，顾颉刚等点校，赵生群等修订：《史记》(修订本)卷八四《屈原贾生列传》，中华书局2014年版，第3010页。

③ (战国)屈原著，(宋)洪兴祖补注，白化文等点校：《楚辞补注》卷七《渔父》，中华书局，1983年，第179页。

④ (唐)韩愈著，钱仲联集释：《韩昌黎诗系年集释》卷一一《左迁至蓝关示侄孙湘》，上海古籍出版社1984年版，第1097页。

⑤ (唐)柳宗元著，尹占华、韩文奇校注：《柳宗元集校注》卷四三《冉溪》，中华书局2013年版，第2997页。

⑥ (宋)苏轼著，(明)茅维编，孔凡礼点校：《苏轼文集》卷五五《与程秀才三首》，中华书局1986年版，第1628页。

温庭筠、贾岛、韩偓、韩熙载、徐铉、王禹偁、尹洙、欧阳修、苏轼、苏辙、黄庭坚、秦观、王安中、陆游，明则解缙、王九思、王廷相、顾璘、常伦、王慎中辈，俱所不免。①

这里所列83位“流徙”者、“贬窜”者，即我们所说的流贬文人。尽管就人数言，上述流贬者仅是若干朝代流贬群体中的很小一部分代表，但已足以反映出他们在中国文学史中所占地位和分量。这些流贬者在人生逆境中展示出各不相同的生活样态，其中不少人或将视线转向自我情感的宣泄，或转向对政治、社会、人生的反思，或转向对自然山水的歌咏，由此生成大量体裁、题材不尽相同的文学作品，这些作品，可视为流贬文学的主体；至于流贬者在流贬前后以及非流贬者在送别赠答、追忆述怀时创作的有关流贬的作品，则可视为流贬文学的侧翼。②它们共同组成了贯穿中国历史数千年的流贬文学的洋洋大观。

对流贬及流贬文学的关注，中国历史上代不乏人。南朝江淹《恨赋》有云：“孤臣危涕，孽子坠心，迁客海上，流戍陇阴。此人但闻悲风汩起，泣下沾襟；亦复含酸茹叹，销落湮沉！”③宋人周煇《清波杂志》卷四“逐客”条亦谓：“放臣逐客，一旦弃置远外，其忧悲憔悴之叹，发于诗什，特为酸楚，极有不能自遣者。”④至如宋初王溥所纂《唐会要》一书，其卷四一即有“左降官及流人”⑤一节，宋元之际的方回在《瀛奎律髓》中，更将唐宋“迁客流人之作”⑥专设一类，对流贬文学有了专门的分类意识。

时至今日，流贬文学更引起学界的广泛关注。20世纪八九十年代，已有学

---

①　(明)王世贞著，罗仲鼎校注：《艺苑卮言校注》卷八，齐鲁书社1992年版，第403~404页。

②　尚永亮：《贬谪文化与贬谪诗路：以中唐元和五大诗人之贬及其创作为中心》，中华书局2023年版，第431页。

③　(南朝·宋)江淹著，丁福林、杨胜朋校注：《江文通集校注》卷一《恨赋》，上海古籍出版社2017年版，第3页。

④　(宋)周煇著，刘永翔校注：《清波杂志校注》卷四，中华书局1994年版，第138页。

⑤　(宋)王溥：《唐会要》卷四一《左降官及流人》，中华书局1960年版，第734页。

⑥　方回选评，李庆甲集评校点：《瀛奎律髓汇评》(下)，上海古籍出版社2005年版，第1537页。

者开始了对流贬现象和流贬文学的专力考察,① 其后随着多次全国性的迁谪、流寓文学研讨会的召开，相关研究更是风生水起，涌现出大批研究者和数量可观的研究论著。据粗略统计，30 年来研究流贬与流贬文学的著作约 23 部，其中唐代 9 部，宋代 5 部，明清各 1 部，其他 7 部；论文近 1600 篇，其中仅学位论文即有 300 余篇，博士论文至少 16 篇，而且从时段来看，从 20 世纪 90 年代至今，研究成果逐年递增，呈稳步上升的态势。②

毫无疑问，前述各类成果已展现出流贬文学研究多方面的开拓和喜人的发展态势，某种意义上，一门颇具规模且不乏理论和实践支撑的“流贬学”正呼之欲出。然而，这些研究中的部分成果也呈现出若干不可忽视的问题。整体而言，这些问题主要表现在以下几点：一是时段分布多寡不均，约 70%的成果集中在唐宋两代及清代，而其他朝代光顾者少，至于先秦、汉魏、六朝、金、元、明诸代则问津乏人。二是人物研究冷热不均，多数研究者将目光集中在了先秦的屈原、唐代的柳宗元、刘禹锡、韩愈和宋代的苏轼、秦观、欧阳修等人身上，而对其他流贬文人则关注不够，甚至全未顾及，由此形成热者极热、冷者甚冷的局面。三是对流贬地域的考察缺少广度和深度，引起研究者关注较多的，除唐宋时期的岭南、两湖地区以及清代的西北、东北地区外，其他地区不仅涉及者寡，而且即便涉及，也多是纯地理层面的知识罗列，而缺乏文化层面的深层剖析，缺乏对流贬者行走路线、路程、路况、行期、行速及贬地生活等方面的细密考索。四是制度研究多静态而少动态，多律法规定而少操作环节，多客观描述而少实施主体考析，由此导致相关论述与实际流程一间有隔。五是缺乏整体性观照、学理性洞见和理论性提升，不少研究多流于一般性叙述、碎片化考察，而少了些全视域把握、规律性概括，并因研究者缺乏对生命感悟的融入，也少了些真正打动人心的力量。

正是有鉴于此，我们将目光投射到那些在选题的新颖度、论述的细密度、观照的整体性上更具特色的论著，以期为此后的流贬文学研究提供若干导引和镜

① 参见李兴盛《东北流人史》(黑龙江人民出版社 1990 年版)、《中国流人史》(黑龙江人民出版社 1995 年版)、尚永亮《元和五大诗人与贬谪文学考论》(台北文津出版社 1993 年版)等。

② 参见本丛书所收凌云、罗昌繁、孙雅洁、朱春洁诸书绪论。

鉴。在这些论著中，我们特别重视的是一些硕士、博士学位论文，尤其是博士生的学位论文。盖因此种论文之选题是经过学生和导师多次切磋、商讨才确定的，其中蕴涵着对学术发展状况较为深透的理解，对选题开展前景较为全面的把握；而在具体开展过程中，又经过反复思考、修订和打磨，再经过预答辩、外审等审阅及问难环节，历时三四年或更长的时间而完成，故其最终成果多具较高的扎实度和学理性，在其研究对象所涉及的领域中，往往占据较前沿的学术位置。仅就管见所及，21 世纪以来，海峡两岸有关流贬文学研究的博士论文即有如下多种：

高良荃：《宋初四朝官员贬谪研究》(山东大学博士学位论文，2003 年)

张英：《唐宋贬谪词研究》(苏州大学博士学位论文，2009 年)

张玮仪：《元祐迁谪诗作与生命安顿》(台湾成功大学博士学位论文，2009 年)

吴增辉：《北宋中后期贬谪与文学》(复旦大学博士学位论文，2011 年)

严宇乐：《苏轼、苏辙、苏过贬谪岭南时期心态与作品研究》(复旦大学博士学位论文，2012 年)

赵忠敏：《宋代谪官与文学》(浙江大学博士学位论文，2013 年)

罗昌繁：《三国两晋贬谪文化与文学》(武汉大学博士学位论文，2014 年)

石蓬勃：《苏门诗人贬谪诗歌研究》(河北大学博士学位论文，2014 年)

赵文焕：《黄庭坚贬谪文学研究》(南京师范大学博士学位论文，2016 年)

赵雅娟：《北宋前期贬谪文化与文学》(武汉大学博士学位论文，2018 年)

蔡龙威：《南宋高宗朝贬谪诗研究》(吉林大学博士学位论文，2018 年)

周乔木：《方拱乾父子流贬文学研究》(黑龙江大学博士学位论文，2018 年)

段亚青：《唐代贬谪制度与相关文体研究》(武汉大学博士学位论文，2019 年)

朱春洁：《清代流人文学研究》(武汉大学博士学位论文，2020 年)

凌云：《两汉流贬制度与文学研究》（武汉大学博士学位论文，2021年）

孙雅洁：《南朝贬谪制度与文学研究》（武汉大学博士学位论文，2022年）

徐嘉乐：《元代贬谪制度与文学的多元考察》（武汉大学博士学位论文，2025年）

以上论文，有个体研究，也有群体研究，有诗歌、词作研究，也有制度、文体研究，有某一时段研究，也有一代文学研究，在观察视角、学术观点、研究方法等方面均多有创获，取得了不俗的成绩；而其中特别值得关注的，是关乎某些前人较少涉足的断代流贬文学的整体研究。这些研究，视野相对阔大，领域较为新颖，因而更具学术上的开拓性。兹仅依时代序，就前列武汉大学凌云、罗昌繁、孙雅洁、段亚青、赵雅娟、朱春洁诸博士之学位论文，稍做介绍如下。

《两汉流贬制度与文学研究》：共五章十八节，重点考察两汉流贬的构成要素、主要类型以及法律性质和地位，其中对流贬的主要程序和相关操作，流贬者在流贬前后遭遇的处置措施，在时间、空间、身份类型诸方面的分布规律，以及导致流贬的不同原因和各朝流贬情形的论述，用力尤多。在此基础上，展开对两汉流贬文人之拟骚现象与流贬文学书写的重点讨论。

《三国两晋贬谪文化与文学》：共七章二十节，以朝代为经，以各朝典型贬谪案例为纬，对三国两晋五朝的贬谪事件予以宏观把握和微观考察。其中首章与尾章重在考察三国两晋时期的选官、职官、爵位、流徙刑制度，通过计量分析，揭示贬谪人次与对象、贬谪地域、贬谪缘由等概况，并对此期贬谪事件的特点与规律予以归纳总结。其他诸章分别以曹魏、蜀汉、东吴、西晋、东晋五朝为中心，考述各朝的贬谪案例及其与文化、文学、政治等诸多层面的关系。

《南朝贬谪制度与文学研究》：共五章十五节，前三章分别着眼于南朝贬谪制度、贬谪类型和事件以及贬谪的家族性特征等，特别是着眼贬官数量较多、较具特点的陈郡谢氏、顺阳范氏和彭城刘氏三个家族，以及宗室及其周边之文学集团，进行制度、家族、个案等方面的考察。最后两章聚焦于南朝贬谪文学之发展，重点观照谢灵运、颜延之、江淹等代表性作家之创作，以及南朝贬谪文人与时代文化精神之间的关系，对其特点和规律展开研探。

《唐代贬谪制度与相关文体研究》：共六章十九节，前三章以制度研究为切入点，结合“礼”“法”“权”三大因素，考察唐代贬谪制度的全貌及其运作过程，尤其注意将制度研究中静态的条文章程与动态的具体操作相结合，分析制度与人的互动，在运作过程中了解贬谪制度的特点及弥漫其周围的政治生态环境。后两章主要分析与贬谪制度相关的两种文体：一为贬谪制诏，一为贬谪官员谢上表，两种文体一自上而下，一自下而上，分别代表着贬谪的实施与完成，交织出一幅士人与皇权互动、逐步树立自我人格的生动图景。

《北宋前期贬谪文化与文学》：共六章十八节，将贬谪制度与贬谪文学的研究相结合，注重考察北宋前期贬谪制度之制定、实施的文化背景和特点，以及受此影响所形成的贬谪文学内容和艺术特色。由此两方面之关联沟通，揭示北宋前期贬谪制度、文化与贬谪文人主体精神之重塑、政治节操之作成间的关系，并对此期呈现的“道”与“位”、“进身”与“行己”诸问题展开新的思考。

《清代流人文学研究》：共五章十五节，以清代近三百年历史发展为轴线，重点择取初期从南到北的遗民流人、前期自江南到东北的科场案流人、前中期由江南至东北与西北的文字狱流人、中后期因中西冲突而遣发各地的流人为典型对象，论述了遣戍空间之“南/北”“东/西”(江南/塞北、西域)的转换，以及流人在政治、身份、时空交错中所形成的故国依恋、异域抗拒、戍地恐惧、服膺皇权、时代觉醒等复杂心理。

以上所述不过是这些论文极为简略的一个概貌。进一步说，这些论文除因各自研究对象不同而形成的独特性外，还在以下几个方面展现出若干共通性特点：

其一，以不同时代为切入点，在选题上进行新领域的开拓。这些选题，除唐、宋两代外，汉、三国、两晋、南朝(宋齐梁陈)诸代之流贬文学，前人均很少留意，更无纵贯一代或数代的研究论著；即就已成为研究热点的唐、宋两代和准热点的清代来说，关乎流贬制度与特定时段、特殊文体的研究，以及关乎东北、西北两大地域和四种流人类型的综合研究也不多见。就此而言，说这些论著在选题上具有开拓性，是符合实际的。

其二，聚焦于流贬制度的考察，为流贬文学研究奠定基础。流贬制度是政治制度的分支，既与不同时期之政治、文化精神相关，又与各代执政者之自身素质相关，从而展现出代有变化、宽严不同的多种样态。同时，这些制度有明文记载者，如《晋律》《唐律疏议》《唐六典》《宋刑统》《大清律例》及历代正史之《刑法志》等，也有无法律条文而在具体操作中不断变化者；至于流贬之认定、实施，如罪行上奏、法律推鞫、个案分析、贬诏下达等，既有有规可依者，亦有因人情好恶而灵活变动者，甚至有抛开法律，仅凭最高统治者之一时喜怒即施行者。它们大大丰富了流贬制度的内涵，并使之充满变易性和复杂性。凡此，均在以上各文中有程度不同的考索和呈现。

其三，注重事、地、人、文间的关联性，对流贬文人之心理、流贬文学之特点展开多层面探析。首先是在全面掌握文献资料的前提下，对事件发生的真实形态、原因、类型等做出客观认知和性质评判；其次从人文地理的角度切入，考察影响流贬者的贬途、贬地等空间环境；最后在此基础上，或由文而人，聚焦流贬者的生存状态和心路历程，或由人而文，把握流贬文学的风格、艺术特点。

其四，在研究方法上兼容并蓄，重在解决实际问题。除历史-文化研究、心理分析、比较研究等方法外，还主要采用两种方法：一是以考据为主的实证研究方法，在对该期所有流贬者之材料作穷尽式收罗的基础上，进行细密考订，由此编成由汉至唐各代之“流贬官考”或“流贬文人纪年”；一是以数据为主的定量分析方法，既对某一时代之流贬者的数量作出翔实统计(有名可考的流贬事件，涉及汉代 1413 人次，三国两晋 369 人次，南朝 619 人次，唐代 2828 人次，清代 1822 人次)，又从时间、空间两个维度，考察流贬者的发展变化和分布情形，由此形成对该时期流贬态势之全面了解和准确把握，并为此后研究者提供较为翔实的数据借鉴。

大概正是这样一些特点，使上述研究具有了某种整体的一致性。需要说明的是，这些论文作者都是我近三十年所指导的数十位博士生中较优秀的几位，在选题和写作过程中，我们切磋往还颇多，相互论难不少，而他们也常以其深细的探索和独到的看法，屡补我之未逮，由此共同深化了对流贬现象和流贬文学相关问题的理解，最终成就了这些虽仍有不小提升空间，但就其所研究对象而言已大抵完备的阶段性成果。所以我们将之汇聚一起，组成这套《中国古代流贬文学研究丛书》。因这套丛书有幸入选 2023 年度湖北省公益学术著作出版专项资金项目，为强化其系统性，遂依出版社要求，又增列了十多年前由我和我的几位硕士生冯丽霞、张娟、邹运月、程建虎诸君共同撰著的《唐五代逐臣与贬谪文学研究》一书(该书重点涉及初唐神龙逐臣、盛唐荆湘逐臣、中唐元和逐臣、晚唐乱离逐臣及唐五代逐臣离别诗等，由武汉大学出版社于2007年出版)，以使相关内容尽可能全面、丰富一些。

“道屈才方振，身闲业始专。天教声烜赫，理合命迍邅。”①白居易的话，道出了流贬与人生、命运、文学创作间的内在关联，也侧面揭示出流贬文学的价值所在。早在20年前，我在拙著《贬谪文化与贬谪文学》的后记中，曾深有感触地说过这样几句话：“要对‘贬谪文化与贬谪文学’这样一个涉及面极广而又与政治、文化、人生紧密相关的课题获得更深入的解会，仅凭一己之力是远远不够的，它需要对数千年历史资料的细密爬梳和阐释，需要具有理论深度的回应和挑战，需要一批志同道合者的切磋琢磨和商榷交流。”现在看来，这一目标虽远未实现，但通过持续的努力，正在逐步接近。朱熹有言：“旧学商量加邃密，新知培养转深沉。”②我们真切希望，通过这套丛书的出版，既能商量旧学，又能培养新知；既能为方兴未艾的流贬文学研究增添一些助力，也能由此引起学界同道的回应与挑战、商榷与交流，以期共同推进这一跨朝代、跨地域、跨学科课题的深化和细化，为实践层面和理论层面之“流贬学”的建立做些添砖加瓦的工作。

尚永亮

甲辰岁初匆草于古都长安寓所

---

① (唐)白居易著，谢思炜校注：《白居易诗集校注》卷十七《江楼夜吟元九律诗成三十韵》，中华书局2006年版，第1339页。

② (宋)朱熹：《鹅湖寺和陆子寿》，(清)吴之振等编选：《宋诗钞·文公集钞》，中华书局1986年版，第1676页。

目　录

绪　论

一、研究对象、目标及研究方法

本书以北宋前期贬谪文化与文学为研究对象。北宋前期具体指的是北宋太祖、太宗、真宗、仁宗四朝。① 从时间段的选择来看，北宋前期是北宋政治制度与文化形成的重要历史阶段，同时也是北宋贬谪制度形成的重要阶段。北宋特殊的国情导致北宋实行“以文立国”“不杀士大夫及上书言事人”的国家治理策略。这种治理策略又加强了贬谪制度对北宋文官的控制力度。北宋前期大量的官员因为种种原因曾经遭受贬谪的处罚，贬谪制度的制定与实施显然对他们的生存状态与心理状态有着非常现实的影响。北宋前期官员基本都是平民出身，国家政策与社会文化对士人的尊崇使这些由民到官的士人对本朝产生了强烈的认同感，同时也产生了强烈的社会责任感。在这种情况下，士人开始从五代时期“身事数朝”的常态，转向追求政治节操，直道事君，“屈于身不屈于道”。他们在遭遇贬谪之后力求作文施政文道兼具，体现出“先忧后乐”的忧患意识和强烈的政治责任

---

① 这里关于北宋前四朝的历史分期依据，主要是参照学术界比较通行的北宋历史分期观念并结合北宋贬谪文学自身的演进过程，而综合做出的选择。比较有代表性的观点，如钱穆先生在《国史大纲》(商务印书馆 1996 年版)中论述宋初贫弱的新中央政权时，即将宋初时间段定在前四朝。邓小南教授在《祖宗之法：北宋前期政治述略》(生活·读书·新知三联书店 2014 年版)一书中，也是将北宋前期定位在前四朝。在宋代文学研究领域较有代表性的论著，如张兴武教授在《宋初百年文学复兴的历程》(中华书局 2009 年版)中，将研究的时限定在上起建隆元年(960)，下至嘉祐二年(1057)欧阳修权知贡举之时，可以视作将宋初时间定在前四朝。此外，孙望、常国武教授主编的《宋代文学史》(人民文学出版社 1996 年版)，孙康宜、宇文所安主编的《剑桥中国文学史》(生活·读书·新知三联书店 2013 年版)，成玮的《制度、思想与文学的互动——北宋前期诗坛研究》(复旦大学出版社 2013 年版)，也是将宋初定在太祖、太宗、真宗、仁宗四朝。

感、历史使命感，形成了与之相应的贬谪文化。从北宋前期贬谪文人的行为模式来看，贬谪文人“虽都寄希望于‘得君行道’，但却并不承认自己只是皇帝的工具，而要求与‘皇帝’共治天下，最后的权源虽在皇帝手上，但‘治天下’之权并非皇帝所能独占，而是与‘士’所共同享有的”①。这些贬谪官员以自己的文学创作和文化行为模式为宋代政治文化的发展奠定了良好的基础，而北宋后期士大夫文化与北宋前期士人行为模式具有直接的传承关系。宋代士人主体精神(包括文化主体、道德主体和政治主体精神)重塑的过程是伴随着北宋前期士人的贬谪生涯而不断发展和成长的。研究北宋前期贬谪制度与贬谪文学，对于我们了解制度与文化及士风文风的关系具有非常重要的作用，对我们重建中华民族文化精神也具有一定的借鉴意义。

贬谪文学是集政治、文化、文学及地理于一身的比较复杂的一种文学样态，近些年来，关于宋代贬谪文学的研究论著取得了一定的成果。这些研究成果，从内容上看，基本是从历史文化、贬谪地域、贬谪心态或者创作体裁的角度展开论述。从研究对象上看，主要以家族、师友群体或个人来进行分析探讨。从目前的研究文献来看，还没有博士学位论文或其他论著从贬谪文化特别是贬谪制度的角度切入贬谪文学研究的。宋代“以文立国”，奉行重文抑武的基本国策，广泛推行科举制度，大量出身平民的文人通过科考入仕，因此宋代士大夫的人生经历、文学创作与仕宦的黜陟沉浮密切相关。从宋太祖立“不杀士大夫”的祖宗家法开始，如何对广开科举情况下由文入仕的众多官僚士大夫进行有效的任用、治理，就成为宋朝行政管理的重中之重。我们从宋太祖、太宗立国之初即着手构建的官僚政治体制，可以看出宋代为加强对文官的任选、考核、监察而逐步推行了相当复杂完备的考课、磨勘、台谏及贬黜制度体系。这些完善的职官制度，特别是对文官进行惩戒的贬谪制度(包括贬谪、量移、叙复等)，使得宋代文人士大夫的政治活动与其贬谪境遇及文学创作之间产生了密切的联动效应。可以说，宋廷严密精细的贬谪制度及相对有效的政令实施，促使贬谪文学成为贯穿两宋王朝令人持续关注的文化现象。就此而言，探究贬谪文学这一文化现象特别是北宋前期遭贬士人的文化心态、生命境遇及其文学创作意义重大。从文献资料上看，宋代文

① 余英时：《国学与中国人文》，广西师范大学出版社2014年版，第65页。

化发达，关于贬谪制度和贬谪文人文学创作的文献资料留存也较丰富。因此，我们研究北宋前期贬谪文化与文学，具有理论上的必要性和操作上的可行性。

本书的研究目的在于通过对北宋前期贬谪文化，特别是贬黜制度与贬谪文学的研究，探讨北宋前期贬谪文化的形成过程与具体形态，即在此种文化影响下北宋前期贬谪文人的生活状态、心理状态及文学创作的实际情况，揭示北宋前期贬谪文化、制度与北宋贬谪文人主体精神、政治节操的确立之间的相互关系。通过研究贬谪文人文学创作的具体实践，可以发现北宋前期贬谪文人贬谪期间的文学作品与政治作为、立身行事对当时及北宋后期政治文化与文学的影响。可以说，贬谪事件给当时文人的现实生活、思想观念带来强烈的冲击，这些冲击和变化促使他们认真思考和反省自己的处境，因此如何在政治事功的挫折逆境中寻求主体精神的内在超越、自我充实，以重建独立的文化人格、自足的精神世界就成为士人的当务之急和普遍心态。比如，王禹偁在经历了贬谪的痛苦后，认识到除了追求政治地位之外，文人儒生还可以在“道高位下”的情况下，将自己的人生追求与道德信念“垂之于文章”。欧阳修在初次被贬夷陵时，注意文、道兼顾，着意突出文学与学术的价值，注重士人作为文化主体与道德主体的精神重建。

研究方法方面，本书采用文史互证、文本细读的方法，注重还原北宋前期贬谪制度的制定、实施的文化背景及特点，以及其对贬谪官员与贬谪文学直接或间接的影响。在贬谪制度研究方面，采取计量统计的方法，尽量全面搜集北宋前期贬谪文人的数据资料，以准确还原宋代贬谪制度的全貌。在此基础上，通过对北宋前期贬谪文学进行细读和研究，探讨贬谪制度对贬谪文人创作心态及行为模式的影响。在研究贬谪文学之前，为了更好地展现贬谪文人生活状态对文学创作的影响，本书对贬谪事件发生的具体原因及朝廷如何处理此类事件给予较大的关注，与此相应的也关注贬谪官员对于来自朝廷的这种惩罚的反应和应对，也即，研究北宋前期每个阶段的政治生态状况，通过爬梳文献资料来了解此阶段文人被贬的原因，根据被贬诏书措辞以及处罚力度来分析被贬文人的实际生活处境；细读贬谪文学文本，总结此阶段贬谪文学的内容及其艺术特色。通过对两方面研究的结合，来展示北宋前期贬谪文化的特殊性与共通性，并发掘和分析此一时期所形成的贬谪文化和文学特色，及其对当时和后世的影响，并指出贬谪这种经历对入仕文人的政治道德操守、文学创作所产生的直接或间接的影响，对我们全面了解宋代文人士大夫文化的形成以及宋代文学发展的脉络能够起到追根溯源的作用。

二、研究现状与存在的问题

“贬谪文学”是一个牵扯很多方面的概念，它包括了政治制度、政治事件、文人身份、贬谪地区、贬谪群体等一系列互相交织的问题。要研究“贬谪文学”，我们就必须对其有一个比较准确的界定。尚永亮教授在《唐五代逐臣与贬谪文学研究》中提出：“所谓贬谪文学，大致由三大部分组成。第一部分是贬谪诗人在谪居期间创作的文学作品，这是贬谪文学的主体；第二、第三部分则是贬谪诗人在谪居前后以及非贬谪诗人在送别赠答、追忆述怀时创作的有关贬谪的文学作品，这是贬谪文学的侧翼。”①对于贬谪文学这一概念的界定，他既考虑到时间段这一层面，又兼顾到内容这一层面，在概念界定上更为全面准确。我们在总结宋代贬谪文学研究时，就以此界定为基础来观照和选择研究的范围。

相对于唐代贬谪文学研究的成熟度，宋代贬谪文学的研究还有待继续深入。但近年来也出现了不少成果，我们可以从多个方面来总结一下宋代贬谪文学的研究成果。

第一，从研究所涵盖的广度来看，我们可以看到有学者对宋代贬谪文学形态进行了总的描述和研究。其中代表性的论著有尚永亮、钱建状《贬谪文化在北宋的演进及其文学影响——以元祐贬谪文人群体为论述中心》，这篇文章以北宋最具代表性的元祐贬谪文人群体为论述的中心，在与唐代贬谪文学现象对比的基础上，详细分析了元祐党人遭贬的原因即激烈的新旧党争，以及由此引起的贬谪文人的险恶处境，在这种处境下贬谪文人群体的应对措施，以及这种保护意识对于文学创作的影响。同时作者通过对贬谪文人贬谪期间作品内容的分析，指出宋代元祐贬谪文人群体在心态上分为两类，一类是以秦观、苏辙、邹浩等为代表的忧怨苦闷的心态，这类文人在很大程度上仍然重复着唐代逐臣曾经演绎过的心路历程。第二类则是以苏轼、黄庭坚为代表的文人，虽然置身逆境但心态旷达，具有超越意识。他们“在遭贬处穷之际，通过心理的调适，力图摆脱烦恼的纠缠与外

---

① 尚永亮：《唐五代逐臣与贬谪文学研究》，武汉大学出版社 2007 年版，第 367 页。

物的束缚，让内心归于平静、安宁……而这种心理诉求，反映在审美情趣上，就是对‘中和’的肯定，反映在文学创作上，就是对平淡风格的追求”①。全文通过对元祐贬谪文人群体的分析，对北宋贬谪文化进行了定位，认为“北宋，特别是北宋中后期，乃是唐宋之际贬谪文化的分水岭”②。他们认为在“苏黄等人诗文中体现出的这种文化趋势，一方面改变了北宋贬谪士人的精神风貌，使得无畏、超越、乐观成为宋代贬谪文化的核心内容；另一方面，它打通了价值实现的另一途径，使得宋代诸多遭贬士人于逆境中重新发现生命的意义、审视生命的内涵。……尽管贬谪文化在宋代的演进，至南渡之初，再起波澜，但就其基本内涵来说，却没有逸出北宋的范围”③。这篇长文虽然从元祐贬谪文人群体切入，没有涉及宋代其他贬谪事件和贬谪文人的创作，但由于其选择的典型性，论述的深入和透彻，给后来的宋代贬谪文学研究指明了方向。复旦大学吴增辉的博士学位论文《北宋中后期贬谪与文学》则主要关注北宋中后期的贬谪与文学的关系。论文根据北宋中后期的历史背景，以儒学复兴的演变、南北地域文化的冲突、士人心态的衰变及诗歌风格的流转为主要线索，对此期的贬谪与文学间关系进行了较为深入的探讨。从新旧学术的歧异、南北地域文化的冲突来分析北宋中后期党争导致贬谪事件频发的深层原因，并将贬谪文人分为熙丰、元祐、绍圣至徽宗朝三个阶段，分析和总结了三个阶段不同的贬谪事件和政治风波导致的贬谪文人不同的心态与文风，以及这种心态的形成过程和表现特征。论文特别分析了苏、黄贬谪文化人格的典范意义，以及贬谪事件造成的对后世词坛发展的影响。因为北宋中后期是党争导致的贬谪高发期，其内容庞杂，千头万绪，人物众多。作者从多角度切入论题，论述内容全面多样，哲学、文化、文学、对后世影响均有涉及，整体分析和个案分析相结合，是一部内容特别丰富的博士学位论文。

浙江大学赵忠敏的博士学位论文《宋代谪官与文学》是从整个有宋一代出发

---

① 尚永亮、钱建状：《贬谪文化在北宋的演进及其文学影响——以元祐贬谪文人群体为论述中心》，《中华文史论丛》2010 年第 3 期。

② 尚永亮、钱建状：《贬谪文化在北宋的演进及其文学影响——以元祐贬谪文人群体为论述中心》，《中华文史论丛》2010 年第 3 期。

③ 尚永亮、钱建状：《贬谪文化在北宋的演进及其文学影响——以元祐贬谪文人群体为论述中心》，《中华文史论丛》2010 年第 3 期。

讨论宋代贬谪官员与文化的关系。论文首先给论述对象一个明确的界定，即有贬谪经历的宋代官吏及其文学创作。在这个界定的基础上，作者分析了宋代贬谪事件的演变历程及其特征，宋代谪官的现实处境及其生存状态，他们面对困境的表现和安顿之道，并进而分析他们的处世哲学，最后一章则集中分析宋代谪官的文学创作特征。作者认为宋代贬谪文学的特征在于追求“平淡美”。“‘平淡美’已经与人格境界日益趋于一致，它不仅表现为风貌的淡泊、情感的沉潜、韵味的深远，还摆脱了为文造情的窠臼，呈现出随心所欲而自造平淡的特点。因此，士大夫以贬谪为契机所阐释的平淡诗风，不仅实现了对前人的超越，也为宋诗日后的走向产生深远影响。”①这篇论文是目前唯一一篇全面论述宋代贬谪文学的博士学位论文，其内容涉及政治、文化、地域、哲学思想及文学创作，是比较有分量的一部论文成果。进行此类整体性研究的论文还有兰州大学夏向军的硕士学位论文《北宋贬谪词研究》，他从文献出发梳理了北宋词人遭贬的原因、时间和地点并分析了其给北宋文学带来的影响，总结了宋代贬谪词的各种特征：词的功能的转化，词的题材和内容的丰富，词风趋向多元化。进一步地，透过贬谪词分析北宋被贬词人的种种心态，探究形成这些心态的内部和外部原因，而且对北宋词人与唐代士人贬谪心态成因作了比较研究。兰州大学李杰的硕士学位论文《南宋贬谪词研究》，主要对南宋贬谪词进行全面的勾勒描绘，分析南宋贬谪词中所呈现的三大类情感：家国之念与黍离之悲、壮志难酬与爱国之情以及拘囚忧愤与思乡愁苦之情，力图还原南宋贬谪词的真实面貌，论述其在词体演进的过程中，在汲取屈原以来各朝文学精华的基础上达到了内容与艺术的完全成熟。这两篇硕士学位论文都以贬谪词为研究对象，填补了贬谪词研究方面的不足。②

有些论者把唐宋两朝作为贬谪文化演进的一个整体过程来进行研究，这方面代表性的论文成果有尚永亮教授的《唐宋贬谪诗的发展与嬗变》③，这篇论文认为唐宋两代是贬谪事件高发、贬谪诗歌创作勃兴的朝代。作者分别论述了唐代贬谪诗的几个发展阶段，总结出唐代贬谪诗悲凉郁愤的特点，也通过对宋代各个时期

---

① 赵忠敏：《宋代谪官与文学》，浙江大学 2013 年博士学位论文，第 260 页。

② 关于宋代贬谪文学整体研究的还有赵彩娟的《关于宋朝“贬谪”文学的分析》(《语文建设》2013 年第 5 期)、周尚义的《北宋贬谪诗文论略》(《西华师范学院学报》2003 年第 2 期)等。

③ 尚永亮：《唐宋贬谪诗的发展与嬗变》，《山西大学学报》2007 年第 3 期。

不同贬谪文人诗歌创作的分析，总结了宋代贬谪诗歌具有在逆境中走向超然的特点，进而将两者进行比较，得出宋代贬谪诗歌风格不同于唐代的特点：赵宋王朝有优待文士的政策；宋人更重视心性的修养和志节的持守，使诗学方向发生了变化。张英的《宋代词人贬谪与词体的“诗化”》①则把宋代词体的“诗化”与宋代词人贬谪事件联系起来，认为词体的“诗化”首先是因为词人被贬谪后词体的抒情主人公由女变男，由歌女变成了词人自己；从词情看，作为贬谪者的主人公情感内涵由窄变宽，由“假”变“真”，词人的个性开始显现出来。可见词人遭遇贬谪是词体“诗化”的一个重要原因。这篇论文提法比较新颖，也为我们思考词体“诗化”问题提供了新的视角。

还有学者从贬谪心态的角度来进行研究，如张文静的《唐宋贬谪文人的自我精神重建》②。作者认为贬谪是中国古代知识分子的一种特殊存在形态，唐宋时代文人遭遇贬谪的现象十分普遍，但贬谪文人在这一时期创作的文学作品却是光彩照人的。这主要是因为他们将仕途的不幸转化为文学精神的升华，把文学创作看成他们生命的另一种存在形式，以此为动力而进行他们精神世界的定位与重建。③

第二，从个体作家的角度进行研究。这方面的研究比较集中于宋代的著名文学家，如苏轼、黄庭坚、王禹偁、李纲、秦观等人。其内容非常丰富，比如巨传友的《东坡贬谪诗的意趣及其表现特征》，论文提出苏轼继承了宋初柳、石、欧、梅等诗人尚理重意的创作风格，但由于贬谪经历的影响，他的贬谪诗表现出不同的意趣，即渴望回归自然与追求个性自由的野趣，富有生命意识的哲理思辨之趣，“含着眼泪微笑”的谐趣。这些意趣的表现特征则是灵思妙悟、体物传神、运思自由。作者认为：“苏轼在总结前人经验的基础上，他的诗突破了意理的狭隘性，将个人的思想、经验、品格都融入其中，使意的内涵最大化。他主张‘诗以奇趣为宗’，注重对趣的追求，崇尚柳宗元的‘至味’‘奇趣’，李白的‘天工’

① 张英：《宋代词人贬谪与词体的“诗化”》，《文艺评论》2011 年第 4 期。

② 张文静：《唐宋贬谪文人的自我精神重建》，《天水师范学院学报》2006 年第 6 期。

③ 其他类似的论文还有张春美的《困境中精神家园的守护——从贬谪心态看贬谪文学的思想内容》(《中学语文》2010 年第 11 期)、刘勇的《穷达皆能为国忧——论唐宋贬谪文学的济世心态》(《牡丹江大学学报》2010 年第 6 期)等。

‘清新’，表现出对唐诗的扬弃，他力图将唐诗的情韵融入宋诗的意中，创造一种具有味外之味的意趣。苏轼对意趣的追求与表现，形成了宋诗以意趣取胜的风尚。崇宁、大观年间苏轼贬谪海外的诗盛行，‘士大夫不能诵坡诗者，便自觉气索’，这与苏诗深厚的意趣是分不开的。”①类似的研究还有梁梅的《禅宗的幽默与苏轼的谐谑贬谪诗》②等。李寅生的《试论黄山谷的两次贬谪及其贬谪诗》则是通过分析黄庭坚两次贬谪期间的生活状态与诗歌创作，论述了黄庭坚两次贬谪期间的诗歌艺术特色，以及所反映的贬谪心态。作者认为：“从黄山谷的两次贬谪及其贬谪诗中可以看出，黄山谷是中国文学史上葬身贬所的诗人之一。在两次贬谪中，他的人生由沉沦、磨难而一步步被贬值、被抛弃。他的心理也由幽愤、焦虑而一步步发展为孤独、苦闷。但是，黄山谷毕竟是精熟于老庄著作和佛经的诗人，尽管苦闷一直与他始终相随，但他外冷内热，外柔内刚，往往能以达观的态度对苦闷加以克制……在两次贬谪期间，黄山谷是怀着一种自足的优胜心理来看待昔日自身的坎坷和今日自身之不幸的。”③福建师大赖世贤的硕士学位论文《黄庭坚贬谪时期尺牍研究》则是以黄庭坚贬谪期间创作的尺牍即书信为主要研究对象，认为这些作品无论从题材、体裁、语言、风格来看都极具特色，对宋代尺牍文学创作产生了深远的影响。类似的还有福建师大张洁的硕士学位论文《黄庭坚贬谪心态研究》等。

在对个体作家研究当中，有以贬谪地的创作为主的研究，如廖文华、陈小芒《苏辙两谪筠州的心态与文风》④，作者通过对苏辙两贬筠州所创作的文学作品的分析，指出初谪筠州，苏辙的生活和创作称得上丰富多彩，而杜门自省、研修佛理、祈求安宁、回避社会，是他后期心态的主要特征。类似的研究还有华中师大田宝的硕士学位论文《贬谪文学与超越意识——以苏轼黄州岭海时期创作为中心》、张丽明的硕士学位论文《苏轼岭海诗研究》、任晓凡的硕士学位论文《论苏轼儋州散文的创作成就》、于玉蓉的硕士学位论文《苏轼黄州词论略》、蔡兴科的硕士学位论文《苏轼谪儋诗的民本思想研究》、陈瑶的硕士学位论文《王禹偁贬谪

① 巨传友：《苏轼贬谪诗的意趣及其表现特征》，《怀化师专学报》2002 年第 1 期。

② 梁梅：《禅宗的幽默与苏轼的谐谑贬谪诗》，《巢湖学院学报》2012 年第 5 期。

③ 李寅生：《试论黄山谷的两次贬谪及其贬谪诗》，《河池师专学报》1996 年第 4 期。

④ 廖文华、陈小芒：《苏辙两谪筠州的心态与文风》，《江西社会科学》2005 年第 10 期。

商州时期的文风研究》等。对贬谪词人研究方面的著作有张英的《多少江湖忧乐意，漫呼青兕作词人——谈辛弃疾贬谪词》①，文中通过对辛弃疾进行纵向和横向的比较，描述了辛弃疾贬谪词的演变过程，认为辛弃疾贬谪词与同时期贬谪词相比更具备实干精神和领袖气质，但贬谪生涯的漫长经历，使他词中的理想之光变得逐渐暗沉。②

第三，作家群体研究，即主要着眼于对一个历史阶段或一个地区内以及有师友亲戚关系的贬谪诗人群体的研究。这些人或者有纵向的历史承接关系，或者有横向的区域联系，有的则是因社会关系而在情感、思想、学术等方面互相影响。研究者主要集中于以下几个群体的研究，如郭庆材的《论宋代海南谪宦的渡海诗》，论文通过对宋代贬谪制度的梳理，分析了宋代谪贬海南的士人渡海时的自我救赎之道，总结了岭南谪宦渡海诗的特质为“瞻前顾后与情景双绾”③。其他的单篇论文有宋先红的《“苏门四学士”贬谪词中的感情蕴涵》，熊星宇硕士学位论文《宋代黄州谪宦研究》。其中比较重要的要数河北大学石蓬勃的博士学位论文《苏门诗人贬谪诗歌研究》，这篇论文以元祐党人最突出之代表苏门诗人群体为观照对象，主要研究苏门贬谪诗人群体的诗歌创作，将中国古代诗人的“狂”“逸”心态引入，分别论述了苏门不同诗人贬谪心态之不同，同时探讨了其诗作的主题取向，主要从生活苦痛之记述、忧民情怀之展示、归隐情志之思考、死生问题之讨论四方面入手，对苏门诗人贬谪诗作予以全面深入之剖析并结合诗句分析苏门诗人贬谪诗作中使用物象、事象之特征。

复旦大学严宇乐的博士学位论文《苏轼、苏辙、苏过贬谪岭南时期心态与作品研究》，则把群体研究与地域研究结合在一起，采用“文史结合”的方式，把研究对象聚焦在苏氏家族身上。论文用翔实的材料论证了苏氏兄弟因为新旧党争而遭贬的政治原因，以及苏氏家族对于贬谪命运的应对之策，通过对他们在贬谪岭

① 张英：《多少江湖忧乐意，漫呼青兕作词人——谈辛弃疾贬谪词》，《上饶师范学院学报》2010 年第 5 期。

② 另外关于贬谪词人研究的还有曹章庆的《悲苦与绝望——秦观谪恨词的情感心态分析》（《武汉科技学院学报》2006 年第 11 期）、张英的《在悲苦不振中沉沦自灭——论秦观贬谪词的情感轨迹》（《常熟理工学院学报》2011 年第 5 期）等。

③ 郭庆材：《论宋代海南谪宦的渡海诗》，《中国文学研究》2013 年第 2 期。

南期间诗文作品的创作和学术写作的研究，总结了他们诗文创作的艺术特点、创作心态和学术思想，充分探讨了苏轼贬谪岭南时期的苦难及其悲戚，揭示出苏轼人性化的一面，注重分析苏轼和苏辙政治境遇的不同以及对贬谪的不同态度，也指出他们兄弟之间互相影响、共感互勉的情形，按照作者的说法为："本文要探究的主要问题，就是关系紧密的苏氏家族成员，两代三人，包括苏轼、苏辙、苏过，如何面对贬谪的困境，心态上作出了怎样的调适，而产生怎样的作品。通过家族文学、贬谪文学、文人心态等研究角度的交叉融合考索这个文人群体如何展现文穷而后工的异采。"①

第四，以贬谪地域为中心的研究。尚永亮教授的《迁客离忧楚地颜——略说贬谪文学与荆湘地域之关系及其特点》指出，荆湘地域因为其地理原因而成为历朝历代贬谪官员的中转地或者贬谪地，而荆湘地域奇特的风俗与奇丽的景色也在历代贬谪文人的作品中凝聚了下来，形成了近乎凝固的悲怨传统和贬谪代码，积淀了浓厚的人文精神。这篇文章不是专论宋代贬谪文学，但在文章最后提出："荆湘贬谪文学体现着历代文人强烈的关怀现实的精神，荆湘的景物也成为展示迁谪主体仁民爱物之淑世情怀的客观对应物，成为'先天下之忧而忧，后天下之乐而乐'之人文关怀的明确象征。范仲淹的《岳阳楼记》可以说是一个界碑，对这种淑世精神和人文关怀予以明确厘定和提升，由此内化为身处逆境之贬谪文人的心理要素，并扩大成一个颇具感召力的人文传统，对后人发挥着代复一代的深远影响。"②此话比较准确地概述了贬谪地对贬谪文人心态与创作的影响。③

主要集中于宋代贬谪文学地域文化研究的有马来西亚陈湘琳的《夷陵与滁州——一个主题性空间的建构》，文章着重于论证欧阳修两次贬谪中他图绘、建构的文学世界中的夷陵与滁州，是在穷山以外、边荒之上的一个主题性空间。此外作者还通过论述欧阳修文章中"乐"与"醉""睡"的主题，指出："夷陵与滁州，

① 严宇乐：《苏轼、苏辙、苏过贬谪岭南时期心态与作品研究》，复旦大学 2012 年博士学位论文，第 112 页。

② 尚永亮：《迁客离忧楚地颜——略说贬谪文学与荆湘地域之关系及其特点》，《湛江海洋大学学报》2003 年第 2 期。

③ 其他类似的单篇论文还有赵环的《贬谪文学中的"地景书写"的文化解读》(《河南社会科学》2013 年第 8 期)、杨简的《广东贬谪诗论析》(《学术交流》2010 年第 8 期)、侯艳的《岭南意象视角下唐宋贬谪诗的归情》(《广西社会科学》2013 年第 5 期)等。

隐隐然成为一个空间隐喻，成为自我主体意识的明晰显现。也是在这样的建构意义上，欧阳修完成了他个人理念的反思与阐述。他因此得以超越穷山边荒的惶迫，表现张扬强烈的自我特质与生命追求，并且在实践诗歌日常生活化的创作理念之基础上，把日常生活雅趣化、诗意化，从而大大影响了后来的北宋士人，特别是苏轼的文学创作与人生观，成为北宋一代尚理尚意诗风与知性思辨风气的先行者与领导者。”①该文视野开阔，显示了作者深厚的理论功底，很有说服力。其他的从贬谪地域的角度展开论述的单篇论文还有李景新的《李光在海南岛贬谪文化中的贡献和地位》②、巨传友和卫亚浩的《不到潇湘岂有诗——湖湘古文化对秦观诗词创作的影响》③等。向伟的《“海外五逐客”谪琼诗地域特色探微》④，虽然其中有一个李德裕属于唐代，但其他四人李纲、赵鼎、胡铨、李光都是宋人。这几篇论文既是群体研究，又兼具地域研究特色。

第五，用比较的方法进行研究。有从唐宋两个朝代来进行整体比较的研究，如刘丽的《唐宋海南贬谪文人心态之比较》，分别以唐代的李德裕与宋代的卢多逊为代表，指出唐代诗人感性成分较多，情绪多悲观、凄怆、愤激，而宋代文人则心态较为豁达、平和、超脱。造成这种情况的原因主要是因为时代精神的不同。以唐宋贬谪文人个案进行比较研究的有刘勇的《白居易、苏轼贬谪诗文意蕴之比较》⑤，王启鹏的《苏轼贬惠与韩愈贬潮影响比较谈》⑥，汕头大学赵雅娟的硕士学位论文《论苏轼与其“南迁二友”之关系》，都是把宋代贬谪文人与前代文人进行对比，揭示出他们的同异之处，并分析具体的社会原因和个人因素，指出后人对前人的接受度以及因时代及个性的不同而产生出各种变异。

宋代内部贬谪文人个案的比较，主要集中在苏门文人之间，如刘红红的《超

---

① ［马来西亚］陈湘琳：《夷陵与滁州——一个主题性空间的建构》，《长江学术》2008年第2期。

② 李景新：《李光在海南岛贬谪文化中的贡献和地位》，《琼州大学学报》2006年第3期。

③ 巨传友、卫亚浩：《不到潇湘岂有诗——湖湘古文化对秦观诗词创作的影响》，《湘潭大学社会科学学报》2002年第3期。

④ 向伟：《“海外五逐客”谪琼诗地域特色探微》，《西昌学院学报》2014年第2期。

⑤ 刘勇：《白居易、苏轼贬谪诗文意蕴之比较》，《牡丹江大学学报》2007年第11期。

⑥ 王启鹏：《苏轼贬惠与韩愈贬潮影响比较谈》，《周口师范学院学报》2007年第1期。

越与执着——张耒与秦观贬谪心态之比较》①，姚菊的《“桃源”与“扁舟”——从意象的选择看秦观与苏轼的贬谪心态》②《从词中用典看晁补之的贬谪心态兼与苏轼比较》③等。

除了上述分类以外，也有少量从语言学的角度对宋代贬谪文学进行分析的，如龙艳辉的《理想化认知模型与唐宋贬谪诗词的语篇衔接》④《概念整合理论视阈下的苏轼贬谪词研究》⑤，刘明明的《解读秦少游“雾失”“月迷”》⑥。还有研究贬谪文学对于后世及外国影响的论文，如刘陶染的《中国古代贬官文学对朝鲜朝晚期赋的影响》⑦，沈雪明的《“贬谪文化”现象与古今游记文学——以柳宗元、苏轼、郁达夫、朱自清、余秋雨为例》⑧等。

迄今为止，以宋代贬谪文学为主体研究对象的专著只有一本，即我国台湾学者郑芳祥的《出处死生：苏轼贬谪岭南文学作品主题研究》⑨。

根据以上论述，我们可以发现，宋代贬谪文学研究在近年来开始受到重视。从 2012 年开始，每年都有一部与宋代贬谪文学有关的博士学位论文问世，硕士学位论文在量和角度的选择上比博士学位论文相对更多。这些论文之研究内容呈现异彩纷呈的局面，探讨问题的深度、广度越来越大。但我们也要看到，相对于唐代贬谪文学研究来说，宋代贬谪文学研究还不够成熟，研究方法虽然多样，但

① 刘红红：《超越与执着——张耒与秦观贬谪心态之比较》，《哈尔滨学院学报》2007 年第 5 期。

② 姚菊：《“桃源”与“扁舟”——从意象的选择看秦观与苏轼的贬谪心态》，《海南大学学报》2014 年第 6 期。

③ 姚菊：《从词中用典看晁补之的贬谪心态兼与苏轼比较》，《中国文学研究》2014 年第 4 期。

④ 龙艳辉：《理想化认知模型与唐宋贬谪诗词的语篇衔接》，《重庆交通大学学报》2010 年第 6 期。

⑤ 龙艳辉：《概念整合理论视阈下的苏轼贬谪词研究》，长沙理工大学 2011 年硕士学位论文。

⑥ 刘明明：《解读秦少游“雾失”“月迷”》，《北方文学》2012 年第 3 期。

⑦ 刘陶染：《中国古代贬官文学对朝鲜朝晚期赋的影响》，延边大学 2013 年硕士学位论文。

⑧ 沈雪明：《“贬谪文化”现象与古今游记文学——以柳宗元、苏轼、郁达夫、朱自清、余秋雨为例》，福建师范大学 2006 年硕士学位论文。

⑨ 郑芳祥：《出处死生：苏轼贬谪岭南文学作品主题研究》，巴蜀书社 2006 年版。

研究对象则比较集中，还有很多宋代贬谪文人没有进入研究者的视野。大部分贬谪文学研究者注重研究宋代中后期贬谪文学现象，而对北宋前期贬谪文学有所忽视。其实北宋前期是整个宋代政治制度以及文化的奠基阶段，这个时期由贬谪引起的文学和文化实践对宋代中后期产生了极大的影响，研究北宋前期贬谪制度的形成与文学、文化的关系以及对后期的影响，应该是宋代贬谪文学研究的一个重要方向。另外，"一代有一代之文学"，不同的政治文化与政策制度，对于贬谪文人的心态及创作均具有极其重要的影响，而大部分研究者在这个层面上显然是有所缺失的，他们主要从文化现象和文学现象的表层发掘贬谪文学的特征，但却忽视了国家政策层面对于贬谪文人及文学的影响。有些历史学专业的论著如金强的《宋代岭南谪宦研究》①、山东大学高良荃的博士学位论文《北宋前四朝官员贬谪研究》等，重点研究了宋代贬谪制度，包括贬谪官员的获罪原因、贬谪地点、叙复制度等，但贬谪制度对文学与文化的影响却并不在他们的研究范围之内。由于贬谪文学与政治密切关联，所以我们应该致力于北宋前期贬谪制度与贬谪文学、文化之关系的研究，从而弥补宋代贬谪文学研究的一个缺失。

三、研究价值与意义

北宋前期贬谪文学具有非常全面的内容，成就突出。贬谪各地的文人虽身处逆境，但由于宋王朝实行优待文士、以"文德致治"的治国方略，使得这些文官士大夫普遍具有空前的参政、议事热情，即便进退于庙堂与江湖之间，也都有着较为清晰的自我定位与价值认识。他们创作的文学作品大多精神刚健、主体人格挺立，远没有唐代韩愈、柳宗元、李德裕等文人贬黜荒蛮之地时的悲怆与激愤，而是充满着"得君行道""共治天下"的士大夫政治理想主义和宠辱不惊的雍容气象，表现出强烈的开启和创造一代文风、士风的历史使命感。可以说，北宋前期贬谪文人在长期的贬黜遭遇中逐渐显现出士大夫主体意识的觉醒，具备了高尚的政治气节，初步形成了集文学、政事、学术三位一体的士大夫精神气象，为其后宋代社会士大夫精神主体意识的进一步发展奠定了基础。但同时，此时兴起的"朋党论"也给后世政治文化带来潜在的负面影响，以致出现了以新党和旧党的

① 金强：《宋代岭南谪宦研究》，暨南大学 2004 年博士学位论文。

政治分野为基础的文学集团化倾向，这种文学结盟的政治化、党派化也损害了文学的多元化良性发展。

因此，研究北宋前期的贬谪文学有助于我们将宋代文学带入一个广阔的社会文化视野，深入呈现有宋一代的文学活动与政治、制度及朝廷政局的变动交织在一起的复杂演进过程。正是在这种复杂的文学演变过程中，形成了前期贬谪文学在思想内涵上与宋初理学思想一样渐趋彰显出将名节、操守内化为心性、学养、道德境界的超越与提升，并进而外化为文儒风骨的垂范、士风精神的张扬以及淑世济人的天下情怀。从这个角度讲，北宋前期贬谪文学是这一时期的文人士大夫在谪宦经历中道德人格的陶铸和砥砺过程，这种人格的锤炼和砥砺也极大地拓展了士人主体的心灵世界和精神价值。可以说，文人士大夫所构筑的贬谪文学世界，是古代知识分子在对“圣人之道”的“道统”体认中构筑出来的诗性的人文话语世界，这一自由自得的人文审美世界与尊王、事君的现实政治世界及社会等级世界构成了内在的对话和抗衡，并使宋代文人士大夫相比前代彰显出更为鲜明的人格独立、精神自尊和文化自信意识。中国古代的知识分子从来没有像宋朝的儒臣文士那样对内圣境界和外王事功的追求怀有如此强烈的仁者情怀，这种情怀即便一时受挫，受到冷遇，他们也会很快振作起来，论道经邦，积极参与朝廷大政方针的讨论和地方事务的管理，务使政治清明，造福天下百姓，究其原因就在于宋朝士大夫所依持的这种“以天下为己任”的淑世精神。因此相较于其他时代，北宋前期贬谪文学在整体上常常散发出更为强烈的道德魅力、道义担当、政治主体意识和历史责任感。如果没有北宋前期贬谪文学厚重的思想奠基和开启一代文风的文化气魄，我们很难想象后来宋代文学所能够达到的艺术成就和历史高度，从这个意义上讲，研究北宋前期贬谪文学具有重要的理论价值和学术意义。

第一章　北宋前期贬谪文化与制度考察

唐末五代之际，武夫悍将横行天下，民生凋敝，社会动荡，文化衰退。宋初统治者有鉴于此，同时也为了避免“陈桥兵变”的历史重演，在统治初期就采用右文政策，“以文立国”。宋朝历代君主都注重科举制度的实施，并致力于拔擢寒门，培养和使用通过科举制度脱颖而出的士人，并立下了“不杀士大夫及上书言事人”的祖宗家法。在此种情况下，贬谪成为惩罚官员失职和过错的唯一选项。贬谪制度的制定虽严密，却有很大程度上的人性化措施，正所谓“以仁义为本，纪纲为辅”。大部分官员在被贬谪之后会很快得到量移，或者重新起用。在真宗统治时期又实施了极具宋代特色的台谏制度，台谏官如果以风节自励，能够主持公议、知无不言，可以显著地起到激励士风的作用，因此谏官之选成为朝廷关注的重大事件，历代皇帝也均以各种方式鼓励谏官直言进谏。田锡、范仲淹、欧阳修、唐介等不避权贵、刚直不阿的谏官代不乏人，社会公论也就是“清议”正是在这种氛围下逐渐形成的。士大夫之间崇尚清正，直道而行，即使面对贬谪也能从容以对，体现了北宋前期逐渐形成的宋代士大夫群体的高尚节操与铮铮风骨。台谏制度的建立与施行导致了一系列的贬谪事件，而由台谏所导致的贬谪事件背后，呈现的是君主专制体制与朝廷权力斗争的巨大阴影。

第一节　“以文立国”——政治文化生态考察

一、“以文立国”的政治文化背景

公元960年，宋太祖赵匡胤因“陈桥兵变”而“黄袍加身”，建立了中国历史上继汉唐以来的又一个汉族统治的君主专制国家。宋代的官制以及典章制度虽然大部分都因袭唐朝，但宋朝的政治气候与文化氛围与唐代大不相同。唐朝开国皇帝唐高祖李渊与唐太宗李世民是靠杀伐征战夺得天下，其对于自身驾驭部下武将文臣的能力具有极强的自信心，因此对于文臣与武将能够同等任用，不具有重文轻武的偏向与心结。相对唐朝而言，宋太祖则是通过“兵变”的形式获得皇位，并且北宋承五代十国的乱世而来，开国皇帝宋太祖对于武将专权的残暴与造成的严重危害有着切身的感受和体会。经过唐末五代的大劫难，作为唐朝政权基石的世家大族基本已经消亡殆尽，代之而起的是靠科举制度选拔出来的为五代十国各个政权效劳的平民中的精英分子。这种局面决定了北宋统治者在施政方略、制度设计、政务管理，特别是皇权行使方式等各方面都与前代有着较大的差异性。王夫之在《宋论》中认为：“商、周之德，汉、唐之功，宜为天下君者，皆在未有天下之前，因而授之，而天之佑之也逸。宋无积累之仁，无拨乱之绩，乃载考其临御之方，则固宜为天下君矣；而凡所降德于民以靖祸乱，一在既有天下之后。是则宋之君天下也，皆天所旦夕陟降于宋祖之心而启迪之者也。”①相对于商周之有天下是以其德，汉唐之有天下是因其功，宋代能够建立并且承传下来，则是在宋代建立之后，靠宋太祖能够心承“天德”，制定以文德治国的“临御之方”，而这种以文立国治国方略的形成除了历史的客观性因素之外，还与宋太祖个人的出身及境遇密切相关，当然还包括他个人的资质禀赋、精神气质等因素。《宋史·文苑传》尤为突出了宋代开国之君的文化好尚对于整个朝代的风气引领作用：“自古创业垂统之君，即其一时之好尚……可以豫知矣。艺祖革命，首用文吏而夺武臣之权，宋之尚文，端本乎此。太宗、真宗其在藩邸，已有好学之名，及其即位，弥文日增。自时厥后，子孙相承，上之为人君者，无不典学；下之为人臣者，自宰相以至令录，无不擢科，海内文士，彬彬辈出焉。”②一方面开国之初，百废待兴，为迅速建立安定的政治秩序，实现社会政局的长治久安，任何朝代建立初期都迫切需要精通典章制度、宫廷礼仪的饱学之士，另一方面宋太祖“首用文吏”，开宋代尚文的风气，太宗、真宗继之，最终形成整个宋代文士辈出的文

---

① （清）王夫之：《宋论》卷一，舒士彦点校，中华书局 2015 年版，第 2 页。（因同名文献引用较多，为节约篇幅，此类多次引用的同名文献，后仅标注页码，特此说明。）

② （元）脱脱等：《宋史》卷四三九，中华书局 1985 年版，第 12997 页。

化繁荣景象。

正是这些客观的历史条件和主观的皇帝个人性格、禀赋气质等因素叠加在一起，很大程度上构成我们理解有宋一代整体国势气象的基本语境。王夫之在《宋论》中也是从“亲”“位”“权”“望”“学”“恩”等范畴，宏观描述了宋初政治权力态势与宋太祖个人道德声望及领袖魅力等方面的联系，深入地揭示了宋朝“文”质形态的塑造与客观性的历史因素、主观性的个人因素的逻辑关联：

> 以亲，则非李嗣源之为养子，石敬瑭之为爱婿也；以位，则非如石、刘、郭氏之秉钺专征，据岩邑而统重兵也；以权，则非郭氏之篡，柴氏之嗣，内无赞成之谋，外无捍御之劳，如嗣源、敬瑭、知远、威之同起而佐其攘夺也。推而戴之者，不相事使之俦侣也；统而驭焉者，素不知名之兆民也；所与共理者，旦秦暮楚之宰辅也；所欲削平者，威望不加之敌国也。一旦岌岌然立于其上，而有不能终日之势。权不重，故不敢以兵威劫远人；望不隆，故不敢以诛夷待勋旧；学不夙，故不敢以智慧轻儒素；恩不洽，故不敢以苛法督吏民。惧以生慎，慎以生俭，俭以生慈，慈以生和，和以生文。①

正是因为宋太祖非“亲”、无“位”，也无“权”，继而导致宋太祖由“惧生慎”“慎生俭”，再到“慈生和”“和生文”，王夫之非常清楚地阐明了宋朝“斯文”气质的形成及文治方略建立的政治文化逻辑。他认为宋朝以文立国政策的形成是宋代建立以后各种原因叠加带来的必然选择。从宋太祖、宋太宗继位之后的作为以及他们的言行来看，“以文立国”确实贯穿于宋代初期政治生活的方方面面，并且是一个不断发展变化并持续进行建构的过程。

北宋初期，宋太祖赵匡胤就多次提到“欲武臣读书”的想法，《宋史·太祖本纪》记载：“壬午，上谓侍臣曰：‘朕欲武臣尽读书以通治道，如何?’左右不知所对。”②可见，在开国初期，宋太祖认为最理想的状态是武将而兼文治，但当时的

---

① 《宋论》卷一，第 2~3 页。
② 《宋史》卷一，第 11 页。

侍臣不知所对。在五代混乱局面刚刚结束之际，北宋臣子还没有发展出新的政治意识之时，宋太祖的这种思想认识在当时的环境下还是比较具有前瞻性的。随着宋朝初期政局的逐渐稳定，对于具有较强治国理政才能官员的需要越来越急迫，皇帝也通过很多事件发现掌握诸多历史文化典故的文臣的重要性。比如《宋史》就记载："乾德改元，先谕宰相曰'年号须择前代所未有者'。三年，蜀平，蜀宫人入内，帝见其镜背有志'乾德四年铸'者，召窦仪等诘之，仪对曰：'此必蜀物，蜀主尝有此号。'乃大喜曰：'作相须读书人。'由是大重儒者。"①后来在太宗朝坐上宰相位置的卢多逊也是以读书多、知识渊博为太祖皇帝所赏识。据《续资治通鉴长编》记载，卢多逊在担任史馆修撰时，就曾从史馆小吏那里得到宋太祖所读书目，并通夕阅览，以备太祖询问。卢多逊正因为了解了皇帝对学识渊博的文臣的欣赏与偏爱，所以才会买通史馆书吏，为备宋太祖提问而预作准备。他的这种行为也收到了"同列皆服""上益宠异之"②的极好效果。而在邓小南所著的《祖宗之法：北宋前期政治述略》中，则具体分析了北宋前期在用人方面的政治导向，明确指出："'就宰相须用读书人'的说法而言，与'读书人'理解不尽相同的是，在开国皇帝心目之中，重要的或许是一个'用'字。在为他所用的前提下，不同类型的文臣开始活跃于当时的政治历史舞台：首先，其当务之急，是要建立统治秩序，安定赵宋政权，而这项使命的完成，无疑有赖一批富有实践经验、长于吏干的文职官僚。其次，为大宋王朝的长治久安计……这当然又离不开淹博饱学、精通礼仪伦理的儒生。"③宋太祖对于读书人的重视，主要在于其在统治过程中的实用性和必要性。除此以外，对于长期作为"武将"征战沙场的宋太祖来说，他对于五代时期战乱频仍，悍将武卒凭借武力劫持君主、为祸平民的现实情况具有切身的体验，深刻地认识到手中握有兵权的武将对于国家和社会的破坏性。相对而言，使用文人执政则相对安全，文人手中没有武力，其权力是由皇帝赋予的，犯了错误也很容易惩治，不会威胁到宋王朝的统治。正如他对赵普所言："五代方镇残虐，民受其祸，朕令选儒臣干事者百余，分治大藩，纵皆贪浊，亦

---

① 《宋史》卷一，第50页。

② （宋）李焘：《续资治通鉴长编》卷九，中华书局2004年版，第201~202页。

③ 邓小南：《祖宗之法：北宋前期政治述略》，生活·读书·新知三联书店2015年版，第167页。

未及武臣一人也。”①他认为所任用的文臣即使都是贪官污吏，也比不上一个手握重兵的武将祸害之大。这种对于武臣的有意识的防备心理，也是宋朝“祖宗”二帝起用文人当政、“以文立国”的重要原因之一。美国学者包弼德在《斯文：唐宋思想的转型》中说：“宋朝国初的君主支持士，我认为，他们这样做是因为士是心甘情愿的下属，没有独立的权力，依赖于至高的权威来获得政治地位，而且他们是出于对文官文化的追求来履行职责，这对于中央权威的制度化，其价值之大，无法估量。我认为，利用士来统治，是皇室希望利用有能力却没有权力基础的人的一个例证。”②

基于这种现实需要，宋代的“祖宗”二朝以长治久安为出发点，从选择、任用以及黜陟等方面制定了一系列制度性的政策，形成了宋代特殊的社会文化现象。我们所研究的北宋前期贬谪制度的创制过程也正如富弼所言：“臣历观自古帝王理天下，未有不以法制为首务。法制立，然后万事有经，而治道可必。宋有天下九十余年，太祖始革五代之弊，创立法度；太宗克绍前烈，纪纲益明，真宗承两朝太平之基，谨守成宪。”③可见，宋代制度的形成是一个渐进的过程，太祖、太宗是制度的初创和建立者，而真宗则是在“祖宗”二帝所创制的基础之上，遵守成法。因此要研究宋代贬谪制度的形成过程以及此种制度所造成的对士人仕宦生活状态及文学创作的影响，就应该非常注重宋代“祖宗”二帝在制度创建方面的重要作用。

二、“以文立国”政策层面的实施与影响

宋太祖作为“创业之主”，首先提出和采取了“用读书人”“首用文吏”的文治方略。对于这一治国方略，范祖禹在元祐五年(1090)上《帝学》八篇时有概括性认识：“恭惟本朝累圣相承，百三十有三年，四方无虞，中外底宁，动植之类，蒙被涵养，德泽深厚，远过前世，皆由以道德仁义文治天下，人主无不好学故

---

① 《续资治通鉴长编》卷一三，第293页。

② ［美］包弼德：《斯文：唐宋思想的转型》，刘宁译，江苏人民出版社2017年版，第71~72页。

③ 《续资治通鉴长编》卷一四三，第3455页。

也。陛下广览载籍，历观前世，创业之主、守文之君，有如祖宗之皆好学者乎？"①范祖禹认为宋代之所以能够长期社会安宁、政治昌明，皆在于宋太祖作为"创业之主、守文之君"，实行以道德仁义为基础的文治天下策略。事实上，一个朝代的兴起和奠基，总是由它的开国之君来奠定本朝的政治文化基础。宋太祖"杯酒释兵权"，以金钱美酒赎买了武将的军权，那么这些政治的空白就需要填补，即要"以文立国"，重用文吏。这些文吏的来源是一个需要解决的重大问题，在宋太祖当政期间，主要使用的还是五代时期成长起来的一批儒生。这些人是五代时期通过科举进入仕途的官员，由于他们所服务的王朝被宋王朝所灭，他们就随着以前的君主进入宋朝，开始新的仕宦生涯。比如宋初建国，周朝的三位宰相王溥、范质、魏仁辅就继续留任。南唐灭亡后，南唐著名文人徐铉、张洎等也进入宋廷任职。《续资治通鉴长编》(后文简称《长编》)记载了他们入朝时的情形：

> 徐铉从煜至京师，上召见铉，责以不早劝煜归朝，声色甚厉。铉对曰："臣为江南大臣，而国灭亡，罪固当死，不当问其他。"上曰："忠臣也。事我如事李氏。"赐坐，慰抚之。又责张洎曰："汝教李煜不降，使至今日。"因出帛书示之，乃王师围城，洎所草召江上救兵蜡丸内书也。洎顿首请死，曰："书实臣所为也。犬吠非其主，此其一耳，他尚多。今得死，臣之分也。"辞色不变。上初欲杀洎，及是奇之，谓曰："卿大有胆，朕不罪卿。今事我，无替昔之忠也。"②

众多五代旧臣被吸纳到宋廷的官僚队伍当中，一方面宋太祖对他们的前朝仕宦经历有着强烈的不信任感，怀有猜疑防范之心，另一方面他又操作帝王权柄通过恩威并用的方式将他们对前朝的事君之心转换为对新朝效忠的忠义意识、名节意识的坚守。这种君主对待前朝之臣的比较微妙复杂的心理背后的历史语境，自然就比较集中地体现在宋初皇帝对文臣的道德、名节操守的强调，实际上这也是

① 《续资治通鉴长编》卷四四七，第10761页。

② 《续资治通鉴长编》卷一七，第361~362页。

新君主通过道德上的压力来强化文臣忠心耿耿地为新朝服务的一种方式。生活于宋神宗、哲宗、徽宗时期的魏泰在《东轩笔录》中指出：“太祖、太宗下诸国，其伪命臣僚忠于所事者，无不面加奖激，以至弃瑕录用，故徐铉、潘昚修辈皆承眷礼。至如卫融、张洎应答不逊，犹优假之，故虽疏远寇仇，无不尽其忠力。”①太祖、太宗对于五代十国的旧臣忠于所事之君，都当面加以奖赏与激励，其最重要的原因就在于以对其忠义的赞扬来赢得前朝旧臣对于北宋君主的道德认同，从而在心理层面真正地降服他们，使其能够在北宋朝廷竭忠尽智，为其所用。从另一层面讲，宋太祖、太宗对诸国的旧臣“弃瑕录用”，文官人才的缺乏也是一个重要的原因。

除了接收和继续使用这些人才外，宋太祖还承唐五代旧制，重新实施科举制度，以便从全国范围内选择人才，来为宋王朝的统治服务。太祖登基之初的建隆元年(960)二月，“中书舍人安次扈蒙权知贡举，庚寅，奏进士合格者杨砺等十九人姓名”②，赐进士及第、出身有差，并岁以为常。在建隆二年二月，工部尚书窦仪奏进士合格者张去华等 11 人。终太祖一朝由权知贡举奏进士合格者约 163 人，平均下来每年取进士 10 人左右，录取人数还不是很多。但是到了宋太宗时期，进士科的录取数额大大增加，在太平兴国二年(977)首次开科，“就命翰林学士李昉、扈蒙定其优劣为三等，得河南吕蒙正以下一百九人”③。从某种意义上说，宋初太祖开始“崇尚斯文”、注重文治，到了太宗时期才真正确立了崇文抑武的政治文化格局，科举制度的重要性大大增加。叶梦得在《避暑录话》中就认为：“国初犹右武，廷试进士多不过二十人，少或六七人。自建隆至太平兴国二年更十五榜，所得宰相毕文简公一人而已。自后太宗适欲广致天下之士，以兴文治。是岁一百九人，遂得吕文穆公为举首，与张仆射齐贤宰相二人。自是取人益广，得士益多。”④太宗朝比太祖朝录取的进士名额要增加了近 15 倍，特别是仁宗景祐元年(1034)，“已而得进士张唐卿、杨察、徐绶等五百一人，诸科二百

---

① (宋)魏泰：《东轩笔录》卷三，燕永成整理，选自朱易安、傅璇琮等主编：《全宋笔记》第二编第八册，大象出版社 2003 年版，第 6~7 页。

② 《续资治通鉴长编》卷一，第 9 页。

③ 《续资治通鉴长编》卷一八，第 393 页。

④ (宋)叶梦得：《避暑录话》卷上，《全宋笔记》第二编第十册，第 266 页。

八十二人，特奏名八百五十七人。赐及第、出身、同出身及补诸州长史”①。整体粗略估计，宋代的进士科录取名额至少是唐代录取名额的十倍以上，甚至是数十倍。② 可以说，宋朝大行科举制度，广揽人才，并给予登科进士优厚的赐官授职、升迁待遇，这都是与宋朝“以文立国”的基本政策密切相关的。科举的重新举行，也给天下百姓带来了政治清明、社会安定的希望。宋太祖在实行科举制时，非常注意选举的公平性。多位官员就曾因为考试不公的问题受到贬谪与惩处。如库部员外郎王贻孙、周易博士奚屿就因在考核品官子弟时，“翰林学士承旨陶谷属其子戬于屿，戬诵书不通，屿以合格闻，补殿中省进马。俄为人所发，下御史府按之”。因为此案，“屿坐受请求，责乾州司户参军。贻孙不知觉，责赞善大夫。谷夺两月俸”③。为了进一步防止考官舞弊，宋太祖还专门设置了殿试。起因在于一次科举考试后，新进士登殿谢恩，宋太祖发现进士武济川、三传刘睿材质最陋，武又是知贡举李昉的同乡，其他下第举子又击登闻鼓“诉昉用情、取舍非当”。因此，宋太祖命令从下第者中择取一百九十五人重考，“乙亥，上御讲武殿亲阅之，得进士二十六人，士廉预焉，五经四人，开元礼七人，三礼三十八人，三传二十六人，三史三人，学究十八人，明法五人，皆赐及第。又赐准钱二十万，以张宴会。责昉为太常少卿，考官有赞善大夫杨可法等皆坐责。自兹殿试遂为常式”④。宋太祖设置殿试，就是为了保证考试的绝对公平，从而杜绝考官的徇私舞弊。

除此之外，宋代科举同时也注意抑制豪右，拔擢孤寒。宋太宗即位之后，更是注重科举取士的公信力，甚至不许录取当朝高官子弟进士入等。据《续资治通鉴长编》载：“宰相李昉之子宗谔、参知政事吕蒙正之从弟蒙亨、盐铁使王明之子扶、度支使许仲宣之子待问，举进士试皆入等。上曰：‘此并世家，与孤寒竞进，纵以艺升，人亦谓朕有私也！’皆罢之。”⑤这种严格的“委曲防闲”，导致当

---

① 《续资治通鉴长编》卷一一四，第 2671 页。

② 诸葛忆兵：《论唐宋诗差异与科举之关联》，《文学评论》2012 年第 5 期。

③ 《续资治通鉴长编》卷五，第 131 页。

④ 《续资治通鉴长编》卷一四，第 297 页。

⑤ 《续资治通鉴长编》卷二六，第 595 页。

时的官僚子弟一度都不敢去参加科举考试。宋太宗也是想要以此来获得民众对科举制度公平性的最大程度的信任，正如南宋高宗朝王十朋所言：“法之至公者莫如选士，名器之至重者莫如科第。”①在宋代士大夫的心目中，最具有公平性的法是科举取士制度，科场登第特别是进士及第一向为士林所推重，可以说科举考试是广大读书人晋身仕途的重要和基本的途径，而北宋科举制度的公平性则为这些读书人出人头地、实现政治理想提供了制度性的保证，而这又进一步增加了士人对于北宋政权的向心力和支持度。

宋太宗对于科举取士抱有很大的期望，他曾对宰相说：“天下至广，藉群才共治之。今岁登第者，又千余人，皆朕所选择。此等但能自检，清美得替而归，则驯致亨衢，未易测也。”②太宗对通过科举取士延揽人才的路径很是重视，提出“藉群才共治之”的政治期望，正是在这一理念指引下，他于太平兴国五年(980)的科举中甚至一举录取五百人，并且“先赐绿袍靴笏，赐宴开宝寺，上自为诗二章赐之”③。至宋真宗时，宋代科举考试制度已经非常成熟，且形成了一套规范运作的方式，确定了殿试制，并以“糊名”“誊录”“锁院”等具体规定，来进一步保障科举考试的公平性。仁宗时期，科举制度仍在继续完善之中，除一般科举之外，还补充恢复了唐朝制举这样额外的选拔人才的方式，其科名目繁多，希望能够选拔更多拥有特殊才能的豪杰。

> 壬子，诏曰：“朕开数路以详延天下之士，而制举独久置不设，意吾豪杰或已故见遗也，其复置此科。”……其法，皆先上艺业于有司，有司较之，然后试秘阁，中格，然后天子亲策之。④

录取制度的严密，录取人数的增加，为北宋朝廷的文官统治提供了源源不断的人才储备，也为宋代“以文立国”政策的施行奠定了坚实的文化、制度基础。

---

① 《宋史》卷三八七，第11883页。

② 《续资治通鉴长编》卷三三，第735页。

③ 《续资治通鉴长编》卷一八，第393页。

④ 《续资治通鉴长编》卷一〇七，第2500页。

这些经过严格选拔的人才，可直接进入仕途，被分配到各个地方任职。接下来的重要问题，就是如何管理好这些官员，这对形成良好的政治风气至关重要。官员的黜陟就成为一个非常重要的制度层面的问题。

第二节　“臣下有罪，止于罢黜”——贬谪制度的制定

作为宋代开国皇帝，太祖赵匡胤在历史上可以说是少有的“圣性至仁”①之君。据陆游《避暑漫抄》等文献记载，太祖继位不久就在东京太庙内立了一块誓碑：

> 艺祖受命之三年，密镌一碑立于太庙寝殿之夹室，谓之誓碑，用销金黄幔蔽之，门钥封闭甚严。因敕有司，自后时享及新天子即位，谒庙礼毕，奏请恭读誓词。是年秋享，礼官奏请如敕。上诣室前，再拜升阶。独一小黄门不识字者一人从，余皆远立庭中。黄门验封启钥，先入焚香明烛，揭幔，亟走出阶下，不敢仰视。上至碑前，再拜跪瞻默诵讫，复再拜而出。群臣不知所誓何事。自后列圣相承，皆踵故事。岁时伏谒，恭读如仪，不敢漏泄。虽腹心大臣，如赵韩王、王魏公、韩魏公、富郑公、王荆公、文潞公、司马温公、吕许公、申公，皆天下重望，累朝最所倚任，亦不知也。靖康之变，犬戎入庙，悉取礼乐祭祀诸法物而去。门皆洞开，人得纵观。碑止高七八尺，阔四尺余，誓词三行，一云：“柴氏子孙有罪，不得加刑，纵犯谋逆，止于狱中赐尽，不得市曹刑戮，亦不得连坐支属。”一云：“不得杀士大夫及上书言事人。”一云：“子孙有渝此誓者，天必殛之。”后建炎中，曹勋自虏中回，太上寄语云，“祖宗誓碑在太庙，恐今天子不及知”云云。②

陆游《避暑漫抄》所记述的这段材料，是目前所见关于宋太祖誓碑内容最为

① （宋）魏泰：《东轩笔录》卷九，《全宋笔记》第二编第八册，第 72 页。

② （宋）陆游：《避暑漫抄》，李昌宪整理，上海师范大学古籍整理研究所编：《全宋笔记》第五编第八册，大象出版社 2012 年版，第 139~140 页。

详尽的文献记载。对于宋代太庙誓碑的真伪问题，学术界有众多的讨论，① 但是众多学者认为有正史、笔记、大臣文章等大量的间接材料证明三行庙碑誓约的存在。这三条誓词中，对于宋代的文臣官僚最为重要的一条就是“不得杀士大夫及上书言事人”，这已成为宋代历朝皇帝谨守的“祖宗家法”。每位新皇帝登大位之时，都要独自进入太庙恭读誓词。王夫之《宋论》讲：“自太祖勒不杀士大夫之誓以诏子孙，终宋之世，文臣无欧刀之辟。张邦昌躬篡，而止于自裁；蔡京、贾似道陷国危亡，皆保首领于贬所。……若夫辱人贱行之尤者，背公死党，鬻贩宗社，则崔胤、张濬、李蹊、张文蔚倡之于前，而冯道、赵凤、李昊、陶谷之流，视改面易主为固然，以成其风尚。士之贱也，于此为极。则因其贱而贱之，未为不惬也。恶其贱，而激之使贵，抑御世之权也。然太祖之与此，意念深矣。”②在王夫之看来，五代时期的士大夫道德沦丧，根本没有必要对他们施以宽厚之道，所谓“因其贱而贱之，未为不惬也”。但宋太祖却在太庙立誓碑，发誓不杀士大夫及上书言事人。其所为，正是为了激励士人，使其能够自重自贵。这也表明了宋代士大夫群体节操风骨之所以能够高过汉唐，有着深刻的历史政治原因，而这主要是与宋太祖开国时所秉持的政治原则“以忠厚养前代之子孙，以宽大养士人之正气，以节制养百姓之生理”③，有着根本的关系。

据《宋史》记载，宋太祖“晚好读书，尝赞《二典》，叹曰：‘尧、舜之罪四凶，止从投窜，近代何法网之密乎！’谓宰相曰：‘五代诸侯跋扈，有枉法杀人者，朝廷置之不问。人命至重，姑息藩镇，当若是耶？自今诸州决大辟，录案闻奏，付

① 对于太祖誓碑存在的真实性问题，较早提出质疑的有民国时期的张荫麟。他在《宋太祖誓碑及政事堂刻石考》(《文史杂志》第1卷第7期，1941年1月)中，对陆游《避暑漫抄》、曹勋《北狩见闻录》、王明清《挥麈录》、李心传《建炎以来系年要录》等重要文献进行了较为详细的考证，认为太祖誓碑可能不存在，但是作为“太庙藏约，而有待于徽宗传语高宗，则其为秘密可知。北宋人臣虽不知有此约，然因历世君主遵守唯谨，遂认为有不杀大臣之不成文的祖宗家法”。其后不断有学者对此一问题进行论述，比如杜文玉《宋太祖誓碑质疑》(《河南大学学报》1986年第1期)、徐规《宋太祖誓约辨析》(《历史研究》1986年第4期)、杨海文《“宋太祖誓碑”的文献地图》(《学术月刊》2010年第10期)、李合群《北宋东京太庙誓碑有无辨》(《开封大学学报》2014年第4期)等。

② 《宋论》卷一，第6页。

③ 《宋论》卷一，第5页。

刑部覆视之。'遂著为令"①。《续资治通鉴长编》也提到："上性宽仁多恕，尚食供膳，有虫缘食器旁，谓左右曰：'勿令掌膳者知。'尝读《尧典》，叹曰：'尧、舜之世，四凶之罪，止从投窜，何近代宪纲之密耶？'盖有意于刑措也。故自开宝以来，犯大辟非情理深害者，多贷其死。乙丑，有司言自二年至今，诏所贷死罪凡四千一百八人。"②宋太祖本性仁恕，对于五代时期法网严密，普通百姓动辄得咎，对于枉法杀人的藩镇又姑息纵容、置之不理的这种状况非常不满。他认为人命关天，要求以后的各州涉及死刑的案件，一律要经刑部复核，目的就是为了减少冤假错案。至于官员犯罪的情况，宋太祖当政期间，除了因为"犯赃罪"及"滥杀人命"而被处死的官员，没有官员因为其他过错被处以死刑。对于官员管理的问题，宋太祖于"是岁，命参知政事卢多逊、知制诰扈蒙张澹以见行《长定》《循资格》及泛降制书，考正伪异，削去重复，补其缺漏，参校详议，取悠久可用之文，为《长定》格三卷。有旨限选数集人取解出身科目。铨有司检勘注拟加选减选之状，南曹检勘用阙年满伎术考课春闱杂处分。涂注乙凡二十条，总二百八十七事，《循资格》一卷，《制敕》一卷，《起请条》一卷。书成，上之，敓为永式。自是铨综益有伦矣"③，专门整理了一系列选官以及考课黜陟的制度。对于犯罪的官员，也因御史台上言而"自后命官犯罪当配隶者，多于外州编管，或隶牙校。其坐死特贷者，多决杖黥面，配远州牢城，经恩量移，即免军籍。大凡命官犯罪，多有特旨，或勒停，或令厘务，赃私罪重，即有配隶；或处以散秩，自远移近者，经恩三四，或放任便，所以儆贪滥而肃流品也"④。从这段话可以看出，宋太祖对于命官犯罪，其处罚和一般平民不同，主要是用特旨的形式，或是"勒停"。据龚延明《宋代官制辞典》载，"勒停"，官吏革职称勒停。勒停，不必除名，除名必勒停。⑤ "厘务"则指的是虽然犯罪，但仍然允许其参与收税等事务性工作。宋代官吏罪名有私罪和公罪之分，所谓公罪，指官吏因办理公事违式或致罪，其中不涉私情者。公罪处理比私罪为轻。私罪，指官吏非因执行、办理公事

---

① 《宋史》卷三，第50页。
② 《续资治通鉴长编》卷一六，第337页。
③ 《续资治通鉴长编》卷一六，第311页。
④ 《续资治通鉴长编》卷八，第189页。
⑤ 龚延明编著：《宋代官制辞典》，中华书局2013年版，第654页。

而致罪，即私自犯法，以及利用官职受请枉法(受人嘱托、违法徇情)、制勘刑狱公事心怀隐私或欺诈不实等，统属私罪。私罪责罚量刑比公罪为重。① 要是犯了严重的私罪，以及贪污罪，那就会被配隶，或者给予没有实际权力的散官名号，经过几次大赦恩典，自远移近。“或放任便”，指原除名编管人，量移后遇恩不复受官府监视，许其自由居住与行动。② 这样做的意图，就是为了“儆贪滥而肃流品”。可见，这是宋太祖时期比较制度化的一种对于犯罪官员的处理方式。按照宋太祖对于官员犯罪最严重的贪污一事的处理，一般最重的就是“除名”。比如太祖时期“癸卯，殿中侍御史刘光辅坐知楚州日受赂，除籍为民”③，“乙未，太子中舍郭粲除名，坐监莱芜受治官景节赂也”④。从整体上来看，处罚还是比较宽厚的，另外就是“配隶”，但可以遇恩量移，直到经过三四次量移之后，最后就放其自便。

宋太宗即位以后，同样非常注重官吏的操守与廉洁。《续资治通鉴长编》载：

> 上谓宰相曰：“朕顷在藩邸，颇闻朝臣有不检修节操，以强词利舌，谤渎时事，陵替人物；或遣使远方，不存事体，但规财用，此甚辱国。今朝行宁复有此等耶？若人人自修，岂不尽善。”宰相曰：“陛下敦崇风教，不严而治，轻薄之徒自然弭息矣。”上尝作戒谕词二付阁门，一以戒京朝官受任于外者，一以戒幕职、州县官。丁未，令阁门于朝辞日宣旨勖励，仍书其辞于治所屋壁，遵以为戒。⑤

宋太宗与宰相的一番对话显示出他对朝廷官员德行操守的重视，他希望每位官吏加强修养和自我要求，“人人自修，岂不尽善”，而宰相则建议太宗通过“敦崇风教，不严而治”，也就是说不通过严刑峻法，而是通过崇奉儒家之教，达到治理官吏不正之风的目的。因此，宋太宗继承了太祖一贯的做法和理念，作戒谕

① 《宋代官制辞典》，第653页。
② 《宋代官制辞典》，第655页。
③ 《续资治通鉴长编》卷一五，第318页。
④ 《续资治通鉴长编》卷一六，第337页。
⑤ 《续资治通鉴长编》卷二四，第543页。

词两首，一首用来警戒京朝官受任于外者，一首用以戒幕职、州县官。在另外一次与新任命的宰相宋琪及李昉的谈话中，太宗也讲到了关于官员的赏罚奖惩问题。

> 十一月壬子朔，以刑部尚书参知政事宋琪、工部尚书参知政事李昉并本官同平章事。上谓曰："世之治乱，在赏罚当否，赏罚当其功罪，无不治，或以为饰喜怒之具，即无不乱，与卿等戒之。"琪曰："赏罚二柄，乃御世之衔勒。若马无衔勒，何以控御？治天下者，苟赏罚至公，未有不致太平也。"①

此次谈话，主要关注点在于赏罚的重要性及公平性。对于贪污问题，《续资治通鉴长编》记载："上注意治本，深惩赃吏，己巳，诏自太平兴国元年十月乙卯以后，京朝、幕职、州县官犯赃配诸州者，纵逢恩赦，所在不得放还，已放还者，有司不得叙用。"②可见，无论是宋太祖还是宋太宗，都非常注重所任用官员的廉洁，把官员的贪污问题作为最严重的罪行来进行处理。而文官最重要的危害民生的行为就是贪污，处理好这个问题，对于国家的长治久安是非常重要的。宋真宗时，曾因关于如何惩治贪官的问题与当朝宰相王旦有这样一段对话，真宗提到"数有人言官吏犯赃者多，盖朝廷缓于惩戒"。王旦回答道："今品官犯赃，情理乖当，但千钱已上皆配隶衙前，遇赦，得逐便，再遇赦，得参军、文学，终身不齿良善。其有犯法轻赃，遇大庆不过得一判司，每赴选调，必首载其赃滥，为辱极矣。然万一有当极典者，朝廷但委之有司，死者无由得免。盖太宗谨重刑罚，行三宥之恩，此等多蒙减死。陛下即位以来，赃吏若比前代，则犯者似亦差少。"③宋真宗对王旦提出最近有些人提到官员"犯赃者多"，他认为是朝廷对于贪官的惩戒还不够严厉。可见，宋真宗也同样重视对贪官的惩处。王旦则向真宗解释了朝廷法令对于贪官的处置方式，即已经具有相当严厉的惩处规定，并且收到

① 《续资治通鉴长编》卷二四，第 556 页。

② 《续资治通鉴长编》卷二四，第 431 页。

③ 《续资治通鉴长编》卷八五，第 1940 页。

了良好的警戒的效果。因为在真宗即位之时，“赃吏若比前代，则犯者似亦差少”，而太宗对于犯赃该死罪者实行了三宥之恩，赦免了他们的死罪。在仁宗时期，对于谪降官员的惩处力度进一步减弱。

己亥，诏诸州文学、参军、长史、别驾等降谪经十年者，听还乡。壬申，以星文示变，赦天下流以下罪，死罪减一等。十恶至死，故杀、劫杀、谋杀人、官典枉法赃至死，造妖惑众者，论如律。在降官羁管十年以上者，放还。京朝官丁忧移任七年未改秩者，以闻。①

对于贬降十年，流亡在外者，全部放还。但对于重犯严重赃罪者，则再次重申永不录用。

诏自今应犯赃注广南、川峡幕职、州县官，委逐路转运使常加纠察，再犯赃罪者，永不录用。时司勋员外郎梁象言：“川峡幕职、州县官，曾坐赃左降者，多复恣贪，逾以扰远民。请自今犯赃者，不注川峡官，并除广南远恶州军。”上以广南亦吾民也，且非自新之道，故特有是诏。②

可见，在宋仁宗时期，犯赃罪的官员大部分是被贬降到广南、川峡等地做幕职或州县官，但这些人很多在当地依然放纵贪欲，扰乱当地百姓的生活。因此，朝廷要求广南、川峡等地转运使要经常注意纠察这些犯赃左降的官员，一旦发现再犯赃罪，则永不录用。可见，贪赃而左降的官员与因其他过失被贬的官吏不同，因其行为祸害当地百姓，所以朝廷对其在贬谪地的行为加以持续关注，并给予相应处罚。但相对于太祖时期因贪赃而被处死的惩罚来说，从太宗到仁宗，其力度是越来越减弱了。

由此可见，北宋前期官员贬谪制度基本原则的形成与宋太祖赵匡胤对于刑政繁密的厌恶，以及对生命价值的高度关注有很大的关系。正是因为赵匡胤认为

---

① 《续资治通鉴长编》卷八五，第 2118 页。

② 《续资治通鉴长编》卷八五，第 2167 页。

“人命至重”，所以不管在处理普通平民还是官员犯罪的问题上，都秉持仁慈和慎重的态度。而文臣最主要的问题就在于会有贪污之嫌，所以管理文臣主要针对贪腐问题。北宋前期除了太祖期间有官员因严重的贪赃问题被处死外，没有官员因犯罪被处以死刑。到了太宗时期，更加宽宥，甚至犯赃罪的官员也多免死。但相对而言，对贪官的处置比犯其他公罪私罪的处罚要重。像仁宗时期引起轩然大波最后导致“庆历新政”(又称“庆历革新”)失败的“奏邸之狱”的主角苏舜钦，就是以“监守自盗减死一等除名”的罪名被贬谪为民，最后郁郁而终的。苏舜钦被除名并且在屡次大赦中都不能得到赦免，主要原因就是他以“监守自盗”即贪污的罪名被贬黜的。这足以说明，在宋代，官员贪赃是一个非常严重的罪名。

北宋前期是各项制度的奠基、形成到成熟的阶段，贬谪制度作为北宋朝廷官员管理制度的重要部分，自然也是在这个阶段逐步形成和成熟的。元祐八年(1093)，吕大防在皇帝面前曾说：“前代多深于用刑，大者诛戮，小者远窜；唯本朝用法最轻，臣下有罪，止于罢黜。”①如此说来，贬谪制度的制定与执行就成为宋代皇帝与朝廷管理处罚官员的一个重要甚至是唯一的手段。

第三节　“仁义为本，纪纲为辅”——贬谪制度的实施

北宋前期贬谪制度是随着时代的变化而不断完善的。总体来说，宋代贬谪制度的实施非常人性化，概括起来说，就是“仁义为本，纪纲为辅”。正如宋人吕中在《宋大事记讲义》中讲到的：“取士至于及累举，举官至于及内亲，任子至于异姓，拜近臣必择良日，退大臣则曰均劳逸。固所以结士大夫之心。”②但是，贬谪制度的实施与官员的惩治也经历了一个逐渐制度化和规范化的过程。

在太祖时期，由于当时国家初创，法制未备，宋太祖在处理官员犯罪方面，经常采取个人专断的方式。如《宋史·刑法二》所言：“律令者，有司之所守也。太祖以来，其所自断，则轻重取舍，有法外之意焉……专用己私以乱祖宗之成宪

---

① 《宋史》卷三四〇，第10843页。

② (宋)吕中：《宋大事记讲义》卷一，影印《四库全书》文渊阁本第686册，第188页。

者多矣。”①也即是说，宋太祖时期对官员犯罪的处置很大程度上取决于太祖自己本人的决断，而不是交由具体的有关单位去实施。据《宋史》记载：“端拱间，虏犯边郡，北面部署言：‘文安、大城二县监军段重诲等弃城遁，请论以军法。’帝遣中使就斩之。既行，谓曰：‘此得非算管州军召之耶？往讯之乃决。’使至，果讯得乾宁牒令部送民入居城，非擅离所部，遽释之。’”②宋太祖本人作为开国之君，具备足够清晰的判断力和公正性，其后来之人未必有这样的能力与境界。因此，这样做造成的弊端就是后来之人会“专用己私以乱祖宗之成宪”。在仁宗时期，这种情况就受到谏官的反对：

> 时近臣有罪，多不下吏劾实，不付有司议法。谏官王贽言：“情有轻重，理分故失，而一切出于圣断，前后差异，有伤政体，刑法之官安所用哉？请自今悉付有司正以法。”诏可。近臣间有干请，辄为言官所斥。谏官陈升之尝言：“有司断狱，或事连权幸，多以中旨释之。请有缘中旨得释者，劾其干请之罪，以违制论。”许之。仁宗于赏罚无所私，尤不以贵近废法。③

宋仁宗时期，出现近臣得罪不交给有关部门去议罪的情况，此举马上受到谏官弹劾，而宋仁宗也很快采纳了谏官的建议。可见，宋朝的官员惩治方式自宋太祖到宋仁宗期间，发生了比较大的变化，一切都越来越走向制度化和规范化。北宋贬谪制度的制定与实施也是在太祖、太宗、真宗、仁宗四朝确立与完善起来的。

一、北宋前期官员被贬原因及方式

金强先生所著的《宋代岭南谪宦》提到：“官员黜降制度，俗称贬官制度。基本形态就是降职，但不局限于降职，除此之外，往往伴随着任职地点的变化，如京官贬为地方官，地方官则贬为更为边远的地区。此外，还有职务性质的变化，如由实职改为闲职。”④本书所研究的贬谪官员范畴，也同样采取这个关于贬官制

① 《宋史》卷二〇〇，第4985页。
② 《宋史》卷二〇〇，第4987页。
③ 《宋史》卷二〇〇，第4989页。
④ 金强：《宋代岭南谪宦》，广东人民出版社2009年版，第71页。

度的概念，包括降职、京官贬为地方官，以及由实职改为闲职。官吏被贬谪的原因和情况各有不同，从职务高低的分别来看，宰相作为北宋权位最高的文官，同样面临被贬黜的可能性。一般由实职改为闲职的，在宰相身上体现得最为明显。他们被贬有以下几种方式：

第一，因施政不当或其他原因（有时甚至是天气原因）被弹劾，需要被罢免的，基本是以“均劳逸”的借口罢免其宰相职务，同时，提高他的勋官待遇。像宋太宗时期的宰相李昉就是典型的例子。李昉因被翟马周击登闻鼓状告其身为宰辅，在契丹入寇之时，不忧心国事，忠于职守，而是赋诗饮酒，置办女乐。宋太宗决定罢免他的宰相职位，“于是，召翰林学士贾黄中草制，授昉右仆射罢政，且令黄中切责之。黄中言：‘仆射师长百僚，旧宰相之任，今自工部尚书拜，乃疏迁，非黜责之意也。若以文昌务简均逸为辞，庶几得体。’上然之。庚子，罢昉为右仆射”①。这些被罢免的宰相实质上已失去了权力，但皇帝仍给予他们足够的优厚待遇，保留了他们作为朝廷重臣的体面。

第二，对于得罪当权者的宰相或朝廷重臣，采取贬谪出京到地方任职的方式。例如宋仁宗初期，时任枢密副使的晏殊因反对刘太后任用自己的亲信张耆，引起太后不悦。后来，晏殊因跟着皇帝驾临玉清昭应宫时，用笏板打掉来迟的持笏随从的牙齿，被监察御使曹修古、王沿等弹劾，认为“殊身任辅弼，百僚所法，而忿躁无大臣体。古者三公不按吏，先朝陈恕于中书榜人，即时罢黜。请正典刑，以允公议”。于是晏殊就被以“忿躁”的罪名贬到宣州任职。不久又改为知应天府。② 晏殊之前的宰相寇准、赵普也均有多次被朝廷贬谪到地方任职的经历。晏殊之后的范仲淹、欧阳修等人也皆经历过此种方式的贬谪。但这种贬谪不是长时间的弃置不用，而是经过一段时间的沉淀，经过朝廷重臣推荐或者皇帝认为还可以大用，依然可以重新回京任职，直至重回宰相大位。比如寇准虽被王钦若所谗，出知陕州，但因其才能以及时任宰相王旦的推荐，仍在真宗时期回到朝廷重新担任宰相或者枢密使等重要职务。晏殊也在刘太后去世、仁宗当政时重回朝廷并升任宰相。

---

① 《续资治通鉴长编》卷八五，第647页。

② 《续资治通鉴长编》卷一〇五，第2435页。

第三，对于参与到朝廷权力斗争，或对皇权的更迭起到威胁作用的宰相与大臣，朝廷对他们的贬黜是毫不留情的。像太宗时期的卢多逊，因为参与了皇权争夺而触犯宋太宗的大忌，被直接从宰相的任上下诏狱拷讯，罪名确定后就被流放到远在海外的崖州，并“追夺其在身官爵及更三代封赠、妻子官封，并宜削夺追毁。一家亲属，并配隶崖州。充长流百姓。所在驰驿发遣，仍终身禁锢，纵更大赦，不在量移之限。其期周以上亲属，并配隶边州远郡禁锢。部曲奴婢并纵之”①。这种类似的宰相间权力的争夺，及对皇权更替期间的参与导致的贬谪，还有后来的寇准与丁谓。他们的罪名与卢多逊不同，没有牵扯到皇家内部的权力斗争，而主要是朝廷重臣间的权力争夺。对这种权力斗争中的失败者的贬黜是要分步骤进行的。首先要把他从宰相的位置罢免，贬到地方任职，然后再从地方贬黜到岭南等僻远荒蛮之地。比如寇准在真宗晚期病重期间谋划使当时的太子也就是后来的仁宗监国，但因醉酒泄露机密被当时的政敌丁谓发现，他联合钱惟演，在真宗面前进谗，并故意歪曲真宗旨意，达到将寇准从相位罢免的目的。先将寇准从太子太傅降授为太常卿，并出知相州。然后再从相州贬到岭南之地雷州。丁谓后来在与王曾等人的权力斗争中落败，也同样是先将其宰相职位罢免，责为太子少保，分司西京。② 在贬谪丁谓时，为了做到速战速决，朝廷没有按照先例施行，而只是召了当时正在当值的舍人写下诏书，直接在朝堂张贴公布，并以布告谕知天下。在把他从宰相位置罢免之后，“辛卯，再贬谓崖州司户参军，诸子并勒停……又坐与德妙奸，除名，配隶复州。籍其家，得四方赂遗，不可胜记。其弟诵、说、谏悉降黜”③。

在北宋前期，宰相被贬谪罢黜，基本是这三种情况。而作为普通官员，被贬黜的原因和情状要更复杂多样。总的来说，有以下八种：

一是因职务上的过错被贬。这是北宋官员贬谪制度实施中最容易被辨别和定罪的一种，诸如贪污、渎职之类。属于私罪，是个人原因造成的。在《宋史》和《续资治通鉴长编》中有众多此种原因的贬谪事例。如：

① 司义祖整理：《宋大诏令集》卷第二〇三，中华书局 1962 年版，第 755 页。

② 《续资治通鉴长编》卷九八，第 2286 页。

③ 《续资治通鉴长编》卷九九，第 2293 页。

甲寅，右拾遗梁周翰夺两任官，坐通判眉州日决人至死也。①

癸卯，殿中侍御史刘光辅坐知楚州日受赂，除籍为民。②

己卯，工部郎中陈尧佐、右正言陈执中，并夺一官。尧佐为起居郎，依前直史馆，监鄂州茶场，执中卫尉寺丞，监岳州酒税，初，上累定考试条制，举人纳试卷，即先付编排官，去其卷首乡贯状，以字号第之，封弥官誊写校勘，始付考官定等讫，复封弥送复考官再定等，乃送详定官启封，阅其同异，参验著定，始付编排官取乡贯状字号合之，即第其姓名差次，并试卷以闻，遂临轩放榜焉。大抵欲考校、详定官不获见举人姓名、书翰，编排官虽见姓名，而不复升降，用绝情弊。而尧佐、执中为编排官，不详此制，复改易其等级。翌日，内廷复验，多所同异，遂悉付中书，命直龙头阁冯元、太子右谕德鲁宗道阅视，仍召尧佐、执中洎考校、详定官对辨之，尧佐等具伏。王钦若等言："尧佐等所犯，诚合严谴。若属吏议，其责甚重，请止据罪降黜。"从之。③

这些事例中官员被贬的罪名分别是渎职、贪赃、破坏考试规则，是宋代关于官员黜陟的正常举措。此种处置不会对士大夫社会产生严重的不良影响，其产生的效果基本是积极的。

二是因言获罪。因言获罪又分为两种，一种是因为上书议论朝政，得罪皇帝与执政大臣，如宋太宗朝著名直臣田锡曾上书言事。"疏奏，上不悦，宰相亦怒锡疏有'调燮倒置'语，寻罢知制诰，以户部员外郎出知陈州。"④宋仁宗时左司谏滕宗谅也曾因奏疏谏内宠"言宫禁事不实"⑤而被贬知信州。还有一种是私下议论，但被皇帝听到后不满，故因此被贬。如王禹偁因开宝皇后之丧，群臣不成服，"禹偁与宾友言：'后尝母天下，当遵用旧制。'或以告，上不悦。甲寅，禹

① 《续资治通鉴长编》卷九，第201页。

② 《续资治通鉴长编》卷一五，第318页。

③ 《续资治通鉴长编》卷九三，第2140页。

④ 《续资治通鉴长编》卷三〇，第689页。

⑤ 《续资治通鉴长编》卷一一五，第2698页。

偁坐轻肆，罢为工部郎中、知滁州”①。诸如此类，因上述政治言论得罪皇帝与执政大臣的，均属于“因言获罪”，也是宋代大臣被贬谪的一种缘由。

三是反对皇帝的某项举措或政策，而使皇帝及宰相无法对付的，一般也会采取贬黜的方式，把反对者贬出京城，达到使他们无法继续反对的目的。同时，也是对反对者不配合自己的一种惩戒。宋仁宗在位期间，因为反对仁宗废后，范仲淹与孔道辅就曾被贬出京城，到地方任职。

> 仲淹即与权御史中丞孔道辅率知谏院孙祖德，侍御史蒋堂、郭劝、杨偕、马绛，殿中侍御史段少连，左正言宋郊，右正言刘涣诣垂拱殿门，伏奏皇后不当废，愿赐对以尽其言。护殿门者合扉不为通，道辅抚铜环大呼曰：“皇后被废，奈何不听台谏入言。”寻诏宰相召台谏谕以皇后当废状，道辅等悉诣中书，语夷简曰：“人臣之于帝后，犹子事父母也。父母不和，固宜谏止，奈何顺父出母乎！”众哗然，争致其说。夷简曰：“废后自有故事。”道辅及仲淹曰：“公不过引汉光武劝上耳，是乃光武失德，何足法也！自余废后，皆前世昏君所为。上躬尧、舜之资，而公顾劝之效昏君所为，可乎?”夷简不能答，拱立曰：“诸君更自见上力陈之。”道辅与范仲淹等退，将以明日留百官揖宰相廷争。而夷简即奏台谏伏阁请对，非太平美事，乃议逐道辅等。丙辰旦，道辅等始至待漏院，诏道辅出知泰州，仲淹知睦州，祖德等各罚铜二十斤……道辅比还家，敕随至，又遣使押道辅及范仲淹亟出城。仍诏谏官御史，自今并须密具章疏，毋得相率请对，骇动中外。②

这段史实清楚地记载了宰相吕夷简因为自己的私怨怂恿和支持宋仁宗废后，遭到范仲淹、孔道辅等台谏官员的强烈反对并严词质问的情况。吕夷简无法应对，就使用缓兵之计，在范、孔二人毫无准备的情况下，在待漏院宣诏将准备廷争的他们直接贬出京城。其他追随者则处以罚金，并且为了早点将他们赶出京城，吕夷简不顾过去的旧例，直接以敕书的形式送至时任御史中丞的孔道辅家，

① 《续资治通鉴长编》卷三七，第813页。
② 《续资治通鉴长编》卷一一二，第2648页。

还派使者将他们马上押解出城，并发布诏书，要求以后的谏官御史奏事，必须密章奏上，不得一起聚众请对。这样的处理结果，在当时朝野引起了很大震动。对于宋代台谏制度来说，是一个很大的冲击。

四是由于声援被贬大臣而被贬，甚至是自求与其同贬以表达其政治态度，还有台谏官员因其建议不被采纳而自请出外。宋仁宗在位期间，范仲淹因上《百官图》，与宰相吕夷简在官员升迁及建都等方面进行争论，吕夷简向皇帝怒诉范仲淹“离间君臣，所引用，皆朋党也”①。因此范仲淹被罢知饶州。余靖冒着被指为朋党的风险声援范仲淹，终以此被贬。尹洙则因为上言自请与范仲淹同贬而被贬。欧阳修写信指责谏官高若讷在范仲淹被贬事件上闭口不言、坐视不管，认为其“不复知人间有羞耻事”，因此而被贬为夷陵县令。这起贬谪事件，已经是一个群体的贬谪事件，他们不是因为共同犯罪，也不是因为被政治对手攻击，而是为了声援自己认同的政治主张，甚至以自请贬谪的方式来表达自己不怕任何政治打击而坚守道义的坚定信念。这种行为在宋代以前或以后都没有出现过，可以看成是宋代士人政治节操与精神信仰形成的标志。

五是因文章或诗歌触动忌讳而被贬谪。如胡旦与李淑。胡旦多次因其文章的措辞激怒皇帝而获罪被贬。

> 丙午，右补阙、直史馆胡旦献《河平颂》，言逐卢多逊、出赵普事。其序略云：“贼臣多逊，阴泄大政，与孽弟廷美咒诅不道，共造大难。强臣普，恃功贪天，违理背正，削废大典，驾豪杰之罪，饰帝王之非，榛贤士之路，使恩不大赉，泽不广洽。”颂复有“逆逊投荒，奸普屏外”等语。上览之大怒，召宰相谓曰：“旦辞意悖戾，朕自置甲科，历试外任，所至悉无善状。知海州日，为部下所讼，狱已具，适会大赦，朕录其才而舍其过，乃敢恣胸臆狂躁如此！今朝多君子，旦岂宜尚列侍从耶？亟逐去之。”且下其颂史馆。中书舍人、史馆修撰王祜等奏旦指斥大臣，谤渎圣代，下流讪上，宜加窜斥。丁未，责旦为殿中丞，商州团练副使。②

① 《宋史》卷三一四，第10269页。
② 《续资治通鉴长编》卷二四，第561页。

辛酉，兵部郎中、知制诰、史馆修撰胡旦，责授安远节度行军司马。旦与王继恩等邪谋既露，上新即位，未欲穷究之，而旦草行庆制词，颇恣胸臆，多所溢美，语复讪上，故先绌之。①

李淑，真宗时以给事中知郑州时，写有《周陵诗》。后在朝廷任职时，国子监博士陈述古以私隙讼其讥讪朝廷，被除去龙头阁学士，出知应天府。魏泰《东轩笔录》记载：

李淑在翰林，奉诏撰《陈文惠公神道碑》，李为人高亢，少许可，其文章尤尚奇涩，碑成，殊不称文惠之功烈文章，但云“平生能为二韵小诗”而已。文惠之子述古等恳乞改去“二韵”等字，答已经进呈，不可刊削。述古极衔之。会李出守郑州，奉时祠于恭陵，而作《恭帝陵诗》曰：“弄楯牵车挽鼓催，不知门外倒戈回。荒坟断垄才三尺，犹认房陵半仗来。”述古得其诗，遽讽寺僧刻石，打墨百本，传于都下。俄由以诗上闻者，仁宗以其诗送中书。翰林学士叶清臣等言：“本朝以揖逊得天下，而淑诬以干戈。且臣子非所宜言。”仁宗亦深恶之，遂褫李所居职。②

李淑与胡旦二人在宋代初期的士大夫群体中评价极低，被认为性奸邪险陂，荒诞悖谬。此二人得罪于文辞，主要是因为他们的文字内容都涉及了宋室得天下以及传承的方式是否合法，是否合乎儒家伦理道德的问题。胡旦还涉及了对于宋朝开国功臣赵普的评价。在这种情况下，其无所顾忌的措辞与行文是很容易激怒皇帝，从而被贬斥的。从事件本身来看，李淑的《周陵诗》事件，应该是宋代“以文字入罪”的先声。但因为当时还没有北宋中后期非常残酷的新旧党争问题，所以李淑虽然因诗得罪，但只除去龙头阁学士之职，出知应天府，受到的处罚并不是很重，但是他也因此不被皇帝大用。比起苏轼的“乌台诗案”以及后来蔡确的

① 《续资治通鉴长编》卷四一，第856页。
② （宋）魏泰：《东轩笔录》卷三，《全宋笔记》第二编第八册，第23~24页。

“车盖亭”诗案，这个事情的处理简单得多了。

六是因被诬告而遭贬。

> 癸未，降知永兴军陈尧佐知庐州，为狂人王文吉所诬也。尧佐罢政，过郑，文吉挟故怨告尧佐谋反。上遣中官讯问，复以属御史台。中丞范讽夜半得旨，诘旦得其诬状上之，尧佐犹坐是左降。①

陈尧佐被人诬告谋反，宋仁宗先派宦官讯问，后来又把案子交给御史台，御史中丞范讽半夜得到圣旨，连夜审讯搞清楚是一件诬告的案子。在这种情况下，陈尧佐依然被降职处理。

七是因政治权力斗争被牵连贬谪的也不在少数。如前寇准在真宗晚期被贬岭南时，翰林学士盛度、寇准的女婿王曙都分别被贬黜到光州和汝州。寇准的亲吏张文质、贾德润并黜为普宁、连山县主簿，后因朱能案，被除名，配隶封、贵州。朝士与寇准亲厚的，丁谓必定把他们贬斥。只有杨亿因丁谓爱才，才得以保全。

八是不服从调遣而被贬。

工部尚书陈若拙担任京东转运使被召回京城，因为没有得到三司使的职位，他拒绝接受新的任命，甚至在皇帝好言劝慰之后依然拒绝接受，因此“固当谴降”，以儆效尤。《长编》卷二十九载：

> 若拙大失望，因对固辞，且言常任三司判官及转运使，今守湖外，反累责降。又言父母老，不愿远适。上曰：“潭州大藩，朕为方面择人，所委任不在转运使下，辅相旧臣，固亦有出典大藩者，卿其勿辞！”若拙恳请不已，乃追新授告敕而有此命。
>
> 上谓宰臣曰：“士大夫操修，必须名实相副。若拙前使郓州，就徙为本路转运使，加赐金紫。谓其干事，委以方面，改官未久，仍令迁秩，而贪进择禄至此。乃知取士擢才，必须审慎。顷有黄观者，或称其能，迁为西川转

① 《续资治通鉴长编》卷一一二，第2622页。

运使，辄诉免，寻绌知阆州，自后无敢然者。今若拙固当谴降。大凡朕之用人，岂以亲疏为间，苟能尽瘁奉公，有所树立，何患名位之不至也。”①

二、贬谪的具体实施程序

北宋管理惩处官员的部门主要是御史台。《宋史·职官志九》载：“御史台：掌纠察官邪，肃正纲纪。大事则廷辨，小事则奏弹。其属有三院：一曰台院，侍御史隶焉；二曰殿院，殿中侍御史隶焉；三曰察院，监察御史隶焉。凡祭祀、朝会，则率其属正百官之班序。”②御史台设“中丞一人，为台长”，其主要作用就是监察官员的行为是否失当。如果是大事的话，则在朝廷百官朝会之时进行廷争。小事则直接上奏折弹劾。三个部门各有专职。也就是说，所有官员的贬谪黜陟均由御史台的各个部门分工合作，进行监察，以决定其黜陟。而御史中丞，是御史台的最高长官，对御史台的工作负有直接的责任。张咏做御史中丞时，就曾因“宰相张齐贤呼参知政事温仲舒为乡弟，及他语，鄙甚。公以非所宜言，失大臣体，遂弹奏之”③，结果引起张齐贤的怨恨，以致后来在太宗面前诋毁他与他的亲家王禹偁。仁宗时期“天章阁侍讲林瑀上周易天人会元纪，御史中丞贾昌朝言：‘瑀以阴阳小说，上惑天听，不宜在劝讲之地。’帝谕辅臣曰：‘人臣虽有才学，若过为巧伪，终有行迹。’乃落瑀职，通判饶州”④。天章阁侍讲林瑀就因为御史中丞贾朝昌的弹劾，而遭到贬谪。这是关于在朝官员的监察工作。在外官员，则由各路转运使调查刺探他们的功过罪错，并上报朝廷。《宋史·职官志九》载：“转运使：掌经度一路财赋，而察其登耗有无，以足上供及郡县之费；岁行所部，检察储积，稽考赋籍，凡吏蠹民瘼，悉条以上达，及专举刺官吏之事。”⑤《宋朝事实类苑》记载了明肃太后过问福州陈绛赃污狼藉之事，宰相王曾回答：“外方之事，须本路监司发摘。不然，台谏有言，中书方可施行。今事从中出，万一传

① 《续资治通鉴长编》卷二九，第1135页。

② 《宋史》卷三一四，第3871页。

③ （宋）江少虞撰：《宋朝事实类苑》卷第七，上海古籍出版社1981年版，第71页。

④ 《宋朝事实类苑》卷第五，第45页。

⑤ 《宋史》卷三一四，第3965页。

闻不实，既所损又大也。”①也就是说对外方官员进行处罚，有两条途径，一是由本路监司，即本路转运使来举发，二是由台谏对其进行弹劾，这样政府才能够对他进行调查处理。所以明肃太后才要求“速选有风力吏事，任一人为福建路转运使”，以调查陈绛的贪污行为。

在朝官员被台谏弹劾或被本路转运使发摘之后，还要根据实际情况看是否需要下诏狱来弄清犯罪事实。按照《宋史》所载：“诏狱，本以纠大奸慝，故其事不常见。初，群臣犯法，体大者多下御史台狱，小则开封府、大理寺鞫治焉”②，“天下疑狱，谳有不能决，则下两制与大臣若台谏杂议，视其事大小，无常法，而有司建请论驳者，亦时有焉”③。牵扯到大案、要案中的官员，像卢多逊这样重大的涉及谋反的案情，就要下御史台狱，由皇帝专门指派官员审理此案，在案情明白之后，诏文武群臣朝堂集议，最后根据集议结果定罪施行。这种就叫做诏狱。所以当王钦若因“人有言其受金者”，请求宋真宗以此事下御史台时，真宗斥责他曰：“国家置御史台，固欲为人辨虚实耶？”④可见，一般下御史台的诏狱都是比较重大的事件。而王钦若后来也被御史台就第按问，则是因为他在判河南府时，没等朝廷召回就自己舆疾回京，丁谓向皇帝告发他“擅去官守，无人臣礼”，皇帝就“命御史中丞薛映就第按问，钦若惶恐伏罪。戊子，责授司农卿，分司南京，夺从益一官。转运使及河南府官皆被罪。仍放谕天下”⑤。除此之外，苏舜钦曾因“进奏院事件”下御史台按治后被以监守自盗的罪名“减死一等除名”，欧阳修也曾因被诬告与某女有奸而下御史台按治，后被贬知滁州。

普通的官员在履行职责的过程中所犯过错，此种事件一般由开封府官员来处理。比如吕公绰因被谏官、御史上言，弹劾他以前知开封府时，曾按照庞籍的意思，杖责赵清贶，致其没到配所就死亡的事情，吕公绰因此得罪，但他不久后上奏章为自己辩解，于是皇帝下诏让知开封府杨察来处理此事，也就是说这样的事

---

① 《宋朝事实类苑》卷第一三，第146页。

② 《宋史》卷二〇一，第4997页。

③ 《宋史》卷二〇一，第5005页。

④ 《续资治通鉴长编》卷九三，第2149页。

⑤ 《续资治通鉴长编》卷九七，第2256页。

情交由开封府处理就可。①

有些案件则是由相应的部门提出弹劾案，然后朝廷根据其罪错将其直接下旨贬斥。如胡旦献《河平颂》，其文词悖谬引起宋太宗不满，将他的《河平颂》下史馆讨论，史馆官员中书舍人、使馆修撰等将讨论结果上奏给宋太宗，说胡旦“指斥大臣，谤渎圣代，下流讪上，宜加窜斥”，胡旦因此被责为殿中丞、商州团练副使。②

案情及罪行以及处置方式确定以后，宰辅类官员由翰林学士知制诰草制，其他官员由中书舍人草写贬诏，由中书门下通告被贬官员，有些重大的贬谪制诏还会榜示朝堂，颁谕天下。被贬官员到任后以谢表的形式向皇帝报告自己到任行程及表示感谢，整个贬谪的程序就完成了。

三、皇权专制对官员贬谪的影响

虽然北宋前期制定了一系列与贬谪相关的制度及政策，但作为以人治为主的专制集权国家，皇帝拥有至高无上的权力。《长编》就记载了关于李穆的一件事情。李穆因为坐卢多逊事被黜降，后来因为宋准在奏事之时为其美言，宋太宗才有所感悟。“于是，穆同知贡举，预侍立，上见穆颜色瘦瘁，谓曰：‘卿何故如此，岂非黜降以来忧畏所致乎？’即日还穆旧官。”③可见，李穆贬官与还旧官就是宋太宗本人的一念之间而已。宋仁宗作为宽厚之君，也同样会在宰相吕夷简的怂恿之下，违反贬黜程序罢免范仲淹、孔道辅，并派使者押解他们马上出城。而吕夷简之所以在废后这件事情上如此卖力，主要原因也是因为他初次被罢相出守许州，是因为宋仁宗听信郭皇后的话才导致的。

> 张邓公、吕许公同作宰相。一日朝退，仁宗独留吕公，问曰：“张士逊久在政府，欲与一差遣出去。”吕公曰：“士逊出入两朝，亦颇宣力。”仁宗曰：“恩命如何?”吕公曰：“与除静江军节度使、检校太傅、知许州。”仁宗

① 《续资治通鉴长编》卷二九，第561页。
② 《续资治通鉴长编》卷一七五，第4226页。
③ 《续资治通鉴长编》卷二四，第541页。

曰："不亏他否？"吕公曰："圣恩优厚。"吕公既退，张，吕姻亲也，私焉，曰："主上独留公，必是士逊别有差遣。"因祁以恩命。吕沉吟久之曰："使弼，使弼。"张亦欣然慰望。是日张公打屏阁内物已过半矣，明日令院子尽搬阁内物色归家，更不趋待漏院，只就审官东院待漏。既入朝，张公唯祗俟宣麻，吕公唯准备押麻耳。忽堂吏报吕公曰："相公知许州。"吕公大惊，于是张公押麻，乃吕公除静江军节度知许州也。①

仁宗本与吕夷简商议将另一宰相张士逊罢职外放，因此吕夷简完全没有预料到自己会被罢相贬谪，所以贬诏下达之后，他显然大为震惊。类似出于皇帝之口就直接罢职贬出京城的还有仁宗皇帝时期的苏绅。

仁宗初逐林瑀，一日执政奏事罢，因谈时政，而共美上以聪明睿智，洞察小人情者。仁宗曰："卿等谓林瑀去，而朝廷遂无小人耶？"执政曰："未谕圣旨，不识小人为谁？"仁宗从容曰："苏绅可侍读学士，知河阳。"②

贬谪苏绅完全是出于仁宗皇帝本人的意志。而苏绅自己并没有被御史和谏官弹劾，执政甚至都不知道仁宗皇帝所指"小人"为谁。从吕夷简及苏绅被贬，可以看出皇权专制社会中皇帝对于官员贬谪的不可置疑的决定权。也正因此，在处理朝政时，皇帝有时难免会受个人意志的支配，做出不符合朝廷常规的事情。这时，宰相的作用就体现出来了。《宋史·职官志九》载"宰相之职：佐天子，总百官，平庶政，事无不统"③。如果一个宰相具备相当大的勇气和意志力，那么他就会以自己的个人意志与皇帝抗衡，以说服皇帝回到正轨。这时就需要一个开明的皇帝，能听得进去臣下的意见。宋太祖赵匡胤与开国宰相赵普之间的关系恰恰就体现了这一点：

① （宋）孔平仲：《谈苑》卷一，《全宋笔记》第二编第五册，第292页。
② 《宋朝事实类苑》卷第四，第42~43页。
③ 《宋史》卷三九〇，第11963页。

太祖时，尝有群臣立功，当迁官，上素嫌其人，不与。赵普坚以为请，上怒曰：“朕固不为迁官，将若何？”普曰：“刑以惩恶，赏以酬功，古今之通道也。且刑赏者，天下之刑赏，非陛下之刑赏也，岂得以喜怒专之？”上怒甚，起，普亦随之。上入宫，普立于宫门，久之不去，上寤，乃可其奏。①

“刑赏者，天下之刑赏。”在赵普这里，他已经把皇帝的私意与天下之公理区分开来。他的这种认识最终被宋太祖所认可。由此可见，当朝皇帝与当权的宰相，其个人意志完全会影响贬谪官员的处置。宋真宗在位时，《宋朝事实类苑》卷十六记载了罢免寇准一事：

寇准在枢府，上欲罢之，莱公已知，乃使人告公曰：“遭逢最久，今出欲一使相，望同年主之。”公曰：“将相之任，极人臣之贵，苟朝廷有所授，亦当辞，岂得以私有干于人？”仍亟往白之，莱公不乐。后上议：“寇准令出，与一甚官？”公曰：“寇准未三十岁，已登枢府，太宗甚器之。准有才望，与之使相，令当方面，其风采足以为朝廷之光。”上然之，翌日降制，莱公捧使相告谢于上前，感激流涕曰：“苟非陛下主张，臣安得有此命？”上曰：“王某知卿。”具道公之言。莱公出谓人曰：“王同年器识，非准可测。”②

王旦虽没有直接答应寇准的要求，但寇准被罢免枢密使时被授予使相之职，完全是因为皇帝采纳了王旦的建议。

很多官员的升降黜陟甚至存在一定的偶然性，取决于皇帝或宰相本人对这位臣子的直接观感。太宗朝李符，在卢多逊被流放崖州时对赵普提出：“朱崖虽远在海中，而水土颇善。春州稍近，瘴气甚毒，至者必死，不若令多逊处之。”③后来宋太宗恶其朋党，赵普就把李符贬知春州，一年多后，李符就死于春州。可

① 《宋朝事实类苑》卷一六，第190页。
② 《宋朝事实类苑》卷第一三，第152页。
③ 《续资治通鉴长编》卷二四，第544页。

见，宰相在决定官员贬谪地域时，因其对被贬官员人品的看法，可以选择自己认为适合其人的贬谪之地。而真宗末年寇准被贬，也是完全出于当时宰相丁谓的意志。他利用真宗病重之机，联合当时的翰林学士钱惟演，一起深责寇准，寇准因此被特授太常卿知相州。丁谓等不想让寇准在内地任职，向皇帝请示远徙寇准，真宗命令给寇准安排一个小郡。丁谓退下后在纸尾署道："奉圣旨，除远小处知州。"同为宰相的李迪认为，当时皇帝的圣旨里并没有讲到"远"字，丁谓说："君面奉圣旨，欲擅改圣旨，以庇准乎？"李迪非常气愤但却无可奈何。① 因此，寇准被徙知安州。在安州任上，因受朱能叛乱牵连，再贬道州司马。"自准罢相，继以三绌，皆非上本意，岁余，上忽问左右曰：'吾目中久不见寇准，何也？'左右亦莫敢对。上崩，乃责雷州。"②在将要贬寇准到雷州时，王曾认为责罚过重，丁谓威胁他说："居停主人恐亦未免耳。"因王曾曾借宅邸给寇准居住，王曾惧怕此事牵累自己，因此不敢再争。丁谓利用真宗晚期的病状，通过对皇帝旨意的歪曲以及对同朝臣子的威胁，达到了把寇准拉下宰相位置并贬黜到岭南的政治目的。可见，要将某位官员贬谪到某处，有时并不经过具体的审判论罪，而完全出自当时执政者的一己之意。

对于贬谪官员的处理，也会因为执政宰相气度与心胸的不同，而有所区别。比如，仁宗中后期的唐介，其激怒仁宗的程度比范仲淹、孔道辅有过之而无不及，但因为当朝宰相文彦博比较宽厚，尊重谏官言事的职权，在他的求情之下，唐介得到了较轻的贬谪处理，并很快就被召回朝廷。

第四节 "虽罹谴放，寻沐甄收"——贬谪官员的量移与叙复

北宋前期对被贬官员按照制度规定进行量移以及叙复，体现了宋代对贬谪官员的人性化处理方式。从贬谪的力度与量移及叙复的过程来看，按照宋人自己的说法，那就是"虽罹谴放，寻沐甄收"③。对于士大夫中的优秀分子，虽然因种种

① 《续资治通鉴长编》卷九六，第 2211 页。

② 《续资治通鉴长编》卷九六，第 2212 页。

③ 《续资治通鉴长编》卷三五，第 771 页。

原因会遭受到不同程度的贬谪。但一般情况下，都会很快得到量移和叙复。即使是一些犯了较大罪过，甚至是负有谋反罪名的官员，在多年以后也会得到谅解，甚至给予一定的恩泽，如果本人身死，他的家人也会得到一定的补偿。

宋太宗在位期间，著名文学家王禹偁曾两次遭贬。第一次是太宗淳化二年(991)，在他38岁时，因其为徐铉雪冤而由大理寺丞、知制诰被贬为商州团练副使。一年半后因南郊祭祀，他随例量移解州团练副使。王禹偁在《量移自解》诗中写道："商山五百五十日，若比昔贤非滞留。试看江陵元相国，四年移得向通州。"《续资治通鉴长编》卷二十九记载：

> 初，商州团练副使王禹偁量移解州，因左司谏吕文仲巡抚陕西，疏言父老，求徙东土，上即诏禹偁还朝。己卯，授左正言，谓宰相曰："禹偁文章，独步当世，然赋性刚直，不能容物，卿等宜召而戒之。"寻命直昭文馆。①

同中唐元稹被贬江陵，四年之后才量移通州相比，他被贬两年就得以量移，并且在量移后不久就奉诏还朝。第二次被贬是在太宗至道元年(995)他42岁时，因其对"开宝皇后"丧仪的议论而以"加恩去职"的方式被贬知滁州。在滁州一年半，王禹偁就奉诏移知扬州军州。第二年三月癸巳，太宗崩，真宗即位，特授王禹偁尚书刑部郎中，散官赐勋如故。五月丁卯，真宗下诏求直言，王禹偁上《应诏言事疏》，真宗即召王禹偁还朝，以刑部郎中守本官，复知制诰，是为王禹偁三度任知制诰。但好景不长，真宗咸平元年(998)王禹偁45岁时，在本年的十二月二十九日(岁除日)落知制诰，出知黄州。在贬谪黄州期间，由于王禹偁曾预修《重修太祖实录》，还特授朝请大夫，赐绢五十匹，银五十两。十一月大赦天下，特授王禹偁上柱国之勋官。在黄州第二年十月，黄州出现特异自然现象，真宗为避免王禹偁出现意外，特命他徙知蕲州。

> 初，黄州境二虎斗，其一死，食之殆半；群鸡夜鸣，经月不止；仲冬，震雷暴作。知州、刑部郎中王禹偁手疏言之，且引《史记天官书》《洪范五行

① 《续资治通鉴长编》卷二九，第752页。

传》为证。上亟命中使乘驿劳问，醮禳之。又询于日官，言守土者当其咎。上惜禹偁才名，即命徙知蕲州，至，未逾月卒。戊午，讣闻，上甚嗟悼之，厚赙其家，赐一子出身。①

通过观察王禹偁三次被贬的实际情况和处罚力度，我们可以发现，王禹偁被贬后的境遇无论从贬谪地、贬谪时间还是社会舆论氛围、皇帝的态度，都要比唐朝贬谪官员的经历宽松温和许多。王禹偁在三次贬谪期间，在仕途上感到失落和孤立的同时，赵宋皇帝对贬谪官员的温和宽松的政策，也使得王禹偁感戴不已，就如他在《应诏言事疏》中所言："臣本自草莱，擢居台阁，虽罹谴放，寻沐甄收。每欲酬恩，恨无死所。智小谋大，惟俟诛夷，报国捐躯，岂复顾虑。"②而正是因为这样虽非罪而贬却又留有余地的处理方式，使王禹偁在被贬之后怀有一种矛盾的心理：一方面，他对于自己被贬本身深表不满；但另一方面他对皇帝及当时的政治文化环境抱有信心，并衷心拥戴。

除了王禹偁这样本身并没有太大过错的文人士大夫，其他官员也同样在被贬谪之后，会很快获得量移或升迁，以至有些官员对自己早日重回朝廷抱有极大的期待和自信。太宗时"右谏议大夫李巨源责授都官郎中、知朗州。巨源性讦直，好言事，上屡加奖激，将有大用之意。会贬，巨源恃旧恩，日夕望召还，尝语僚属曰：'会当思我，宁久居此。'后数岁，驿递堂帖令传归阙，巨源启封见之，大笑，喜极气绝而卒"③。李巨源虽然被贬，但他对自己在太宗心目中的地位很有信心，日夜渴望回到朝廷。果然，数年后他接到回京的命令。虽在预料之中，但他乐极生悲，竟"喜极气绝而卒"。结局虽是悲剧，但仍能看出，北宋前期被贬官员不会因被贬而对自己未来的仕途感到忧虑，也可见宋初对于被贬官员的量移和叙复是很正常的政治待遇。仁宗时期，"晏殊之出也，上意初不谓然，欲复用之，会李及卒，乙酉，召殊于南京，命为御史中丞，仍令班翰林学士上"。晏殊因张耆事被贬出朝，仁宗很快就从南京把他召回，重新任命为朝廷重臣。因与宰相吕

① 《续资治通鉴长编》卷四九，第1064页。

② （宋）王禹偁：《王黄州小畜集》卷六，《四部丛刊初编》（集部）本，上海书店1939年版。

③ 《续资治通鉴长编》卷二九，第654页。

夷简政见不同而被贬的范仲淹等人，也同样在被贬不到一年的时间，很快就得到量移善地的处理。“壬辰，徙知饶州范仲淹知润州，监筠州税，余靖监泰州税，夷陵县令欧阳修为光华县令，上谕执政令移近地故也。”①(因叶清臣上疏)唐介因弹劾宰相文彦博而被仁宗贬为英州别驾，但在不到两年内，先由英州别驾徙为全州团练副使、监郴州酒税，又升为秘书丞，再调任其为主客员外郎、通判潭州。

> 丁未，主客员外郎、通判潭州唐介为殿中侍御史里行、知复州。庚申，新知复州、主客员外郎、殿中侍御史里行唐介为殿中侍御史，充言事御史，遣内侍赍敕诰赐之。介贬斥不二岁，复召，议者谓天子优容言事之臣，近古未有也。②

唐介从被贬到重新回朝时间不超过两年，时人认为天子优待容忍台谏官员，是古今从未有过的现象。

除了此种类型官员的贬黜会很快得到量移或叙复外，那些犯有较大罪过被流放岭南甚至被除名的官员，例如卢多逊、丁谓、胡旦等人，在数年之后，依然可以得到赦免和加恩。据《长编》载：“大理寺丞、知彭山县卢察乞官襄州，以洒扫坟墓。上问察家，王钦若对曰：‘察父多逊，故宰相，谪死朱崖。’上恻然，许之。”③卢多逊所犯罪过本是谋逆大罪，但多年后皇帝对卢多逊的家人依然怀有恻隐之心，准许他的儿子卢察在家乡任职，以便洒扫坟墓，照顾家人。朝廷还因为儋州流人洪湛之事，特给予岭南流人特别的照顾：

> 先是，儋州流人洪湛卒于此州调马驿。湛一子偕行，甚幼，州以闻。湛之被罪也，参知政事王钦若亦自内愧，于是白于上。诏给钱二万，官为护丧还本贯。丁卯，因诏命官流窜没于岭南者，给缗钱，听归葬，其亲属州遣吏部送之。④

① 《续资治通鉴长编》卷一二〇，第2843页。
② 《续资治通鉴长编》卷一七五，第4230页。
③ 《续资治通鉴长编》卷一〇一，第2343页。
④ 《续资治通鉴长编》卷五五，第1202页。

宋太宗对于被贬出守外藩的寇准，也是怀着思念牵挂之情。寇准被贬出守青州之后，宋太宗问左右侍臣曰："寇准在青州，乐否?"左右侍臣曰："准得善藩，当以为乐也。"宋太宗过几日后又问，身边有人揣测太宗有复用寇准之意，就回答说："陛下思准不少忘，闻准日置酒纵饮，未知亦念陛下否?"宋太宗默然无语。①寇准后来被宋太宗召回京城。真宗末年，寇准死在贬谪地雷州，11 年后得到赦免，"始复为太子太傅。甲戌，赠准中书令，复莱国公，其婿屯田员外郎张子杲复直史馆，仍令赍诏赐其家，祭酹之。又赠左骐骥使、英州团练副使周怀政为安国节度使"②，恢复了他以前的各项荣誉职务，并恩及其家人。对于这些谪死岭南的官员，朝廷给予经济上的救济，以便他们能够得以归葬家乡，其滞留岭南的亲属则由吏部派人护送回乡。对于寇准这种被陷害而贬谪至死的功臣，则不但复其旧官，还特令赠其亲属为官，以作为对他们的补偿。

至于被贬岭南的丁谓，则因为其"雅多智"，善于揣摩皇帝的心理，他给在洛阳的家人写的家书里，"尝为书自克责，叙国恩厚，戒家人毋辄怨望"并"遣人致于西京留守刘烨，祈付其家，戒使者伺烨会众僚时达之"，而刘烨在大庭广众之下怕引起误会，连累自己。因此不敢隐瞒，就把丁谓的这封家书上交给宋仁宗。宋仁宗"见之感恻"，宰相加以阻拦，仁宗说："谓斥海上已数年，欲令生还岭表耳。"③因此丁谓由崖州司户参军徙为雷州司户参军，成功得以过海内徙，在生前就得到了量移。后来遇到南郊大赦，丁谓又差点得以回到朝廷，因当时殿中侍御史陈琰的强烈反对，丁谓才没能回到朝廷。但是，丁谓仍然在因刘太后生病而进行的另一次大赦中，得到了"乾兴以来贬死者复其官，谪者皆内徙，丁谓特许致仕"④这样的优厚处置。只要丁谓活着，在当时的政治环境和宋代对士大夫的宽厚礼遇中，他回到朝廷的可能性就一直存在着，也正因此，当光州报来秘书监致仕丁谓去世的消息，王曾听说了，对人说："斯人智数不可测，在海外犹能诈得还。若不死，数年未必不复用，斯人复用，则天下之不幸可胜道哉！吾非幸其死也。"⑤

① 《续资治通鉴长编》卷三四，第 756 页。
② 《续资治通鉴长编》卷一一二，第 2643 页。
③ 《续资治通鉴长编》卷一〇三，第 2458 页。
④ 《续资治通鉴长编》卷一一二，第 2609 页。
⑤ 《续资治通鉴长编》卷一二〇，第 2830 页。

除了这些因犯了大罪而被贬岭南的官员都能够得到恩典，量移乃至回朝外，被除名者也能够因为朝廷大赦而被重新起用，再次进入宦籍。像胡旦这样因参与谋逆而被除名流放的人，在大赦中遇赦回到京城，如果本人表现正常或者良好，是可以再次被授予官职的。只是，胡旦当时因“颇不检慎，故授以冗秩”①，即胡旦本是被流放的，这次大赦虽然是被授以通州团练副使这样不签书公事的散官，但他仍然是从罪犯的行列进入了正式的宦籍，随着下次大赦的到来，他就有机会由冗职变为正官。苏舜钦因“奏邸冤狱”以“监守自盗”的罪名被除名，但多年后也因大赦而被授以湖州长史的散官，如果他不是很快就去世的话，从理论上讲，是有可能被朝廷重新起用的。可见，在北宋前期，官员不管因何等罪名被贬谪，即使被除名，都会获得赦免，从而重新得到任用的机会。

对于被贬谪官员的处理，朝廷有专门的诏令来规定对他们的惩罚以及任用。真宗时，曾发布诏书，要求：“‘使臣犯入己赃徒以上罪，叙用已至本职降两资者止；犯入己赃杖罪及元断徒以上，该恩特停官者，叙用至元职降一等止。纵逢赦命，不得叙进。’又诏援赦叙理选人，入曾犯赃及酷刑害命者，令流内铨责其再犯当永不叙用知委状。先是，太宗时贬黜再用人，皆责改过状，以示儆戒，于是申明之。”②这次诏令，是针对贪赃枉法的官吏受处罚后，再经叙用时所授官职的限定，并且要求他们在任职时要签订再犯当永不叙用的知委状。这恰恰说明了这些犯罪的官员还有被再次任职的可能性。

宋朝贬谪官员之所以能够在短时间内得到量移和叙复，同宋朝皇帝对于士大夫的优待有很大的关系。从具体政策层面分析，宋代朝廷重视赦免是一个非常重要的制度性因素。“这种制度发展到两宋时，则被定为长制，《宋史·刑法志》：‘三岁遇郊则赦’，且赦宥名目繁多，有大赦、曲赦、德音、录囚等，除此之外，还有明堂、立储、立后、儆灾、吉庆、祥瑞、获珍禽异兽、河水清、生皇孙等等，可以说几无不赦之事，且赦免频率也较高。”③如此频繁、宽大的赦宥给贬谪官员的量移和叙复也提供了非常多的机会。

---

① 《续资治通鉴长编》卷四九，第 1073 页。

② 《续资治通鉴长编》卷八〇，第 1815 页。

③ 范立舟、蒋启俊：《两宋赦免制度新探》，《暨南学报》(人文社科版)2005 年第 1 期。

丁未，中书言："命官犯罪配诸州衙前者，承前经赦止放从便。昨赦恩内许令叙理。今请以赃重及情理蠹害者授诸州参军，余授判司，京朝官、幕职、令录簿尉，等第甄叙。"①

己亥，诏诸州文学、参军、长史、别驾等降谪经十年者，听还乡。壬申，以星文示变，赦天下流以下罪，死罪减一等。……在降官羁管十年以上者，放还。京朝官丁忧移任七年未改秩者，以闻。②

这些诏书的发布都是关于被赦免的贬谪官员的具体举措的。这些人在如此频繁的赦免中，很容易获得量移、叙复或放罪的机会，从而得以重新走上仕途，开始新的仕宦生涯。

大量的赦免给予了无辜获罪的官员重新回归的机会，但也有一部分真正有罪或者心怀奸邪的大臣因此不能得到应有的惩罚，他们因赦免得以重回朝廷，会导致更大的政治灾难和政治迫害。虽然宋太宗在位期间，已经注意到了这个问题，如《续资治通鉴长编》卷二十四：

五月庚午，中书门下奏，谪官在外而累经赦宥者，欲令归阙，责其后效。上不许，谓宰相曰："朝廷致理，当任贤良，君子小人，宜在明辨。大抵人君宜先自正其身，亦如治家，身不正则家乱矣。故听谗邪之言，则骨肉至亲，坐成离间，岂能致敦叙之道欤！大小虽殊，其致一也。今海岛琼、崖远恶处，甚多窜逐之臣，郊祀以来，岂不在念！然此等务行巇崄，若小得志，即复结朋植党，恣其毁誉，如害群之马，岂宜轻议哉。"③

宋太宗注意到有些被贬谪到海岛琼、崖等远恶处的臣子，心术不正，为了防止他们回朝之后拉帮结派，更相毁誉，扰乱朝廷正常的秩序，所以不轻易允许他们回朝。但是太宗之后的历代皇帝，没有他这等提防之心，而是务行宽仁之政，

① 《续资治通鉴长编》卷四九，第1073页。
② 《续资治通鉴长编》卷九二，第2118页。
③ 《续资治通鉴长编》卷二四，第596页。

这也就是像丁谓这种公认的奸臣最后能够生还岭海，并且如果他不死的话，还可能重回朝廷、再任高官的原因。

总而言之，鉴于宋代重奖重惩的官员管理制度，对官吏的贬黜采取比较优容的态度，一般官员受到落职、勒停、安置甚至编管等处罚后，常常经过一段时间以后很快能够复职，甚至是提拔。在传统的皇权专制社会里，皇帝威柄在握偏听偏信，难免会造成惩处官吏的一定随意性。尽管宋初在制度上，已经有相对比较完善的对官员惩戒的条例，皇帝下诏令惩处官员也有一套规范的程序和原则，但是朝廷内部的朋党和派系斗争，互相倾轧，加上专制皇权本质上的人治观念，以致众多冤假错案的产生是不可避免的。所以我们可以看到北宋前期的诗人名臣如王禹偁、晏殊、范仲淹、欧阳修、尹洙、唐介等人无不经历多次贬谪，王禹偁、范仲淹、欧阳修更是历经三黜，沉沦下放多年。他们在被贬过程中，经历了宦海的浮沉，人生命运的大转折，远离政治中心漩涡，其道德修为、人生志向、精神性格或者思想境界往往都会发生重大变化，特别是被贬逐的文人士大夫来到蛮烟瘴雨之地，政治、文化、地理空间的变化与疏离也更加锤炼了他们对儒家之学、君臣之道、忠孝节义、人生命运等问题的深刻思考与理解，可以说其文、其人无不经过脱胎换骨的变化与升华。但是由于宋代的量移与叙复制度，以及各种赦免制度的施行，使得他们的贬谪生活与贬谪心态也因此而与前代贬谪文人有所不同。

第五节 北宋台谏制度与贬谪制度之关系

一、北宋台谏制度的建立及对士风的影响

在任何一个政权当中，监察系统都是必不可少的，北宋当然也不例外。宋代御史台和谏院制度是以唐制为基础进一步发展健全起来的，但在因袭唐制的同时，宋代的台谏制度也呈现出自身的特色。按照虞云国在《宋代台谏制度研究》一书中的论述，① 我们可以将其总结为三点：其一，宋代往往将御史台与谏院并称为台谏，把台官和谏臣通称为台谏官、言事官或言官，反映出两者在职能上的

① 虞云国：《宋代台谏制度研究》，上海人民出版社 2014 年版，第 1~2 页。

趋同倾向。其二，宋人又往往把台谏与君主、宰执三者并举，揭示了台谏系统在宋代君主官僚政体中具有举足轻重的地位，是唐代以前所不可同日而语的。可以说，台谏官及其制度在规谏君主过失、制衡相权、纠劾大臣、抑制外戚、制约宦官干政方面，发挥着重要的作用，而且台谏官如果以风节自励，能够主持公议、知无不言，可以显著地起到激励士风的作用。从长远来看，台谏制度对于宋代的政局稳定、政治清明的社会秩序的建立和维持都具有重要影响。其三，台谏系统在宋代政治生活中的作用更是令人刮目相看，以至元人认为“宋之立国，元气在台谏”①，“宋之天下，以台谏兴，亦以台谏败”②。可见，台谏制度对于宋代的政治文化生活具有非常重要的影响。

我们所讨论的北宋前期这个阶段，是北宋台谏制度从模仿唐制到建立其独特的台谏制度的一个时期。太祖太宗时期对于谏官的重视程度不是很高。宋太祖甚至在御史中丞雷德骧劾奏宰相赵普时，为了袒护赵普，命左右羞辱这位御史中丞。《宋朝事实类苑》卷六《君臣知遇》“赵韩王”条云：

> 御史中丞雷德骧劾奏普强市人第宅，聚敛财贿。上怒叱之，曰：“鼎铛有耳，汝不闻赵普吾之社稷臣乎?”命左右曳于庭数匝，徐复使冠，召升殿，曰：“今后不宜尔，且赦汝，勿令外人知也。”③

自宋真宗起，宋朝才开始真正重视台谏制度的整顿和建设。宋真宗在天禧元年(1017)颁布的整顿台谏的诏书规定甚详：“自今两省置谏官六员，御史台除中丞、知杂、推直官外，置侍御史以下六员，并不兼领职务。……其或诏令不允，官曹涉私，措置失宜，刑赏逾制，诛求无节，冤滥未深，并仰台官奏论，宪臣弹举。”④表明宋代台谏对于上自人君下至百官的阙失，都堂堂正正地享有谏诤论列的言事权。从真宗以后，历代皇帝对于台谏官员言事都持支持和鼓励的态度，宋

① 《宋史》卷三九〇，第11963页。
② (元)方回：《左史吕公家传》，影印《四库全书》文渊阁本第427册，第409页。
③ 《宋朝事实类苑》卷六，第64页。
④ (清)徐松辑：《宋会要辑稿·职官三之五一》，中华书局1957年版，第2423页。

代“台谏官言事，甚者不次进擢，其次亦叙迁美职，或谬妄不职，则明示降黜”①。范仲淹曾对仁宗建议：“谏官、御史，耳目之司，不讳之朝，宜有赏劝。”②宋朝皇帝与大臣都意识到激励往往比惩戒更能激发台谏的责任心和使命感。除了激励，也有包括贬黜和处罚在内的对台谏官员的惩戒机制。正是在这样的政治环境之下，北宋台谏官中的直臣层出不穷，由直言进谏被贬出朝的官员代不乏人。同时，因台谏官员弹劾而被贬谪的宰执、官员也是多不胜数。台谏官员的攻击也曾经导致重大的政治后果，例如“庆历新政”的失败，就与台谏制造的“奏邸之狱”有直接关系。

台谏的设置是一种制度，而这种制度要发挥作用，取决于台谏是否得人，也就是被挑选的人选是否适合这个职位。宋仁宗就非常重视台谏官员的选用，他曾宣喻宰臣曰：“谏官、御史必用忠厚淳直、通明制体之人，以革浇薄之弊。”③英宗也很重视谏官御史人选的德行，他曾对辅臣说：“谏官御史，贵通达大体，如任己爱憎以中伤善良，或绳治细故，规图塞言责，此何足以补职？卿等亦当察之。”④而判断其是否适合，皇帝与朝廷还非常重视“物论”，也就是社会舆论，即整个士大夫阶层对于台谏官本人品行节操的认可。

> 庆历初，永叔、安道、王素，俱除谏官，君谟以制诗贺曰：“御笔新除三谏官……当时流落丹心在，自古忠良得路难。必有谟猷裨帝力，直须风采动朝端。世间万事俱尘土，留取功名久远看。”三人以其诗荐于上，寻亦除谏官。⑤

欧阳修等三人被除为谏官，符合了朝廷上下士大夫群体对于谏官人选的期待，因此蔡襄作诗庆贺朝廷谏官得人。而蔡襄因此诗也被除为谏官。台谏官员能

① 《续资治通鉴长编》卷四五六，第10920页。

② （宋）范仲淹：《范仲淹全集》上册卷，（清）范能濬编集，薛正兴校点，凤凰出版社2004年版，第175页。

③ 《宋会要辑稿·职官三之一七》，第3451页。

④ 《宋朝事实类苑》卷五，第48页。

⑤ 《宋朝事实类苑》卷三九，第522页。

否忘身直谏已经成为检验士大夫风骨节操的重要风向标，也成为宋代士大夫修身行道、砥砺名节的时代精神标志。名节观念促使宋代的士大夫官僚，尤其是台谏官不敢背公徇私。他们普遍怀着这样一种价值尺度：刑赏乃一时之荣辱，而其权在时君；名义为万世之荣辱，而其权在清议。他们认为时人与后人对自己的评价也就是"清议"才能决定他们的道德价值。一些不能得到"物论"认可的谏官本人，继续任职自己都会感到不妥，比如仁宗时期庆历年间的鱼周询，耻于未能同一起被擢为谏官的王素、欧阳修、余靖等人赢得朝官的热烈推重，自请免职。这种状况的形成，来自宋王朝对谏官进言的宽容鼓励与士大夫身体力行的相互作用。据《宋朝事实类苑》载：

> 仁宗时，宦官虽有蒙宠信甚者，台谏言其罪，辄斥之不吝也，由是不能弄权。①
>
> 孔道辅以刚毅直谅名闻天下，知谏院日，请明肃太后归政天子。为中丞日，谏废郭后。其后知兖州日，近臣有献诗百篇者，执政请除龙头阁直学士，仁宗曰："是诗虽多，不如孔道辅一言。"乃以公为龙头阁直学士。②

这些事例都证明宋仁宗对于称职的台谏官员的重视以及重用。

北宋太宗、真宗朝，田锡作为谏官，与王禹偁一起被称为"名臣"与"直臣"。从他的仕宦经历我们可以一窥宋初谏官与皇帝之间的互动情况。据《宋史》记载：

> 锡好言时务，既居谏官，即上书言军国机要者一、朝廷大体者四。……疏奏，优诏褒答，赐钱五十万。僚友谓锡曰："今日之事鲜矣，宜少晦以远谗忌。"锡曰："事君之诚，惟恐不竭，矧天植其性，岂为一赏夺邪？"……端拱二年(989)，京畿大旱，锡上章，有"调燮倒置"语，忤宰相，罢为户部郎中，出知陈州。坐稽留杀人狱，责授海州团练副使，后徙单州。……五年，再掌银台，览天下章奏，有言民饥盗起及诏敕不便者，悉条奏其事。上对宰

---

① 《宋朝事实类苑》卷五，第46页。
② 《宋朝事实类苑》卷五，第46~47页。

相称锡“得争臣之体”，即日以本官兼侍御史知杂事，擢右谏议大夫、史馆修撰。连上八疏，皆直言时政得失。六年冬，病卒，年六十四。遗表劝上慈俭守位，以清静化人，居安思危，在治思乱。上览之恻然，谓宰相李沆曰：“田锡，直臣也。朝廷少有阙失，方在思虑，锡之章奏已至矣。若此谏官，亦不可得。”①

田锡作为一个谏官，在其任职期间，因直言进谏受到过皇帝的鼓励和奖赏，也曾因进谏时言辞犀利而遭到贬谪。但在其回朝再次担任谏官之时，不改初衷，仍然能恪守谏官职责，直言时政得失。即使在其去世之时，所上遗表也在规劝皇帝“慈俭守位，以清静化人，居安思危，在治思乱”。他不仅对皇帝敢于直言进谏，对于当权宰相赵普，也同样敢于提出建议，“赵普当国，锡谒于中书曰：‘公以元勋当国，宜事损俭。有司群臣书奏，尽必先经中书，非尊主之体也。谏官章疏，令阁门填状，大弱台宪之风，尤为不可也。’普引咎，正容厚谢皆罢之”②。他的直言进谏、忧国忘身的精神，得到了宋太宗及宋真宗的肯定。

田锡在端拱二年(989)因旱灾上书皇帝时，以其奏折中有“调燮倒置”之语，得罪宰相，而被罢为户部郎中，出知陈州。到陈州以后，所写《陈州谢恩表》没有因被贬而显得惊慌失措，而是提醒皇帝，自己之所以“尝思启沃，上答圣明，每有见闻，必陈章疏，非敢沽直臣之誉，但欲酬英主之知”，乃是因为皇帝曾经“敕书喻臣曰：‘今后凡有见闻，更在无辞献替。或行或寝，断自于朕心；尽节尽忠，勿渝于尔志’”，如今却“屡因上书，致兹落职。虽文翰之职，岂臣所能；而物论之间，以臣为诫。臣心匪石，虽获罪以宁辞；众口若钳，岂达聪之有补”③。由这封谢上表的言辞中可以看出，皇帝对谏官进谏的鼓励，也可以看出田锡蹇谔的个性。他在谢上表中把皇帝鼓励他进谏的敕书抄录出来，是在提醒皇帝，不能出尔反尔，违背自己鼓励臣下进谏的初衷。皇帝如果不能优容谏官，就会导致“众口若钳，岂达聪之有补”的严重后果。

---

① 《宋史》卷二九三，第9787~9792页。

② 《宋朝事实类苑》卷十七，第203页。

③ (宋)田锡：《咸平集》卷二四，罗国威校点，巴蜀书社2008年版，第254页。

在陈州，他还曾写有《代书呈苏易简学士希宠和见寄以便题之于郡斋也》一诗，整首诗篇幅很长，但没有出现像唐时贬官所流露出来的浓厚伤感与绝望，而是着笔于离开朝廷之后所感到的淡淡孤独。在诗中，田锡写到自己离开京城时，对京师生活的留恋与不舍，以及对友人们的怀念。所谓“下车犹未逾期月，官舍初经禁烟节。残阳乍听吹角声，台榭梨花簇香雪。独酌不欢何所为，孤怀无绪怀已知。十八学士相念否，应笑骨凡格且卑。地仙敢言谪仙宦，海槎却有上天时。陈州去京地不远，莫惜音书来慰勉。若得工夫可做歌，歌中言语不厌多。毕三情旨颇似我，向二宋四及李大。请与副阁王舍人，呈以此歌希唱和”①。可见，田锡被贬陈州，没有使他与朝廷士大夫隔绝，他仍然可以与其他旧时同僚诗歌唱和，书信往来。这种处境应该说大大减弱了他内心的失落之感。“地仙敢言谪仙宦，海槎却有上天时”，这两句诗体现出诗人虽然被贬，但是他对自己的未来却依然保持着一份信心，正如后世范仲淹所说：“殊无迁谪意也。”与他同时的郭忠恕曾写有《送田表圣出知陈州》：“客里暌离已不堪，何当出守正移骖。孔融在汉人应惮，善感鸣唐罪自甘。义重不嫌身万死，忧深宁忍口缄三。陈州亦是天朝地，好为创痍雨露覃。”②肯定和赞赏田锡直言进谏的勇气和忠诚。这种鼓励其实也代表着社会舆论对他的忠直表现出的支持和赞赏。不仅如此，在田锡担任陈州知州，因坐稽留杀人狱而再次被贬为海州团练副使时，他受到了皇帝与朝廷在各个方面给予的照顾与方便。

田锡为人耿介，是个称职的谏臣。但据《宋史》记载：“然性凝执，治郡无称。”③也就是说他并不善于具体的政务工作，在陈州就因坐稽留杀人狱再次被贬海州。田锡被贬海州之后，有《海州谢恩表》：“阁下三载，每愧忝臣；淮阳二年，遂致遗旷。据其罪戾，合窜遐荒，尚蒙宥过之恩，俾列副戎之秩。东海之郡，去京不遥；南风之熏，顺流而下。程途自便，骨肉随行。罪重责轻，恩深感极。曳涕知幸，警魂省躬。”④可以看出，田锡被责之地海州，也是离汴京不远的

① 北京大学古文献研究所编：《全宋诗》第一册卷四六，北京大学出版社 1998 年版，第 493～494 页。

② 《全宋诗》第一册卷一一，第 148 页。

③ 《宋史》卷二九三，第 9792 页。

④ 《咸平集》卷二四，第 256 页。

郡县，在去往海州之时，可由自己决定行程，并可携带家眷。一年后，田锡又量移单州，从他谢表看，单州离京师更近，所谓“五色丝纶，颁于海上；贰车官秩，移近京师”①。但他又恰好遇到了河道不通、经济困窘的情况，遂乞涟水暂住，皇帝不仅同意了他的这个请求，并且还允许他直接在“涟水军请给料钱者”②，解决他的生活问题，第二年，田锡就被重新起复，回京任职。田锡在《谢特授工部员外郎表》中写道：“洎阁下改官，淮阳典郡，素无政术，但受诏条。然京辅之间，豪滑难理；州郡之职，智虑不周。负陛下拔擢之恩，孤陛下忧勤之旨。致有公过，上烦圣聪。每思受恩既异于常伦，受责亦宜于加等。陛下尚宽朝典，俾副戎车，不逾年逢赦量移，未周岁抽归引见。”③可见，田锡因其直言敢谏，在诸多方面受到了北宋皇帝的勉励与优待。即使在知陈州时犯有过错，被再贬时，也不到一年时间就因大赦而量移，又不到一周年就召回京城，重新起用了。正如苏轼撰《田表圣奏议叙》里所写：“呜呼田公，古之遗直也。其尽言不讳，盖自敌以下受之有不能堪者，况于人主乎！吾是以知二宗之圣也。自太平兴国以来，至于咸平，可谓天下大治，千载一时矣。而田公之言，常若有不测之忧，近在朝夕者，何哉？古之君子，必忧治世而危明主。明主有绝人之资，而治世无可畏之防。夫有绝人之资，必轻其臣，无可畏之防，必易其民，此君子所甚惧也。”④在太宗、真宗统治时期的太平时代，田锡以危言警戒帝王要居安思危，一般臣子都不能接受这样的直言不讳，而太宗、真宗却不但能接受，而且以各种方式来勉励田锡。可见宋初统治者对于谏臣不同一般的容受力，也可见直言不讳的谏臣与圣明的君主是相辅相成的。而北宋初期皇帝对于谏臣的重视与宽容是宋代台谏制度发展完善的必要条件。后世在总结北宋士大夫直言敢谏、不避权贵的士风形成的原因时，也深刻认识到了这一点：“我宋之祖宗容受谠言，养成臣下刚劲之气。朝廷一黜陟不当，一政令未便，则正论辐辏，各效其忠，虽雷霆之威不避也。汉唐恶足以语此哉？”⑤

除了皇帝做出对谏臣优容的表率，作为臣子的田锡，其本人敢于直言进谏、

---

① 《咸平集》卷二四，第257页。
② 《咸平集》卷二四，第257页。
③ 《咸平集》卷二四，第257页。
④ (宋)苏轼：《苏轼文集》第二册卷十，孔凡礼点校，中华书局1986年版，第317页。
⑤ (宋)何坦：《西畴老人常言·原治》，中华书局1985年版，第13页。

忧国忘身的风骨与节操也成为宋代士大夫的典范，引起了后世士大夫的钦佩与效仿。田锡曾在新定做官，作有《登郡楼望严陵钓台》：“溪上严陵古钓台，倚楼凝望自徘徊。先生能保孤高节，英主尝师霸王才。日暮白云迷草莽，岸平春水浸莓苔。登临不尽微吟兴，花落东风首重回。”①他对于严光与刘秀这段既是故友又是君臣，但严光能保其名节，刘秀能尊重其故友之选择的故事多有感慨。多年以后，范仲淹也被贬来此，他写就《新定感兴五首》(之一)：“山水真名郡，恩多补谏官。中间好田锡，风月亦盘桓。”②范仲淹对与他同为谏官，并同贬到此地的田锡表示仰慕，并且还写有《严先生祠堂记》一文，接续了田锡对严光与刘秀这对君臣关系的思考和推崇。范仲淹还为田锡写了墓志铭，称赞他：“公动必以礼，言必有法，贤不肖皆惮服之，出处二十年，未尝趋权贵之门，在贬废中乐得其心，晏如也。……呜呼田公，天下之正人也。言甚危，命甚奇，尽心而弗疑，终身而无违。呜呼贤哉！吾不得而见之。”③(《赠兵部尚书田公墓志铭》)田锡在贬废之中“乐得其心”的心态，对于后来多次被贬的范仲淹、欧阳修等人来说，成为贬谪生活中如何自处的新模式，也是范仲淹、欧阳修等一批士大夫忧心国事、直言敢谏的宝贵精神资源。

二、台谏导致的贬谪事件及对政治文化的影响

宋初，太祖、太宗两朝对台谏制度未甚注意。真宗始着手台谏制度的整顿，天禧元年(1017)发布诏书别置御史谏官，是宋代台谏系统走上新轨的标志。经真、仁两朝的制度完善，台谏系统进入较佳运行状态，故宋人说：“台谏之职在国初则轻，在仁宗时则重；在国初为具员，在仁宗之时则为振职。”④仁宗时期，台谏官员在政治权力圈中的地位越来越重要。哲宗亲政之初在向范纯仁询问先朝法度时，范纯仁向哲宗建议要重视执政与台谏大臣的任选，且言：“仁宗朝委事执政，而台谏实参议论。可以为法，然不可用非其人。”⑤正说明了在仁宗朝，台

① 《咸平集》卷一五，第146页。

② 《范仲淹全集》卷五，第85页。

③ 《范仲淹全集》卷三〇，第283页。

④ (宋)吕中：《宋大事记讲义》卷九，影印《四库全书》文渊阁本第686册，第277页。

⑤ 朱杰人、严佐之等主编：《朱子全书》第十二册，上海古籍出版社、安徽教育出版社2002年版，第728页。

谏是有资格与执政一起参与国家大事的讨论，并且可以随时发表自己的看法。正因如此，遭台谏官员弹劾而被贬谪的官员不乏其人，而台谏官员因言事被贬也是屡屡发生。

因台谏弹劾而被贬谪的官员在北宋前期比比皆是。仁宗时宰相晏殊因为不耐谏官欧阳修屡屡言事，把他出为河东转运使。谏官蔡襄等留修不得，就上章弹劾晏殊，最后导致晏殊被贬陈州。而仁宗朝的夏竦，在朝廷已经下旨诏他回朝担任枢密使时，因为台谏言其奸邪，其在来京途中就被罢枢密使知河南府。仁宗嘉祐五年(1060)，枢密使、兵部尚书同平章事宋庠因台谏论列罢为河阳三城节度使、同平章事、判郑州。殿中侍御史赵抃弹劾人时不避权贵，正气凛然，被称为“铁面御史”。《宋史》载：“温成皇后之丧，刘沆以参知政事监护，及为相，领事如初。抃论其当罢，以全国体。又言宰相陈执中不学无术，且多过失；宣徽使王拱辰生平所为及奉使不法；枢密使王德用、翰林学士李淑不称职，皆罢去。”①赵抃在御史任上多所弹劾，为弹劾宰相陈执中就曾连上奏章十几道，最终使得陈执中被罢免。作为御史，赵抃不仅弹劾不称职或者奸邪之人，同时还针对朝廷对官员的不当处置发言，欧阳修等人在备受攻击，不得不求出守外郡之时，赵抃向皇帝上言：“近日正人端士纷纷引去，侍从之贤如修辈无几，今皆欲去者，以正色立朝，不能谄事权要，伤之者众耳。”②正是因为御史赵抃的主持公道，欧阳修、贾黯这些人才得以留在京城，一时的名臣才得以安居其位。由此可见，台谏在对于官员去留问题上所起的重要作用，以及台谏是否得人，对于朝廷政治清明的重要性。台谏不仅针对宰相，对于普通官员，也有监察之职。例如滕宗谅，在外任时因被御史中丞王拱辰弹劾侵占公使钱而再贬岳州。王拱辰入见仁宗时，还受到仁宗的鼓励：“言官事第自振职，勿以朝廷未行为沮己，而辄请解去以取直名。自今有当言者，宜力陈无避。”③因被台谏弹劾而产生的大规模贬谪事件，并导致重大后果的还有前文提到的仁宗庆历年间的“奏邸之狱”。大理评事、集贤校理、监进奏院苏舜钦在进奏院祠神会上，“循前例，用鬻故纸公钱召妓女，开席会宾

① 《宋史》卷三一六，第10322页。

② 《宋史》卷三一六，第10322页。

③ 《续资治通鉴长编》卷一四六，第3542页。

客”，被御史中丞王拱辰指使手下御史刘元瑜、鱼周询上章弹劾，引起宋仁宗震怒。当晚仁宗命内侍带着诏旨直接去抓捕苏舜钦、王益柔等人，并下诏狱治理，导致苏舜钦等多人被贬黜出京，苏舜钦作为召集人还因“监守自盗”的罪名被处以“减死一等除名”的重罚。这件由台谏发起并制造的贬谪事件的发生，直接导致“庆历革新”的失败。范仲淹此时刚好自请离开朝廷中枢去西北巡边，也因此案的发生从此没能回到朝廷，杜衍也在任宰相百余天后被罢免，“庆历新政”就此失败。王拱辰其人人品不佳，曾经被赵抃弹劾罢去。其在御史中丞任上所为，也证明了台谏不得人时，对朝廷政局及政策施行的重大负面影响。

台谏言事导致的另一个结果即是台谏官本身被贬。台谏言事如果不被采纳，即应主动请求解职，这在宋代已经成为台谏官的言事规则，所谓“本朝故事，有言责者，不得其言，当去”①。仁宗时谏官因意见不被采纳而自请解职外放的也有很多。仁宗继位初年，刘太后秉政，户部判官、左司谏刘随因请“军国常务，专禀帝旨……太后不悦，会随请外，出知济州”②。范仲淹也是在左司谏的位置上谏太后还政，疏入不报，自请出外，遂命出守河中府。范仲淹的好友滕宗谅任左司谏因言“宫禁事不实”③，出知信州。谏官唐介等人交章论列新除枢密副使陈旭阴结宦者而得此命，不被采纳，唐介等谏官便谢门待罪，最后结果是双方都被罢免。不过台谏因言事被贬的，一般都不会处以特别严重的惩罚，并且大部分会很快被召回朝廷。虞云国在《宋代台谏制度研究》一书中指出：“罢任外补虽是对台谏的一种贬谪，其原因也颇复杂，处事不当，议论不合，直言忤旨等等，都可能导致罢任。但宋代统治者对台谏官一般过失的处理原则是‘厥初选用既审，则议论虽不合，人才亦不可遗’，因此‘例少贬责，间有外补者，皆是平出’。尤其是对直言忤旨的台谏，往往不过薄责，旋即升迁。”④也就是说罢任外补虽是贬谪，但一般情况下他的官阶品级是不变的。即使被贬外任，也会因为顾惜人才难得，而很快会得到升迁。这种对于谏官的优容也使得谏官不避权贵、直言进谏的

① (宋)袁燮：《絜斋集·黄公行状》卷一三，影印《四库全书》文渊阁本第1157册，第178页。

② 《续资治通鉴长编》卷一〇六，第2476页。

③ 《续资治通鉴长编》卷一五，第2698页。

④ 虞云国：《宋代台谏制度研究》，上海人民出版社2014年版，第81页。

风气愈来愈浓，以致谏官与执政经常发生激烈的冲突。仁宗亲政之后，宰相吕夷简曾大量地贬谪与其政见不一、屡次上书言事反对他的谏官。范仲淹、孔道辅就曾因反对废黜郭皇后而被贬出京城。其他人被处以罚铜20斤的惩罚。① 后来吕夷简因年岁已大，归老故乡，但宋仁宗仍宠任夷简，以至夷简人虽归老，但仍能干涉朝政。当时的谏官蔡襄上书皇帝，直言吕夷简执政多年的劣迹，其中一条就是指责吕夷简屡贬言者，对他这种行为所造成的恶劣社会影响进行讨伐。

> 谏官蔡襄因此上疏言："夷简……执政以来，屡贬言者，如曹修古、段少连、孔道辅、杨偕、孙沔、范仲淹、余靖、尹洙、欧阳修等，或谪千里，或抑数年，或缘私恨，假托人主威权以逐忠贤，以泄己怒，殊不念虚受恶名。立性不臧，欲人附己，兼为介特而自立者，皆以好名、希求富贵污之。善人耻此，往往退缩，以避好名、干进之毁。是以二十年来，人人不尽尚廉隅、厉名节。"②

吕夷简作为宰相，希望朝廷官员能依附自己，遇到耿介独立之人的直言批评，就以"好名""希求富贵"这样的言辞来污蔑他。20年来，贬谪过曹修古、段少连、孔道辅、杨偕、孙沔、范仲淹、余靖、尹洙、欧阳修等众多不肯依附于他，并对他有所批评的谏官。如此作为，导致多年以来士风不振。但从另一个角度去看，恰恰证明了吕夷简执政期间，台谏官员言事不避，敢于得罪权贵的风气已经形成，也证明了仁宗时期谏官的得人。宋代士大夫议论之风已经大长，谏官言事之激烈程度有增无减，导致吕夷简为了自保，而需要不断打击这些台谏官员，"假托人主威权以逐忠贤，以泄己怒，殊不念虚受恶名"。这种风气到了仁宗朝后期，更是如此。从殿中侍御史里行唐介论张尧佐黜宣徽、节度、景灵、群牧四使之事来看，可以发现当时台谏议政的政治风气。张尧佐是宋仁宗宠妃张贵妃的伯父，谓之外戚。张尧佐一日内连除四使，全是出于仁宗自己的旨意。作为台谏官员的唐介与包拯力争不可，甚至使用了"留班"这样的方式来阻止。最终

① 《续资治通鉴长编》卷一一三，第2648页。
② 《续资治通鉴长编》卷一四〇，第3367页。

因台谏论争，夺其“宣徽、景灵”二使。但不久后又复除其宣徽使，使出知河阳。唐介认为“宣徽次二府，不计内外，独争之”，并上书弹劾宰相文彦博，说他：“专权任私，挟邪为党。知益州日，作间金奇锦，因中人入献宫掖，缘此擢为执政。及恩州平贼，幸会明镐成功，遂叨宰相。昨除张尧佐宣徽节度使，臣累论奏，面奉德音，谓是中书进拟，以此知非陛下本意。盖彦博奸谋迎合，显用尧佐，阴结贵妃，外陷陛下有私于后宫之名，内实自为谋身之计。”结果引起仁宗震怒，他不看唐介的奏折，并警告唐介，将要贬他出京。唐介坚持在仁宗面前读完自己的奏疏，对仁宗说：“臣忠义愤激，虽鼎镬不避，敢辞贬窜。”最后唐介责授春州别驾。礼部尚书、平章事文彦博罢为吏部尚书、观文殿大学士、知许州。“而介之直声，自是闻天下”。到第二年春正月辛亥，徙英州别驾唐介为全州团练副使、监郴州酒税，并下诏曰：“昨为唐介显涉结附，合行黜降，亦虑言路或塞，寻与叙迁。尚恐言事之臣有所顾忌。御史台、谏院，其务尽鲠直，以箴阙失。仍令通进司，或有章奏，画时进入，必当亲览，或只留中。”意思是唐介的奏章依然可以直接送达皇帝手边，而且皇帝“必当亲览”。后来，“介贬斥不二岁，复召，议者谓天子优容言事之臣，近古未有也”。不到两年，唐介历经几次升迁，又重新回到京城，任职殿中侍御史。唐介回到京城后，“介始入见，无一言及迁谪，上曰：‘闻卿迁谪以来，未尝有私书至京师，可谓不易所守矣。’介顿首谢。后数论得失，因言于上曰：‘臣继今言不行，必将固争，争之急，或更坐黜，是臣重累陛下，愿听解言职。’许之”①。

皇帝为了不堵塞言路，对于谏臣，能够宽容以待。谏臣则不易其守，不避权贵，甚至敢于冒犯主威，也是宋仁宗时期台谏制度发达的原因。北宋前期对于台谏制度的重视，使台谏官员的重要性越来越大，台谏官员面对皇帝直言进谏、敢于廷争面论的风气已然养成。

台谏制度，是宋代独特的一种制衡和监督权力的制度设计。但是，“在中国人治文化的大背景下，宋代由君主、宰执、台谏组成的制衡态势的维持，虽然已有相对健全的制度、程序，但主要仍依赖制衡各方的个人道德修养和贤明程度，来发挥至关紧要的维系作用。换言之，只有同时满足明君、贤相、真台谏这些人

---

① 《续资治通鉴长编》卷一七一，第4113~4116页。

治文化的充分条件，宋代中枢的分权制衡态势才有可能维持住”①。就拿仁宗时期来说，在吕夷简任宰相期间，面对范仲淹对他提出的批评和意见，吕夷简的处理方式是和他在朝堂之上论辩，指责范仲淹“荐引朋党、离间君臣”，把他贬到饶州。而在仁宗晚期，文彦博为相时，面对唐介的弹劾，宋仁宗怒不可遏，要把唐介送去御史台治罪。文彦博向皇帝请求不要治唐介之罪，认为台官谏诤是其本职，不应该加罪于他。如前提到的铁面御史赵抃与后来造成“奏邸之狱”的王拱辰作对比，可以看出，台谏是否得人、皇帝能够对台谏的进言进行正确的判断、宰相如何面对台谏的批评，都是影响和制约台谏制度的正面价值的重要元素。台谏上书言事、秉持公议是要冒一定的政治风险的。这样台谏官员的德行操守就显得非常重要，如刘元瑜在吕夷简与范仲淹相争之时，曾上言仁宗，言范仲淹以非罪贬，既复天章阁待制，宜在左右。尹洙、余靖、欧阳修皆坐朋党窜逐，此小人恶直丑正也。到“庆历革新”后期，宋仁宗对改革失去信心，改革主持者范仲淹将要失去权力的时候，他又迎合宰相章得象、陈执中的意思，兴起“奏邸之狱”，使一批支持革新的青年官员横遭贬斥，“庆历革新”也因此失败。仁宗还算是一个宽厚贤明的仁君，但也不能完全不犯错误。在皇权专制社会，完全依赖一个贤明的君主来判断台谏官员言事的正确性与可行性，或者指望贤明的宰相来主动接受台谏的建议和批评，那是一个可遇而不可求的机缘巧合。宋仁宗在位期间，台谏就曾经成为政治立场不同的双方互相攻击的工具。到了北宋后期，台谏很多时候被权相控制，沦为权力爪牙。沈松勤对台谏的负面效应进行了专门解读，他认为“作为一种监察制度，北宋台谏在巩固君主集权的过程中，确曾起过积极作用；台谏对北宋学术文化的繁荣所起的促进作用，近来也为人们开始认识。但这仅是一方面。由于台谏有与生俱来的封建专制的工具品格与性能，对北宋政治和文化产生过不可忽视的负面效应。北宋党争的激化，便与台谏的参与密不可分”②。可见，台谏制度对于北宋王朝来说，是一把双刃剑。幸运的是，北宋前期四朝大部分谏官都为贤良之辈，田锡、王禹偁、范仲淹、欧阳修、赵抃、唐介等著名的谏官御史都是具有铮铮风骨的直臣、名臣，他们以自己的忠言谠论，用自己的政

① 虞云国：《宋代台谏制度研究》，上海人民出版社2014年版，第141页。

② 沈松勤：《宋代政治与文学研究》，商务印书馆2010年版，第13页。

治前途甚至是生命为北宋王朝赢得一次次纠偏正误的机会，他们强烈的责任感与事业心，在我们现在看来，确实是一种伟大而悲壮的精神指引。正如吕中所说："台谏，天子耳目，为朝廷争是非，辨邪正者也。祖宗盛时，先正名臣有识大体者，有风采动朝端者，有称铁面御史者。其所弹劾，往往合于众论之公。曷尝观望朝廷之风旨哉。"①可见，台谏制度的建立与施行在很大程度上促进了北宋士大夫重议论、重气节的风气的形成，台谏官们不畏贬谪，不避权贵，在批评弹劾一批不称职的宰执官员、使其被罢免贬谪之时，也冒着自己进言不被采纳，被宰相报复、激怒皇帝而被谪出京的极大可能。可以说，台谏制度是北宋仁宗时期政治清明的重要的制度保障。台谏制度在北宋前期，还是具有重要正面作用的。

① 刘时举：《续宋编年资治通鉴》卷一三，影印《四库全书》文渊阁本第 328 册，第 1012 页。

第二章 贬谪制诏与谢表——北宋前期贬谪公文研究

随着人们对宋代文学认识的深入，宋代诏书与谢表的制度运作机制、文体形态及发展源流等问题，逐渐引起众多学者的重视，① 但把制诏与谢表两种文书统一起来，纳入制度层面来进行研究的还不多见。从宋代贬谪制度的层面来看，一方面朝廷大臣被贬必须由皇帝和朝廷颁布诏书来予以正式定性与公布，另一方面谪降官员到贬地后照例要撰写谢表向皇帝谢恩。实际上，贬谪制诏和被贬官员的谢表构成了贬谪制度实施的重要环节，是贬谪这个行政行为得以完成的必要构成部分。也就是说，贬谪诏书与受贬官员所写的谢表，构成了一个完整意义上的动态的公文下行上达的过程。在研究宋代贬谪制度与文化时，把贬谪诏书与被贬官员的谢表综合起来进行研究，可以在朝廷上下公文的沟通交流中，来观察宋代皇帝对于文人士大夫被贬的政治态度，也可以看到文人士大夫在被贬之后承受的政治压力及其精神状态。同时，贬谪制诏的写作者与谢表的写作者同属于一批人，

---

① 论述诏书问题的文章，就笔者所见就有杨果的《宋朝时期诏令文书的主要制度》(《档案与历史》1999 年第 3 期)、祝尚书的《论宋季的拟人制诏》(《北京化工大学学报》2002 年第 3 期)、杨芹的《宋代制书制度及其影响》(中山大学 2009 年博士学位论文)、祝尚书的《宋元文章学》(中华书局 2013 年版)、刘湘兰的《论诏书的文体形态》(《山西师大学报》2010 年第 6 期)、徐海容的《论宋代制书的文体形态和文学性》(《文艺评论》2012 年第 8 期)等。论述和涉及宋代谢表文书的研究论著，主要有张海鸥的《宋代谢表文化和谢表文体形态研究》(《学术研究》2014 年第 5 期)、阮忠的《苏轼"谢表"的情感世界及其文体意义》(《苏轼研究》2011 年第 1 期)、施懿超的《宋四六论稿》(上海古籍出版社 2005 年版)、刘丽丽的《宋代谢表研究》(中山大学 2008 年硕士学位论文)、杨芹的《宋代谢表及其政治功能》(《中州学刊》2016 年第 10 期)等。这些文章重微观考察文书制度的运作机制，辨析文章源流、文体形态及文献资料的整理考述问题，但从宋代贬谪制度及其对诏书、谢表书写活动的影响方面进行文学研究，这些文章则较少论及。

即文人士大夫。这些人大部分由科举考试进身入仕，本身都具有相当强的文字运用能力。对于以“右文”著称的北宋朝廷来说，制诏与谢表这类公文的写作，在实现其公文的政治功能之余，也要展现相当的文采。应该说文辞与功能相结合，是北宋政治公文的重要特点。本章主旨在于研究北宋前期贬谪制诏与受贬官员的谢表书写活动，通过宋前期贬谪制诏及谢表文书分析，以期能够展现兼具公文性和文学性的北宋前期制诏及谢表，是如何演化生成及建构北宋前期士大夫政治文化和政治主体意识的。

第一节　北宋前期贬谪制诏研究

为了厘清贬谪制诏与谢表的体制与功用，我们有必要将这两者的文体渊源与撰写机制梳理清楚。贬谪制诏与谢表的撰写、行文过程，是宋代贬谪制度实施的重要环节，也是实现朝廷内部上下沟通的一种程序与惯例。

一、贬谪制诏的文体渊源与撰写机制

总体来看，“天子之言曰制诏”①，由于制诏文书的发布者来自具有绝对政治权威的君主，所以制诏文书必然会对朝廷的政治活动产生重大影响。按照刘勰在《文心雕龙·诏策》中的看法，制诏文书作为君主诏告臣民的文书，具有重大的政治意义。所谓“皇帝御宇，其言也神。渊嘿黼扆，而响盈四表，唯诏策乎”②。制诏文体演变过程大致是，先秦时称诰、誓、命等，秦始皇时改命为制，汉朝时则有策书、制书、诏书、敕书等。其中这些制诏文书的文体功能也是有具体明确的分工的，即：“敕戒州部，诏诰百官，制施赦命，策封王侯。策者，简也。制者，裁也。诏者，告也。敕者，正也。”③这里制书主要发布赦令，诏书则主要是诏告百官。到了唐代，制书不仅发布敕令，而且“唐世，大赏罚、赦宥、虑囚及

① 清朝学者黄叔琳注语。参见(梁)刘勰：《增订文心雕龙校注》上册，黄叔琳注、李详补注，中华书局2012年版，第264页。

② (梁)刘勰：《增订文心雕龙校注》上册，黄叔琳注、李详补注，中华书局2012年版，第262页。

③ 《增订文心雕龙校注》上册，第262页。

大除授，则用制书……宋承唐制，用以拜三公、三省(门下、中书、尚书)等官，而罢免大臣亦用之”①，制与诏的文体功能和文书内容渐趋同一，可统称为制诏、制诰等。明代学者徐师曾在《文体明辨序说》中认为：“秦废古法，止称制诰。汉武帝元狩六年，始复作之，然亦不以命官。唐世王言，亦不称诰。至宋，始以命庶官，而追赠大臣、贬谪有罪、赠封其祖父妻室，凡不宣于廷者，皆用之。故所作尤多。然考欧、苏、曾、王诸集，通谓之制，故称内制、外制，而诰实杂于其中，不复识别。盖当时王言之司，谓之两制，是制之一名，统诸诏命七者而言。”②他并指出了宋代外制与内制的具体行文格式：“宋代外制制书以‘敕’字开头，下接具官及人名，起首两句切入正题，中间说明具官原因，再行警戒劝勉，最后以‘可’字收尾。而内制制书起首则书‘门下’二字，点明收文者；正文开头用四六骈句一联，概述新授官职，称为‘制头’或‘破题’，接叙授官的原因；中间交代被授予者的前任官衔及任职表现，再以‘於戏’作停顿，例行勉励；最后以‘主者施行’四字结束。”③也就是说，为皇帝代言的公文在唐以前，根据使用对象还是有制、诰、诏、敕等形式上的区别。到了唐宋之世，特别是宋代，制书和诏书多呈合一之势。而在北宋的实际使用当中，将为皇帝代言之公文均称之为制。这跟宋代制诏撰写的机构被称为内制、外制有关。即宋代制诏的撰写一般由两套班子完成，按照其官职以及负责撰写的制诏内容分为内制和外制两种。翰林学士兼知制诰称为内制，以其工作地点在皇宫禁内，是专为皇帝服务的，所以翰林学士又被称为“天子私人”，根据《宋史·职官志》载，学士的职责主要是“掌制、诰、诏、令撰述之事。凡立后妃，封亲王，拜宰相、枢密使、三公、三少，除开府仪同三司、节度使，加封，加检校官，并用制；赐大臣太中大夫、观察使以上，用批答及诏书；馀官用敕书；布大号令用御札；戒励百官、晓谕军民用敕榜；遣使劳问臣下，口宣。凡降大赦、曲赦、德音，则先进草；大诏命及外国书，则具本取旨，得书亦如之”④。这段文字说明了掌内制的翰林学士知制诰的工作内容，以及根据不同内容所起草诏书的不同种类。相对于宰相所代表的外朝

① (明)徐师曾：《文体明辨序说》，人民文学出版社1998年版，第114页。

② 《文体明辨序说》，第115页。

③ 《文体明辨序说》，第115页。

④ 《宋史·职官二》卷一六二，第3811页。

官员体制来说，学士院里掌制诰者被称为内制。而中书门下舍人院里的中书舍人知制诰者则称为外制，是隶属于宰相的属官。他们主要是听从宰相的命令，撰写日常政务以及罢免黜陟普通官员所需要的诏命文书。《宋史·职官志》载："舍人，掌行命令为制词，分治六房，随房当制，事有失当及除授非其人，则论奏封还词头。国初，为所迁官，实不任职，复置知制诰及直舍人院，主行词命，与学士对掌内外制。凡有除拜，中书吏赴院拿词头。其大除拜，亦有宰相召舍人面授词头者。若大诰命，中书并敕进入，从中而下，余则发敕官受而出之。及修官制，虽以实正名，而判后省之事。"①也就是说，在北宋肇基之初，中书舍人只是作为迁官存在，没有实际履职。又重新设立了知制诰及直舍人院这样的官职和机构，来"主行词命"，与在内廷的学士分别掌外制和内制。而内制与外制最大的不同就在于，内制是替皇帝起草各种制诏文书的，其在专制皇权的政治体制中具有特殊的政治地位。正如《宋朝事实类苑》卷第三十载："翰林学士居深严之地，职任事体，与外司不同，至于谒见相府，自非朔望庆吊，止公服系鞋而已。学士于内廷出入，或曲诏，亦不具靴简。学士每非时召对，即公服系鞋袖，具员而入，每恩例除改，即宰相得旨后，入熟状，至晚或召对，或降出熟状，便草麻。惟进退宰相，及非时特旨除改，皆夜后宣入，面受处分，宰臣不得知也。"②翰林学士在北宋属于清贵之官，都由文采出众、德才兼备之人充当，平时随侍皇帝左右，以备咨询顾问，所谓"经营庶务，进退大臣，未尝不预咨询"③。宋代宰相也多由翰林学士擢升而来。因此他们在谒见宰相时，具有与其他官员不同的礼节与待遇。进退宰相的制诏，也都是由内制也就是翰林学士知制诰来撰写的。一般情况下，学士如果有缺员，则由中书舍人中才德佼佼者来补充。《宋朝事实类苑》卷第二十九记载：

进退宰相，其帖例草议，皆出翰林学士。旧制，学士有阙，则第一厅舍人为之。嘉祐末，王荆公为阁老，会学士有阙，韩魏公素忌介甫，不欲使之

① 《宋史·职官一》卷一一四，第3785页。

② 《宋朝事实类苑》卷第三〇，第379页。

③ （宋）曾巩：《元丰类稿·中书舍人除翰林学士制》卷二〇，影印摛藻堂《四库全书荟要》本第374册，（台湾）世界书局1985年版，第360页。

入禁林，遂以端明殿学士张方平为承旨，盖用旧学士也。既而魏公罢政，其议论皆出安道之手。①

内外制的区别还在于接受诏书官员级别的高低。内制出于“天子私人”翰林学士之手，代表了高级别的看待。而舍人院所出的制诏只是宰相政事堂所出的命令。因此，拜除官职是由内制还是外制来撰写制诰，是学士草诏降麻还是舍人院出制，是很多官员非常关注的事情，甚至会因在拜命时受到区别对待而心生怨恨。《宋朝事实类苑》卷第二十六载：

丁晋公自保信军节度使知江宁府，召为参知政事，中书以丁节度使，召学士草麻。时盛文肃为学士，以为参知政事合用舍人草制，遂以制除，丁甚恨之。②

丁谓在由平江节度使召为参知政事时，盛度为翰林学士，盛度认为参知政事是宰相属官，应该由舍人院出制任命，因此丁谓的参知政事就是由中书舍人也就是外制来撰写制诏而任命的。丁谓因此对盛度非常不满。这也成为丁谓在排挤寇准时将盛度同时贬出京城的原因之一。同样，罢免及贬谪官员的制诏也会因为级别的不同而由掌内制的学士或者掌外制的中书舍人来分别撰写。一般来讲，宰执层面的官员升迁或者贬谪时的制诏都是由掌内制的学士来负责撰写的。比如，在真宗晚年，丁谓与寇准进行权力斗争之时，晏殊曾经被召入禁内撰写制辞。但晏殊当时不是翰林学士，而是中书舍人知制诰，也就是外制，因此他以不是自己职责所在而拒绝草诏。据《江邻几杂志》载：

晏相言，作知制诰误宣入禁中，真宗已不豫，出一纸文书，视之，乃除拜数大臣。奏：臣是外制，不敢越职领之。须臾，召到学士钱惟演。晏奏：

① 《宋朝事实类苑》卷第二九，第365页。
② 《宋朝事实类苑》卷第二六，第329页。

臣恐泄漏，请止宿学士院。翌日，麻出，皆非向所见者，深骇之，不敢言。①

这段文字就记载了晏殊作为外制时是没有资格去草写关于除拜宰相类级别大臣的制书的。但他又看到了属于绝密的内容，因此就要求留宿学士院以避嫌。但他第二天看到的制书与他以前所见文书内容又完全不同，他深为惊骇但却不敢明言。由此也可见，翰林学士知制诰不仅仅是草写诏书，在草写诏书之时还可能对皇帝有所建议，从而改变皇帝本来的意思。晏殊之所以看到的与以前不一样，就在于后来召去草制的学士钱惟演与丁谓狼狈为奸，在真宗面前对寇准大肆诋毁所导致的。

作为"王者之言"的制诏撰写，与平时一般的个人性文字不同，由于其独特的地位与影响力，而具备相应的风格。刘勰在《文心雕龙·诏策》篇专论古代朝廷应用文的形式与风格。在风格方面，他指出："授官选贤，则义炳重离之辉；优文封策，则气含风雨之润；敕戒恒诰，则笔吐星汉之华；治戎燮伐，则声有洊雷之威；眚灾肆赦，则文有春露之滋；明罚敕法，则辞有秋霜之烈：此诏策之大略也。"②根据不同的内容，制诏应该具备相应的风格。从文体的角度看，宋代制诏类文体沿袭唐及五代时期用法，使用的都是"四六"体式的骈文，在写作的过程中能够熟练而准确地使用相应的典故，使其文风符合台阁之体。《宋朝事实类苑》卷第四十就指出了朝廷台阁之文的独特风格：

山林草野之文，则其气枯槁憔悴，乃道不得行，著书立说者之所尚也。朝廷台阁之文，则其气温润丰褥，乃得位于时，演纶视草者之所尚也。故本朝杨大年、宋宣献、宋莒公、胡武平所撰制诏，皆婉美淳厚，过于前世燕、许、常、杨远甚，而其为人，亦各类其文章。③

① （宋）江休复：《江邻几杂志》，《全宋笔记》第一编第五册，第170页。
② 《增订文心雕龙校注》上册，第263页。
③ 《宋朝事实类苑》卷第四〇，第516页。

该书认为本朝杨亿、宋祁、宋庠、胡旦所撰制诏，在文体风格方面胜过了唐玄宗时被称为“燕许大手笔”的张说、苏颋。《新唐书》记载张说：“朝廷大述作多出其手，帝好文辞，有所为必使视草。”①杜甫曾作有《赠翰林张四学士》云：“翰林逼华盖，鲸力破沧溟。天上张公子，宫中汉客星。赋诗拾翠殿，佐酒望云亭。紫诰仍兼绾，黄麻似六经。”②也就是说，作为为皇帝代言的制诏类文体，在语言应用方面应该具有皇家朝廷独有的审美风格和写作规范。张说文采出众，很受唐玄宗的器重，因此多让他来起草朝廷大的诏令文书。但在注重文采的同时，还要符合儒家六经的礼教规范。宋的制诏风格“婉美淳厚”，更胜过“紫诰仍兼绾，黄麻似六经”的张说，主要原因在于宋代的“右文”政策，使得宋代官员多由科举出身，大多文字娴熟。而掌制诰的翰林学士与中书舍人又均由在士大夫中“素有文学之称”的文人担任，对于这些文人来说，制诏的撰写是显示个人才华的重要方式，因此必然非常重视制诏文书的撰写。同时，作为北宋皇帝本人，对于此类公文的撰写，也具有自己的考量和要求。比如宋真宗时，“七月以兵部郎中知制诰张秉为左谏议大夫罢职。时秉草叙用官制，有‘顷日微累，谪于遐荒’之句。真宗览之，曰：‘若是即先朝失刑矣。’故有是命”③。知制诰张秉在草写诏书时，没有注意到措辞的严谨。‘顷日微累，谪于遐荒’，意思是说往日因为微小的过失，而被贬谪到荒远之地。作为皇帝，宋真宗敏锐地意识到了这句制辞的失误，认为暴露了先朝行政的失误。张秉因此被罢免了知制诰之职。《宋朝事实类苑》卷第四十记载：

景祐元年，张唐卿榜赐恩泽出身章服等诰词，略曰：“青衿就学，白首空归，屡陈乡老之书，不预贤能之选。靡务激昂而自励，止期华皓以见收。”仁宗怒曰：“后世得不贻子孙之羞乎?”御笔抹去。宋郑公庠别进云：“久沦岩穴，夙蕴经纶。莺迁未出于乔林，颚荐屡先于乡板，纵辔诚希于远到，抟

① （宋）欧阳修、宋祁：《新唐书·张说传》卷一二五，中华书局1975年版，第4404页。

② （唐）杜甫：《杜甫详注·赠翰林张四学士》上册卷二，（清）仇占鳌注，中华书局2015年版，第87页。

③ （清）徐松辑：《宋会要辑稿·职官三》，中华书局1957年版，第2403~2404页。

风勉屈于卑飞。”上颇悦①。

恩赐出身章服，本是给予年纪老大但仍没有考中的士人的恩典，以对他们多年苦读应举进行抚慰和勉励。但是原来的诰词语带讥讽，不符合勉励与恩典的语气与内容。仁宗考虑到受赐者的尊严与体面，对这样的措辞非常不满。宋庠所撰诰词则既说明了实际状况，而用词用典又古雅温厚，符合恩典诏书的要求。可见，在制诏的措辞方面，宋代皇帝非常注意制诰的措辞之严谨、得体，合乎礼仪规范。这种皇帝对于制诏措辞的要求，也会成为宋代制诏写作风格的引导性因素，使宋代制诏的创作趋于婉美淳厚。欧阳修在《谢知制诰表》中写道：“伏以王者尊居万民之上，而诚意能与下通，奄有四海之大，而惠泽得以遍及者，得非号令告诏发挥而已哉！然其为文也，质而不文，则不足以行远而昭圣谟；丽而不典，则不足以示后而为世法。居是职者，古难其人。”可见，欧阳修已经意识到了作为皇帝代言、通行天下的制诏文字，具备“文雅典丽”的特殊风格是其题中应有之义。由此可见，宋代制诏成为应用性与文学性兼而有之的特殊文体，在宋代受到相当的重视。

二、北宋前期贬谪制诏的撰写状况及其影响

作为制诏内容之一的贬谪制诏，因其具有处罚儆戒的作用，如刘勰所言，在措辞上应该像“秋霜”一般肃杀酷烈。北宋前期的贬谪制诏则因时代的不同以及北宋关于官员处理的政治考虑，而具有自己的鲜明特征。在因各种原因而导致的贬谪事件之中，都必须下达能够对此次贬谪的原因和结果进行说明并公之于众的制诏文字，来作为最终的定论和公开的文书。贬谪制诏不但下发给被贬黜者本人，有时还要榜示朝堂。在这种情况下，臣子被贬的罪状会引起朝野上下社会舆论的极大关注。对于讲究名节的儒家士大夫而言，贬谪制诏中的措辞与罪状对其本人的心理打击的轻重，以及在士大夫群体中的名声地位都有至关重要的影响。对于身居高位的被罢免和贬黜者来说，更加具有重要的政治意义。因此在贬谪命令下达之际，贬黜制诏如何书写，就显得尤为重要。从体式上讲，有宋一朝的贬

① 《宋朝事实类苑》卷第四〇，第529页。

诏基本上分为三个部分，开头开宗明义，使用相应的历史典故，来切入题目。第二部分则直接指出被贬之人所犯过错，有时也写有论罪的过程，并警告其人要在贬所反省悔过。接下来宣布对其人的处罚结果。第一、二部分都使用骈文，第三部分则用散文。其内容基本上既要点出被贬之人所犯错误以及被贬结果，同时也要显示皇帝的仁慈与宽大。恩威并施，起到儆戒群臣的作用。但在具体措辞方面，根据不同情况，还是有很大的不同之处。接下来，我们来具体分析北宋前期贬谪制诏写作的具体情况。

（一）罢免宰相时的优礼之举

北宋优待文人、提倡“与士大夫共治天下”的国策导致北宋前期皇帝在罢免宰执之时，一般不会采取非常强硬的措辞指出宰执的罪过所在，而是会选择委婉的语气和温和的辞藻，来给予被罢免者相当的尊严和体面。比如，宋太祖罢免宰相赵普，其制辞就以“代天治物，厥功已成。仗钺临戎，所委尤重。虽弼谐而是赖，且劳逸以惟均”这样非常委婉甚至是褒扬的语句来措辞。太宗时期，中书侍郎兼工部尚书、平章事也就是宰相的李昉因被翟马周诉其“身任元宰，属北戎入寇，不忧边思职，但赋诗饮酒并安置女乐等事”，太宗诏翰林学士贾黄中草制罢免李昉，但却打算在罢免他时授予其右仆射的官阶，比他的原官工部尚书还要高。贾黄中认为：“仆射师长百僚，旧宰相之任，今自工部尚书拜，乃殊迁，非黜责之义也。若以文昌务简均逸为辞，庶几得体。”①宋太宗这种任官的方式与他罢免宰相职务的实际意图从逻辑上是说不通的，因此贾黄中对其建议不如以“务简均逸为辞，庶几得体”，宋太宗采纳了他的建议。后来，李昉再次入相，因在遭遇阴雨连绵的自然灾害之时没有引咎辞职而遭到弹劾，宋太宗又一次将他从右仆射、平章事的位置上罢黜，同时授李昉左仆射。当时草制的翰林学士张洎对宋太宗说：“昉因循保位，近霖淫百余日，陛下焦劳惕厉，忧形于色，昉居辅相之任，职在燮调阴阳，乖戾如此，而昉晏然自若，无归咎隐退之意。矧中台仆射之重，百僚师长，右减于左，位望轻重不侔。因而授之，何以劝人臣之尽节。宜加

① 《续资治通鉴长编》卷二九，第647页。

黜削，以儆具臣。”①自从汉代董仲舒《春秋繁露》把天气灾变与人事联系起来以后，遇到自然灾害，朝野上下都认为宰相应该为此负责。但作为宰相的李昉却没有辞职引咎之意，因此被弹劾。但是宋太宗仍然念李昉年老且是旧臣，只令他罢守本官，在制辞中以“久壅化源，深辜物望”责备他，不想给予重谴。宋真宗时期，左仆射、平章事王钦若因与收蓄禁书的道士谯文易相交而被贬出守杭州，制辞也是以均劳为辞，给予优礼。这是正常情况下罢黜宰辅时制诏的书写方式。可见，北宋前期皇帝在罢黜宰相时一般都不会在制辞中严厉指责宰执的过失，以维持宰相与朝廷的体面与尊严。

(二)权力斗争与政治报复的工具

但在特殊情况下，尤其是牵扯到皇家或朝臣权力斗争的问题时，对于斗争的失败一方，胜利者在完全掌握话语权的情况下，是不惜采取非常严厉的措辞，甚至以诬蔑的方式来书写贬谪制诏的。作为公开的朝廷文书，贬谪制诏在这里的作用是打击和侮辱政敌，在政治上占据道德的制高点。比如太宗初期卢多逊卷入太宗家族内部皇权之争以及与赵普相权之争的双重权力斗争之中时，对于卢多逊的贬谪制诏就采取了非常严厉的书写策略。如《卢多逊削夺官职配隶崖州制》：

> 臣之事君，贰则有辟。下之谋上，将而必诛。兵部尚书卢多逊，顷自先朝，擢参大政。洎予临御，荐正台衡。职在燮调，任当辅弼。邦家之务，一以咨之。朕既倚成，汝合思报。尔乃交接藩邸，窥伺君亲。指斥乘舆，谋危社稷。大逆不道，非所宜言。因遣近臣推治其事。丑迹共露，具狱已成。既有司之定刑，俾外庭而集议。佥以枭夷其族，污潴其官。用正宪章，以合经义。尚念尝居重位，久事明廷。将宽尽室之诛，止用投荒之典。实汝有负，非我无恩。凡尔群臣，当体兹意。其卢多逊在身官爵及更三代封赠，妻子官封，并宜削夺追毁。一家亲属，并配隶崖州，充长流百姓。所在驰驿发遣，仍终身禁锢，纵更大赦，不在量移之限。其期周以上亲属，并配隶边州远郡

① 《续资治通鉴长编》卷三四，第754~755页。

禁锢。部曲奴婢并纵之。余依百官所议施行。①

这篇制书中首先开宗明义，指出贬黜卢多逊所依据的关于惩处为臣不忠的儒家典故。接下来进入正题，以宋太宗的身份用严厉的语言指责卢多逊所犯“交接藩邸，窥侍君亲。指斥乘舆，谋危社稷”的大逆不道的罪行。接着陈述了派遣近臣推治其事的过程，显示卢多逊罪证确凿，对于他的处罚也是经过有关部门的集议而决定的，因此在整个事实的认定和处罚上“合于经义”。同时，在制辞中从君臣情义的角度对卢多逊进行指责，表现出作为皇帝不得不贬黜远窜卢多逊的无奈。然后是对卢多逊及其家人的具体处理办法。整个制辞文辞典雅、条理清晰、恩威并施，也体现了宋代不杀士大夫的祖宗家法，是北宋处置谋反罪名官员的标准文书。

对于牵扯到宰辅权力斗争中而失败的一方，其罢免制辞的写作则完全取决于胜利者的一方，比如真宗后期时，宰相寇准在与丁谓的权力斗争中失败，加上宋真宗晚年病重昏聩，丁谓就窃取了本应属于皇帝的权力，掌握了书写贬谪寇准的制诏的话语权，利用制诏撰写的措辞对寇准进行污名化，以达到打击其精神心理、破坏其个人威信的政治目的，并满足其个人泄愤的心理动机。寇准本无重罪，但在政治权力斗争中落败，因而被罢免宰相之职，并贬到边远州郡。据《续资治通鉴长编》记载：

始，谓命宋绶草寇准责词，绶请其故，谓曰：“《春秋》无将，《汉》法不道，皆证事也。”绶虽从谓指，然卒改易谓本语，不纯用。及谓贬，绶犹当制，即草词曰：“无将之戒，旧典甚明；不道之辜，常刑罔赦。”朝论快焉。②

在撰写他的贬诏之际，负责撰写制诏的学士宋绶遇到了难题，因为他无法找到寇准的准确罪名，也就无法措辞。而丁谓则举出《春秋》“无将”与《汉书》“不道”的两个典故，来指责寇准为臣不忠。《公羊传·庄公三十二年》记载：“君亲

① 《宋大诏令集》卷二〇三，第755页。
② 《续资治通鉴长编》卷九九，第2294页。

无将，将而诛焉”①，意思是作为臣子，如果有不忠之心，即使还没有付诸实施，那也应该被诛杀。《汉书》中记载汉武帝时大司马颜异在朋友批评汉武帝的货币政策时，没有出声，只是“微反唇”②，嘴巴动了动，但被他的政敌张汤得知，说他对政策不满，却不提出来，而只是“腹诽”，应该死罪，因此诛杀了他。丁谓要宋绶使用这两个典故，主要是因为“不忠”这样的罪状在君主专制时代是非常严重的。因此宋绶虽然接受了丁谓这样的指示，但没有全用，而是加以改易，以减轻制辞对寇准的压力。但即使当值学士宋绶有意回护，寇准仍由宰相被罢为太常卿知相州，然后又由相州再贬道州司马，再由道州司马贬为雷州司户，其被贬的三道诏书，层层递进，罪名越来越严重，措辞越来越严厉，惩治措施也越来越重。首先第一道制辞将寇准以“将明莫显，声实靡孚。舆议交喧，朝章失序。罔思兢慎，不素门庭。交接匪人，亏伤大体”③的罪名从宰相任上罢黜，特授太常卿知相州。第二道制辞用词就要严厉得多，制辞中有“不务敦修，密萌凶慝。辱予辅弼，玷乃缙绅”④等语，直接就是斥责和辱骂的语气，并且这道贬诏还要求御史台在朝堂上公开张贴以警戒百官。第三道制辞则将宋真宗病重直至死亡的原因都推到了寇准的身上，说其“始其告变之辰，适当违豫之际。阽危将发，震骇斯多”⑤。在封建专制王朝，寇准对皇帝的死负有责任的话，那是最大的不忠，是非常不利于他的名誉和声望的。而丁谓在寇准被贬之后不久也在政治斗争中落败。这次丁谓直接被贬为崖州司户。当值的学士仍是宋绶，他把丁谓当时对寇准所用的罪名的建议完全用在了丁谓的身上，其《丁谓贬崖州司户敕(乾兴元年七月辛卯)》开首就是：“无将之戒，旧典甚明。不道之辜，常刑罔舍”⑥，最后以“背恩弃德，一至于斯，窜处遐方，实乃自取”作结，说明丁谓为臣不忠，被罢免远窜，实属咎由自取。可见，贬谪制诏的撰写，有时会成为朝臣在政治斗争中

① (清)庄存与、孔广森：《春秋正辞·春秋公羊经传通义》，郭晓东等点校，上海古籍出版社2014年版，第393页。

② (汉)班固：《汉书·食货志》第四下，中华书局2007年版，第169页。

③ 《宋大诏令集》卷二〇四，第759页。

④ 《宋大诏令集》卷二〇四，第760页。

⑤ 《宋大诏令集》卷二〇四，第760页。

⑥ 《宋大诏令集》卷二〇四，第762页。

利用手中权力来发泄私愤的工具。宋绶后来把这两个典故完整用在丁谓的贬词里，以其人之道还治其人之身，因丁谓其人在朝野的名声很坏，因此“朝论快焉”。

仁宗时期，保守派借苏舜钦奏邸之狱，想要将支持范仲淹“庆历新政”的官员一网打尽。范仲淹当时已经自请以参知政事的身份出巡西北边境。朝廷中范仲淹的坚定支持者只有杜衍。宰相陈执中与杜衍在中书论事每不合，就利用蔡襄、孙甫二位谏官乞出而杜衍想要留其在京供职的事件，向皇帝进谗，说：“衍党顾二人，苟欲其在谏院，欺罔擅权，及臣觉其情，遂坏焚劄子以灭迹，怀奸不忠。”①仁宗听信谗言，因此将杜衍与范仲淹、富弼等一起罢免。丁度草其制辞曰：“自居鼎辅，靡协严瞻。颇彰朋比之风，难处咨谋之地。顾群议之莫遏，岂旧劳之敢私！”②当时攻击范仲淹与他的支持者们互为朋党的声音甚嚣尘上，所以诏书中就利用这个罪名，杜衍做宰相才百二十日就被以“朋党”的罪名罢免了。

这些贬谪制诏的撰写都是出于政治上的考虑，掌握话语权的一方——皇帝或者权臣出于种种原因，或因为礼敬大臣而采取委婉之语，或为警戒群臣而出语严厉，或者为了巩固自己的权力、打击政敌而肆行污蔑，这些都是北宋前期贬谪制诏的特点。

(三)贬谪制诏撰写中的个人因素及影响

撰写制诏的翰林学士或者知制诰本人的胸怀、个性以及他与被贬谪对象的关系也会影响到贬谪制诏的措辞。贬谪对于任何一个被贬官员来说，都是一种权力的剥夺与尊严的伤害。而贬谪制诏的措辞严厉与否、内容是否真实，会进一步加强被贬谪者内心的痛苦或有所安慰的反应。在面对贬谪制诏的同时，被贬官员对于诏书的撰写者也会产生相应的情绪反应，感受到不公待遇的耻辱感，甚至是世态炎凉的内心痛苦。有的人甚至会对制诏撰写者产生报复心理。

宋代笔记中就记载了一些文人士大夫在担任知制诰期间利用撰写贬诏的机会来挟私报复的事例。田况《儒林公议》记载：

---

① 《续资治通鉴长编》卷一五四，第3741页。

② 《续资治通鉴长编》卷一五四，第3741页。

谢绛，吴人，雅秀有文藻，景祐中，知制诰。然轻黠利唇吻，人罕测其心，时谓之士面观音。与范讽同年，素为讽所薄。及庞籍讼讽，两被黜。时王尧臣当制，绛求代草其词，籍诰末云："季孙行父之功，予不忘矣。"盖指讽为四凶也，论者益畏之。未几出守南阳，卒于官。疾亟自噬舌，吃其血肉。闻者深鉴之。①

谢绛在担任知制诰时就曾因为与被贬官员范讽素有矛盾，就利用撰写其贬诏之机，对其进行讽刺打击。丁谓的姻亲钱惟演也在丁谓之后被贬出朝廷，其贬谪制诏的写作也是这样的情形。《宋朝事实类苑》卷第四十记载了贬钱惟演词的写作过程：

时大臣为枢相，以非辜降节度使，谪汉东。会禁林主诏者素为深仇，贬语曰："公侯之家，鲜克禀训，茅土之后，多或缀宗。具官某，亡国之衰绪，孽臣之累姻。"孽臣盖晋公也，时冢宰谓典诰曰："万选公其贬语太酷。"禁林曰："当留数句，以俟后命。"太宰笑曰："尚未逞憾乎？"②

制诏撰写者某翰林学士因其对钱惟演的仇恨，而在贬诏中运用了严厉指斥的措辞，因其是自动纳土归降的吴国国主钱俶的后代，又是丁谓的姻亲。说其是"亡国之衰绪，孽臣之累姻"，累及祖宗亲友，连宰相都觉得有些"太酷"。宋真宗时期，兵部侍郎、平章事向敏中因买房和娶妻的事情被人所讼，真宗对吕蒙正等人说："向敏中所负如此，腾于清议，不可不加黜免。朝廷进退宰辅，亦非细事，卿等更思持守正道，以辅朕躬。"当时草制的翰林学士宋白"尝就向敏中假白金十铤，向敏中靳不与。于是，白草向敏中制书，极力诋之，有云：'对朕食言，为臣自昧。'向敏中读制泣下"③。宋仁宗时晏殊从参知政事的任上被贬往陈州，

① （宋）田况：《儒林公议》，《全宋笔记》第一编第五册，第110~111页。

② 《宋朝事实类苑》卷第四〇，第526页。

③ 《续资治通鉴长编》卷五三，第1155页。

后改亳州。撰写贬诏的是他素来欣赏善待的宋祁。宋祁却不顾以往情面，在贬诏里严厉批评他“广营产以殖私，多役兵以规利”①，使“观者骇叹”，引起了士大夫舆论的极大震动，也使晏殊受到了很大的打击。以至他出守亳州之后，经常感叹士风凋落。据《西清诗话》载：

元献初罢政事，守亳社，每叹士风凋落。一日，营妓曰刘苏歌，有约终身而寒盟者，方春物暄妍，驰骏马出郊，登高冢旷望，长恸遂卒。元献谓士大夫受人眄睐，随燥湿变渝，如翻覆手，曾狂女子不若，为序其事以诗吊之云：“苏歌风味逼天真，恐是文君向上人，何日九原芳草绿，大家携酒哭青春。”②

这两段故事都说明了贬谪制诏的撰写，在一定程度上会受到个人因素的影响。这种个人因素不会影响官员被贬的结果，但却因其措辞的严厉而使被贬谪官员在心理上受到一定的打击，并在社会舆论上形成负面的后果。

有时，制诏的撰写者性格刚直，在撰写贬诏时不太注重到被贬之人的接受心理，甚至会因所写贬诏的措辞而引起被贬者的报复。宋太宗时期，宰相张齐贤就因为在公共场合语言不当被御史中丞张咏弹劾，而张咏的姻亲王禹偁又曾经在做翰林学士之时撰写张齐贤罢相制辞，其措辞非常严厉，引起了张齐贤的不满。“齐贤深以为恨，后于上前短公曰：‘张咏本无文，凡有申奏，皆婚家王禹偁为之。’”③对张咏与王禹偁均中伤之。而不同的翰林学士，其思想境界与政治阅历的不同，也使得其在撰写贬谪制诏之时，有比较深层次的考虑，会对贬诏的撰写进行巧妙的构思和处理，尽量做到客观公正，使被贬者在心理上能够接受。仁宗至和元年(1054)欧阳修做翰林学士知制诰时，曾撰写宰相陈执中罢相的制辞。陈执中与欧阳修在政治见解上有相当大的分歧。在谏官弹劾陈执中而仁宗皇帝却依然包庇倚重陈时，欧阳修曾上书仁宗，严厉批评仁宗“近年宰相多以过失，因言

---

① (宋)魏泰：《东轩笔录》卷一〇，《全宋笔记》第二编第八册，第74页。

② (宋)蔡绦：《西清诗话》，刘德重、张培生校点，选自吴文治主编：《宋诗话全编》第三册，江苏古籍出版社1998年版，第2515页。

③ (宋)江少虞：《宋朝事实类苑》卷六，上海古籍出版社1981年版，第233页。

者罢去，陛下不悟宰相非其人，反疑言事者好逐宰相。疑心一生，视听既惑，遂成自用之意，以谓宰相当由人主自去，不可由言者而罢之”①。他并在此奏折上达皇帝但没有被采纳时，自请出知蔡州。由于大臣纷纷上书挽留朝廷才收回成命，留住欧阳修而将陈执中罢相出知亳州。而陈执中罢相制辞，也是欧阳修当值草制，陈执中与欧阳修关系一向不好，自认肯定不得好词。

陈恭公素不喜公，知陈州时，公自颍移南京过陈，拒而不见。后公还朝作学士，陈为首相，公遂不造其门。已而陈出知亳州，寻罢使相。公当制，自谓必不得好词，及制出，词甚美，至云：“闭门却扫，苦避权贵以远嫌。处事执心，不为毁誉而更变。”陈大惊曰：“使与我相知深者，不能道此，此得我之实也。”手录一本寄李师中曰：“吾恨不早识此人。”②

欧阳修所草罢相诏书中对陈执中的评价，连陈执中本人都认为非常准确，认为即使是相交甚深之人也不能写出这样的评价，以致后悔自己没有早结识欧阳修。欧阳修的一封制辞化解了二人多年的恩怨。至于欧阳修为何这样做，究其原因，主要在于欧阳修本人的政治经历使他认识到，士大夫内部的个人意气之争对于整个北宋的政局稳定显然会造成非常不利的影响。庆历年间的朋党之争也使他意识到文字对人的伤害程度，比如石介当时所作《庆历圣德诗》，范仲淹与韩琦看到之后，都认为此文将会在士大夫中引起争论和愤怒，造成很大的负面影响。《续资治通鉴长编》载：

初，吕夷简罢相，夏竦授枢密使，复夺之，代以杜衍，同时进用富弼、韩琦、范仲淹在二府，欧阳修等为谏官。石介作《庆历圣德诗》，言进贤退奸之不易。奸，盖斥夏竦也，竦衔之。而仲淹等皆修素所厚善，修言事一意径行，略不以行迹嫌疑顾避。竦因与其党造为党论，目衍、仲淹及修为

① （宋）欧阳修：《欧阳修集编年笺注》第六册卷一〇九，李之亮笺注，巴蜀书社2008年版，第319页。

② （宋）张邦基：《墨庄漫录》卷八，《全宋笔记》第三编第九册，第107~108页。

党人。①

这首《庆历圣德诗》使得夏竦对革新派抱有深刻的仇恨，并因此捏造“朋党”之论，给保守派借此打击革新派制造了舆论。石介本人死后还被诬陷假死而兴起大狱，牵连家人。现实的政治斗争使欧阳修不愿意因文字之争而造成朝廷士大夫之间的分裂和内耗。在制辞的措辞方面，能顾及被罢免宰相的体面与尊严，既是北宋祖宗以来的惯例，也可以此来弥合士大夫之间因政治见解不同而造成的裂痕。欧阳修这样的想法和做法在“庆历革新”失败以后是一贯的，比如他为范仲淹写神道碑时，就特意写了范仲淹以参知政事的身份西巡时特意拜访了前宰相吕夷简二人解仇的事情。欧阳修的此种书写方式，引起富弼对他这种做法的不满，他在给欧阳修的信中写道：

> 大都作文字，其间有干着说善恶……必当明白其词，善恶焕然，使为恶者稍知戒，为善者稍知劝，是亦文章之用也。……弼尝病今之人，作文字无所发明，但依违模棱而已。人之为善固不易，有遭谗毁者，有被窜斥者，有穷困寒悉者，甚或诛死族灭。而执笔者但求自便，不与之表显，诚罪人也。……君子为小人所抑，不过禄位耳。唯有三四寸竹管子，向口头角褒善贬恶，使善人贵，恶人贱，善人生，恶人死，须是由我始得，不可更有所畏怯而噤默，受不快活也。向作《希文墓志》，盖用此法，但恨有其意而无其词，亦自谓希文之善稍彰，奸人之恶稍暴矣。今永叔亦云：“胸臆有欲道者，诚当无所避，皎然写之，泄忠义之愤，不亦快哉！”则似以弼说为是也。然弼之说，盖公是公非，非于恶人有所加诸也。如《希文墓志》中所诋奸人，皆指事据实，尽是天下人所闻之者，即非创意为之，彼家数子皆有权位，必起大谤议，断不恤也。②

① 《续资治通鉴长编》卷一四八，第3580页。

② （宋）邵博：《邵氏闻见后录》卷二十一，夏广兴整理，选自上海师范大学古籍整理研究所编：《全宋笔记》第四编第六册，大象出版社2008年版，第146~147页。

富弼虽然没有明确说明对欧阳修此种笔法的不满，但他通过阐释自己对于“作文字”的理解，比较隐晦地对欧阳修提出批评。而欧阳修对自己如此做法也有合理的解释。在《与渑池徐宰书四》中，他讲道：“谕及富公言“范文正公神道碑”事，当时在颍，已共详定，如此为允。述吕公事，于范公见德量包宇宙，忠义先国家。于吕公事各纪实，则万世取信。非如两仇相讼，各过其实，使后世不信，以为偏辞也。大抵某之碑，无情之语平，富之志，嫉恶之心盛。后世得此二文虽不同，以此推之，亦不足怪也。”①欧阳修指出自己作碑志是采取了客观公正的平允之举，与富弼嫉恶如仇具有强烈感情色彩的墓志各有所长，都是可以理解和接受的。他在写作碑志之时，重视的是“至于辨谗谤，判忠邪，上不损朝廷事体，下不避怨仇侧目，如此下笔，抑又艰哉”②？(《与孙威敏公书二》)其中的难度不言而喻。当时朝廷上各方势力纠缠，欧阳修希望“此文出来，任他奸邪谤议近我不得也。要得挺然自立，彻头须步步把作道理事，任人道过当，方得恰好”③。(《与姚编礼书一》)在写作时，保持公正公平，步步都要讲究道理，这也是欧阳修在撰写制诏之时所秉持的基本态度和原则。正是因为欧阳修认识到了制诏作为皇帝代言的重要性和权威性，了解贬谪制诏文字对于被贬大臣的政治意义，并考虑到士大夫群体舆论以及对政局的影响，欧阳修才会不同于一般的知制诰者，而是在综合考虑朝廷政局、不引起朝臣的个人意气及朋党争斗的多重因素下，来撰写陈执中的罢相诏书的。

总而言之，贬谪制诏的撰写在北宋前期就具有多种情况。制诏的撰写者翰林学士知制诰作为皇帝和朝廷的代言人，是没有权力决定贬谪官员的具体罪名的。但是，在人治的专制皇权社会，皇帝代表着至高无上的权力，翰林学士出入禁林，以备顾问，除拜宰相这样的大事，翰林学士也可以参与其中。同时，在法治并不健全，士大夫之间政治倾轧、权力斗争之时，诏书的书写也就是话语权的掌握是非常重要的一环。在非常重视名声操守、以礼治国的儒家之道的统治下，一纸诏书上所载的内容能给人带来极大的痛苦和耻辱感。但翰林学士本身作为代言

---

① (宋)欧阳修：《欧阳修集编年笺注》第八册卷一五一，李之亮笺注，巴蜀书社 2008 年版，第 218~219 页。

② 《欧阳修集编年笺注》第八册卷一五一，第 18 页。

③ 《欧阳修集编年笺注》第八册卷一五一，第 233 页。

人，一旦自己的意志和皇帝本人的意志产生抵牾之时，那翰林学士自己也面临被罢免和贬黜的命运。《宋史·职官志三》就记载了翰林学士钱公辅与祖无择因不愿草制而被贬谪的例子：

英宗治平元年十二月贬知制诰钱公辅为滁州团练副使不签书本州公事，祖无择罚金三十斤。公辅坐言王畴不当为枢密副使，不肯草制，无择以不即草贬公辅制，英宗意欲加罪而中书救之，乃有是命。①

钱公辅因反对任命王畴为枢密副使而拒绝为之草制，这就违背了皇帝的意志，因此英宗可以马上将他从翰林学士的位置上贬走。而祖无择作为他的同事，也因为不肯按照皇帝的旨意立刻草写贬谪钱公辅的诏书，而差点被贬，幸得中书救护而改处罚金。在遇到翰林学士与皇帝意志发生冲突之时，尤其是比较强势的皇帝，他必然会运用自己手中的权力，将不服从命令的翰林学士调离身边的。

第二节　北宋前期贬官谢表的撰写体例及政治文化影响

一、谢表的文体渊源与北宋前期贬官谢表的撰写体例

表作为章奏类公文，是官僚大臣向天子谢恩、陈事，以及表明臣子心迹之类的古代行政文书。南朝梁时期的顾野王在《玉篇·衣部》中所言："表，碑矫切，衣外也，上衣也，书也，威仪也，明也，标也。"②萧统《文选》认为："表者，明也，标也，如物之标表。言标著事序，使之明白，以晓主上，得尽其忠，曰表。"③也就是说表作为一种公文体制，主要是用来向皇帝说明事情的原委，表明自己的心迹的。刘勰《文心雕龙·章表第二十二》也提到"汉定礼仪，则有四品：

① （清）徐松辑：《宋会要辑稿·职官三》，中华书局1957年版，第2404~2405页。

② （梁）顾野王：《玉篇》，影印摛藻堂《四库全书荟要》本第80册，（台湾）世界书局1985年版，第635页。

③ （梁）萧统编：《文选》第四册卷三七，（唐）李善注，上海古籍出版社1986年版，第1667页。

一曰章，二曰奏，三曰表，四曰议。章以谢恩，奏以按劾，表以陈情，议以执异”，“原夫章表之为用也。所以对扬王庭，昭明心曲”①。刘勰明确指出，章是用来谢恩，表则用来陈情的。但总得来说，章表都是用来向皇帝说明情况，表达自己的心情与请求的。但到了魏晋南北朝时期，表也可以用来谢恩，像曹植就曾写有多封谢表，如《封甄城王谢表》《谢赐谷表》等。此后，谢恩、陈情都可以用表。清王之绩在《铁立文起》后编卷九言：“或曰：表制有六，贺表则颂圣处贵详尽，辞谢表则叙事自勉处贵详尽。……《指南录》曰：有所感激故称谢。谢幸御，谢官爵，谢金帛，谢宴享，谢颁降，谢珍味，谢衣服，皆感激君父殊恩而非伪也。夫忠心感则兴，激则奋。恩逾望外，则敬从中起，非徒郁结思报而已。最要默动人君以礼使臣意，然入题自叙处须详之。”②相对于其他内容的表，谢表更加突出写作者文笔的条理性、逻辑的严密性以及情感的真挚与忠诚。只有这样，才能打动最高统治者，使其能够“以礼使臣意”。

作为例行性的公务文书，谢表也有相对固定的文书格式，关于表书包括谢表文书的固定格式，《庆元条法事类·文书门》卷十六、(宋)王铚《四六话》、(宋)洪迈《容斋四六丛谈》、(宋)王应麟《辞学指南》、(元)陈绎曾《文章欧冶(文筌)》、(明)朱荃宰《文通》、(清)陈维崧《四六金针》、(清)王之绩《铁立文起》等书，皆有较为具体的记载，内容也大致相同。具体到宋代贬谪官员所写谢表的格式，则一般分为三个部分。其开头一般以“臣某言”开头，讲述自己于某月某日收到诏命，并于某月某日到本州上讫。交代清楚自己到州任命的起始时间，然后对皇帝表示感谢，这部分结束后有“中谢”二字，是宋代谢表的固定用语。如王禹偁《滁州谢上表》：“臣某言：奉五月九日制命，伏蒙圣慈特授臣守尚书工部郎中知滁州军州事。已于六月三日到本州上讫。罢直禁中，临民淮上。虽离近侍，犹忝正郎，省己戴德，既荣且惧。臣某中谢。”第二部分则以“伏念臣”开头，是自述性的表白，表明自己的生平遭际与人格操守，并对此次被贬的原因进行解释说明。此段乃是谢上表的主体，根据实际情况，可长可短，像王禹偁《滁州谢

① 《增订文心雕龙校注》上册，第311页。

② (清)王之绩：《铁立文起》，选自王水照编：《历代文话》第四册，复旦大学出版社2007年版，第3833页。

上表》就用了551个字，以“伏念臣早将贱迹，误受圣知。进身不自于他人，立节惟尊于直道”开始，到“况臣头有重戴，身被朝章。所守者国之礼容，即不是臣之气势。因兹谢表，敢达愚诚”结束，主要讲述自己的人品操守，并对自己担任翰林学士一百天内所作所为做出反省，对自己为何被贬作了揣测和解释。第三部分则是请求与表态，表明自己在此次贬谪之后的心态与如何自处。《滁州谢上表》最后一段从“况臣粗有操修，素非轻易，心常知于止足，性每疾于回邪”到“今则隋岸千里，尧天九重，微躯或遂于生还，劲节尚期于死所”结束，表达自己虽遭贬谪，却志节不屈的忠贞。最后以“臣无任”这样的固定格式结束，有时也会用“臣无任感天荷圣，激切屏营之至”这些类似表示不胜感恩之意的文字结束。

明代学者徐师曾在《文体明辨序说》中指出：“至论其体，则汉晋多用散文，唐宋多用四六。而唐宋之体又自不同：唐人声律，时有出入，而不失乎雄浑之风；宋人声律，极其精切，而有得乎明畅之旨，盖各有所长也。”①从北宋前期现存谢表的体式来看，主要还是沿袭了唐代谢表的形式，是以四六对仗的骈文来写的。像上举太宗时王禹偁在滁州所写的《滁州谢上表》《谢加朝散大夫表》，移镇扬州时所写的《扬州谢上表》《谢转刑部郎中表》以及被贬黄州时的《黄州谢上表》，田锡的《陈州谢上表》，仁宗时唐介因弹劾文彦博被贬英州，后量移潭州时所作的《潭州通判谢上表》，英宗时吕诲因谏“濮议”事被贬蕲州时所作的《蕲州谢上表》，都是典型的四六文体。但仁宗时范仲淹与欧阳修的谢表则在四六文体中加入了单行散文，如范仲淹《睦州谢上表》第二部分介绍自己生平行事之后，则用散文形式列举了前朝废后之朝未能致福的事例，并对郭后的处理方式提出建议。

盖以前废后之朝，未尝致福。汉武帝以巫蛊事起，遽废陈后，宫中杀戮三百余人。后及巫蛊之灾，延及储贰。及宣帝时，有霍光妻者，杀许后而立其女……遽为赤族。又成帝废许后咒诅之罪，乃立飞燕，飞燕姊妹妒甚于前，六宫嗣息尽为屠害。至哀帝时理之，即皆自杀。西汉之祚，由此倾微。

① （明）徐师曾：《文体明辨序说》，罗根泽校点，人民文学出版社1998年版，第122页。

魏文帝宠立郭妃，僭杀甄后，被发塞口而葬，终有反报之殃。后周以虏庭不典，累后为尼，危辱之朝，不复可法。唐高宗以王皇后无子而废，武昭仪有子而立。既而摧毁宗室，成窃号之妖。是皆宠衰则易摇，宠深则易立。后来之祸，一一不差。臣虑及几微，词乃切直。乞存皇后位号，安于别宫，暂绝朝请。选有年德夫人数员，朝夕劝导，左右辅翼，俟其迁悔，复于宫闱。①

这段文字运用了叙述和议论的形式，夹叙夹议，有很强的说服力，用传统的四六文体是很难达到这样的语言效果的。因此，范仲淹在四六骈体文中间加入了这段散文体的议论。他在《润州谢上表》中引用《易》时，也运用了简短的散文句式，即“臣按《太易》之义，坤者，柔顺之卦，臣之象也，而有履霜坚冰之防，以其阴不可长也。丰者，光大之卦，君之象也，而有日中见斗之戒，以其明不可微也”②。这段散文体议论的文字也处于第二部分，所谓引重言以重之。范仲淹引用《易经》来向宋仁宗解释对权臣要防微杜渐的道理。这两篇谢表，都突破了谢表以骈文为表达方式的传统，将散文体的议论引入了谢表之中，使谢表由例行的表达感谢、忠心而成了阐释自己政治见解的一种文字形式。欧阳修的《滁州谢上表》在文体上也采用了散体的句式，在论张氏妹事之时，他写道：

张氏此时，生才七岁。臣愧无蓍龟前知之识，不能逆料其长大所为，在人情难弃于路隅，缘臣妹遂养于私室。方今公私嫁娶，皆行姑舅婚姻。况晟于臣宗，已隔再从；而张非己出，因谓无嫌。乃未及笄，遽令出适。然其嫁五六年后，相去数千里间，不幸其人自为丑秽，臣之耳目不能接，思虑不能知。……③

这段话骈、散相兼，而以散文为主，主要原因在于骈文在叙述议论上的不便。欧阳修本人对于文体也有自己的见解和喜好。他在未中举之前，就非常追慕

① （宋）范仲淹：《范仲淹全集·睦州谢上表》上册卷一六，（清）范能濬编集，薛正兴校点，凤凰出版社2004年版，第341页。

② 《范仲淹全集·润州谢上表》上册卷一六，第344页。

③ 《欧阳修集编年笺注》第五册卷九一，第337页。

韩愈，在《答陕西安抚使范龙图辞辟命书》中，欧阳修写道："况今世人所谓四六者，非修所好，少为进士时不免作之，自及第，遂弃不复作。在西京佐三相幕府，于职当作，亦不为作，此师鲁所见。"①可见，欧阳修本身不喜作四六文之类的骈俪文字，中进士之前因考试原因不得不作，考中之后就弃而不为了。因此，在自己可以主导的谢表写作中，不使用标准的骈四俪六的文字形式，是欧阳修个人对于文学的认识和喜好所导致的。

综合范仲淹和欧阳修谢表的形式特征，我们可以看到，宋人"好议论"的风气已经开始有所发端，即使是谢表这样传统例行感恩的公文，也开始具备一定的议论性成分。而四六骈俪文字讲究对仗，在一定程度上妨碍了议论说理的效果，散体文字不用考虑对偶押韵字数等形式问题，能够将问题讲清。可以说，范仲淹与欧阳修在谢表中加入散体单行文字，是因为内容决定了形式，骈文的形式已经满足不了作者想要表达的内容和意图了。散文形式利于议论，也是其中的重要原因。

二、谢表的内容风格及文化影响

谢表与制诏在行文方向上有着很大不同，制诏作为古代的公文文体，它的行文方向是诏告臣民的下行文。谢表则是上行文类型，(宋)赵升《朝野类要·文书》提道："帅、守、监司初到任，并升除，或有宣赐，皆上四六句谢表。"②龚延明在《宋代官制辞典》中认为："凡官员升迁除授、谪降贬官，至于生日受赐酒醴、封爵追赠等等，均有谢表，谢皇帝恩惠之表(如谢当权宰执，称谢启)。虽为形式，臣僚常利用上谢表例行公事的机会，申诉被谪降的客观原因或受委屈的情况，藉以引起皇帝的同情和谅解。"③也就是说，谢表的使用范围很广，在官员的升迁除拜、谪降贬黜、封爵追赠中皆有广泛使用。谢表作为一种固定的例行文书而存在，恰好给了贬谪官员一个与皇帝直接对话的机会。从某种意义上讲，谢表可以说是对与其相应的贬谪制诏的回应。贬谪官员可以借上谢表的机会，表达

① 《欧阳修集编年笺注》第三册卷四七，第 255 页。
② (宋)赵升编：《朝野类要》，王瑞来点校，中华书局 2007 年版，第 86 页。
③ 龚延明编著：《宋代官制辞典》，中华书局 1997 年版，第 626 页。

自己对此次黜降事件的看法和心情，解释自己得罪的缘故，希望以此感动皇帝，求得朝廷的谅解和皇帝的同情。当然，此类表书在语句的措辞和语体风格上都是以委婉、醇雅、忠诚、精确周详为要。因为谢表文书的此类特点，使得时常处在党争政治漩涡当中的宋代文臣尤其重视谢表的写作，不仅文采斐然，富于感染力，并赋予了谢表文书前代所没有的丰富的政治文化功能。所以有学者认为："谪降类谢表往往最能流露出作者真实心声，也最引起朝廷关注。"①宋代由于"不杀士大夫及上书言事人"的祖宗家法，对于官员的主要处罚方式就是贬谪，因此宋代贬谪官员的增多，也就意味着贬官谢表的增加。在宋代前四朝，著名文人王禹偁、田锡、欧阳修、范仲淹、唐介等都有贬官期间的多篇谢表流传下来。另有卢多逊、丁谓等在宋人笔记中记载的谢表中的残篇断句。我们可以通过研究北宋前期贬官谢表的书写，来观察北宋前期贬谪士人利用公文形式与皇帝直接交流，而显示出来的君臣关系，以及其面对贬谪时的心态变迁，从而梳理出北宋前期士风是如何在经历贬谪的过程中逐渐树立和构建起来的。

虽然从表面上看，谢表是一种具备规范性和例行式的文书，但宋代由于"右文"政策的社会氛围，靠科举入仕的士大夫大部分都具备很强的文字撰写能力，并且非常重视对各种公文的写作与评价，这也使得谢表的写作具备了非常强的个性色彩和文学特征。由受贬者的立场看，因其要使皇帝能够理解和感动，所以谢表的写作通常应具备非常强的文学感染力。北宋太宗时期，卢多逊被贬海外，其谢表末云："流星已远，拱北极已无由；海日空悬，望长安而不见。"临终自作遗表："昔日位居黄阁，众口铄金；此时身谢朱崖，蔓草萦骨。"②同样被贬崖州的丁谓也因其谢表文字引起皇帝的怜悯，从而得到了内迁的机会。"丁晋公谓文字虽老不衰。……北迁道州，谢表云：'心若倾葵，渐暖长安之日；身同旅雁，乍浮楚泽之春。'又谢复秘书监表云：'炎荒万里，岁律一周。伤禽无振羽之期，病树绝沾春之望。'人亦哀之"③。卢多逊与丁谓都属于北宋早期的士大夫，北宋此时的士风还延续着五代时期的功利主义及"士无特操"的状况，他们两人的被贬

① 杨芹：《宋代谢表及其政治功能》，《中州学刊》2016 年第 10 期。

② （明）蒋一葵辑：《木石居精校八朝偶隽》卷四，《续修四库全书 · 一七一四 · 集部 · 诗文评类》，上海古籍出版社 2002 年版，第 627 页。

③ 《木石居精校八朝偶隽》卷四，第 628 页。

也可以说是咎由自取。但是他们在谢表中娴熟地运用四六对仗的句子，选择恰当确切的典故，真诚地传达了自己对于皇帝的忠诚以及被贬南荒的哀伤，引起了皇帝与士大夫群体对他们的同情和怜悯。而与此同时的王禹偁因私议开宝皇后葬礼而被贬滁州，其《滁州谢上表》的风格与内容则代表了新一代士风的逐渐开启。《滁州谢上表》整个谢表事实详明，逻辑清楚，感情真挚，语言对仗工整，语气不卑不亢，毫无乞怜之意，全篇流露出对自己的行为与操守的自信。在谢表的最后，他写道："伏望陛下，思直木先伐之义，考众恶必察之言。曲与保全，俾伸臣节。则孤寒幸甚，儒墨知归。在于小臣，有何不足。"把自己被贬的遭遇上升到与自己同等出身的大部分孤寒的士人与儒家文臣的归属感上面，希望皇帝能够意识到自己无辜而贬所导致的严重后果，从而能够对他"曲与保全"，使其能够"俾伸臣节"。这封谢表中的名句"诸县丰登，绝少公事；全家饱暖，共荷君恩"还被后来也贬到滁州的欧阳修在《书王元之画像侧》这首诗中化用，来表达自己对于王禹偁的追怀与倾慕。王禹偁《黄州谢上表》依然延续了《滁州谢上表》的风格，认为自己被贬完全是因为："夫谗谤之口，圣贤难逃。周公作鸱鸮之诗，仲尼有桓魋之叹。盖行高于人则人所忌，名出于众则众所排。自古及今，鲜不如此。伏望皇帝陛下雷霆霁怒，日月回光。鉴曾参之杀人，稍宽投杼。察颜回之盗饭，或出如簧。"①他举了众多古代圣贤被人诽谤排挤的例子，希望皇帝能够以古为鉴，明察自己被人诬陷的事实。同时，他又表明自己："况臣孤贫无援，文雅修身。不省附离权臣，祇是遭逢先帝。但以无心于苟合，性昧随时，出一言不愧于神明，议一事必归于正直。""粗有操修，素非轻易，心常知于止足，性每疾于回邪。位非其人，诱之以利而不往。事非合道，逼之以死而不随。"(《谢转刑部郎中表》)其对自己的道德节操的自信之情溢于言表。对于自己多次被黜的事实，他总结为"虚名既高，忌才者重。直道难进，黜官亦多。"(《滁州谢上表》)，语气之中，不无抱怨之情。在这种情况之下，"未令君子之道消，惟赖圣人之在上"。他把自己被诬谤贬官的现实情况上升到了"君子道消"的高度，更要求皇帝作为圣人能够为此负责。欧阳修在被贬滁州时所写的《滁州谢上表》，其主要内容也

① 《王黄州小畜集》卷二二。

是对自己之所以被污蔑的情况作了分析，“自蒙睿奖，尝列谏垣，议论多及于贵权，指目不胜于怨怒”，主要内容也是为自己辩诬。但与王禹偁不同的是，欧阳修在谢表中对自己被贬进行了理性的分析与思考，认为在这种情况下被贬黜反而是一种保全自己的最好方式。与王禹偁同时的田锡在被贬之后，甚至在谢表中有对皇帝的质问之语：“敕书喻臣曰：‘今后凡有见闻，更在无辞献替。或行或寝，断自于朕心；尽节尽忠，勿渝于尔志。’臣所以尝思启沃，上答圣明，每有见闻，必陈章疏，非敢沽直臣之誉，但欲酬英主之知。……以臣屡因上书，致兹落职。虽文翰之职，岂臣所能；而物论之间，以臣为诫。臣心匪石，虽获罪以宁辞；众口若钳，岂达聪之有补。”①他直言指出，皇帝敕书鼓励臣子进言，而自己却屡因上书而获罪落职，如此一来，众人都以己为戒，从此钳口不言，这样一来，必然无补于皇帝的见闻。同样，范仲淹《睦州谢上表》劝谏仁宗不要废后，《润州谢上表》提醒仁宗对权臣要防微杜渐。王禹偁、田锡、范仲淹等这种将谢表变为谏书的情况，在北宋前期是多有所见的。

这些谢表的措辞与内容既体现了被贬文人清醒的自我认识，又展示了他们在皇帝面前侃侃而谈，有理有据、独立自尊的君子心态。朝廷其他官员也不会将谢表内容“寻章摘句”作为攻击他人的工具。这与北宋中后期逐渐以谢表入罪的恶性政治斗争区别还是很大的。比如宋神宗时御史中丞李定就曾“劾苏轼《湖州谢上表》，摘其语以为侮慢。因论轼自熙宁以来，作为文章，怨谤君父，交通戚里。逮赴御史台穷治”②，由此而导致了北宋中期最大的文字狱“乌台诗案”。江辅之因被蔡确摘引其谢表中的“清时有味，白首无能”③，认为其有怨望之情，因此再被罢免。宋徽宗时，张商英“以言者论列，落职知随州，谢表不自引咎降一官”④。同样是宋徽宗时期，建中初“张文潜谢表用‘我来自东’。彭汝霖谓表用‘我’字大无礼。引王韶故事乞窜谪，鲁公云：‘王韶圣问有时或差，乃不逊，我

① 《咸平集》卷第二四，第255页。

② 《宋史》卷三二九，第10602页。

③ （宋）胡仔纂集：《苕溪渔隐丛话·前集》卷第二三，廖德明校点，人民文学出版社1962年版，第150页。

④ （宋）杜大珪编：《名臣碑传琬琰集》下卷四八，影印《四库全书》文渊阁本第450册，第788页。

来用经语，恐不可罪。'乃止"①。张耒因为在谢表中用了一个"我"字，就被御史弹劾为"大无礼"，要求将他窜逐出朝廷。可见，在北宋中后期，谢表在某种程度上已经成为政敌"寻章摘句"、构陷对手的一个重要的工具了。

按照宋代关于上奏章疏文件的管理，除了少数机密文件皇帝会"留中不出"外，大部分都会"降出付外"，杨芹在《宋代谢表及其政治意义》中提到宋代谢表的传播途径时，就指出在宋代，"谢表降出后，通过进奏院下发到相关机构处理，部分谢表通过进奏院邸报的登载可为天下人所读"②。其之所以这么做，原因在于谢表是与官员的升迁黜降密切相关的文书，登载于邸报，"盖朝廷之意，欲以迁授降黜示赏功罚罪，勉励天下之为吏者"③，且"不特欲四方知其到官之日，是亦使人留意文字之端也"④，也就是说谢表不仅仅皇帝可以阅读，还会在朝廷及士大夫群体中传播，也就会对社会舆论造成一定的影响。这种谢表的广泛传播，也使士大夫群体对于政治事件中的被贬者的心理状态有非常清晰的认识，同时能够对此现象进行分析判断。正如《宋朝事实类苑》中记载的："景祐中，范文正公以言事触宰相，黜守饶州，到任谢表云：'此而为郡，陈优优布政之方。必也立朝，增蹇蹇匪躬之节。'天下叹公至诚许国，始终不渝，不以进退易其守也。"⑤范仲淹不仅在谢表中表达了自己的政治思想，并且还展现出于国家大事公而忘私、奋不顾身的高尚节操。通过谢表的传播途径，范仲淹的这种"不以进退易其守"的高风亮节被士大夫广为认知，为他成为仁宗时期士林之精神领袖起到了一定的推动作用。除此之外，王铚在《四六话》中曾就范仲淹之子范纯仁及刘挚罢官谢表指出：

> 表章有宰相气骨。如范尧夫（范纯仁）《谢自台官言濮王事责安州通判表》云："内外皆君父之至慈，出处盖臣子之常节。"又《青州刘丞相（刘挚）罢省官谢起知滑州表》云："视人郡章，或犹惊畏；谕上恩旨，罔不欢欣。"又云："诏令明具，止于奉行；德泽汪洋，易于宣究。"爱其语整暇，有大臣气

---

① （宋）王应麟：《玉海·辞学指南·语忌》卷二〇一，第3789页。
② 杨芹：《宋代谢表及其政治功能》，《中州学刊》2016年第10期。
③ 《宋会要辑稿·刑法二》，第6510页。
④ 《宋会要辑稿·仪制七》，第1955页。
⑤ 《宋朝事实类苑》卷五三，第689页。

象。《刘丞相守郓谢表》云："虽进退必由其道，所愿学者古人；顾功烈如此其卑，终难收于士论。"此真罢相表也。①

可见，贬谪官员的谢表通过在士大夫群体中的传播，对宋朝士大夫的气节操守及政治文化气象造成了一定的影响。

总而言之，在宋代贬谪制度当中，贬谪制诏与谢表的撰写，是贬谪事件形于文字的重要制度性规定。而贬谪制诏的撰写开启了贬谪事项，谢表的撰写则意味着整个贬谪事件的完成。通过贬谪制诏的下行与贬官谢表的上达，最高统治者与被贬官员完成了一次惩戒与接受在形式与思想上的沟通。通过以上分析，我们可以看到，北宋前期对于贬谪制诏的写作是分好几种情况的。在撰写制诏的翰林学士或者中书舍人知制诰手里，完成对被贬官员罪名的书写，其措辞及所用典故会因为草制之人的思想境界、文学才华、个人性格以及与被贬官员的关系，而有一定的或严厉偏激或温和公正的偏差，但总的来说，撰写制诏的知制诰们都是皇帝或朝廷的代言人，其最高的权力来自皇权。贬谪官员的罪名是来自君主的，知制诰如果与皇帝的意志不同而拒绝草诏的话，就会被撤离知制诰的职位。而谢表的撰写则完全取决于被贬官员自身。从谢表的本义来看，主要是用来向皇帝谢恩的例行的礼节性的公文。但作为能够被皇帝亲自阅读的公文，对于贬官来说，也是直接向皇帝表明心迹的重要机会。因此，在贬谪官员所作谢表中，除了例行向皇帝谢恩之外，贬官们还会利用谢表来表达一些自己需要向皇帝说明的事实和情况。北宋前期贬谪官员的谢表，大部分是给自己辩诬，如王禹偁，也有将谢表变为谏书的，如田锡、范仲淹。在谢表的体制方面，北宋前期谢表基本还是追随唐朝，以骈文为主要写作方式，而从欧阳修、范仲淹开始在骈文之中加入散体，正如清代阮元在《四六丛话后序》中所讲到的："宋自庐陵、眉山以散行之气运对偶之文，在骈体中另出机杼，而组织经传，陶冶成句，实足跨越前人。要之，两端不容偏废也。由唐以前，可以征学殖；由宋以后，可以见才思。"②可见，北宋前

① （宋）王铚：《四六话》卷上，选自王水照编：《历代文话》第一册，复旦大学出版社2007年版，第8~9页。

② （清）阮元：《四六丛话后序》，选自王水照编：《历代文话》第五册，复旦大学出版社2007年版，第4227页。

期的贬官谢表不但在内容和境界上显示出耿介与自尊的士人的主体性意识，同时还自觉地以自己的文学理想改造了宋代谢表的行文方式，使得谢表从内容与形式都具备了一定的时代特征。从北宋前期几朝皇帝对于此时贬官谢表的反应来看，没有因对谢表不满而对贬官再加惩罚的记载，反而从贬官在被贬期间所写的其他谢表当中，可以看到他们在贬谪期间仍然多次受到转官、复官和其他的赏赐。由此可见北宋前期几朝对于文士的优容，对直言进谏官员的鼓励。通过北宋前期贬谪事件中的贬谪制诏与谢表的下达与上行，宋代士大夫政治文化的发展轨迹也在这样的官方文件中被构建出来。谢表的自主性表达显示了北宋前期士大夫在遭遇贬谪之时，由王禹偁式的“直道难进，黜官亦多”的激烈反应到欧阳修的“若臣身不黜，则攻者不休，苟令谗巧之愈多，是速孤危于不保。必欲为臣明辩，莫若付与狱官；必欲措臣少安，莫若置臣闲处”的以退为进的策略，再到范仲淹的“此而为郡，陈优优布政之方；必也立朝，增蹇蹇匪躬之节”的宠辱不惊、许国忘身的胸怀，宋代士大夫的气节与精神境界在继承与发展中走上了封建社会政治文化的顶峰。可以说，在某种程度上，贬谪官员谢表文书的写作不仅是宋代文人政治党争中用于自我辩诬的工具载体，也是在复杂的权力斗争格局中宋代文儒臣僚立身处世，彰显大臣气象及士大夫人格魅力、生存价值意义的文化载体或者文化象征。

第三章　北宋前期文人贬官概况及贬地分布的定量分析

本章重点在于以定量分析的方法，对北宋前期贬谪官员概况进行统计分析，以便从宏观上把握北宋前期贬官的数量及贬谪区域分布情况，同时进一步通过对北宋前期被贬文人贬谪原因、被贬职务、贬谪地等情况的统计分析，讨论宋代文人士大夫在北宋前期被贬的特殊政治文化背景，及由此导致的贬谪生活境遇，从而揭示北宋前期贬谪文人文化人格的形成及对文学创作的影响。本章只讨论在宋代文学史上留下作品或者文集、诗集的贬谪文人，没有作品传世和不以文学名世的其他贬谪官员不在本章讨论范围之内。

第一节　北宋前期贬官概况及贬地分析

为了能够从宏观上把握北宋前期贬官情况，本书把北宋前四朝历朝姓名可考贬谪官员人数和贬官中文士人数统计出来，进行分析，以说明北宋前期贬谪官员的实际情况及其政治文化背景。据对有关资料的初步统计并参考今人研究成果，① 北宋前期各类贬官共有 1136 人次，文士贬官共有 140 人次。北宋太祖立朝 16 年，贬官人数 125 人，年贬人数为 7.81 人次，其中文士官员姓名可考者 8 人，占朝士贬谪比例为 6%，在四朝贬谪官员统计数据中均为最低。其原因在于，首先，太祖立国时期，朝官中文官比例较少，大部分官员还是五代时期遗留下来

① 数据统计所依据的材料主要为《续资治通鉴长编》《宋史》《宋会要辑稿》《宋大诏令集》，以及《全宋笔记》等宋人笔记小说类资料；同时还参考了山东大学高良荃 2003 年博士学位论文《宋初四朝官员贬谪研究》。对于被贬官员文士身份则根据曾枣庄主编的《中国文学家大辞典》(宋代卷)及傅璇琮主编的《宋才子传笺证》(北宋前期卷)予以确定。

的武将。加上当时北宋立国未稳，有些武将携五代骄兵悍将之气，作风恶劣。同时，宋太祖认为文官最严重的问题就是贪污，为了整顿官场风气，彻底改变五代官场遗风，他对坐赃污以及杀人者基本都直接处以“弃市”的死罪。在太祖朝因这两个罪名被杀的可考姓名官员就有 27 人，还有其他因试图谋反等罪名被杀的，这样就造成贬谪人数相对较少。而文士官员少的原因，则在于北宋初期经战乱之后，文官人员缺乏，文官中的文士更是少之又少。在这种情况下，贬谪文人就更少了。太宗朝贬谪人数相较太祖朝有所增加，其立朝年数为 20 年，贬官总数为 162 人，年贬人次为 8.1 人次，被贬文士官员 20 人，占被贬朝官总数的比例为 12%。其被贬人数增加的原因，一部分是因为太宗时期，科举考试制度进一步成熟，士人通过科举考试进入官场，文官人数增多。对于贪污等犯罪行为，太宗也实行“三宥”之恩，因犯贪污罪而被杀的官员人数减少，整个太宗统治期间只有 12 人因贪赃被处以死刑。有不少以贬谪代替死刑作为处罚，如太平兴国元年(976)，秘书丞安璘受贿枉法，就处以杖脊并除籍为民的处罚。侍御史任惟吉，犯贪赃罪，削夺官爵配隶汝州等。太宗推行文治，本朝文士入朝为官者增多，因事被贬的文士官员数量也相应增多。真宗、仁宗朝年贬官人数继续增加，真宗朝贬官人数为 282 人，年贬官人次为 11.75，比太宗时增加 3.65 人次，而仁宗朝贬官人数为 567 人，年贬官人次为 14.18 人次，比真宗时又增加 2.43 人次。真宗朝只有两人因贪赃被处以死刑，仁宗朝竟无一人因贪赃罪名被杀。正如真宗时宰相王旦所言：“然万一有当极典者，朝廷但委之有司，死者无由得免。盖太宗谨重刑罚，行三宥之恩，此等多蒙减死。陛下即位以来，赃吏若比前代，则犯者似亦差少。”①可见，贬谪已经成为北宋前期对官员进行处罚的唯一手段。同时，真宗、仁宗二朝，以文官为主的政治格局已经形成，并且文官数量在不断增加，以致在仁宗时期就已经出现了“冗官”这样的不利局面，食禄人员过多，也给国家财政造成很大负担，并且其中很多官员能力与素质均有一定问题，这就造成了北宋仁宗期间出现了要求革新的时代呼声。从文士被贬的数量来看，真宗、仁宗朝文士被贬数量也在不断增加，其原因在于随着北宋统治进入稳定阶段，“右文”政策的实行，科举制度的规范化运作，使得一大批文士能够进入朝廷为官，但太

① 《续资治通鉴长编》卷八五，第 1940 页。

宗、真宗、仁宗朝文士占朝官的比例却是基本相当的。可见，从太宗朝开始，宋代官员中的文学之士就保持着比较均衡的发展态势。具体数据参见表3-1。

表3-1　北宋前期各朝有姓名可考之贬官人次总表

朝代	起止时间	统治年数	有姓名可考贬官人次	年贬官人次	文士贬官人次	年文士贬官人次	文士占朝士贬官比例(%)
宋太祖	960—976	16	125	7.81	8	0.5	6%
宋太宗	977—997	20	162	8.1	20	1	12%
宋真宗	998—1022	24	282	11.75	38	1.58	13%
宋仁宗	1023—1063	40	567	14.18	74	1.85	13%
总计			1136		140		

再把北宋前期四朝官员的贬谪地①按照其所属之路加以统计分析，具体参见表3-2。

表3-2　北宋前期官员贬谪地统计表

贬地	京东路	京西路	河北路	河东路	陕西路	淮南路	江南路	荆湖路	两浙路	福建路	西川路	广南路	总计
太祖	6	12	1	1	6	2		1					29
太宗	5	17	3	2	11	5	2	7	3		2	8	65
真宗	13	44	2	5	10	31	14	23	6	3	2	18	171
仁宗	45	91	17	7	45	73	62	41	35	3	1	29	449

可以发现，宋太祖时期，官员的贬谪地主要集中在京西路及陕西路。而没有

① 此处“贬谪地”的官员为文献可考的官员贬谪地，无法查清官员贬谪地者不列入本表之中。

一人被贬谪到江南路、两浙路、福建路和西川路去。其主要原因在于北宋继承后周的领土，其主要占领地区就是京东、京西，及陕西路等地区。河北路有北汉与契丹建立的辽国，当时还不属于北宋领土，其他南方州郡还没有统一。在这种情况下，对于官员的贬谪地，其实没有太多的选择，另加上外贬官员不是很多，所以从数据上体现出来的就是这样一种状况。宋太宗时期，外贬官员数量增加明显，而贬谪区域除了福建路以外，各路均有。其原因在于宋太宗时期，南方各州郡以及北汉所占领地区已经归北宋统治。贬谪官员数量又以京西路与陕西路为多。这个情况同太祖时期较为一致。可以看出宋太祖与太宗对于外贬官员，基本都不倾向于将其贬往非常偏远的地区，而是就近安置。陕西路虽然自宋定都汴京后，变得不是非常重要，但是距离京城也不是很远。此外人数最多的就是广南路和荆湖路，也就是说，在惩罚一部分罪行比较严重的臣子时，宋太宗还是选择将他们贬往中国历史上传统的偏远荒蛮以及经济落后的荆湖路与广南路的。宋真宗时期，贬官数量进一步增加，其贬谪官员人数最集中的除了京西路，就是淮南路。其次则为荆湖路与广南路。宋仁宗时期，贬谪人员集中地区增加到三个，即京西路 91 人，淮南路 73 人，江南路 62 人。京东路与陕西路在人员数量上持平。荆湖路与广南路的人数也增加不少。这主要因为仁宗统治时期较长，贬谪人数较多导致。但之所以贬谪人员多集中在条件较好的京西路、淮南路以及江南路，其原因是宋真宗、仁宗时期对于官员的惩罚力度不是很大，甚至只是略施薄惩。自从宋真宗整顿台谏制度以来，有些台谏官员会因为进言不被采纳而自请出外，或者因直言敢谏而被贬黜出京。类似这种情况，都不会被贬谪到条件非常恶劣的地区，基本上都在京西路、淮南路或者江南路，以及两浙路。这也进一步说明了北宋王朝对于士大夫的优待。至于西川路之所以贬谪人员数量很少，应该是因为北宋前期从宋太祖收复西川之后，这个地区就一直处于不太稳定的状态，宋仁宗期间四川就有王则叛乱，朝廷曾派文彦博去平定叛乱。这种情况下，西川路显然不适合作为官员的贬谪地。在全面了解北宋前期贬官的整体情况之后，我们把北宋各朝文人贬官群体作为具体的研究对象，对各朝文人贬官的政治文化背景、贬官原因以及贬谪地域进行分析，进而了解北宋贬谪文人的生存环境与生活状态，从而揭示在这种状态下所形成的北宋前期贬谪文化与文学的深层次的政治因素与文化因素。

第二节　北宋前期贬谪文人概况及贬地分析

一、太祖朝(960—976)文人贬官概况

太祖朝文人贬官情况见表3-3。

表3-3　太祖时期主要贬谪文人统计表

时间	时任官职	姓名	被贬原因	贬后官职	地点	现地名	备注
建隆二年(961)	国子博士	郭忠恕	喧竞于朝堂	责授乾州司户参军	乾州	陕西乾县	陕西路
乾德元年(963)	翰林学士中书舍人	王著	因酒失仪	责授比部员外郎			
	翰林学士中书舍人	扈蒙	以仆夫为子使厘务	左赞善大夫			
	给事中知衡州	李昉	为所亲求官	彰武行军司马	延州	延安	陕西路
乾德二年(964)	屯田员外郎知制诰	高锡	私受节度使郭崇赂遗	责授莱州司马	山东莱州		京东路
开宝元年(968)	右拾遗	梁周翰	通判眉州日决人至死	夺两任官			
开宝六年(973)	翰林学士知贡举	李昉	试人失当	太常卿			
开宝九年(976)	左司员外郎知制诰	扈蒙	不附卢多逊	权知荆南府	荆南府	湖北江陵	

宋太祖在位时期是宋朝草创之初。因为承继五代乱世之后，文臣数量本就不多，就连在官府各衙门从事书吏工作的人员都很缺乏。李昉就曾说过："自太祖临御以来，百司吏艰于选补，后进者多不习故事，由是台省旧规，渐成废坠云。"①为

① 《续资治通鉴长编》卷一八，第403页。

了维持社会的安定，保持朝廷事务的正常运行，宋太祖赵匡胤选择继续以北周的三位宰相范质、王溥、魏仁辅留任。有鉴于五代期间武将悍卒横行，朝代更迭迅速，宋太祖认为采取文官治国的政策才是长治久安之计。而宋朝初期，主要用力于讨伐其他尚未归属北宋的地方政权，还没有足够的时间和精力去培养本朝的文官人才。因此，宋太祖朝堂的文官基本都是来自其他五代十国的官员。他对这些入宋的他朝旧臣基本保持了一种优容的态度。只有在非常不得已的情况下，才会给予这些臣子以贬谪的处罚。从表 3-3 来看，在宋太祖在位的 16 年内，他贬谪的文人只有 8 人次。其中李昉与扈蒙分别被贬了两次。从罪名来看，郭忠恕、王著、扈蒙(初次)、李昉(初次)、高锡均因私罪被贬，其中两人只被降职，三人被贬出京。梁周翰、李昉(再次)因公罪被贬，都是夺官或降职，没有被贬出京城到地方任职。只有扈蒙第二次被贬是因为他不依附当时的参知政事卢多逊，并因其所写《圣功颂》受到宋太祖的欣赏和褒奖，使卢多逊感到嫉恨。根据《宋史·扈蒙传》载："蒙上《圣功颂》，以述太祖受禅、平一天下之功，其词夸丽，有诏褒之。为卢多逊所恶，出知江陵府。"①因此扈蒙被贬显然不是来自宋太祖的旨意，而是当时的参知政事卢多逊迫害他导致的。

从所贬人员的身份来看，郭忠恕、王著、李昉、扈蒙均来自前朝。郭忠恕和王著都曾仕于后周。据《宋史》载：

> 郭忠恕，字恕先，河南洛阳人。七岁能诵书属文，举童子及第，尤工篆籀。弱冠，汉湘阴公召之，忠恕拂衣遽辞去。周广顺中，召为宗正丞，兼国子书学博士，改《周易》博士。建隆初，被酒与监察御史符昭文竞于朝堂，御史弹奏，忠恕叱台吏，夺其奏，毁之，坐贬为乾州司户参军。②

可见其被贬完全是因为他恃酒乱性，在朝廷之上与人争竞，不遵守朝廷礼仪，因而被贬为乾州司户参军。这应该属于正常的官员贬黜行为。

王著曾任后周的翰林学士、知制诰，他在后周担任翰林学士职务时，深得周

① 《宋史·扈蒙传》卷二六九，第 9240 页。
② 《宋史·文苑四》卷四四二，第 13088 页。

世宗的信任和欣赏，曾多次表示要升任他做宰相，但都因为他嗜酒而未行。据《宋史》载：

著少有俊才，世宗以幕府旧僚，眷待尤厚，常召见与语，命皇子出拜，每呼学士而不名。屡欲相之，以其嗜酒，故迟留久之。及世宗大渐，太祖与范质入受顾命，谓质等曰："王著藩邸旧人，我若不讳，当命为相。"世宗崩乃止。①

宋太祖"陈桥兵变"继位以后，有些大臣就提出王著作为周朝旧臣，有留恋旧朝的不平情绪，但宋太祖认为王著深得周世宗赏识，有此情绪是人之常情，况且一个书生能有何作为，因此对他的所作所为特为优容。据《宋人轶事汇编》载：

太祖尝曲宴，翰林学士王著乘醉喧哗，太祖以前朝学士，优容之，令扶以出。著不肯出，即移近屏风，掩袂痛哭，左右拽之而去。明日或奏曰："王著逼宫门大恸，思念世宗。"太祖曰："此酒徒也。在世宗幕府，吾所素谙。况一书生哭世宗，何能为也。"②

但王著本人没有因为宋太祖的宽容而有所收敛，反而变本加厉。《长编》对王著被贬的过程和原因有详细的记述：

二月甲申朔，翰林学士、中书舍人王著，责授比部员外郎。著嗜酒，不拘细行。尝乘醉夜宿娼家，为巡吏所执，既知而释之，密以事闻，上置不问。于是，宿直禁中，夜叩滋德殿求见。上令中使引升殿，近烛视著，发倒垂被面，乃大醉矣。上怒，发前事黜之。③

---

① 《宋史·王著传》卷二六九，第9241页。

② （宋）夷门君玉：《国老谈苑》卷一，《全宋笔记》第二编第一册，第174~175页。

③ 《续资治通鉴长编》卷四，第84页。

对王著来讲，他作为周世宗所欣赏的臣子，周室天下被夺，自己无能无力，却又再仕新朝，内心肯定是痛苦压抑的。因此本人经常借酒浇愁，甚至在醉酒的状态下去面见宋太祖，以这种方式隐晦地表达自己的不满。宋太祖虽然对他宽容以待，但在亲自见识他的荒谬行为后还是非常生气，因此才将他由翰林学士、中书舍人贬降为比部员外郎。

李昉曾仕汉、周二朝，他的被贬，则是因为陶谷的诬告。“吏部尚书张昭与翰林学士承旨陶谷同掌选，谷诬奏左谏议大夫崔颂以所亲属给事中李昉求东畿令，引昭为证。上召昭面质其事，昭知其不实，于上前免冠，抗声言谷罔上。上不悦。三月丁丑朔，昉坐责为彰武行军司马，颂为保大行军司马。”①宋太祖对于李昉为亲旧求官非常不满，虽然张昭为其作证，说明陶谷欺君罔上。但宋太祖疑心未消，故将其贬降。但后来又召回李昉，重新任用。

可见，在宋太祖时期，对于官员的处理，基本是有理有据的，主要根据官员的行为采取相应的贬谪措施，没有太多的主观随意性。而贬谪官员的构成主要来自前朝，也是因为宋太祖时期开科取士的次数较少，登科者人数也不多，而且当时登科的进士亦不过授司寇，或幕职官而已。北宋一朝的文官政治格局还没有正式形成。

二、宋太宗朝(976—997)文人贬官概况

宋太宗朝文人贬官情况见表3-4。

表3-4　太宗时期贬谪文人官员统计表

时间	时任官职	姓名	被贬原因	贬后官职	地点	现地名	备注
太平兴国元年(976)	国子监主簿	郭忠恕	肆言时政，擅鬻官物取值	决杖配隶登州禁锢	登州	山东蓬莱	京东路
太平兴国三年(978)	右赞善大夫知河州	王嗣宗	械武德卒，太宗怒其横	下吏削秩			

① 《续资治通鉴长编》卷四，第123页。

续表

时间	时任官职	姓名	被贬原因	贬后官职	地点	现地名	备注
太平兴国五年(980)	三司副使	范旻	擅市竹木入官	房州司户	房州	湖北房县	荆湖路
太平兴国七年(982)	中书侍郎兵部尚书平章事	卢多逊	交通廷美	守兵部尚书			
	同平章事兼兵部尚书	卢多逊	交通廷美	削夺官爵并家属流崖州	崖州	海南省三亚市	广南路
太平兴国八年(983)	右补阙直史馆	胡旦	献《河平颂》词意悖戾	殿中丞、商州团练副使	商州	陕西商洛	陕西路
雍熙四年(987)	殿中侍御史知贝州	柳开	与监军忿争	上蔡令	上蔡	河南上蔡	京西路
端拱元年(988)	中书侍郎兼工部尚书平章事	李昉	不尽职	右仆射			
	知制诰	胡旦	私相交结	坊州司户参军	坊州	陕西黄陵县	陕西路
端拱二年(989)	知制诰	田锡	上疏言语不当	户部郎中知陈州	陈州	河南淮阳	京西路
淳化二年(991)	左司谏知制诰判大理寺	王禹偁	议狱不当	削一任，责商州团练副使	商州	陕西商洛	陕西路
	左散骑常侍	徐铉	请托	削一任，责静难军行军司马	静难军	陕西彬县	陕西路
淳化三年(992)	户部郎中知陈州	田锡	稽留刑狱	海州团练副使	海州	江苏海州	京东路

续表

时间	时任官职	姓名	被贬原因	贬后官职	地点	现地名	备注
淳化四年(993)	左谏议大夫同知院事	寇准	与同列不协，争上前互发其私	罢守本官寻出知青州	青州	山东青州市	京东路
	右仆射，平章事	李昉	居位无补	罢守本官			
至道元年(995)	翰林学士	王禹偁	言开宝皇后之丧	工部郎中知滁州	滁州	安徽滁州	淮南路
	陕西转运使	郑文宝	挠边	蓝山县令	蓝山	湖南永州	荆湖路
至道二年(996)	参知政事	寇准	中外官吏进秩率意轻重	罢为给事中寻知邓州	邓州	河南邓州	京西路
至道三年(997)	兵部郎中知制诰史馆修撰	胡旦	阴谋废立	安远军行军司马、削籍流浔州	浔州	广西桂平	广南路
	秘书郎大理寺详断官	陈彭年	不详	监湖州酒税	湖州	浙江湖州	两浙路

宋太宗时期，北宋消灭了其他存在的割据势力，逐渐实现了统一。在出兵平定北汉，想要趁势战胜契丹，收复燕云十六州时，却遇到了重大挫折。与契丹之战大败以后，宋太宗把注意力放在了国家的文治与内政方面。他认为最重要的事情之一就在于培养宋朝的文官人才，扩大开科取士的比例。“至太宗时，亲御便殿临视贡士，博于采拔，待以不次。太平兴国二年，赐进士诸科五百人，遽令释褐。或授京朝官，或倅大郡，或即授直馆。进士中第多至七百人，后遂为例。”①在这种情况下，宋朝本朝培养的大批文官进入官场，并取得重要职位。在这种状态下，宋太宗时期被贬谪的文官数量也相应地有所增加。

① 钱穆：《国史大纲》下册，商务印书馆1996年版，第541页。

由于宋太宗继承皇位的方式不同于一般的父死子继，而是兄终弟及。这种不符合常理的皇位传承方式，使宋太宗对于自己皇位的合法性和皇位的稳固非常敏感，同样皇位的传承问题也让宋太宗极端困扰。在这种情况下，朝廷官员围绕皇位传承问题而造成的贬谪事件就有好几起，最严重的一起应该是宰相卢多逊及其家人被长流崖州的事件。卢多逊因为勾结秦王赵廷美而成为北宋历史上第一个被贬岭南的宰相。卢多逊之所以被贬，也是因为他既与开国元勋赵普争权，同时又陷入皇族内部权力的斗争之中。据《宋史》载：

> 先是，多逊知制诰，与赵普不协，及在翰林日，每召对，多攻普之短。未几，普出镇河阳。太宗践祚，普入为太保。数年，普子承宗娶燕国长公主女，承宗适知潭州，受诏归阙成婚礼。未逾月，多逊白遣归任，普由是愤怒。①

在这种情况下，赵普查得卢多逊与秦王赵廷美勾结之事，遂以此奏知宋太宗。太宗发怒，责授卢多逊兵部尚书，并将其下狱，逮捕相关人士，命翰林学士承旨李昉等人来审理此案。结果卢多逊承认了罪名，最后被削夺官职，全家流放崖州，成为北宋被流放崖州的第一位宰相。

卢多逊出身于“家世儒素”的家庭，在宋太祖“宰相须用读书人”，宋太宗重视“文治”的时代背景下，身居相位。据《宋史》记载，卢多逊当上宰相之后，他的父亲卢亿看到卢多逊显贵后奢侈的生活，非常担心忧虑，对亲友说：“家世儒素，一旦富贵暴至，吾未知税驾之所。”②后来卢多逊果然事败，人们都佩服他父亲有见识。这正说明，卢多逊谋求相位，主要在于对荣华富贵、功名利禄的追求。他在南迁路途中，遇到一位因儿子遭贬死去而流落南荒的老人。老人告诉卢多逊：“我本中原士大夫家，有子任某官，卢某作相，令枉道为某事。吾子不能从其意。卢衔之，中以危法，尽室窜南荒。未周岁，骨肉相继沦没，惟老身流落山谷。今侨寄道旁，非无意也。彼卢相者，妒贤怙势，恣行不法，无所避忌，终

---

① 《宋史》卷二六四，第 9118 页。

② 《宋史》卷二六四，第 9120 页。

当南窜，幸未死间，或可见之耳。”①老人这段话，指出卢多逊此人仗势欺人、肆意妄为的恶劣品质，揭示了卢多逊必当南窜的根本原因。到崖州贬所后，一个低级将官向他女儿求婚，卢多逊不同意，这将官就用侮辱威胁的手段来逼他就范，无奈之下卢多逊只好答应婚事。他的南迁生涯之痛苦与艰难可想而知。卢多逊的行为模式说明了北宋初期一部分士人急功近利的心态。这些士人虽是儒生，但并没有以儒家之道来规范自己的行为，而是把高官厚禄作为自己的终极追求，没有更高境界的精神追求。

除了卢多逊因此事被贬之外，因此事触犯宋太宗忌讳的还有王禹偁。据《长编》记载："开宝皇后之丧，众臣不成服，禹偁与宾友言：'后尝母天下，当遵用旧制。'或以告，上不悦。甲寅，禹偁坐轻肆，罢为工部郎中、知滁州。"②

胡旦被贬，也是因为他在进献的《河平颂》中，评论了秦王赵廷美与卢多逊被贬事件，其序中讲到"贼臣多逊，阴泄大政，与孽弟廷美咒诅不道，共造大难。强臣普，恃功贪天，违理背正，削废大典，假豪杰之罪，饰帝王之非，榛贤士之路，使恩不大赉，泽不广洽"。这件事情属于皇家内部权力斗争的范畴，是宋太宗不愿让大臣随意猜测和评论的事情，而胡旦却对此大发议论。宋太宗读后非常生气，告诉宰相说："旦辞意悖戾。朕自置甲科，历试外任，所至悉无善状。知海州日，为部下所讼，狱已具，适会大赦，朕录其才而舍其过，乃敢恣胸臆狂躁如此！今朝多君子，旦岂宜尚列侍从耶？亟逐去之。"太宗还将他的《河平颂》下史馆讨论，最后将其贬为殿中丞、商州团练副使。③ 胡旦第二次被贬因私相结交，可见太宗朝已经开始注意臣子私下的互相交往，防范朋党。至于第三次被贬，其罪名为"阴谋废立"，如此大的罪名，其处理结果只是削籍流浔州。可见，宋代初期，确实做到了"不杀士大夫及上书言事人"了。

同时，被贬谪官员的罪名开始多样化了。相对于宋太祖的较为优容与客观，宋太宗在贬谪这些官员时，有相当大的主观性和深层次的考虑。比如，王禹偁被贬商州团练副使，纯粹是因为他当时任大理寺丞，有尼道安诬告徐铉，王禹偁根

① 《续资治通鉴长编》卷二三，第 517 页。
② 《续资治通鉴长编》卷三七，第 813 页。
③ 《续资治通鉴长编》卷二四，第 561 页。

据案情帮徐铉洗雪冤屈，违背了宋太宗的“有诏勿治”的旨意，宋太宗便以“议狱不当”的罪名将其贬往商州做团练副使，并不得签书公事。此案的当事人徐铉也因请托他人，被贬为静难军行军司马。徐松辑《宋会要辑稿》对此事有非常详细的记载：

> （淳化）二年九月二日，左司谏、知制诰、判大理寺王禹偁，库（《宋史》宋湜传作“户”）部员外郎、知制诰、判刑部宋湜，秘书丞、权大理正李寿，左赞善大夫、刑部详覆赵曦，左散骑常侍徐铉，开封府判官、左谏议大夫张去华，皆免所居官，仍削一任。续责禹偁商州团练副使、湜均州团练副使、铉静难军节度行军司马、去华安远军节度行军司马。
>
> 坐庐州尼道安尝请开封府讼兄萧献臣、嫂姜氏不养母姑，府不为理，械系道安送本郡。至是，道安复击登闻鼓，自言尝诉兄嫂不孝，嫂姜氏徐铉妻之兄女，铉以尺牍请托张去华，故不为治，且诬铉与姜奸。帝颇骇其事，以道安、献臣、姜氏及铉、去华属吏。狱具，大理寺以铉之奸罪无实；刑部详覆，议与大理寺同：尼道安当反坐。帝疑其未实，尽捕三司官吏系狱，而有是命。①

由此观之，王禹偁被贬商州，缘起于违背太宗旨意，为徐铉雪冤。因此事被贬的人员众多，可以算作一起集体贬谪事件。此事王强教授在《淳化二年王禹偁与道安事件初考》一文中有详细的辨析。② 应该说此次贬谪事件表明了宋太宗对于南唐旧臣的微妙心态，借王禹偁抗命忤旨之机，贬黜南唐旧臣徐铉，以起到警示他朝旧臣，加强赵宋王朝皇帝威权的作用。

同时，也出现了因直言进谏而导致的贬谪事件，如当时著名的“直臣”田锡，就因为直言进谏，而被贬出朝廷，到陈州任职。“知制诰田锡言：臣今奉诏，差在太一宫用青词致醮祈雨者。……此实阴阳失和，调燮倒置，上侵下之职而烛理未尽，下知上之失而规过未能，所以成兹咎征，彰乎降鉴，或乾文示变，或沴气

---

① （清）徐松辑：《宋会要辑稿·职官六四之八》，中华书局1957年版，第3824页。

② 王强：《淳化二年王禹偁与道安事件初考》，《洛阳理工学院学报》2014年第1期。

生妖。……疏奏，上不悦，宰相亦怒锡疏有‘调燮倒置’语，寻罢知制诰，以户部员外郎出知陈州。”①因进言而被贬，田锡是北宋第一人，不久他又因为坐稽留杀人狱被再贬海州。不过，一年后就量移近地，不久就叙复回京了。可见，宋太宗虽然对谏官的直言不讳有些不快，但对于谏官因进谏获罪的处理还是比较轻微的。这也奠定了北宋真宗台谏制度完善以后谏官敢于直言、不避权贵的政治基础。

宋太宗时科举制度已经相当完善，每次录取名额也大大增加，并且考中之后直接授官。王禹偁、田锡、寇准、胡旦等人皆是在宋太宗时期由科举而进入仕途的。因此他们对于北宋朝廷具有天然的亲近感和责任感。19岁就中进士的寇准，更是其中的典型代表。寇准为人正直，《宋史》载：

> 太宗取人，多临轩顾问，年少者往往罢去。或教准增年，答曰：“准方进取，可欺君邪？”
>
> 寇准胆子也很大，“尝奏事殿中，语不合，帝怒起，准辄引帝衣，令帝复坐。事决乃退”②。

寇准刚直的个性，使他在太宗朝面临了两次贬谪。第一次为与同僚在帝前相争：“准与知院张逊数争事上前。他日，与温仲舒偕行，道逢狂人迎马呼万岁。判左金吾王宾与逊雅相善，逊嗾上其事。准引仲舒为证。逊令宾独奏，其辞颇厉，且互斥其短。帝怒，谪逊，准亦罢知青州。”③寇准去青州以后，宋太宗很想念他，第二年，他就被召回京城，官拜参知政事。第二次贬谪是因为官员迁转问题率意轻重。《宋史》载，冯拯因不满寇准“堂帖戒拯毋乱朝政”，遂向宋太宗告寇准擅权。

> 太宗怒，准适祀太庙摄事，召责端等。端曰：“准性刚自任，臣等不欲数争，虑伤国体。”因再拜请罪。及准入朝，帝语及冯拯事，自辩。帝曰：

---

① 《续资治通鉴长编》卷三〇，第689页。

② 《宋史》卷二八一，第9527页。

③ 《宋史》卷二八一，第9528页。

“若廷辩，失执政体。”准犹力争不已，又持中书簿论曲直于帝前，帝益不悦，因叹曰：“鼠雀尚知人意，况人乎？”遂罢准知邓州。①

由此可见，寇准虽才能卓著，有胆有识，但在太宗朝表现出的刚直率意，不够小心圆滑的性格特征为他日后在真宗朝与丁谓的斗争失败埋下了伏笔。

太宗朝也出现了官员多次被贬的情况，如李昉、王禹偁、寇准在太宗期间皆两次被贬，胡旦三次被贬等，说明北宋时期官员宦海浮沉，一生中可能经历多次贬谪已经成为他们官僚生涯的常态。

三、宋真宗朝(998—1022)文人贬官概况

宋真宗朝文人贬官情况见表3-5。

表3-5　宋真宗时期贬谪文人官员统计表

时间	时任官职	姓名	被贬原因	贬后官职	地点	现地名	备注
咸平元年(998)	刑部郎中知制诰	王禹偁	预修《太宗实录》，以私意轻重其间	落职知黄州	黄州	湖北黄冈	淮南路
咸平四年(1001)	太常丞	陈尧佐	言事切直	潮州通判	潮州	广东潮州	广南路
		胡旦	遇赦，颇不检慎	通州团练副使	通州	江苏南通	淮南路
咸平五年(1002)	户部员外郎直史馆	曾致尧	狂躁受命不行	黄州团练副使	黄州	湖北黄冈	淮南路
景德三年(1006)	中书侍郎工部尚书平章事	寇准	刚愎用事	刑部尚书寻出知陕州	陕州	河南陕县	京西路
	起居舍人直史馆	姚铉	纳部内女口诸不法事	贬连州文学	连州	广东连州市	广南路

① 《宋史》卷二八一，第9529页。

续表

时间	时任官职	姓名	被贬原因	贬后官职	地点	现地名	备注
大中祥符元年(1008)	太常寺丞判三司催欠凭由司	王曙	试举人不实	监庐州盐务	庐州	安徽合肥	淮南路
大中祥符二年(1009)	祠部员外郎直集贤院主判三司开拆司	梅询	不能静畏自省	知濠州	濠州	安徽凤阳	淮南路
大中祥符四年(1011)	左龙武将军澄州刺史驸马都尉	李遵勖	私长公主乳母	均州团练副使	均州	湖北丹江口市	京西路
大中祥符五年(1012)	祠部员外郎直集贤院	钱易	解国子监诸科不实	监颍州商税	颍州	安徽阜阳	京西路
	河北转运使谏议大夫	王曙	不察边肃贪纵	知寿州	寿州	安徽寿县	京西路
	泰州司理参军	穆修	忤通判被构	池州参军	池州		两浙路
大中祥符六年(1013)	荆湖北路转运使	梅询	擅发驿马私用	削一任通判襄州	襄州	湖北襄阳市	京西路
大中祥符七年(1014)	左司谏直史馆	崔遵度	修起居注失误	左正言			
大中祥符八年(1015)	枢密使同平章事	寇准	与同列相争	武胜节度使同平章事判河南府	洛阳	河南洛阳	京西路
大中祥符九年(1016)	翰林学士给事中	钱惟演	连坐	罢学士			
	枢密直学士右谏议大夫	王曙	举人不当	左司郎中			

续表

时间	时任官职	姓名	被贬原因	贬后官职	地点	现地名	备注
天禧元年(1017)	礼部郎中知制诰	夏竦	不能治家	职方员外郎知黄州	黄州	湖北黄冈	淮南路
天禧二年(1018)	知河南府兼西安留守司事	王嗣宗	不察帽妖及失职	知陕州	陕州	河南陕县	京西路
	给事中参知政事	王曾	王钦若谗之	罢政除礼部侍郎			
	度支判官太子中允直集贤院	丁度	试进士荐举不实	监齐州酒税	齐州	山东济南	京东路
天禧三年(1019)	工部郎中	陈尧佐	试进士失职	起居郎监鄂州茶场	鄂州	湖北武汉江夏区	淮南路
	翰林学士	钱惟演	被诉考校不公	降一官			
	枢密直学士	王曙	被诉考校不公	降一官			
	工部郎中	杨亿	被诉考校不公	降一官			
	知制诰	李谘	被诉考校不公	降一官			
天禧四年(1020)	右仆射兼中书侍郎	寇准	丁谓谗之	太子太傅兼莱国公			
	太子太傅	寇准	与周怀政交通	太常卿知相州	相州	河南安阳	河北路
	枢密直学士	王曙	与周怀政交通	落职知汝州	汝州	河南汝州市	京西路
	太常卿知相州	寇准	与周怀政交通	知安州	安州	湖北安陆市	荆湖路

续表

时间	时任官职	姓名	被贬原因	贬后官职	地点	现地名	备注
	太常卿知安州	寇准	坐朱能叛	道州司马	道州	湖南道县	荆湖路
	陕西转运使工部郎中直集贤院	梅询	尝荐举朱能不能察奸	削一任，怀州团练副使	怀州	河南沁阳市	河北路
	平章事	丁谓	不协忿争	以户部尚书归班寻复相			
乾兴元年（1022）	道州司马	寇准	丁谓迫害	雷州司户参军	雷州	广东雷州市	广南路
	知汝州	王曙	前附寇准	郢州团练副使	郢州	湖北钟祥市	京西路
	平章事	丁谓	不忠，失奏山陵事	太子少保分司西京	西京	河南洛阳	京西路
	太子少保分司西京	丁谓	交游不当语涉妖诞妄	崖州司户参军	崖州	海南省三亚市	广南路
	枢密使	钱惟演	附丁谓	保大节度使	河阳	河南孟州	京西路

宋真宗时期，北宋的文官政治模式虽然已经确立和形成，北宋统治也进入稳定时期。但宋朝文官的政治性格和人格操守在此时期还处在分化阶段。既有王禹偁、陈尧佐、寇准那样的直臣，也有觊觎权位的钱惟演这样的奸臣。一部分官员因为职位上的过失或行为不检而被贬谪，属于正常的官吏惩治行为，一部分官吏则是因为引起皇帝或者执政者的不满而被贬斥，还有一部分则是因为争权夺利的政治斗争失败而走上贬谪的不归路。

王禹偁作为著名的直臣，在宋太宗时期就被贬两次，此次在真宗朝被贬表面看是预修《太宗实录》私意轻重其间，实质上是当时的宰执对其直言不讳非常不满，这导致他第三次被贬黄州。当时与王禹偁关系甚好的丁谓还写信劝导他改掉

“高亢刚直”的性格，与世浮沉。王禹偁回信表示对他的指责和劝说不能接受，从此以后两人就产生了价值观念上的分歧。王禹偁此次被贬黄州，写出了著名的《黄州新建小竹楼记》《三黜赋》等名文，是贬谪文学的巨大收获。陈尧佐因言事切直，被贬潮州通判，据《长编》载：

> 咸平初，太常丞陈尧佐为开封府推官，坐言事切直，贬潮州通判。去京七千里，民俗鄙陋，尧佐至州，修孔子庙，作韩愈祠堂，率其民之秀者使就学。时张氏子年十六，与其母濯于恶溪，为鳄鱼所噬，尧佐以谓昔韩愈患鳄之害，以文投溪中，而鳄为远去，今复害人，不可不除。卒使捕得，更为文，鸣鼓于市而戮之，潮人以比韩愈。三岁召还，献诗数百篇，大臣亦称其文学，于是，命直史馆。①

陈尧佐在偏远潮州能够力行教化，为民除害。三年后召还，还献上自己在潮州所作诗数百篇。其贬谪潮州的作为，为继韩愈以来的第二人。他也因此被召直史馆，成为清贵的文学侍从之官。

宋真宗在位期间，其最大的政治事件就是北宋与契丹订立澶渊之盟，结束双方敌对的状态。澶渊之盟的签订，寇准立了很大的功劳。景德元年(1004)，契丹南侵，寇准极力促使宋真宗御驾亲征，果然士气大振，在两军相持之时，宋军利用床子弩射死了契丹统军大将挞览，契丹因此求和订盟。《宋史》载：

> 准欲邀使称臣，且献幽州地。帝厌兵，欲羁縻不绝而已。有僭准幸兵以自取重者，准不得已许之。帝遣曹利用如军中议岁币，曰：“百万以下皆可许也。”准召利用至幄，语曰：“虽有敕，汝所许毋过三十万，过三十万，吾斩汝矣。”利用至军，果以三十万成约而还。河北罢兵，准之力也。②

宋真宗的厌战情绪使他在占上风的情况下同意以金钱换和平，使寇准想要借

① 《续资治通鉴长编》卷六九，第 1069 页。

② 《宋史》卷二八一，第 9531 页。

此机会收回幽州的想法落空。但在寇准的坚持下，曹利用以低于宋真宗预期的30万岁币签订了与契丹的和平条约。澶渊之盟订立之后，真宗非常尊重寇准，引起了王钦若的嫉妒，他向真宗进谗言，说寇准是把宋真宗当成“孤注一掷”的赌注，导致真宗对寇准的态度大为转变，寇准因此被罢为刑部尚书、知陕州。后迁户部尚书、知天雄军。又因与三司使林特相争，“帝不悦，谓王旦曰：‘准刚愤如昔。’旦曰：‘准好人怀惠，又欲人畏威，皆大臣所避，而准乃为己任，此其短也。’未几，罢为武胜军节度使、同平章事、判河南府。徙永兴军”①。寇准对于自己的被贬谪，是不甘心的。天禧元年(1017)，他因上朱能所伪造的天书，再拜中书侍郎兼吏部尚书、同平章事、景灵宫使。此次再相，寇准遇到了很多反对的声音，主要还是因为他为了重新登上相位而违背了自己的初衷。因为宋真宗一开始制造各种祥瑞和天书事件时，寇准是持反对意见的。后来的事实证明，寇准之所以屡次被谪，主要还是因为宋真宗对寇准并不能完全信任，他和宋真宗对国家大事的认识与处理方面有较大的分歧。宋真宗是宋代第一个没有经历过战争的君主，又在重文轻武的氛围里长大，对于战争有一种天然的惧怕。所以在与契丹的战争中，即使处在优势，也愿意向契丹让步，只希望尽快结束战争，他与寇准对这场战争的判断与期望值区别甚大。澶渊之盟签订之后，真宗又被王钦若谗言所惑，对寇准由感激转为反感，再加上寇准本人的刚直率意，才导致寇准在真宗统治期间多次被贬谪。寇准本人虽有治国之才，却少有谋身之才、识人之明、容人之量。正如《宋史》载：

> 张咏在成都，闻准入相，谓其僚属曰：“寇公奇才，惜学术不足尔。”及准出陕，咏适自成都罢还，准严供帐，大为具待。咏将去，准送之郊。问曰：“何以教准?”咏徐曰：“《霍光传》不可不读也。”准莫谕其意，归取其传读之，至“不学无术”，笑曰：“此张公谓我矣。”②

寇准对自己的短处还是有一定的认识的，但他却没能完全克服这个缺点。为

① 《宋史》卷二八一，第9532页。
② 《宋史》卷二八一，第9533~9534页。

追求再次复相而做出的错误举动，也为他后来被贬岭南埋下了伏笔。后来宋真宗病重期间，寇准请求宋真宗传位给太子，并向宋真宗进言丁谓、钱惟演是佞人，不堪辅佐少主。宋真宗同意了他的建议。寇准密令翰林学士杨亿草表请太子监国。由于走漏消息，寇准被他的政治对手丁谓利用周怀政事件贬为道州司马，他的被贬完全是丁谓利用真宗病重昏聩时对寇准的报复。

丁谓，是北宋第二位被贬崖州的宰相，他与卢多逊从精神和动机上是一脉相承的。寇准与王禹偁一样，一开始都发现了丁谓的才能，但却没有认识到丁谓的品性。

> 寇准与丁谓善，屡以才荐于沆，不用。准问之，沆曰："顾其为人，可使之在人上乎？"准曰："相公终能抑之使在人下乎？"沆笑曰："他日后悔，当思吾言也。"准后为谓所倾，始服沆言。①

寇准一向喜欢用人以才，而丁谓在当时确实文名很盛，据《宋史》载："丁谓字谓之，后更字公言，苏州长洲人，少与孙何友善，同袖文谒王禹偁，禹偁大惊重之，以为自唐韩愈、柳宗元后，二百年始有此作。世谓之'孙、丁'。"②丁谓于太宗淳化三年(992)登进士甲科，从此走上仕途。不可否认，丁谓同样也是一位很有行政才能的干吏。但是同卢多逊一样，丁谓从政入仕的最高理想是高官厚禄，荣宠加身。争权夺利、得到皇帝肯定和重用是他在仕途的主要动力和努力的方向。他虽在地方任上做出了很大的成绩，但一到朝廷，就迎合宋真宗，造作天书祥瑞之事，助真宗封禅泰山，劳民伤财，而他自己则得以做到参知政事的高位。正如《高斋诗话》所载：

> 吕献可诲尝云："丁谓诗有'天门九重开，终当掉臂入'。王元之禹偁读之曰：'入公门犹鞠躬如也，天门岂可掉臂入乎？此人必不忠。'后

① 《宋史》卷二八二，第9539页。
② 《宋史》卷二八三，第9566页。

果如其言。”①

王禹偁通过对丁谓诗句的解读和把握，体会到了丁谓对权力的志在必得和扬扬自得，感觉到了他对权力的热衷，而不是对皇室与朝廷的忠诚。可见，丁谓其人，作为儒家弟子，文章笔墨标榜学习韩愈，但他本质上是从自己的利益出发，所谓“文类韩柳”的文章只是他获得士林前辈赏识以及入仕的敲门砖而已。在这样的思想境界之下，争名夺利是他的必然选择。同时他也是一个睚眦必报的人物。他本对寇准礼敬有加，毕竟寇准是澶渊之盟的大功臣，同时也是他的上司，对他的才干也颇为赏识，但在一次宴会的龃龉之后，他就对寇准恨之入骨。据《长编》载：

> 戊戌，以山南东道节度使、同平章事寇准为中书侍郎、兼吏部尚书、平章事，保信节度使丁谓为吏部尚书、参知政事。故事，节度使拜除当降麻。翰林学士盛度以为参知政事当属外制，遂命知制诰宋绶草辞，谓深恨焉。谓在中书，事准谨甚。尝会食，羹污准须，谓起徐拂之。准笑曰：“参政，国之大臣，乃为官长拂须耶？”谓甚愧之，由是倾诬始萌矣。②

强烈的报复心加上对权力的争夺，使得他在真宗统治后期，利用真宗病重昏聩的机会，伙同钱惟演一起，把寇准贬往南方偏远小州道州，再进一步追贬至雷州。同时把与寇准平日相交的官员翰林学士盛度以及寇准的女婿枢密直学士王曙同时落职，贬出京城去了，只要和寇准关系亲厚之人，丁谓一定要把他们贬黜斥去。③ 寇准后因朱能叛乱，而他曾将朱能伪造的天书上呈真宗，因此被牵连再贬道州司马。丁谓在其贬诏中对寇准极尽羞辱，说他“不务敦修，密朋凶慝，辱予辅弼，玷乃缙绅。”寇准由安州到道州的途中，过零陵时，因护兵没有及时到达，被溪洞蛮夷乘机掠走他的行李，幸亏其酋长知道寇准是个贤明的宰相，遣人送回

① （宋）曾慥著，郭信和、蒋凡编纂：《高斋诗话》，选自吴文治主编：《宋诗话全编》第四册，江苏古籍出版社1998年版，第3448页。

② 《续资治通鉴长编》卷九三，第2152页。

③ 《续资治通鉴长编》卷九六，第2210页。

了所掠之物。《长编》卷九十六载："其在道州，晨具朝服如常时，起楼置经史道释书，暇则诵读，宾至笑语，若初无廊庙之贵者。"①寇准这种心平气和的贬谪心态，体现了宋代贬谪官员与唐代贬谪官员抑郁不平、悲怨绝望的心态的不同，也开一代宋朝贬官处穷之道，是宋代士大夫文化气象有所变化的开端。

如此残酷的权力斗争，是丁谓施之于寇准的。而寇准作为一代名相，其风采气度以及人品道德，使他即使是在南迁途中也能得到溪洞蛮夷酋长的尊敬爱戴，也是这样的气度，使他能够在丁谓派来的意图威吓而使其惶恐自杀的中使到来之时，神色自若，从容应对，从而迫使中使不得不拿出敕文。在贬谪的路途上，寇准得到沿路州县的照顾，"及赴贬所，道险不能进，州县以竹舆迎之"。但寇准以自己身为罪人，谢绝照顾。等他到了贬所，县吏献上图经，他想起了自己少年时所作诗句"到海只十里，过山应万重"，感慨一切都是命运的安排。寇准一生经历了诸多事件，仕途起起伏伏，但到了最后，他把自己的被贬南迁归结为命运。而在当时，就已经有人认为寇准晚年远贬之祸，起于不能急流勇退，也即是后来欧阳修所说的"仕不知止"。据《长编》卷一百十四载：

> 修等游饮无节，惟演去，曙继至，数加戒敕，尝厉色谓修等曰："诸君知寇莱公晚年之祸乎？正以纵酒过度耳。"众客皆唯唯，修独起对曰："以修闻之，寇公之祸，正以老而不知止耳。"曙默然，终不怒，更荐修及洙，置之馆阁，议者贤之。②

王曙认为寇准如果不是纵酒过度，就不会走漏消息，从而使丁谓诸人掌握了政治上的主动权。但欧阳修则从根本上考虑，认为寇准如果不因献伪造天书而再登相位，就不会有后来的祸事。王曙默然，等于承认了欧阳修的见解。这也说明北宋初期的士大夫对于进退还没有完全清晰的认知与考虑，对于功名权位还有着一定程度的贪恋。寇准虽在贬所表现得泰然自若，但在南迁的途中，对自己的仕途作了"到了输他林下客，无荣无辱自由身"这样几乎全面否定的结论，但不能

① 《续资治通鉴长编》卷九六，第2212页。
② 《续资治通鉴长编》卷一一四，第2683页。

看出他是否对自己的行为及后来的结果作过理性的反省。

后来寇准死在贬所，朝廷许其归葬京西，在他的棺椁经过荆南公安县时，老百姓都在路边摆上贡品祭祀他，因为砍来用以挂纸钱的竹子都长出了笋，人们在此地为寇准立了纪念他的祠，起名“竹林寇公祠”。① 可见，寇准虽然与卢多逊、丁谓一样被贬南迁，但他为国为民所作的贡献还是赢得了百姓的尊重。《宋史》对寇准的评论是：“准于太宗朝论建太子，谓神器不可谋及妇人、谋及中官、谋及近臣，此三言者，可为万世龟鉴。澶渊之幸……竟成隽功。古所谓大臣者，于斯见之。然挽衣留谏，面诋同列，虽有直言之风，而少包荒之量。定策禁中，不慎所与，致启怀政邪谋，坐窜南裔，勋业如是而不令厥终，所谓‘臣不密则失身’，其不信哉！”②寇准作为有大功于社稷的臣子，却欠缺了一些作为儒臣的修养，又“不慎所与”，《宋史》的评价应该说还是比较公允的，但丁谓与钱惟演对于寇准步步紧逼的迫害，也是他被贬死南荒的重要因素。

而与寇准相争的胜利者丁谓在不久之后也因王曾的计谋，被以“失奏山陵事”的罪名贬为太子少保分司西京，再因交游不当语涉妖诞妄被贬崖州司户参军。《宋史·丁谓传》评论丁谓说：“王钦若、丁谓、夏竦，世皆指为奸邪。真宗时，海内乂安，文治洽和，群臣将顺不暇，而封禅之议成于谓，天书之诬造端于钦若，所谓以道事君者，固如是耶？竦阴谋猜阻，钩致成事，一居政府，排斥相踵，何其患得患失也！钦若以赃贿干吏议，其得免者幸矣。然而党恶丑正，几败国家，谓其尤者哉。”③在北宋前期被公认为奸邪的三位大臣当中，丁谓被认为是危害最大的，其最重要的原因就是他的“党恶丑正”，他对于寇准、李迪、盛度、王曙等人的迫害和贬斥，给当时的朝政及朝廷风气带来了极大的危害。这也是王曾等人一定要设法贬走丁谓的重要原因。总而言之，这场权力斗争中寇准与丁谓都不是胜利者。

四、宋仁宗朝（1023—1063）文人贬官概况

宋仁宗朝文人贬官情况见表3-6。

① 《续资治通鉴长编》卷一〇一，第2336页。
② 《宋史》卷二八一，第9534页。
③ 《宋史》卷二八三，第9578页。

表 3-6　宋仁宗时期贬谪文人官员统计表

时间	时任官职	姓名	被贬原因	贬后官职	贬谪地	对应现址	备注
天圣五年（1027）	枢密副使刑部侍郎	晏殊	以笏击人御史劾奏	知宣州	宣州	安徽宣城市	江南路
天圣七年（1029）	秘阁校理	范仲淹	疏请太后还政	河中府通判	河中府	山西永济市	河东路
	翰林学士兼侍读学士中书舍人	宋绶	失职	落学士			
天圣九年（1031）	翰林学士兼侍读学士	宋绶	忤太后意	龙头阁学士知应天府	应天府	河南商丘	京东路
	殿中侍御史	杨偕	忤太后意	太常博士监舒州税	舒州	安徽怀宁县	淮南路
明道二年（1033）	枢密副使尚书左丞	夏竦	太后所任用	礼部尚书知襄州，改颍州	颍州	安徽阜阳	京西路
	礼部侍郎参知政事	陈尧佐	太后所任用	户部侍郎知永兴军	永兴军	湖北阳新县	荆湖路
	尚书右丞参知政事	晏殊	太后所任用	礼部尚书知江宁府，改亳州	亳州	安徽亳州市	淮南路
	知永兴军	陈尧佐	被诬谋反	知庐州	庐州	安徽合肥	淮南路
	崇信节度使同平章事判河南府	钱惟演	擅议宗庙附太后	落平章事			
	权御史中丞	孔道辅	谏废后	知泰州	泰州	江苏泰州市	淮南路
	右正言	范仲淹	谏废后	知睦洲	睦洲	浙江建德市	两浙路

续表

时间	时任官职	姓名	被贬原因	贬后官职	贬谪地	对应现址	备注
明道二年（1033）		富弼	上疏论救范仲淹	知绛州	绛州	山西绛县	河东路
景祐元年（1034）	左司谏	滕宗谅	言宫禁事不实	祠部员外郎知信州	信州	江西上饶市	江南路
	监察御史	孙沔	上疏忤旨	知潭州衡山县，再责监永州酒税	永州	湖南永州市	荆湖路
景祐二年（1035）	祠部员外郎知信州	滕宗谅	坐李迪与吕夷简交争	监饶州税	饶州	江西鄱阳	江南路
	光禄寺丞馆阁校勘	石延年	坐李迪与吕夷简交争	落职通判海州	海州		京东路
景祐三年（1036）	天章阁待制权知开封府	范仲淹	与吕夷简交争	落职知饶州	饶州	江西鄱阳	江南路
	秘书丞集贤校理	余靖	论救范仲淹	落职监筠州酒税	筠州	江西高安	江南路
	太子中允馆阁校勘	尹洙	论救范仲淹	崇信军节度掌书记监郢州酒税	郢州	湖北钟祥市	京西路
	镇南节度掌书记馆阁校勘	欧阳修	论范仲淹事	夷陵县令	夷陵	湖北宜昌	荆湖路
	淮南路转运使	蒋堂	失查举	吏部员外郎知越州	越州	浙江绍兴	两浙路
宝元元年（1038）	户部侍郎平章事	陈尧佐	忿争中书	不职，淮南节度使同平章事判郑州	郑州	河南郑州	京西路

续表

时间	时任官职	姓名	被贬原因	贬后官职	贬谪地	对应现址	备注
宝元二年（1039）	御史中丞	孔道辅	朋党大臣	给事中知郓州	郓州	山东郓城县	京东路
庆历元年（1041）	陕西经略安抚副使枢密直学士起居舍人	韩琦	兵败自劾	右司谏知秦州职如故	秦州		陕西路
	陕西经略安抚副使兼知延州龙头阁直学士户部郎中	范仲淹	私焚西夏来书	户部员外郎知耀州职如故	耀州	陕西铜川市耀州区	陕西路
	右谏议大夫参知政事	宋庠	论事不当	守本官知扬州	扬州	江苏扬州市	淮南路
	河东路经略安抚缘边招讨使	杨偕	奏事不当	罢知邢州	邢州	河北邢台县	河北路
	龙图阁直学士权三司使	叶清臣	朋党之争	知宣州	宣州	安徽宣城	淮南路
庆历三年（1043）	大理寺丞集贤校理同知太常礼院	陆经	论事不当	落职监汝州	汝州	河南汝州市	京西路
	枢密使	夏竦	台谏交章论列	罢之			
	翰林侍读学士左司郎中	杨偕	论事不当	知越州	越州	浙江绍兴市	两浙路
	知庆州	滕宗谅	枉费公使钱	知凤翔府	凤翔	陕西凤翔县	陕西路

续表

时间	时任官职	姓名	被贬原因	贬后官职	贬谪地	对应现址	备注
庆历四年（1044）	刑部员外郎天章阁待制权知凤翔府	滕宗谅	枉费公使钱	祠部员外郎知虢州如故职后改岳州	岳州		荆湖路
	刑部尚书平章事兼枢密使	晏殊	修章懿太后墓不力，私役官兵	罢为工部尚书知颍州	颍州	安徽阜阳	淮南路
	大理评事集贤校理	苏舜钦	坐自盗	除名勒停			
	工部员外郎直龙头阁兼天章阁侍讲史馆检讨	王洙	行为不检	落侍讲、检讨，知濠州	濠州	安徽凤阳	淮南路
	太常博士集贤校理	刁约	行为不检	通判海州	海州		江南路
	殿中丞集贤校理	江休复	行为不检	监蔡州税	蔡州	河南汝南县	
	校书郎馆阁校勘	宋敏求	行为不检	签书集庆军节度判官事	集庆军	江苏南京治下	京西路
	大理寺丞集贤校理	陆经	杖人至死	袁州别驾	袁州	江西宜春市	江南路
庆历五年（1045）	右谏议大夫参知政事	范仲淹	谗者益甚	资政殿学士知邠州	邠州	陕西彬县	陕西路
	右谏议大夫枢密副使	富弼	谗者益甚	资政殿学士知郓州	郓州	山东郓州	京东路
	工部侍郎平章事兼枢密使	杜衍	彰朋比之风	尚书左丞知兖州	兖州	山东济宁市兖州区	京东路

续表

时间	时任官职	姓名	被贬原因	贬后官职	贬谪地	对应现址	备注
庆历五年（1045）	枢密副使右谏议大夫	韩琦	水洛城事失职	加资政殿学士知扬州	扬州	江苏扬州市	淮南路
	知制诰	余靖	出使契丹失使者体	知吉州	吉州	江西吉安市	江南路
	起居舍人直龙头阁知潞州	尹洙	私贷公使钱	崇信军节度副使	崇信军	甘肃省崇信县	陕西路
	河北转运按察使龙头阁直学士右正言	欧阳修	被诬私生活不检	知制诰知滁州	滁州	安徽滁州	淮南路
	国子监直讲	孙复	交游不当	监虔州税	虔州	江西赣州	江南路
	提点刑狱太常博士	杨畋	按部苛察	知太平州	太平州	安徽当涂县	江南路
庆历六年（1046）	太常博士监察御史里行	孙抗	奏事不合意	落御史里行，知复州	复州	湖北仙桃市	荆湖路
	右正言知制诰知吉州	余靖	少游广州犯法受笞	将作少监分司南京	南京	河南商丘市	京东路
庆历七年（1047）	户部副使户部员外郎	梅挚	失仪	知梅州	梅州	广东梅州市	广南路
庆历八年（1048）	枢密使河阳三城节度使同平章事	夏竦	言者论其奸邪	罢枢密使判河南府	河南府	河南洛阳	京西路
	翰林学士兼端明殿学士右谏议大夫史馆修撰	张方平	交游不当	落职知滁州	滁州	安徽滁州	淮南路

续表

时间	时任官职	姓名	被贬原因	贬后官职	贬谪地	对应现址	备注
庆历八年（1048）	右谏议大夫权御史中丞	杨察	失察	落职知信州	信州	江西上饶	江南路
	翰林学士右谏议大夫知制诰史馆修撰	宋祁	失职	落职知许州	许州	河南许昌市	京东路
	翰林学士礼部侍郎知制诰史馆修撰	李淑	作诗词涉谤讪	落翰林学士知应天府	应天府	河南商丘市	京东路
皇祐三年（1051）	翰林侍读学士兼龙头阁学士给事中史馆修撰	宋祁	坐其子交游不当	出知亳州	亳州	安徽亳州市	淮南路
	工部尚书平章事	宋庠	不戢子弟，居位无补	刑部尚书观文殿学士知河南府		河南洛阳	京西路
	礼部尚书平章事	文彦博	谏官论奏交结内廷	吏部尚书观文殿学士知许州	许州	河南许昌	京西路
	殿中侍御史里行	唐介	言事得罪	春州别驾改英州别驾	英州	广东英德市	广南路
皇祐五年（1053）	屯田员外郎直史馆知鄂州	杨畋	弃城	太常博士知光化军	光化军	湖北乾德县	京西路
至和元年（1054）	太常博士史馆检讨	张刍	奏事前后异同	落职监潭州税	潭州	湖南长沙	荆湖路

续表

时间	时任官职	姓名	被贬原因	贬后官职	贬谪地	对应现址	备注
至和元年（1054）	龙头阁学士吏部郎中	欧阳修	被谗执法不公	知同州	同州	陕西大荔县	陕西路
	开封府推官祠部员外郎集贤院校理	刁约	言语不当	提点在京刑狱			
嘉祐元年（1056）	翰林学士兼端明殿学士翰林侍读学士	李淑	奸邪又尝匿服	兼龙头阁学士，落翰林学士			
	殿中侍御史	赵抃	与宰相不协	知睦州	睦州	浙江建德市	两浙路
嘉祐三年（1058）	吏部尚书平章事	文彦博	被劾求退	河阳三城节度使同平章事判河南府	洛阳	河南洛阳	京西路
嘉祐四年（1059）	右司谏	赵抃	言事不已	知虔州	虔州	江西赣州	江南路
	知并州观文殿学士礼部侍郎	孙沔	不法	知寿州	寿州	安徽寿县	淮南路
	观文殿学士礼部侍郎知寿州	孙沔	淫纵不法	检校工部尚书宁国军节度副使		安徽宣城	江南路
嘉祐五年（1060）	枢密使兵部尚书同平章事	宋庠	台谏论奏	河阳三城节度使同平章事判郑州	郑州	河南郑州	京西路
嘉祐六年（1061）	礼部郎中知谏院	唐介	言事不已	知洪州	洪州	江西南昌	江南路
	广南西路转运使	宋咸	不法	追一官勒停			

宋仁宗即位之时，经过了真宗统治时期的休养生息，此时为北宋最繁荣昌盛的时期，在政治制度层面也进入了稳定和完善的阶段。但北宋统治的隐忧也慢慢暴露出来。契丹在北部边境对北宋造成威胁，要不断以岁币的形式也就是金钱来赎买和平，给北宋经济带来沉重的负担。党项族建立的西夏在首领元昊的带领下逐渐强盛起来，经常骚扰西北边境，给当地的百姓生活带来很大困扰，而北宋朝廷上下却对此状况束手无策。与此同时，经过几代发展，北宋士大夫群体在这个时期开始形成与壮大，他们对于国家大事的参与热情极度高涨，普遍充满了淑世精神和天下情怀。新的学术流派和学术思想此时也已经开始崭露头角，学习和继承韩愈古文、复兴儒家之道已经成为这个时代的潮流。台谏制度经过真宗时期的整顿，开始在朝廷发挥重要作用，士大夫群体间的议论之风也越来越盛。这些情况都使仁宗时期的士大夫群体更加具有忧患意识和历史责任感，通过改革使北宋能摆脱内忧外患困境，是众多有识之士的迫切愿望。正因如此，在仁宗时期，与固守传统、不思改变但又贪权固位的权臣斗争，使得一批代表新的学术与政治理念，并且心忧天下的士人们历经多次贬谪。同时，宋仁宗继承皇位时年纪尚小，由刘太后垂帘听政，而在仁宗成人之后，关于太后是否还政于仁宗，以及刘太后死后仁宗如何亲政，这些政局的变化，都导致一批朝廷官员被贬。

在太后当政期间，晏殊就因反对太后任用自己的亲信张耆任枢密使而被贬出京城。宋真宗年间，晏殊被作为神童送往朝廷，据《长编》卷六十载：

> 宰相寇准以殊江左人，欲抑之以进盖，上曰："朝廷取士，惟才是录，四海一家，岂限遐迩？如前代张九龄辈何尝以僻陋而弃置耶？"乃赐殊进士出身，盖同学究出身。后二日，复召殊试诗、赋、论，殊具言赋题尝所私习，上益爱其淳直，改试他题，既成，数称善。擢秘书省正字，秘阁读书，仍命直史馆陈彭年视其所学，及检查其所与游者。①

可见当时宋真宗对于晏殊的赏爱之情，也可以看出，在宋真宗眼里，已经打破了狭隘的南人北人的地域歧视。在真宗朝，晏殊一直以沉谨周密为真宗所赏

① 《续资治通鉴长编》卷六〇，第1341页。

爱，其仕途也是一帆风顺。但是宋真宗死后，刘太后掌权期间，他却没能避免自己被贬谪的命运。宋仁宗天圣五年(1027)正月，晏殊被罢枢密副使。而这次他被贬，表面上看是因为对侍从者的态度暴躁，但其实是因为自己的直言不讳，触怒了仁宗在位初期实际执掌政权的刘太后。

晏殊此次被贬的地点并不偏远，晏殊本人虽没因此次贬谪而心灰意冷，但此次直言被贬的经历对他日后为官的谨慎圆滑还是有着直接的影响。他到任之后，大兴学校，并延请当时因母丧在家守孝的范仲淹来教习诸生。如此举措，使当时从五代起就已经废而不举的学校，重新兴盛起来。应该说，晏殊此次被贬之后，在贬地的所作所为，为后来被贬的范仲淹等人做出了正面的榜样。晏殊后来很快又被召回朝廷任职。而晏殊再次入朝，已变得更加小心谨慎。由他所推荐的谏官范仲淹上书请太后还政仁宗，就使他非常焦虑，以致当面指责范仲淹不应该如此沽名钓誉，因为他担心此举会连累到举荐者自己。如果说卢多逊、寇准、丁谓等人对于权力的追逐是积极主动的，那么晏殊则是以消极应对的方式来保住自己的权位。他以谨慎自守、不得罪权贵作为自己的行事原则，以期明哲保身。明道二年(1033)，刘太后去世，仁宗亲政，为了建立自己的政治势力，显示自己的权威性，他把太后任用过的中枢大臣都贬出朝廷。晏殊时任参知政事，也被贬往亳州。因为此原因一起被贬的还有夏竦、陈尧佐两人。

台谏制度的完善和大力弹劾，也制造了一大批贬谪事件。晏殊第三次被贬时已官居宰相，其时他苦于自己拔擢的谏官欧阳修论事频频，就把他派出京城，为河北转运使，其他谏官奏请留下欧阳修，没能成功。于是谏官孙甫、蔡襄就上书仁宗，弹劾晏殊在为章懿皇太后写墓志铭时，没有写其诞生皇子的功劳。又论奏晏殊曾经役使官兵来建房牟利。晏殊因此而被贬黜为工部尚书、知颍州。可见，在仁宗时期，台谏官员敢于攻击宰相，并且他们的话语权相当有力。晏殊作为宰相，也无力与之抗衡，最后只落得个被贬出京的下场，但其实这两个罪名对他来说实在冤枉。因宋仁宗的身世比较奇特，他在刘太后死后才知自己的生母另有其人，但他的生母终其一生没能与他相认，死时晏殊应诏为她写墓志铭，因刘太后当时正临朝秉政，所以晏殊不敢明言其事，这是可以理解的。其所役兵也是作为宰辅本来就有借兵这个特权，因此舆论都认为其实这些都不能算是晏殊的罪状。但是，仁宗时期的台谏官员势力已经非常强大，皇帝也很支持和鼓励谏官对执政宰相上言弹劾，在当时的政治风气下，晏殊的被罢免和贬黜就成为一种必然。而范仲淹、孔道辅等台谏官员在吕夷简当权时因集体谏阻宋仁宗废后而被贬谪出京。仁宗后期的侍御史唐介因弹劾宰相文彦博而被贬往英州。虽然结果是被贬黜，但他们直言敢谏、刚直不阿的风采也由此天下闻名。范仲淹也正是由于多次直言进谏，言他人之所不敢言而被贬，在士大夫群体里获得了极高的声名，得到了士大夫群体的拥护，最后能够出将入相，并主持了著名的“庆历新政”。

宋仁宗时期，北宋士大夫群体更加壮大。因为学术思想与政治理念的不同，他们之间的差异与分歧也越来越大。作为新的学术思想与政治理念代表的范仲淹，以国事为重，“宁鸣而死，不默而生”的强烈的历史责任感使他与当时的宰相吕夷简在朝政处理方面产生很大的分歧，为此而在朝堂产生了激烈的争论与斗争。吕夷简为了打击范仲淹，以“朋党”的罪名将其贬出朝廷。而为了救下与自己为同道的范仲淹，余靖上书朝廷而被贬，尹洙、欧阳修等人甚至以“自求贬谪”的方式，表示自己对范仲淹的支持，对朝廷处置不当做出反抗。可见在此时，士大夫的集体力量已经初步显现，他们不再为了自己的个人政治前途而有所顾忌，而是能够为自己的政治信念和对国家的历史责任感而置自己的仕途于不顾。士大夫群体开始崇尚作为主体个人的铮铮风骨与高尚节操。在某种程度上，“自请贬谪”甚至成为一种斗争的工具。作为北宋文坛宗主的欧阳修，也在宋仁宗时期两次被贬，第一次是写信痛斥谏官高若讷，因而被贬，第二次则是因支持范仲淹等主持的“庆历新政”，被反对派嫉恨，而遭人诬陷入狱，从此在州县流落十余年。欧阳修在贬谪期间对于自己如何在贬谪生活中自处具有非常清醒的意识，他的贬谪生活中的文学作品以及生活方式是我们研究宋代贬谪文学的一个重要资源。

西夏问题的出现，也导致部分贬谪事件的发生。为了抗击西夏对北宋西北边境的袭扰，范仲淹临危受命，被任命为陕西经略安抚副使兼知延州龙头阁直学士户部郎中。在此期间，他私自焚烧了元昊给皇帝的回书而被弹劾，被贬为户部员外郎知耀州。而论奏范仲淹以为“该斩”的参知政事宋庠也因论事不当被贬出京城。著名的古文家尹洙也因私贷公使钱被贬为崇信军节度副使，结果因病死于到任途中。滕宗谅在西北边境知庆州任上和知凤翔府任上两次因枉费公使钱被贬，在范仲淹的大力救助下被贬到岳州任职，他在岳州重修岳阳楼，请当时身在邓州的范仲淹为其楼作记，范仲淹为其作《岳阳楼记》，其所提出的著名的“先天下之忧而忧，后天下之乐而乐"，代表了北宋时期儒家士大夫忧国忧民的高度历史责任感和崇高的精神境界。

"庆历新政"最后因失去宋仁宗的支持而失败，其原因也是因为一起集体贬谪事件的发生，也即著名的"奏邸之狱"事件。此次事件是以政治保守派王拱辰为首，以苏舜钦为突破口向政治革新派所发起的政治进攻。因为苏舜钦是革新派领袖范仲淹举荐、支持范仲淹改革的宰相杜衍的女婿，王益柔是范仲淹所荐举，其他参与者均是支持改革的青年官员，有这两层关系，苏舜钦以"监守自盗"的罪名被贬，实际上是间接打击了革新派的气势。宰相杜衍因此以"颇彰朋比之风"的罪名被罢相知兖州，范仲淹以资政殿学士知邠州，韩琦加资政殿学士知扬州。因此，此次贬谪事件，也是"庆历新政"失败的导火线。苏舜钦本是一位有前途的诗人及青年官员，但从此后隐居苏州，后英年早逝，其贬谪后的作品其思想行为模式成为贬谪文学研究的一个典型。

整个仁宗时期的贬谪事件非常之多，被贬理由也各种各样。其贬谪事件的诱因，主要还是因为政治观念的不同而导致的。尤其值得注意的是，仁宗时期开始了以"党争"为罪名来攻击对手而导致的贬谪行为，以及台谏势力大涨而导致的贬谪事件的频频发生。

第三节　北宋前期文人贬谪区域的定量分析

北宋前期文人贬谪区域情况见表 3-7。

表 3-7　北宋前期文人贬谪区域分布情况

	京东路	京西路	江南路	淮南路	陕西路	两浙路	荆湖路	河东路	河北路	广南路	总计
太祖	1				2		1				4
太宗	3	3		1	4	1	2			2	16
真宗	1	7		8	2	1	2		1	4	26
仁宗	5	10	14	12	5	2	5	2	1	2	58
总计	10	20	14	21	13	4	10	2	2	8	104

从贬谪地域的统计来看，北宋前四朝贬谪地区可以合并为十个区域，分别是京东路、京西路、淮南路、江南路、两浙路、陕西路、河北路、荆湖路、广南路、河东路。京东、京西路都在汴京城的东西两个区域，距离京城不远。淮南路、江南路、两浙路都属于经济文化比较发达、自然条件也较好的地方，陕西路和河北路则由于自然环境和地理位置的问题(陕西北部与西夏毗邻，河北路则与契丹毗邻)，属于比较恶劣的地区。荆湖路与广南路自然条件恶劣，离京城汴京距离遥远，是历代王朝贬谪官员的传统区域，尤其是广南路，也就是历史上经常提到的岭南地区，更是属贬谪地当中最偏远、自然条件最恶劣、经济文化最不发达的地区，据《宋朝事实类苑》卷第六十一载：

> 岭南诸州多瘴毒，岁闰尤甚。近年多选京朝官知州，及吏部选授三班使臣，生还者十无二三，虽幸而免死，亦多中风气，容色变黑，数岁发作，颇难治疗。旧日小郡及州县官，率用土人，摄官莅之，习其水土。后言事者以为轻远任，朝廷重违其言，稍益俸入，加以赐赉，贪冒之徒，多亦愿往，虽丧躯不悔也。①

贬谪或者流放到岭南，无论在唐代还是宋代对一个官员来说都是相当严重的惩罚。不过我们通过统计可以看出，北宋前四朝文人士大夫被贬人数达 104 人次，被贬岭南的共有 8 人，被贬往环境最险恶距离京城最远的崖州(今海南三亚)的只有卢多逊以及丁谓二人(表 3-8)。这主要是因为北宋实行的“右文政策”导致其对于士大夫群体在刑罚上的宽容。在贬谪制度的实施上，北宋对于有罪的臣下“止于罢黜”。在罢黜之时还采取“仁义为本，纪纲为辅”政策。这种政策的导向，决定了北宋朝廷在一般情况下很少把犯罪的官员贬往岭南。贬往岭南的基本都是卷入皇位传承等严重的权力斗争里的官员。比如太宗时期的卢多逊就是如此。胡旦罪名为阴谋废立，如此严重的罪名也没有犯杀身之祸，而是被削籍流放浔州。后遇赦移通州，最后还回到了朝廷。宋真宗末年仁宗初即位时的丁谓则是因为谗

① 《宋朝事实类苑》卷六一，第 807 页。

害寇准、李迪、曹利用等人，本人又奸诈狡猾、品行极差，引起朝中大臣的强烈不满，再加上他纵容包庇内侍雷允恭擅改真宗陵址，所以才被贬到崖州。即便如此，丁谓最后仍得以生还岭海。如果不是在光州死去，他甚至可能回到朝廷，被重新起用。其他人虽被贬岭南，但没有过海。寇准是因受丁谓迫害而被贬岭南，但其当时也是以交通周怀政和坐朱能叛的罪名被贬的。宋仁宗本要把唐介贬往水土颇恶的春州，但在大臣的劝说之下，改为水土较好的英州，并且在一年内获得量移，两年内就重新回朝，升任殿前侍御史。姚铉与梅挚则是因为犯了私罪而被贬岭南，可见如果官员所犯私罪比较严重的话，北宋朝廷对其的处置还是比较严厉的。陈尧佐与唐介都因言事获罪被贬岭南，但陈尧佐三年任满后回京，因其文才获得馆职，得到了升迁。其《赴潮阳倅》诗："沉醉犹难别帝州，满城春色重淹留。公闲预想消魂处，望阙频登海上楼。""休把空言较短长，算来齐物也无妨。蛮民解唱升平曲，愿领闲愁入醉乡。"①虽然诗中仍有浓浓的离别之情，但其能以庄子齐物之意自解，其心态之平和安闲与唐宪宗时被贬潮州的韩愈"一封朝奏九重天，夕贬潮阳路八千。欲为圣明除弊事，肯将衰朽惜残年。云横秦岭家何在？雪拥蓝关马不前。知汝远来应有意，好收吾骨瘴江边"（《左迁至蓝关示侄孙湘》）的悲愤苍凉不可同日而语。由此也可见唐宋两朝政治文化环境的极大不同。这也是导致文人贬谪心态大相径庭的重要原因。

表 3-8　北宋前期被贬岭南官员

姓名	罪　名	处罚结果	贬谪地	现地名	备注
卢多逊	交通廷美	削夺官爵并家属流崖州	崖州	海南三亚	广南西路
胡旦	阴谋废立	安远军行军司马寻削籍流浔州	浔州	广西桂平	广南西路
陈尧佐	言事切直	潮州通判	潮州	广东潮州	广南东路
姚铉	纳部内女口诸不法事	贬为连州文学	连州	广东连州	广南东路
寇准	受丁谓迫害	雷州司户参军	雷州	广东雷州	广南东路

① 北京大学古文献研究所编：《全宋诗》第二册卷九七，北京大学出版社 1998 年版，第 1089~1090 页。

续表

姓名	罪　名	处罚结果	贬谪地	现地名	备注
丁谓	交游不当语涉妖诞妄	崖州司户参军	崖州	海南三亚	广南西路
梅挚	失仪	知梅州	梅州	广东梅州	广南东路
唐介	言事得罪	春州别驾改英州别驾	英州	广东英德	广南东路

再观察每一朝代的贬谪区域与人数问题。从表 3-7 可以看出，在北宋太祖时期，贬官人数较少，贬谪的地区也比较单一，集中在京东路、陕西路和荆湖路。随着北宋的统一步伐加快，官员被贬的地区不断增多。分析北宋四朝贬谪地的分布，我们可以发现，太祖时期被贬者只有 4 人，即京东路 1 人，陕西路 2 人，荆湖路 1 人。被贬京东路的高锡因私受节度使赂遗，属于与武将私下交往，此举在太祖朝是比较受猜忌的行为，因此被贬京东路，现山东莱州，并不算非常偏僻的地区，算是一般的处罚。两人被贬陕西路，郭忠恕因悬竞朝堂被贬乾州，李昉则是因为被陶谷诬告，为太祖所疑而被贬彰武行军司马，延州居住，其实彰武这个地方当时在契丹的占领下，职务只是虚衔，他还是居住在隶属陕西路的延州。在北宋时期，那个地方是靠近少数民族区域，属于比较偏远的地方了。将这两人贬到陕西路，说明宋太祖着力于整顿官吏作风的问题。至于太祖朝唯一被贬到荆湖路的扈蒙，其被贬完全是因为卢多逊对他的陷害，也可以看出卢多逊对威胁其地位的人物，是毫不留情的。太宗时期贬谪区域依然没有江南路、河东路、河北路，其原因在于南唐与吴越国均是刚刚受降归附的小国，正是要派得力重臣去整顿重建的时候，不适合作为官员贬谪之地。贬往荆湖路的两人，范旻是因为擅市竹木入官，郑文宝则是因为边界问题。被贬往陕西路的是四位，其中王禹偁因议狱不当，徐铉因请托，胡旦因文字悖谬、私相接交被贬。仔细分析，可见这几人的罪状基本是出于违逆或者触犯了宋太宗本人的意思和忌讳，不能说有具体的危害性。不过王禹偁在两年后就得以量移解州，并很快就回到了朝廷任职。北宋时期第一位被贬岭南崖州的卢多逊是在宋太宗时期，主要因为他卷入了皇权与相权的双重斗争中间。其他的官员犯罪基本都是在京东、京西两路，可见并未有真正远贬之人。真宗时期贬谪人数相对增多，但依然没有被贬往江南路和河东路的。

其中贬谪人数明显增多的地域是京西路、淮南路和广南路。京西路、淮南路都是属于一般官员的罪失。贬往岭南诸人上文已经分析，此间不再赘述。除了被贬岭南的4人，22人中只有2人被贬到传统的贬谪地荆湖路。可见，真宗时期对于官员的贬谪是比较宽松的，一般官员是不会被贬到比较偏远和条件恶劣之地的。仁宗朝最明显的是贬谪人数增加，主要是因为仁宗统治了40年，时间较长。贬谪区域也增加了两个地区，一个是江南路，一个是河东路，贬谪官员最多的地区是京西路、江南路、淮南路、陕西路。因言获罪的官员其贬谪地基本都在江南路或淮南路，可见，宋仁宗时期谏官即使因进言被贬，朝廷也会给予较好的待遇。另外仁宗期间被贬58人中有36人的贬谪地都在江南路、淮南路和京西路。

纵观四朝文人贬官区域，从贬谪人数最多的地方来看，大部分都是距离京城较近、自然条件较为优越、经济文化发展也很成熟的地区。这种情况，由贬谪官员的诗歌和谢表中都可以得到证明，比如王禹偁被贬滁州，有《题滁州怀嵩楼》："昔是优贤地，今为省过州。非贤亦非过，醉卧怀嵩楼。"①滁州在过去是作为贤人退居养身的州县，在宋代则是作为臣子反省的贬谪之地。范仲淹在被贬睦州之时，写有《谪守睦州作》，其中有句："铜虎恩犹重，鲈鱼味复佳。圣明何以报？没齿愿无邪。"其《新定感兴五首》中也写道："山水真名郡，恩多补谏官。""风物真堪喜，民灵独可哀。稀逢贤太守，多是谪官来。"②可见，这些谪官被贬所处的州郡，皆是名州大郡，并不是穷僻困顿之地，并且被贬谪之后，时间不长，或因赦宥，或因朝廷重臣推荐，很快就会得到量移或叙复。在贬谪期间，依然可以按照官资秩序得以升迁。欧阳修《扬州谢上表》就可以看出这一点："坐安优逸，未久岁时，亟就易于方州，仍陟迁于秩序。有以见圣君之意，未尝忘言事之臣。孤拙获全，忠善者皆当感励；奸谗不效，倾邪者可使息心。"③他在被贬滁州之后，任满就移到扬州这个大州，仍然按照秩序升迁。在《谢复龙头阁直学士表》中，他写道："臣才不迨于中人，功无益于当世，用之未见其效，去之无足可

① 《全宋诗》第二册卷七〇，第801页。
② 《范仲淹全集》卷五，第85页。
③ 《欧阳修集编年笺注》第五册卷九一，第349~350页。

思。……虽暂居遣谪之中，而屡被升迁之渥。”①人虽身在贬谪地，但屡次得到升秩的优厚待遇，上次在滁州得以迁转大州扬州，此次在扬州又得以复龙头阁直学士这样的侍从之臣的资格，欧阳修内心还是充满感激的。正是因为北宋前期对于文人士大夫的包容与培育，所谓“待士大夫之恩唯恐不厚，以结士大夫之心”。在这种政治文化环境下，宋代士大夫的精神气质与贬谪心态与唐代的贬谪士人截然不同。他们对待贬谪的心理范式与行为模式也由唐代的抑郁不平、彷徨失意转为心胸开阔、宠辱不惊。“进则忧国，退则行己”，体现的是北宋前期士大夫群体鲜明的主体意识，他们于仕途之上进退裕如，无论在朝还是在外州偏郡，甚至被除名流放，都能寻求到合乎自己处境身份的方式与行动，来实现自己内心所追求的道与个人的人生价值。

① 《欧阳修集编年笺注》第五册卷九一，第354页。

第四章　北宋前期贬谪事件与士人主体精神的重塑

对于处在封建专制下的北宋士大夫来说，学而优则仕是实现自我价值的传统方式。而宦途遭贬更是大部分儒家士大夫不可避免的历史境遇。贬谪给士人们的现实生活及思想情感带来强烈的冲击，而作为社会精英的士大夫又总是会主动寻求超越这些困苦的生存境遇。如何在政治事功的挫折逆境中寻求主体精神的内在超越，以重建独立自由的文化人格、精神世界就成为遭贬士人的当务之急和普遍心态。在这样的目的和理想的激励下，北宋前期士大夫们用他们贬谪生涯中的种种思考与行动，回答了上述问题。北宋“优待士大夫”及贬谪、量移、叙复的特殊政策，也使得士大夫们对北宋王朝产生了很强的向心力与责任感。贬谪的困厄境遇客观上是一次人生的契机，大大激发了士大夫对自身生命意义和个体价值的探求冲动，这种宗教般的自我救赎历程也赋予宋代文人独特的文化性格：温润当中不失刚健之气，困境之中不乏超越之思。

第一节　“屈于身不屈于道”——王禹偁“三黜”中的自我调适与精神重塑

清代厉鄂在《宋诗纪事》中记载：“晁以道与三泉李奉议书云：本朝王元之之后晏公，晏公之后欧阳公，欧阳之后东坡，皆号一代龙门。其门下洒扫应对之士，后为名公巨卿者，不可胜数也。”①青年时期的王禹偁，生在刚刚结束五代战乱、“以文立国”的宋代初期，因此能有机会从一个山东平民家庭出身的“磨家

① （清）厉鄂：《宋诗纪事》卷四，上海古籍出版社 1983 年版，第 85 页。

儿”，登上北宋初期的文坛和政坛。他一生历经“三黜”，又以诗文为“一代龙门”。他在贬谪期间的诗文创作、书信、章表奏折等都非常清晰地记录和展现了宋初士人的心路历程。其政治命运中所蕴含的历史文化意蕴，文学成就中所反映出的对士人自我价值的思考及追求，对宋代士人主体精神的重塑具有引领之用。

一、王禹偁“三黜”之境遇心态

王禹偁字元之，出生于后周世宗显德元年(954)，宋太祖“黄袍加身”当上皇帝那年(960)，王禹偁6岁。在他的青年时期，宋太祖、太宗为了纠正五代以来的乱世颓风，使社会尽快进入正轨，有意识地推行“右文”政策。其重要举措之一就是再次推行科举制度，抑置豪右，奖赏孤寒。在这种社会背景下，王禹偁于宋太宗太平兴国八年(983)得中进士，并且在端拱元年(988)34岁时，“春正月丙寅，以大理评事王禹偁为右拾遗，罗处约为著作佐郎，并直史馆。先是，禹偁知长洲县，处约知吴县，相与日赋五题，苏、杭间人多传诵。上闻其名，召赴中书，命试诏臣僚和御制雪诗序称旨，故皆擢用为直史馆，赐绯；旧止赐涂金带，特择犀带宠之”①。王禹偁初入仕途，便以自己的出众文采赢得了宋太宗的青睐和赏识。但王禹偁的仕途十分坎坷，“十年三黜”，命运多舛。

宋太宗淳化二年(991)，王禹偁初次被贬。具体原因是庐州尼道安诬陷左散骑常侍徐铉与妻甥姜氏通奸，王禹偁执法为徐铉雪冤，抗疏论道安告奸不实罪。② 王禹偁因此解知制诰，贬为商州团练副使，不得签署州事。再贬是在宋太宗至道元年(995)，此次的原因是私议宋太祖开宝皇后丧仪事。《续资治通鉴长编》卷三十七记载：“翰林学士王禹偁兼知审官院及通进、银台、封驳司，制敕有不便，多所论奏。开宝皇后之丧，众臣不成服，禹偁与宾友言：‘后尝母天下，当遵用旧礼。’或以告，上不悦。甲寅，禹偁坐轻肆，罢为工部郎中、知滁州。”③第三次被贬在真宗咸平元年(998)，《续资治通鉴长编》卷四十三记载：“刑部郎中、知制诰王禹偁预修太祖实录，或言禹偁以私意轻重其间，甲寅，落职知

① 《续资治通鉴长编》卷二九，第646页。
② 《宋史》卷二九三，第9794页。
③ 《续资治通鉴长编》卷三七，第646页。

黄州。”①

三次被贬黜出京的惨痛经历，对于具有政治抱负的王禹偁来说，显然是很大的打击。马茂军在《王禹偁儒学思想与诗歌创作》里这样写道：“这三次贬谪，都是与王权的冲突而致，第一次是为了维护法律的公正性，第二次是为了维护孝礼的纯洁性，第三次是为了维护史笔的真实性。虽然在儒者王禹偁心目中，真理大于王权，可在加强中央集权与帝王权威的宋代，虽然君主大倡儒学，优待士子，可帝王对儒学的利用又是有限度、有条件，以不触犯帝王权威为前提的，一旦儒学与帝王发生冲突，帝王就会撕下面具毫不留情地予以打击。”②他在第一次被贬出京时，就感受了贬谪的残酷性。在《酬种放征君》这首诗里，王禹偁回忆道：“太岁在辛卯，九月万木落。是时太阴亏，占云臣道剥。王生出紫微，谴逐走商洛。扶亲又抱子，迤逦过京索。……逐臣自可死，何必在远恶。刺史不我顾，古寺聊淹泊。”③他在那年秋天，携妻带子，搀扶着老父，踏上艰难的旅途。这其中的心酸甚至让他发出了生不如死的感慨(逐臣自可死，何必在远恶)，把自己从京城跋涉到商州的艰苦过程，到商州后受到的冷遇以及自己恶劣的心境淋漓尽致地表现了出来。但幸运的是，两年后因南郊大礼，他随例量移解州团练副使。王禹偁在《量移自解》中写道：“商山五百五十日，若比昔贤非滞留。试看江陵元相国，四年移得向通州。”④同中唐元稹相比，他被贬两年就得以量移，并且在量移后不久就被诏还朝。由此也可以看出他欣幸的心情和宋太宗对他才学的赏识和个性的了解。

第二次被贬后，王禹偁在《答郑褒书》中提到“在内庭果百日而罢。然迁秩临民，恩也。去近侍，治小郡，罪也”⑤。这是宋初对贬谪官员的特殊处理方式：“加恩去职”。此次被贬滁州担任知州。滁州在宋属上郡，知州是主政一方的主要行政官员，与上次贬谪商州相比在境遇上有了很大的改善。王禹偁在诗中写

① 《续资治通鉴长编》卷四三，第923页。

② 马茂军：《王禹偁儒学思想与诗歌创作》，《北方论丛》1996年第6期。

③ 《王黄州小畜集》卷三。

④ 《王黄州小畜集》卷九。

⑤ 《王黄州小畜集》卷一八。

道：“尚愧临民为父母，终当学稼养妻儿。自怜此度辞京阙，犹胜商山副使时。”①虽待遇还算优厚，但其黜官制词的措辞却令他难以接受：“顷以文词，荐升科级，而徘徊台阁，颇历岁时，朕祗荷丕图，思皇多士，擢自纶阁，置于禁林。所宜大雅以修身，蹈中庸而率性；而操履无取，行实有违，颇彰轻肆之名，殊异甄升之意。宜迁郎署，俾领方州。勉务省躬，聿图改节。”②诏书没有明确的罪名，只提到“操履无取”与行为“轻肆”，是对他人格和道德的严重诋毁和攻击。对于注重名节的王禹偁来说，肯定是不能接受的。他后来在书信及诗文中多次表达了对这次贬谪的不满和反抗，直接指出自己“后出滁上，莫知罪名”③(《谢转刑部郎中表》)。在《阙下言怀上执政三首》诗中，对于此次贬官滁州也是愤愤不平。其第三首诗云：“诰词黜责子孙羞，欲雪前冤事已休。浴殿失恩成一梦，鼎湖攀驾即千秋。道旁任死心终直，泽畔长吟泪暗流。”④对于不能在宋太宗面前辩明自己的冤屈，而因此给子孙后世遗留下耻辱，他感到内心极大的失落和痛苦。到滁州一年半，王禹偁就奉诏移知扬州军州。

第二年三月癸巳，太宗崩，真宗即位，特授王禹偁尚书刑部郎中，散官赐勋如故。五月丁卯，真宗下诏求直言，王禹偁上《应诏言事书》，真宗即召王禹偁还朝，以刑部郎中守本官，复知制诰，此为王禹偁三度任知制诰。但好景不长，真宗咸平元年(998)落知制诰，出知黄州。在贬谪黄州期间，由于王禹偁曾预修《重修太祖实录》，还特授朝请大夫，赐绢五十匹，银五十两。十一月大赦天下，特授王禹偁上柱国之勋官。在黄州第二年十月，“初，黄州境二虎斗，其一死，食之殆半；群鸡夜鸣，经月不止；仲冬，震雷暴作。知州、刑部郎中王禹偁手疏言之，且引《史记天官书》《洪范五行传》为证。上亟命中使乘驿劳问，醮禳之。又询于日官，言守土者当其咎。上惜禹偁才名，即命徙知蕲州，至，未逾月卒。戊午，讣闻，上甚嗟悼之，厚赙其家，赐一子出身”⑤。

通过观察王禹偁三次被贬的实际情况和处罚力度，我们可以发现，王禹偁被

① 《王黄州小畜集》卷一〇。
② 《宋大诏令集》卷二〇三，第575页。
③ 《王黄州小畜集》卷二二。
④ 《王黄州小畜集》卷一一。
⑤ 《续资治通鉴长编》卷四九，第1064页。

贬后的境遇无论从贬谪地、贬谪时间还是社会舆论氛围、皇帝的态度，比起唐代士人来说要好很多。王禹偁三次贬谪期间，在仕途上感到失落和孤立的同时，赵宋皇帝对贬谪官员的温和宽松的政策，也使得王禹偁感动不已，就如他在《应诏言事疏》中所言：“臣本自草莱，擢居台阁，虽罹谴放，寻沐甄收。每欲酬恩，恨无死所。智小谋大，惟俟诛夷，报国捐躯，岂复顾虑。”①而正是因为这样虽非罪而贬却又留有余地的处理方式，使王禹偁在被贬之后怀有一种矛盾的心理：一方面，他对于自己被贬本身深表不满；另一方面他对皇帝及当时的政治文化环境却抱有信心，并衷心拥戴。

二、王禹偁“三黜”的思与行

王禹偁本是一个正直蹇谔、多自反省的直臣与诤臣。他初入仕途，以大理评事知苏州长洲县时就写有《橄榄》诗：“我今何所喻，喻彼忠臣词。直道逆君耳，斥逐投天涯。世乱思其言，噬脐焉能追。”②在端拱元年(988)上《三谏书序》时写道：“臣遭遇大明，叨窃名器。更直多暇，闭门读书，见前代理乱之源，览昔贤谏诤之语，念空文之未泯，痛直道之难行，放逐以终，而词气不屈，布在方册，千古如生，苟举而行之，则其道未坠。”③这些诗文显示出王禹偁入仕之初，就把直道事君作为自己的政治信条。他追慕前贤直臣，惋惜他们直道难行，放逐以终，把他们的政治主张与精神人格作为自己学习借鉴的典范。

王禹偁清楚地知道“直道事君”难免贬黜，而自己也确实因此而连遭三黜。那么如何在这种境遇下实现儒家士大夫的政治文化价值？王禹偁在《东观集序》中专门就君臣道位之间的关系进行了思考，他认为：“士君子者，道也；行道者，位也。道与位并，则敷而为业……道高位下，则垂之于文章，仲尼经籍，荀、孟、扬雄之书之类是也。”④士君子代表着儒家之道，行道则需要位，也就是权力。代表了道的士君子有了行道的权位，就可以成就如皋陶、益稷般的功业。如果拥有的道高，却没有相应可以用来行道的位，就应该像孔、孟诸位儒家圣贤一

① 《续资治通鉴长编》卷三五，第771页。

② 《王黄州小畜集》卷六。

③ 《王黄州小畜集》卷一八。

④ 《王黄州小畜集》卷一九。

样用自己的文章来体现和发扬儒家之道。也就是说，对于代表着道的士君子来说，要实现自身行道的理想与价值，是存在着“道与位并”与“道高位下”两种情况的。在这两种情况下，分别有不同的方式来行道。他对宋朝士人所处的政治文化环境也有自己的认识：“我法天崇道皇帝之宅天下也，守尧之仁，躬禹之勤，奋成汤之武，阐姬昌之文。……是以儒教兴，贤臣出，事业昭于上，文章灿于下。德生人而未有，道与皇而比崇。天下文明，我弗多让。”①这篇文章写于贬谪商州期间，是为他去世的朋友罗处约诗文集《东观集》作的序。即使自身处于贬谪期间，他对于当时的政治文化环境仍然非常乐观，在文中给予热情洋溢的赞颂。在他看来，在重儒崇道的仁厚君主治下，作为士君子的宋朝士人，更应该有弘扬儒家道德文章的自觉和担当。他被贬商州时在《吾志》中写道：“吾生非不辰，吾志复不卑。致君望尧舜，学业根孔姬。自谓志得行，功业如皋夔。既登俊秀科，又在清切司。谏纸无直言，纶诰多愧辞。黾勉为何事，亲老与妻儿。一旦命执法，嫉恶寄所施。丹笔方肆直，皇情已见疑。斥逐深山中，宠辱何羸羸。于张(于定国，张释之)及不得，安用此生为?”②但现实总是与个人的愿望背道而驰，一个志节高尚的人物生逢其时，希望用自己的学问德才致君尧舜，但是就在这样一个清明的时代，诗人的仕途却因执法而受挫，也因此失去了行道的“位”，他对此感到不安和困惑。但虽“皇情已见疑”，诗人自己坚持做一个刚正不阿、不屈服于权势的士大夫的信念却没有改变，透露出他作为宋初士人极欲有所树立、有所作为的精神追求以及强烈的文化自信。

王禹偁在因贬谪而给皇帝的《谢上表》中多次提到“孤贫无援”“擢自草莱”“别无媒援”等，说明他感受到了宋初士人在朝廷上的势单力薄，也说明了当时朝廷上还没有形成像仁宗时期被指为“朋党”的政治文化格局相似的文人集团。据《玉壶清话》卷四记载，王禹偁第三次被贬黄州时，“时交亲最密者，循时好恶，不敢私近，惟窦元宾执其手泣于阁门曰：‘天乎，得非命欤?’公后以诗谢，略云：‘惟有南宫窦员外，为余垂泪阁门前’”③。可见，当王禹偁面对非罪而贬的境况，

① 《王黄州小畜集》卷一九。

② 《王黄州小畜集》卷三。

③ （宋）释文莹：《玉壶清话》卷四，《全宋笔记》第一编第六册，第122~123页。

不但无人出来替他辩明，甚至因为忌惮上意，都没人敢去为他送行。不光是王禹偁，当时的直臣田锡被贬后也是同样的情况。王禹偁曾在《寄田舍人》诗中写道："出处升沉不足悲，羡君操履是男儿。左迁郡印辞纶阁，直谏书囊在琐帷。未有佥谐征贾谊，可无章疏雪微之。朝行孤立知音少，闲步苍苔一泪垂。"①在安慰和赞美田锡的同时，也表达了他们同样的知音难觅、无人救援的痛苦，集中展现了宋初士人的政治处境。作为平民出身的士人，出于对君子道孤的担忧，王禹偁非常注重对于后辈的延誉与提拔，希望尽自己的力量来促进宋初士大夫群体的成长与壮大。后来的状元孙何以及宰相丁谓都是在王禹偁的赏识拔擢下脱颖而出的。端拱二年(989)，孙何初过王禹偁之门，王禹偁贻之以文，曰："国家乘五代之末，接千岁之统，创业守文，垂三十载，圣人之化成矣，君子之儒兴矣。然而服勤古道，钻仰经旨，造次颠沛，不违仁义，拳拳然以立言为己任，盖亦鲜矣。"②他肯定了宋朝建立之后儒道的兴盛与社会风气的好转，希望孙何能够成为一个不管如何"造次颠沛"都能够"不违仁义"，始终以"立言为己任"的"君子之儒"。在贬谪期间，王禹偁依然把提携后进作为自己的任务。在《答郑褒书》中，他提到自己本打算"不复议进士之臧否以贾谤矣"③，然而"中夕思之，心又甚悔。士君子立身行道，是是而非非，造次颠沛不易其心。吾以一失职而不交贤士，是自弃也"④。到滁州抵任后，来滁州持文求知者甚多。有记载的就有郑褒、张扶、高弁、黄宗旦、江翌黄等人。王禹偁对后辈循循善诱，甚至为来求学的贫穷书生买马送行。《续资治通鉴长编》就记载了一桩事：

> 禹偁尝为李继迁草制，继迁送马五十匹备濡润，禹偁以状不如式，却之。及在滁州，闽人郑褒徒步来谒，禹偁爱其才，及别去，为买一马。或言其买马价亏者，上曰："彼能却继迁五十匹马，顾肯亏价哉。"⑤

---

① 《王黄州小畜集》卷一六。
② 《王黄州小畜集》卷一九。
③ 《王黄州小畜集》卷一八。
④ 《王黄州小畜集》卷一八。
⑤ 《续资治通鉴长编》卷三十七，第813~814页。

王禹偁虽人被贬出朝廷，但以自己的才华与道德赢得了大批士人的追随以及宋太宗对他的信任与尊重。

在贬谪商州期间，王禹偁一直以儒家士大夫的道德标准要求自己，以平民的身份要求自己的家人甘于贫贱：

> 吾为士大夫，汝为隶子弟。身未列官常，庶人亦何异。无故不食珍，礼文明所记。况非膏粱家，左宦乏赀费。商山复水旱，谷价方滕贵。更恐到前春，藜藿亦不继。吾闻柳公绰，近代居贵位。每逢水旱年，所食惟一器。丰稔即加笾，列鼎又何愧。且吾官冗散，适为时所弃。汝家本寒贱，自昔无生计。菜茹各须甘，努力度凶岁。①

除了教育子弟安贫乐道之外，王禹偁还用诗歌来反映商山百姓的生活，“亦欲采诗官闻之，传于执政者，苟择良二千担暨贤百里。使天下之民如斯民之义，庶乎污莱尽辟矣”②。又表彰商州先贤，撰《四皓庙碑》。虽然不亲公事，但他对于商州百姓乃至整个国家充满了高度的责任感。如同他在《东观集序》中写到的，他把诗文创作当成实现自己人生价值的一个重要手段。他在一首诗里写道：“命屈由来道日新，诗家权柄敌陶钧。任无功业调金鼎，且有篇章到古人。本与乐天为后进，敢期子美是前身。从今莫厌闲官职，主管风骚胜要津。”③他在商州的诗文著作，很多内容都是表现商州百姓的生活的，如《感流亡》《金吾》《雷》《自嘲》等，此阶段也是他平生诗文创作数量最多、质量最高的阶段。在量移解州团练副使期间，他本人却情绪不佳，所谓“可怜踪迹转如蓬，随例新移近陕东。便似人家养鹦䳇，旧笼腾倒如新笼”④，但在与解州领盐池事、太常博士王侗游盐池后，他因盐池之大，古今文人名士游者甚众，而无一辞以纪胜概，遂作《盐池十八韵》一首。⑤ 他谪官商州当年，商州多灾，王禹偁写了《雷》《自嘲》《秋霖》等诗，

---

① 《王黄州小畜集》卷三。
② 《王黄州小畜集》卷八。
③ 《王黄州小畜集》卷九。
④ 《王黄州小畜集》卷九。
⑤ 《王黄州小畜外集》卷七。

记录商州的灾情，表达对当地百姓的同情和关心，尤其《感流亡》长诗，开篇讲述自己在商州时早起遇见到处流亡的贫民家庭，由此引起的反思与伤感："尔为流亡客，我为冗散官。左宦无俸禄，奉亲乏甘鲜。因思筮仕来，倏忽过十年。峨冠蠹黔首，旅进长素餐。文翰皆徒尔，放逐故宜然。"①把流亡的平民与遭贬的自己相比较，认为自己作为官员，没有尽到为官的责任，这样想来，被放逐也是应该的。全诗流露出愧疚之情，反映出王禹偁对流亡百姓的同情与怜悯。他在商州一年，唱和近百首，编成《商於唱和集》一册。"贫久心还乐，吟多骨亦清。他年文苑传，应不漏吾名。"②可见，王禹偁对自己诗文创作的价值充满了自信。

三、王禹偁"三黜"后的精神抉择及文化人格的形成

"从历史上来看，作为对负罪官吏的惩罚，贬谪一直是历代封建君主用来维护极权、强化统治、打击异己的有力工具。"③宋代自然也不例外，王禹偁被贬后在给皇帝的谢表中多次提到"孤贫无援""别无媒援"等，对自己的非罪而贬却无人援救表现出愤激不平的情绪。翻阅王禹偁《小畜集》，可以发现，面对自己的不公，他曾多次在诗歌和谢表中据理力争，毫不退让。这种尖锐执着的态度对比唐时贬官的心态和应对来说要勇敢激烈得多。贬官黄州时，他曾有诗寄宰相李沆，诗云："出入西垣与内廷，十年四度直承明。又为太守黄州去，依旧郎官白发生。贫有妻贤需薄禄，老无田宅可归耕。未甘便葬江鱼腹，敢向台阶请罪名。"④他激烈反抗朝廷对他的不公正待遇，并不仅仅是为了自己的仕途本身，同时也是为了维护"儒道"的尊严。这同当时朝廷上一批明哲保身、官位为重的庸俗官僚是大相径庭的。《续资治通鉴长编》卷四十九记载："禹偁词学敏赡，时所推重，锋裁峻厉，以直躬行道为己任，遇事敢言，虽履危困，对奏无辍。尝云：'吾若生元和时，从事于李绛、崔群间，斯无愧矣。'又为文著书，师慕古昔，多涉规讽，以是不容于流俗，故累登文翰之职，寻即罢去焉。"⑤可见，对王禹偁而

① 《王黄州小畜集》卷三。
② 《王黄州小畜集》卷一〇。
③ 尚永亮：《唐五代逐臣与贬谪文学研究》，武汉大学出版社 2007 年版，第 117 页。
④ 《王黄州小畜集》卷一八。
⑤ 《续资治通鉴长编》卷四九，第 1064 页。

言，“直躬行道”是他最看重的儒家士大夫的天职。他不仅敢于冒着被贬谪的危险，在朝堂上直言奏对，还著书作文，讽谏时事，他的思想与行为都不为当时的朝廷所容。他曾经大力提拔的丁谓就代表了官场的另一类人。丁谓来书劝说王禹偁，说他被贬是因为过于高亢刚直。王禹偁对他的指责给予强烈的回击，在回信中直言指出“今谓之第一进士，得一中允，而欲与世沉浮，自堕于名节，窃为谓之不取也。……是盖以成败为是非，以炎凉为去就者说之云”①。他对丁谓这种趋炎附势、随波逐流的人生态度非常不满。丁谓劝他“与世沉浮”，他认为这是“自堕于名节”，更对丁谓这个他曾经非常赏识的后辈感到极大的失望。同为平民出身、以科举进身的士子，丁谓具有王禹偁所称扬的才气，但却缺乏王禹偁的境界。王禹偁关于“道位”的思考，是丁谓所不能理解的。他只追求“位”，但却并不懂得行“道”，虽然后来爬上了宰相的宝座，但最后仍然被贬岭南，留下奸臣的恶名，也是另一种宋初平民士子的悲剧。

作为宋代初期士大夫典型代表的王禹偁，深受儒家教育的熏陶，在“以宽大养士人之正气”的政治文化背景中，积极参与政治生活，虽然以其刚直而被“三黜”出京，但这种仕途挫折更加强化了他作为士人的主体精神的崛起。“主体是哲学中关于人的本质属性的一个重要命题，文学创作则是主体活动的一种特殊表现形态。从哲学的角度观之，人的主体主要由两大部分组成：一是建立在社会秩序、伦理规范、政治准则等实践理性之上的群体主体；一是建立在情感、欲望、自由等生命本质之上的个体主体。群体主体内在地蕴含着‘应当’，个体主体实现‘应当’。”②王禹偁作为宋代初期的著名诗人与朝廷官员，是非常典型的儒家士大夫。他把儒生的社会责任感与诗人的敏感和才情相结合，把个人立身行道与所思所想、所见所闻，用文学创作的形式表达出来。从初次贬谪商州时“迁谪独熙熙，襟怀自坦夷。孤寒明主信，清直上天知”③的自信，到再贬滁州的“所嗟吾道关消长，岂为微躯系盛衰”④的忧虑，再到被贬黄州时作《三黜赋》时的文化人格

① 《王黄州小畜集》卷一八。

② 沈松勤：《宋代文学主体论纲》，选自王水照主编：《首届宋代文学国际研讨会论文集》，复旦大学出版社2001年版，第1页。

③ 《王黄州小畜集》卷十。

④ 《王黄州小畜集》卷八。

的体现："屈于身兮不屈于道，任百谪而无亏！吾当守正直兮佩仁义，期终身以行之。"①王禹偁以自己个人主体的文学创作与文化人格实现了士大夫群体所应恪守及履行的"儒道"。正如他自己在《滁州谢上表》里写的："况臣粗有操修，素非轻易，心常知于止足，性每疾于回邪。位非其人，诱之以利而不往。事匪合道，逼之以死而不随。"②其高洁的情操，对儒道的坚持，由此可见一斑。

被贬滁州时，王禹偁曾撰《答张扶书》，指出："夫文，传道而明心也。古圣人不得已而为之也。……及其无位也，惧其心之所有，不得明乎外，道之所畜，不得传乎后，于是乎有言焉。"③他也提到道与位的关系问题。他认为对于古圣人来说，为文是一种不得已的选择。如果不幸有道却无位，就必须借文来"传道而明心"。王禹偁一生三黜，显然属于失位之人，因此，他对于自己的文学创作是非常重视的。被贬黄州时，王禹偁开始着手整理自己平生所写诗文，将其命名为《小畜集》，自作其序曰："咸平二年，守本官知齐安郡，年四十有六，发白目昏，居常多病，大惧没世而名不称矣。因阅平生之文，散失焚弃之外，类而第之，得三十卷。将名其集，以《周易》筮之，遇乾之小畜。乾之象曰：'君子以自强不息'。是禹偁修辞立诚守道行己之义也。小畜之象曰：'风行天上，小畜。君子以懿文德。'说者曰：'未能行其施，故可懿文而已！'是禹偁位不能行道，文可以饰身也。"④王禹偁在自己人生的晚年，总结一生成就，比照他初贬商山时所作的《东观集序》，他真的做到了"道高位下，则垂之于文章"。他的这种对于自身价值的认识，也让我们想起北宋中后期历经贬黜的苏轼所作的《自题金山画像》所言："问汝平生功业，黄州、惠州、儋州。"不能不说，二者之间，确有极大的精神相通之处。从文学创作上看，王禹偁的《朋党论》对欧阳修《朋党论》的创作有直接的启发。《黄州新建小竹楼记》展现的高洁情操与文化人格在欧阳修的《醉翁亭记》、范仲淹的《岳阳楼记》、苏轼的《前后赤壁赋》中均得到继承和发展。

经历仕途"三黜"之后，王禹偁既体会到宋初士人"孤贫无援"的现实政治处

---

① 《王黄州小畜集》卷一。
② 《王黄州小畜集》卷一八。
③ 《王黄州小畜集》卷一八。
④ 《王黄州小畜集·序》。

境，同时又对宋初皇帝对士人的恩遇感怀于心。在这种复杂的现实境遇与心理状态的影响之下，他深刻反思自身及宋初士大夫的政治文化处境，在政治事功的挫折逆境中寻求主体精神的内在超越、自我实现，以求重建独立士大夫自由的文化人格及精神世界。王禹偁以其“雄文直道”，以其对士人主体价值的思考与文学政事的实践，成为宋代士人主体精神重塑与文化人格追求的先声。宋仁宗庆历年间，被贬滁州的欧阳修游琅琊山，有《书王元之画像侧》七律一首：“偶然来继前贤迹，信矣皆如昔日言。诸县丰登少公事，一家饱暖荷君恩。想公风采常如在，顾吾文章不足论。名姓已光青史上，壁间容貌任晨昏。”①宋神宗元丰元年(1078)六月，知徐州苏轼撰《王元之画像赞并叙》云：“……故翰林公王元之，以雄文直道独立当世……方是时，朝廷清明，无大奸慝，然公犹不容于中，耿然如秋霜夏日不可狎玩，至于三黜以死。有如不幸而居于众邪之间，安危之际，则公所为必将惊世绝俗，使斗筲穿窬之流心破胆裂，岂特如此而已乎！始余过苏州虎丘寺，见公之画像，想见其遗风馀烈，愿为执鞭而不可得。”②欧阳修赞叹王禹偁的文学成就，而苏轼则重点称扬王禹偁的耿介直道。由此一诗一赞，可见欧阳修与苏轼对王禹偁“雄文直道”的敬佩与仰慕。

第二节 “修于身、施于世、见于言”——欧阳修贬谪生涯的自勉与力行

王禹偁之后，欧阳修作为北宋仁宗时期的文坛宗主，一生也同样经历了数次贬谪。贬谪使他在州县沉沦数十年，去体验生命流逝的焦灼，思考如何使自己的生命价值得以充分体现。正如他所写的“草木鸟兽之为物，众人之为人，其为生虽异，而为死则同，一归于腐壤，澌近泯灭而已。而众人之中有圣贤者，固亦生且死于其间，而独异于草木鸟兽众人者，虽死而不朽，逾远而弥存也。其所以为圣贤者，修之于身，施之于世，见之于言，是三者所以能不朽而存也”③。欧阳

① 《欧阳修集编年笺注》第一册卷一一，第445页。

② (宋)苏轼：《苏轼文集》第二册卷二一，孔凡礼点校，中华书局1986年版，第603页。

③ 《欧阳修集编年笺注》第三册卷四三，第183页。

修在这篇文章里，重新论述了儒家“三不朽”的概念，分为“修之于身、施之于世、见之于言”。欧阳修希望自己能够“异于草木鸟兽众人”，凭借这“三不朽”而“虽死而不朽，逾远而弥存”。“修之于身”，体现于欧阳修立朝的刚正，也正是因此，导致他屡次被黜。他本人也具有“见之于言”的能力。作为北宋诗文革新的领袖和文坛宗主，欧阳修的名望与影响力对于整个宋代文风的走向都具有非常重大的意义。后世所谓的唐宋八大家中有六家都来自北宋，其中包括欧阳修自己，其他五大家或是他的门生或是经过他的赏识提拔。在“施之于世”方面，欧阳修对于政治的积极参与同样可圈可点。对于北宋仁宗时期的欧阳修来说，在国家政局稳定、表面繁华但国内种种矛盾已经凸显、亟须改革的情况下，支持以范仲淹为代表的具有长远眼光和深重的忧患意识、强烈的担当精神的士大夫，是他必然的选择。在他身上，初步体现了宋代士大夫集文学、政事、学术于一身的复合型文化主体的特征。

一、“慎职、少饮、修史、疑经”——夷陵之贬的理性克制和行为设定

景祐三年(1036)，范仲淹因与宰相吕夷简在朝廷相争，被贬知饶州。此事在当时引起轩然大波。余靖、尹洙等人因上书支持范仲淹而被贬斥，朝廷下旨“戒百官越职言事”。欧阳修此时的官职是试大理评事兼监察御史，他激于义愤，写信给左司谏高若讷，严厉指责他“不复知人间有羞耻事”。高若讷将这封信缴交朝廷，欧阳修因此被贬为夷陵县令。

据《长编》卷一百十八记载：

> 戊戌，贬镇南节度掌书记、馆阁校勘欧阳修为夷陵县令，初，右司谏高若讷言：“范仲淹贬职之后，臣诸处察访端由，参验所闻，与敕榜中意颇同，因不敢妄有营救，今欧阳修移书抵臣，言仲淹平生刚直，通古今，班行中无与比者。责臣不能辨仲淹非辜，犹能以面目见士大夫，出入朝廷称谏官，及谓臣不复知人间有羞耻事。仍言今日天子与宰臣以忤意逐贤人，责臣不得不言，臣谓贤人者，国家恃以为治也。若陛下以忤意逐之，臣合谏，宰臣以忤意逐之，臣合争。臣愚以为范仲淹顷以论事切直，急加进用，今兹狂言，自

取谴辱，岂得谓其非辜？恐中外闻之，谓天子以忤意逐贤人，所损不细。请令有司召修戒谕，免惑众听。”因缴进修书，修坐是贬。①

作为一个亲身体验贬谪的官员，从欧阳修给尹洙的信里，我们可以看到他离开京城时的狼狈与窘迫。他在《与尹师鲁第一书》里写道：“临行，台吏催苛百端，不比催师鲁人长者有礼，使人惶迫不知所为，是以又不留下书在京师，但深托君贶，因书道修意以西，始谋陆赴夷陵，以大暑，又无马，乃作此行。沿汴绝淮，泛大江，凡五千里，用一百一十程，才至荆南。”②可见，欧阳修当时离京之时，被御史台执行相关公务的吏人百般催促刁难，态度恶劣，以致欧阳修感到惶惑不安不知所措。本来准备走陆路到夷陵赴任，但是又因为天气太热，经济条件不好没有马匹，所以只能走水路五千里到荆南。所幸“行虽久，然江湖皆昔所游……又不遇恶风水”。水路如此遥远，但他一路走走停停，同亲戚朋友聚会饮宴，也算缓解了内心的惶惑不安。据此可以了解，虽然在出京之时，他备受台吏刁难，但朝廷对于他的具体到任时间，却没有作硬性规定，一路上的交游停留，也没有受到制约。欧阳修在这次旅途所作的日记《于役录》里也详细记载了一路之上停留饮宴的具体事件和相关人士。

虽然如此，贬谪路途的遥远与艰苦已然让他充分体会了贬谪生活的苦难，在《回丁判官书》中他设想贬谪官员的生活应该是：“故修之得罪也，与之一邑，使载其老母寡妹，浮五千五百之江湖，冒大热而履深险，一有风波之厄，则叫号神明，以乞须臾之命。幸至其所，则折身下首以事上官，吏人连呼姓名，喝出使拜，起则趋而走。设有大会，则坐之壁下，使与州校役人为伍，得一食，未彻俎而先走出。上官遇之，喜怒呵诘，常敛手栗股，以侍颜色，冀一语之温和不可得。所以困辱之如此者，亦欲其能自悔咎而改为善也。故修之来也，惟困辱之是期。”遥远而又惊险万状、艰辛无比的路途让他感受到了被贬谪的痛楚，从他的那首《琵琶亭》诗“乐天曾谪此江边，已叹天涯涕泫然。今日始知予罪大，夷陵此去

① 《续资治通鉴长编》卷一一八，第 2786~2787 页。

② 《欧阳修集编年笺注》第四册卷六七，第 280~281 页。

更三千”①就能感觉得到。对于来到夷陵之后，将要面对的长官和同僚的打击侮辱，他自己也作了心理准备，认为那是一个贬官应该遭受的欺辱。无论如何，对被贬之后来夷陵途中惊惶不安的处境，以及自己想象中的贬谪生活的描述，都非常清楚地显现出他对于贬谪生活的不安、不平和压抑的心理。正因为作了这样的精神准备，有了这种对于贬谪生活的悲惨想象，欧阳修在《与尹师鲁第一书》中特地强调了在贬谪中该如何自处：“每见前世有名人，当论事时，感激不避诛死，真若知义者。及到贬所，则戚戚怨嗟，有不堪之穷愁形于文字，其心欢戚无异庸人，虽韩文公不免此累，用此戒安道，慎勿作戚戚之文。”②他告诫尹洙，不要像前世名人一样，在朝廷论事时可以不顾身家性命，而一旦到了贬所，则变得戚戚怨嗟，跟一般人没什么两样，而且写出许多悲怨的文字。也即是说，在贬所也一样要有不以迁谪为心的旷达态度，这样才算是真的知义之人。可见，欧阳修在来夷陵的路上，就已经作好了各种贬谪期间的准备，欲以理性克制的态度来面对自己在贬谪期间的种种行为，希望以此来改变当时的士林风气。欧阳修的这些话与他以后的行动，说明了宋仁宗时期士大夫已经开始注重内心的修养，注重个人对苦难的承受和担当，并把对自身的关注转化到对国家民族和社会的关注上来。

正因为如此，欧阳修到夷陵后，能够以“迁谪自处”，反而受到了当时的峡州知州、驾部郎官朱正基的礼遇。对于这种被礼遇的原因，宋人释文莹《玉壶清话》卷三解释为一种神明的启示：

> 宝应元年，朱正基驾部知峡州。一夕，梦一吏白云：“城隍神遣某督修夷陵县廨宇，愿速葺，不宜后。”时朱不甚为意，连三夕梦之，方少异焉。因语同僚，亦尽异之，然亦未加葺。明日报至，欧阳永叔谪授夷陵，报吏云：“已及荆门。”朱感其梦，待之特异。将入境，率僚属远郊迓之。欧公临邑，亦以迁谪自处，益事谦谨，每禀白，皆敛板于庭。州将常伺之，俟入门，先抱笏降于阶，至满任，不改前容。欧公亲语其事于其孙集贤初平学士焉。③

---

① 《欧阳修集编年笺注》第三册卷五六，第562页。
② 《欧阳修集编年笺注》第四册卷六七，第280~281页。
③ （宋）释文莹：《玉壶清话》卷三，《全宋笔记》第一编第六册，第111页。

相对于神的启示这种有些荒诞的说法，在《与尹师鲁第二书》中，他写道：“又朱公以故人日相慰劳，时时颇有宴集。”①可见，欧阳修与朱正基应该在以前就相识，并有一定的交情，因此朱公对他“日相慰劳”。在《夷陵县至喜堂记》里欧阳修也提到：“某有罪来是邦，朱公于某有旧，且哀其以罪而来，为至县舍，择其厅事之东以作斯堂，度为舒洁高明，而日居之以休其心。堂成，又与宾客偕至而落之。夫罪戾之人，宜弃恶地，处穷险，使其憔悴忧思，而知自悔咎。今乃赖朱公而得善地，以偷宴安，顽然使忘其有罪之忧，是皆异其所以来之意。”②欧阳修在文章中时时把自己想象中的贬谪生活与眼前自己所受到的优待相比较，既可见他对此次被贬夷陵的怨愤，更可见他对在夷陵所遇到的深具同情心的上司的感激。同时，他在夷陵还有交往甚密的好友元珍，他们两人本在未来峡州之前就有过从，后来居然又先后在峡州任职，更显两人命中注定该有此段在峡州的交集。他们相约游山玩水，创作了不少关于夷陵山水的诗歌及文学作品。欧阳修在夷陵所作的一首名作《戏答元珍》，就是和元珍诗《花时久雨》而作。其诗为：“春风疑不到天涯，二月山城未见花。残雪压枝犹有橘，冻雷惊笋欲抽芽。夜闻归雁生乡思，病入新年感物华。曾是洛阳花下客，野芳虽晚不须嗟。”③这首诗里有对贬谪地夷陵的偏远和新年思乡的感慨，同时又有自我安慰的旷达情怀。欧阳修在夷陵所创作的诗文基本都像这首诗一样展现了他被贬谪后的心态。他的诗歌所体现出来的感情依然是沉郁中有兀傲。正如黄庭坚所说：“观欧阳文忠公在馆阁时与高司谏书，语气可以折冲万里。谪居夷陵，诗语豪壮不挫，理应如是。”④虽然身处贬谪境遇，欧阳修的心态还是自信平和的。可见，欧阳修本人在夷陵的贬谪生活与他想象中的样子大相径庭，以致他日后在纷扰的官场斗争中多次怀念起在夷陵的贬谪生涯来，“却思夷陵囚，其乐何可述”，是其人生中一段快乐的时光了。

欧阳修在面对第一次贬谪时，就对贬谪期间应持的心态有清醒而理智的看法，对于自己贬谪期间的行为模式有清楚的设定。在与峡州本地官员交往的同

① 《欧阳修集编年笺注》第四册卷六七，第284页。

② 《欧阳修集编年笺注》第三册卷三九，第65页。

③ 《欧阳修集编年笺注》第一册卷一一，第427页。

④ （宋）黄庭坚：《宋黄文节公全集》，刘琳、李勇先等校点，四川大学出版社2001年版，第691~692页。

时，欧阳修与其同道故旧也有相当密切的联系。他与尹洙、余靖皆有书信往来，互相勉励，互通声气。他赞同尹洙来信中所提到的“益慎职，无饮酒”。在《与尹师鲁第二书》中他写到在夷陵他如何事必躬亲地处理县衙公务问题，“夷陵虽小县，然争讼甚多，而田契不明。僻远之地，县吏朴鲠，官书无簿籍，吏曹不识文字，凡百制度，非如官府一一自新齐整，无不躬亲”①。他用实际行动证明了他到夷陵之后勤官的许诺。他希望自己与同道处于贬谪境地时，能够保持平和的心态，认真履行自己的职责。欧阳修被贬夷陵时间虽短，但对于他却意义重大，夷陵县令这个亲民官，给了他接近老百姓、了解基层事务运作的机会，“因取旧案，反复观之。见其枉直乖错，不可胜数。于是仰天而叹曰：以荒远小邑且如此，天下固可知”②。他“自此用事不敢忽也。学者求见，所与言未及文章，惟谈吏事，谓文章止于润身，政事可以及物”。刘子健在《欧阳修的治学与从政》中也注意到夷陵之贬对于欧阳修在政事方面的重要影响：“欧阳远在一〇三六年初谪夷陵时，即开始注意实际行政方面的治术。凡改革之得失当否，他认为不能凭理论，须以实际施行的效果如何而定。”③

在重视吏职的同时，欧阳修也注重学术研究和撰写史书。他在《与尹师鲁第二书》中与尹洙除了讨论当地吏事之外，主要就所著的《十国史》展开讨论。欧阳修提及：“开正以来，始似无事，治旧史。前岁所作《十国志》，盖是进本，务要卷多。今若便为正史，尽宜删削，存其大要，至如细小之事，虽有可记，非干大体，自可存之小说，不足以累正史。数日检旧本，因尽删去矣，十亦去其三四。师鲁所撰，在京师时不曾细看，路中昨来细读，乃大好。师鲁素以史笔自负，果然。河东一传大妙，修本所取法此传，为此外亦有繁简未中，愿师鲁亦删之，则尽妙也。”④欧阳修利用贬谪时期的空闲时间来阅读和删改自己和尹洙所作的《十国志》，并和尹洙详细讨论如何修改五代史的方法，他认为：“吾等弃于时，聊欲因此粗伸其心，少希后世之名。如修者幸与师鲁相依，若成此书，亦

---

① 《欧阳修集编年笺注》第四册卷六七，第 285 页。

② 《欧阳修集编年笺注》第四册卷六七，第 285 页。

③ ［美］刘子健：《欧阳修的治学与从政》，（台北）新文丰出版公司 1984 年版，第 225 页。

④ 《欧阳修集编年笺注》第四册卷六七，第 284~285 页。

是荣事。”①在《答李淑内翰书》里，他也提到“问及《五代》纪传，修曩在京师，不能自闲，辄欲妄作，幸因余论，自罹咎责。尔来三年，陆走三千，水行万里，勤职补过，营私养亲，偷其暇时，不敢自废，收拾缀辑，粗若有成”②。可见，在被贬夷陵的三年里，他利用公余时间，基本完成了《五代史》的资料收集和写作。只是史书的体例，编排的顺序，议论褒贬的准确性，这些东西还没有完全做好。在失位之时，通过撰著史书，以“立言”的形式表达自己的见解，以期获得千古不朽的声名，是欧阳修为追求实现个人价值而采取的积极行动。

除了修史，他还写作了诸多学术文章，对儒家经典中的很多议题发表自己的看法。如《易或问三首》，分别讨论六经中《易经》中“大衍之数”、《系辞》“非圣人所作”、“筮占之说”的是非等问题，提出了著名的“疑经”说，“孟子曰：‘尽信书，不如无书。’孟子岂好非六经者？黜其杂乱之说，所以尊经也”③。他借用孟子的话，提出自己的观点，之所以对经典中不合道理的杂乱之说提出质疑，并进一步剔除它们，正是为了尊经。他又作《春秋论》上中下篇和《春秋或问》一、二章，对《春秋》记载的三个事件进行讨论。黄震《黄氏日钞》卷六一载：“《春秋论》，谓学者不信经而信传，不信孔子而信三子。隐公非摄，赵盾非弑，许世子止非不尝药，乱之者，三子也。起隐公，止获麟，皆因旧史而修之，义不在此也。卓哉之见，读《春秋》者，可以三隅反矣。”④他认为欧阳修所作《春秋论》见解卓越，读《春秋》的人可以借此论而举一反三，从中学到思考问题的方法。欧阳修另外还作有《泰誓论》和《纵囚论》，皆是对时人习以为常的观点进行反驳和批评，开了北宋时期学术方面“疑经”的先河。

二、“醉翁”之乐与太守之乐——再贬滁州的心态与作为

欧阳修第二次被贬时官居河北都转运按察使、龙头阁学士、右正言。这次被贬，深层次的原因在于欧阳修在政治上支持范仲淹等人推行的“庆历新政”，从

① 《欧阳修集编年笺注》第四册卷六七，第285页。

② 《欧阳修集编年笺注》第四册卷六八，第299页。

③ 《欧阳修集编年笺注》第二册卷一八，第94页。

④ （宋）黄震：《黄氏日钞》卷六一，影印摛藻堂《四库全书荟要》本第708册，（台湾）世界书局1985年版，第511页。

而引起反对派的嫉恨。在范仲淹任参知政事主持改革大局之时，欧阳修也回到京城任职谏官。其在谏官任上遇事敢言，史载其自入谏院：“论事切直，人妒之如仇，帝独奖其敢言，面赐五品服，顾侍臣曰：‘如欧阳修者，何处得来？’”①在保守派王拱辰等利用“奏邸之狱”把改革派“一网打尽”，范仲淹、韩琦、杜衍等主持和支持改革的重要官员纷纷被罢免之际，欧阳修上疏为其辩护，引起了改革反对派的仇视和愤恨。他们利用开封府审理欧阳修妹妹的继女与奴通奸这个案件的机会，把欧阳修牵扯进来，由谏官钱明逸出面弹劾欧阳修与张氏有私情，并侵占张家财产一事。此事引起宋仁宗的高度重视，皇帝下诏命令苏安世与内侍王昭明一起查明真相，虽然没有查出欧阳修的确切罪状，但依然以他用张氏财物买田立欧阳氏券的罪名，将他降为知制诰、知滁州。据《宋史》记载：

> 时仁宗更用大臣，杜衍、富弼、韩琦、范仲淹皆在位，增谏官员，用天下名士，修首在选中。每进见，帝延问执政，咨所宜行。既多所张弛，小人翕翕不便。……修论事切直，人妒之如仇……方是时，杜衍等相继以党议罢去，修慨然上书曰：“杜衍、韩琦、范仲淹、富弼，天下皆知其有可用之贤，而不闻其有可罢之罪。自古小人谗害忠贤，其说不远。欲广陷良善，不过指为朋党。欲动摇大臣，必须诬以专权，其何故也？去一善人，而众善人尚在，则未为小人之利；欲尽去之，则善人少过，难为一一求瑕，唯指以为党，则可一时尽逐。至如自古大臣，已被主知而蒙信任，则难以他事动摇，唯有颛权是上之所恶，必须此说，方可倾之。正士在朝，群邪所忌，谋臣不用，敌国之福也。今此四人一旦罢去，而使群邪相贺于内，四夷相贺于外，臣为朝廷惜之。”于是邪党益忌修，因其孤甥张氏狱傅致以罪，左迁知制诰、知滁州。②

《续资治通鉴长编》卷一百五十七，也记载了此事的来龙去脉。③

① 《宋史》卷三一九，第10376~10377页。
② 《宋史》卷三一九，第10376~10378页。
③ 《续资治通鉴长编》卷一五七，第3798~3799页。

此次被贬，欧阳修早有预感，在写给妻子的《班班林间鸠寄内》中，他以林间鸠起兴，感叹自己宦海浮沉，而妻子患难相随。“跬步子所同，沦弃甘共没。投身去人眼，已废谁复嫉。山花与野草，我醉子鸣瑟。但知贫贱安，不觉岁月忽。”①回想到当年被贬夷陵，虽然奔波劳累，但有妻子相伴，已废之身，无人嫉恨，在贫贱之中却得到了安乐的生活。如今“孤忠一许国，家事岂复恤。横身当众怒，见者旁可栗。近日读除书，朝廷更辅弼。君恩优大臣，进退礼有秩。小人妄希旨，议论争操笔。又闻说朋党，次第推甲乙。而我岂敢逃，不若先自劾”②。“小人妄希旨，议论争操笔”，指的是工部侍郎、平章事兼枢密使杜衍罢为尚书左丞，知兖州时，翰林学士承旨丁度所作的制辞：“自居鼎辅，靡协岩瞻。颇彰朋比之风，难处咨谋之地。”③诬杜衍的朋党之罪。从当时的政局变动中，欧阳修感觉到自己也必将成为下一个被排挤的对象，因此他决定不如先采取措施，自我弹劾，以避免反对派的迫害。在这种情况下，昔日被窜逐荆蛮的贬谪生活，回想起来居然是摆脱嫉恨、平安度日的好时光，自请贬谪成为摆脱目前困境的最好方式。但还没来得及行动，他的政敌们就借孤甥事件将欧阳修贬往滁州。欧阳修在《滁州谢上表》中为自己辩诬的同时，也向皇帝对他的宽大处理表示感谢：“然臣自蒙睿奖，尝列谏垣，议论多及于权贵，指目不胜于怨怒。若臣身不黜，则攻者不休，苟令谗巧之愈多，是速孤危于不保。必欲为臣明辩，莫若付与狱官；必欲措臣少安，莫若置之闲处。使其脱风波而远去，逼陷阱之危机。虽臣善自为谋，所欲不过如此。”④在这种被众多政敌围攻的情况下，欧阳修也认为只有贬黜出京，才能逃离政敌的围剿，才能真正得到保全。对比第一次被贬黜到夷陵，虽然为了保持“知义者”的形象而要求自己不作戚戚之文，但其内心对于被贬还是充满怨愤不平的。而此次被贬，对于欧阳修来说，是一种历尽劫波的疲惫后所得到的休憩。两次贬谪心态大为不同了。

欧阳修自镇阳来到滁州，是庆历五年(1045)十月。据《庐陵欧阳文忠公年谱》：(庆历五年)甲戌，落龙图阁直学士，罢都转运按察使，降知制诰、知滁

① 《欧阳修集编年笺注》第一册卷二，第81页。
② 《欧阳修集编年笺注》第一册卷二，第81页。
③ 《续资治通鉴长编》卷一五四，第3741页。
④ 《欧阳修集编年笺注》第五册卷九一，第338页。

州，十月甲戌，至郡。滁州任满后，再守扬州、颍州、应天府，沉沦下僚十几年，一直到至和元年(1054)才回到京城。此时的他，就如他在庆历六年所作《送章生东归》中所写的："穷山荒僻人罕顾，子以一身千里来。问子之勤何所欲，自惭报子无琼瑰。非徒多难学久废，世事渐懒由心衰。"①对于从千里之外来滁州向他求教的章望之，他很惭愧已经没有什么东西教给他，不仅仅是因为遭遇太多人生艰难使自己荒废了学问，更主要的是他内心已经衰惫不堪，对于世事已经懒得用心了。在《啼鸟》一诗中，他更是通过描写听闻啼鸟叫声时自己的矛盾心态，展现他在滁州的百无聊赖、自寻安慰与苦中作乐。"我遭谗口身落此，每闻巧舌宜可憎。春到山城苦寂寞，把盏常恨无娉婷。花开鸟语辄自醉，醉与花鸟为交朋。花能嫣然顾我笑，鸟劝我饮非无情。身闲酒美惜光景，唯恐鸟散花飘零。可笑灵均楚泽畔，《离骚》憔悴愁独醒。"②在这首诗里，他把本应讨厌憎恨的巧舌如簧的鸟声，当成了劝他饮酒的佳人妙语，与花鸟为友，在大自然里得到最大的安慰。他痛饮美酒、听鸟观花，流连美景，想起汨罗江畔独吟《离骚》的屈原，反而觉得他认真得有些可笑了。这些话似真似假，其实是安闲的外表掩盖着焦灼的内心，对于屈原的讥讽是内心更深处的共鸣引起的反弹，充分展现了欧阳修被贬滁州之后的复杂心态。在滁州期间，除了处理公务，他经常到滁州西南的琅琊山游赏。他的门下弟子曾巩在其所和《游琅琊山》中写道："先生鸾凤姿，未免燕雀猜。飞鸣失其所，徘徊此山隈。万事于人身，九州一浮埃。所要挟道德，不愧丘与回。先生逐二子，谁能计垠崖？所怀虽未写，所适在欢咍。"③这首诗非常准确地写出了欧阳修在滁州时的处境与心态，也写出了自己对欧阳修游赏琅琊山的心理体察与了解。欧阳修的名篇《醉翁亭记》也是写于贬守滁州期间的。当年，欧阳修的年龄才 39 岁，就已经自号为"苍颜白发"的"醉翁"，可见其内心的颓唐与心境的凄凉。但是在他的文字里，他依然是以"乐"的形象出现的，正所谓："树林阴翳，鸣声上下，游人去而禽鸟乐也。然而禽鸟知山林之乐，而不知人之乐；人知从太守游而乐，而不知太守之乐其乐也。醉能同其乐，醒能述以文者，太守

① 《欧阳修集编年笺注》第一册卷二，第 98 页。
② 《欧阳修集编年笺注》第一册卷三，第 100 页。
③ (宋)曾巩：《曾巩集》卷二，陈杏珍、晁继周点校，中华书局 1984 年版，第 28 页。

也。太守谓谁？庐陵欧阳修也。”①他在文学作品中创造了这样一个醉翁的形象，借着“醉翁之意不在酒，在乎山水之间也”，掩盖了清醒时内心的痛楚。“醉翁之乐”在山水之间，借山水以消自己内心之忧伤，而“太守之乐”则在于“乐人之乐”，为自己为政“粗有所成”，给百姓带来福祉而感到快乐。在这篇文章里，欧阳修把自己分为了两个，醉翁代表了掩盖在旷达颓放外表下的内心失落与痛楚，而作为太守却为能实现自己的政治理想、个人价值而感到快乐。在《与梅圣俞书一七》中，他写道：“某此愈久愈乐，不独为学之外有山水琴酒之乐也，小邦为政期年，粗有所成，固知古人不忽小官，有以也”②，所述为《醉翁亭记》这篇文章作了最好的注脚。不仅自己注重吏事，他也劝说同他一样处在谪官期间的王素应该利用被谪居在州做亲民官的机会，好好地为老百姓做事。可见，对于欧阳修来说，谪官到州县，就应该利用这个做州县官的机会，负起州县官的责任。他对如何为政有独到的见解。他认为“凡治人者，不问吏才能否，施设何如，但民称便，即是良吏”③。所以他到州郡处理公务，不求声誉、不见治迹，以宽简不扰民为意。而所到之处人民感到便利，离任之后百姓都会思念他。由此也可见，他注重吏事不是为了制造政绩，以谋求高官厚禄，而是发自内心想要凭借自己作为郡守的权力为百姓谋求真正的福祉。这也正是北宋太祖至仁宗时期士大夫群体经过几十年培育，所体现出“以道自许”的担当意识和社会责任感，这些思想与行动来自士大夫群体对于儒家学说的信仰和复兴儒学的理想信念。这些处理吏事的公务实践也给他后来在中央朝廷任参知政事时的政治实践带来了很大的影响。

把欧阳修初贬夷陵的心情与再贬滁州相比，可以看出，初贬夷陵的欧阳修还处在心高气傲的年龄，没有经历更多的政治风浪和人生沧桑。贬谪夷陵虽远，但他依然充满理想主义的激情，从某种程度上来说是一种对他人格和气节的考验。他也主动把被贬夷陵当成对自己的考验，从而自觉地树立起新的对待贬谪的态度与方式。而十年后再贬滁州，欧阳修年近四十，经历了“庆历新政”的失败，看到了作为自己同道、充满改革热情和治世之才的范、韩、富、杜等人的黯然去

① 《欧阳修集编年笺注》第三册卷三九，第 89~90 页。

② 《欧阳修集编年笺注》第八册卷一五〇，第 183 页。

③ （宋）朱熹：《晦庵先生朱文公文集》卷七一，选自朱杰人、严佐之等主编：《朱子全书》第二十四册，上海古籍出版社、安徽教育出版社 2002 年版，第 3436 页。

位，自己本人也因小人诬陷以阴私之罪，再被贬谪，他的心情与十年前已是大为不同。当年的锐气变为今日的失落与彷徨。在此种情境下，正如陈湘琳在《欧阳修的文学与情感世界》里讲到的："欧阳修在初贬夷陵时曾表明心迹：'师鲁相别，自言益慎职，无饮酒，此事修今亦遵此语。……到县后勤官，以惩洛中时懒慢矣。'而十年之后，他却在滁州改变了自己当初设定的'形象'，这转变本身无疑引人深思。一方面，这样的改变或者有其现实背景，体现了欧阳修思想变化的痕迹；但另一方面，这样的'醉翁'形象正与前面所说的'玩易''戏笔'有关，所谓'自号醉翁聊戏客'。醉翁实际上是性格与形象的表征，而不是醉的真实状态之描述，这种'清醒的醉'既不违背他当初'慎职'、'勤官'的誓言，还进一步寄寓了他以玩笑游戏的口吻，书写人生残酷真相的心情。"①到了滁州，他的心境与笔触都变得更加成熟。与夷陵时不同的是，他能更加冷静诗意地度过自己的贬谪生涯，游刃有余地用文学来表达自己的内心情感。他描写滁州的山川物态如《琅琊山六题》，描写自己的生活起居、与同僚友人的游赏玩乐，如《怀嵩楼晚饮示徐无党》《希真堂东手种菊花十月始开》《题滁州醉翁亭》《啼鸟》等，诗化了自己的谪居生活。此种诗意的生活方式使他忘记了负谤谪官的痛苦，以致他在离开滁州的时候，内心充满依依不舍的情怀。正如他在《别滁》一诗里所写"花光浓烂柳轻明，酌酒花前送我行。我亦且如常日醉，莫教弦管作离声"②。滁州这个谪官之地，却成了使他留恋的安宁舒适的心灵栖息之所。

三、"进不为喜、退不为惧"——生命主体面对贬谪的思考与实践

欧阳修在没有考中进士之前，在朋友家的旧书堆里偶然发现了破败不堪的唐昌黎先生文集。翻阅之后，欧阳修深深被韩愈的文章所吸引，并立志要以韩愈之文之道作为自己努力的方向。欧阳修虽然不得不把时文当成应举入仕的敲门砖，但他对于韩愈所提倡的古文一直念念不忘。在担任西京留守推官时，欧阳修遇到尹洙这样的同道，他们互相切磋琢磨，学作古文，北宋崇韩之风与古文之道终于

① ［马来西亚］陈湘琳：《欧阳修的文学与情感世界》，复旦大学出版社2012年版，第130～131页。

② 《欧阳修集编年笺注》第一册卷一一，第452页。

开始在士大夫群体中得到发扬。多年以后，欧阳修在《记旧本韩文后》写道：“韩氏之文没而不见者二百年，而后大施于今，此又非特好恶之所上下，盖其久而愈明，不可磨灭，虽蔽于暂而终耀于无穷者，其道当然者。予之始得于韩也，当其沉没废弃之时，予固知其不足以追时好而取势利，于是就而学之，则予之所为者，岂所以急名誉而干势利之用哉？亦志乎久而已矣。故予之仕，于进不为喜，退不为惧者，盖其志先定，而所学者宜然也。”①可见，欧阳修对于韩愈的热爱，不仅是爱其文，更爱其文所载的道。正是韩愈文章所推崇阐发的儒家之道，使欧阳修能够对于自己的仕途“于进不为喜，退不为惧”。也正是这个儒家的道统说，使欧阳修在面对贬谪之时，能够保持冷静平和的态度。而与唐代士人韩愈、柳宗元等遭受贬谪之后的痛苦不平、抑郁悲愤的情绪与心态不同，欧阳修则显得理性得多。初次被贬夷陵，他有着清醒理智地对待贬谪的态度与行为的设定。他在给尹洙写信时讲道：“然师鲁又云暗于朋友，此似未知修心。当与高书时，已知其非君子，发于极愤而切责之，非以朋友待之也，其所为何足惊骇？路中来，颇有人以罪出不测见吊者，此皆不知修心也。”②可见，欧阳修在写信给高若讷之时，就已经作好了高会将此信上缴朝廷，而自己很可能也会被贬谪的准备。他是有意为之，因此不是“罪出不测”。他对于当时像高若讷那样，“五六十年来，天生此辈，沉默畏慎”非常不满。同时，对那些“深相叹赏者”也不满意，认为他们是“不惯见事人也”。他也指出“幸今世用刑至仁慈”，没有前代的“砧斧鼎镬”，否则“使有而一人就之，不知作何等怪骇也”。可见欧阳修同范仲淹一样，对当时沉默畏慎的士风非常不满。这种碌碌庸人充斥朝野的状况是欧阳修希望能够改变的。他希望借自己的行为来矫励士风，振奋士气，以达到重新复兴儒家之道的目的。在这封信里，他告诫尹洙：“每见前世有名人，当论事时，感激不避诛死，真若知义者。及到贬所，则戚戚怨嗟，有不堪之穷愁形于文字，其心欢戚无异庸人，虽韩文公不免此累，用此戒安道，慎勿作戚戚之文。”同时，他又提到“近世人因言事，亦有被贬者，然或傲逸狂醉，自言我为大不为小”。此两种行为，都是不值得仿效的，作为北宋仁宗时期的士大夫，欧阳修做了自己不同于上述两种

① 《欧阳修集编年笺注》第四册卷七三，第 406 页。

② 《欧阳修集编年笺注》第四册卷六七，第 280~281 页。

行为的选择，他既不戚戚怨嗟，不写戚戚之文，同时也不狂妄自大，而是赞同尹洙信中所提到的“益慎职，无饮酒”，决定“今亦遵此语”，到夷陵做县令要“勤官，以惩洛中时懒慢矣”。可以说，被贬夷陵是欧阳修对自己所崇尚的儒家之道的一次具体的实践，无论是因道而贬还是因贬而更有机会很好地持守自己所尚之道，贬谪都是一次对他及其同道余靖、尹洙等的试金石。从他在夷陵的所作所为来看，夷陵之贬给他带来的不仅是精神道义上的磨练，并且有实际吏事的历练，为他以后注重行政实务、关注民生打下了坚实的基础。

与被贬夷陵不同的是，第二次被贬滁州，欧阳修是负谤被贬。第一次被贬时年少气锐，充满了理想主义色彩，希望能够以自己的牺牲换来士林风气的改变，提振北宋几朝以来“沉默畏慎”的士风。他的理想是实现了的，一时之间，范仲淹与欧阳修、余靖、尹洙等人名震天下，被称为“四贤”。蔡襄还因此写有《四贤一不肖诗》，歌颂他们四人的高风亮节，讽刺高若讷的不肖作为。此诗在当时轰传都下，红极一时，极大地振奋了想要有所作为的文人士大夫，而对吕夷简等保守派则是一次强有力的冲击。而十年后的再次被贬，却是在“庆历新政”失败之后，他被保守派们以阴私罪名诬谤下狱，最后虽查无实据但却依然被贬到滁州，其内心之痛苦愤懑与前次的慷慨激昂显然不同。幸运的是在滁州的生活“郡斋静入僧舍，读书倦即饮射，酒味甲于淮南，而州僚亦雅。亲老一二年多病，今年夏秋以来安乐，饮食充悦。省自洛阳别后，始有今日之乐”①。正因为如此，欧阳修在滁州自号为醉翁，就蕴含着一种自我麻醉、自我戏谑的味道。也正如陈湘琳所说：“从夷陵而滁州，他在文学世界中所呈现的，其实是主体在贬谪情境中虽惶迫而又试图重构贬谪地的开阔视野；表述了个体生命在集体世界的压力中仍然对追求独立自主生命价值的反思与坚持，同时还初步建构了他以游戏嘲谑性质完成的对人生困境的理性超越和从容玩赏，进而影响了后来的北宋士人，成为北宋一代知性思辨和审美意趣风气形成的先行者与领导者。”②也就是说，欧阳修正是在夷陵与滁州两次被贬的状况下，面对外界压力之时能够坚持以自己的方式去实

① 《欧阳修集编年笺注》第八册卷一五〇，第184页。

② ［马来西亚］陈湘琳：《欧阳修的文学与情感世界》，复旦大学出版社2012年版，第141页。

现对人生困境的超越，不轻小官，坚持以学术、政绩来实现个人的生命价值，为北宋士大夫树立了一个如何对待贬谪的典型和榜样。

历经数次贬谪的欧阳修，与王禹偁不同的是，他的政治作为及贬谪缘由已经同北宋仁宗时期的士大夫群体结合在一起了。也因此，他思考问题的出发点不再是个人，而是整个宋仁宗时期士风的改变。欧阳修以积极的参与精神，推动了北宋仁宗时期崇尚气节风骨的庆历士风的形成。他在贬谪期间与同道的共勉及友朋间的密切交流，是士大夫群体的主体精神面貌的展现。

第三节 “吹入沧溟始自由”——苏舜钦除名后的“自胜”之道

作为诗人，苏舜钦不可以说不幸，但作为充满政治抱负的宋代士人，苏舜钦以“监守自盗”的罪名被迫离开政治舞台，并因此牵连一批名士，间接导致“庆历新政”的失败，却是他一生难以放下的痛苦。也正因此，苏舜钦认清了仕途的险恶，他远走吴中，以一种自我放逐的形式，完成了精神上的自我救赎。“沧浪亭”的建立，是精神上的“自胜”。摆脱溺人至深的仕宦之途，解除了封建君臣伦理的束缚，“人生内有自得，外有所适，亦乐矣！何必高位厚禄，役人以自奉养，然后为乐”，这种心态也显示了宋代士大夫由外在事功走向内敛自省的心路趋势。

一、“奏邸之狱”的发生

苏舜钦作为早期宋诗代表人物之一，与梅尧臣并称为“梅苏”。但与梅尧臣终生未曾一第、始终沉沦下僚不同，他的仕途前期还是比较顺利的。作为北宋太宗朝状元、参知政事苏易简的孙子，他同梅尧臣一样是靠荫补入仕。由于宋代当时的风气是重进士，轻荫补。为了更好的政治前途，他冒着失去已有官职的风险，“锁厅而去”，最终靠自己的实力考中进士。“十年苦学文，出语背时向。策力不自知，艺园辄掉鞅。薄技遭休明，一第君所唱。拔身泥滓底，飘迹云霞上。气和朝言甘，梦好夕魂王。轩眉失旧敛，举意有新况。爽如秋后鹰，荣若凯旋将。台府张宴集，吾辈纵谑浪。……兹时实无营，此乐亦以壮。去去登显涂，幸无隳素尚！”①这首他高中进士后所写的诗歌明确地表现出他当时的心情，有唐朝孟郊考中进士之后“一日看尽长安花”那样的扬眉吐气，可以看出他对自己的前途抱有很大的希望，同时也有着对未来的隐隐担忧和不安。事实证明，仕途也确实是一条“险途”。他 27 岁举进士，37 岁以范仲淹之荐授集贤校理、监进奏院。正是在监进奏院任上，发生了著名的“奏邸之狱”事件。其事在《续资治通鉴长编》卷一百五十三有详细的记载：

甲子，监进奏院右班殿直刘巽、大理评事集贤校理苏舜钦，并除名勒停。工部员外郎、直龙头阁兼天章阁侍讲、史馆检讨王洙落侍讲、检讨，知濠州。太常博士、集贤校理刁约通判海州。殿中丞、集贤校理江休复监蔡州税，殿中丞、集贤校理王益柔监复州税，并落校理。太常博士周延嶲为秘书丞，太常丞、集贤校理章岷通判江州，著作郎、直集贤院、同修起居注吕溱知楚州，殿中丞周延让监宿州税，校书郎、馆阁校勘宋敏求签书集庆军节度判官事，将作监丞徐绶监汝州叶县税。

先是，杜衍、范仲淹、富弼等同执政，多引用一时闻人，欲更张庶事。御史中丞王拱辰等不便其所为。而舜钦仲淹所荐，其妻又杜衍女也，少年能文章，议论稍侵权贵。会进奏院祠神，舜钦循前例用鬻故纸公钱召妓女，开席会宾客。拱辰廉得之，讽其属鱼周询、刘元瑜等劾奏，因欲动摇衍。事下开封府治。于是舜钦及巽等俱坐自盗，洙等与妓女杂坐，而休复、约、延嶲、延让又服惨未除，益柔并以谤讪周、孔坐之，同时斥逐者，多知名士。世以为过薄，而拱辰等方自喜曰：“吾一举网尽矣！”②

从以上引文可以看出，“奏邸之狱”中，苏舜钦何以在此次事件中被处以“除名勒停”的严重惩罚，与苏舜钦的身份以及政治见解有直接的关系。在身份上他是当时宰相杜衍的女婿，同时他的监进奏院的职位又是范仲淹所荐。而杜衍和范

---

① （宋）苏舜钦：《及第后与同年宴李丞相宅》，《苏舜钦集》卷一，沈文倬校点，上海古籍出版社 2011 年版，第 3 页。

② 《续资治通鉴长编》卷一五三，第 3715~3716 页。

仲淹当时处于政治革新的领导地位，已经受到诸多反对革新的大臣嫉恨。他与这两个改革派领导人的关系，就足以让他成为一个倾轧范仲淹和杜衍的突破口。因此，此事一出，不光苏舜钦本人被“减死一等除名”，其他参与者均被贬谪出京。杜衍、范仲淹等改革的领导者也纷纷去位，“庆历新政”从此走向失败。

面对“减死一等除名”这样的处罚结果，苏舜钦感到怨愤不平但却无处申冤。宋代建立初期就实行“右文”政策，宋太祖甚至在太庙立碑“不杀上书言事人”，对于宋代士大夫恩遇犹恐不厚。对于有罪被贬的官员，处罚上也比唐代要轻。但唯独对于贪贿行为，处置甚重。苏舜钦在“奏邸之狱”事件中是被处以“监守自盗”的罪名的。“自盗”的意思是贪污公款，这样说来，就沾上了贪贿的罪名。按照这种严格处置贪贿的制度本身来说，这种判决是没有问题的。但问题在于有没有贪污。正因为如此，苏舜钦才会把自己同当时被台谏弹劾“贪污公使钱”的滕宗谅来比较。他在《与欧阳公书》中除了解释此案的前因后果以及具体过程之后，写道：“今以监主自盗定罪，减死一等科断，使除名为民……阁下观其事，察其情，岂当然乎？二相恐栗畏缩，自保其位，心知非是，不肯开言。复令坐客因饮食被刑，斥逐奔窜，衔愤沥血，无人哀矜，名辱身冤，为仇者所快。……近者葛宗古、滕宗谅、张亢所用官钱巨万，复有入己，惟范公横身当之，皆得未减。非范公私此三人，于朝廷大体，实有所补多矣。”①他认为自己所犯罪过跟一般的贪污受贿占有公物并不一样，但御史台却以“监守自盗”这样的贪污罪名定罪，又判他减死一等除名，以对待贪官的方式来对待他，而这样的冤屈却没人肯为他说一句话。反观距离此案不久的葛宗古、滕宗谅、张亢等人的“公使钱”案，却有范仲淹为他们竭力开脱，因此得以从轻处理。欧阳修当时在河北转运使任上，得此信，显然非常同情苏舜钦，他在苏舜钦的信后写道：“子美可哀，吾恨不能为之言；子美可哀，吾恨不能言。”②对于范仲淹来说，他当时已经出外巡边，杜衍作为宰相，也是苏舜钦的岳父，出于避嫌的原因，也不能为苏舜钦说话。而当时欧阳修等人也不在谏官任上。所以，苏舜钦等人只能接受这样的处理结果。

---

① 《苏舜钦集·拾遗》，第220页。

② （宋）费衮：《梁溪漫志》卷八，选自上海师范大学古籍整理研究所编：《全宋笔记》第五编第二册，大象出版社2012年版，第216页。

关于苏舜钦等因祠神被贬，学术界还有另一种说法，那就是认为宋仁宗借此以戒士风的“浮薄”。叶郎主编的《中国美学通史》写道：“北宋社会及其文化心理和审美意识的矛盾是多重性、错综复杂而又具有对峙性的……就社会基本结构而言，经济社会的空前发达与民族危机的极端深重，即繁荣与忧患的同时并存；就社会文化心理结构而言，道德规范的极度强化与生命情感的肆意追求，即伦理与情欲的并驾齐驱(如理学与宋词的双璧生辉、儒家道统与禅悦之风的并行不悖)；就社会审美意识结构而言，审美伦理教化说与审美自由论感受，即功利与超功利的对立并峙，如此等等，都是这种内在矛盾特征的体现。”①苏舜钦“奏邸之狱”的发生恰好证明了宋代社会文化的内在矛盾与冲突。苏舜钦在一批新晋士人中间有较高的号召力和影响力。他为人豪放，不拘小节，参与苏舜钦“赛神会”饮宴的都是支持改革的年轻官员，他们一方面高谈阔论，另一方面却在宴会上饮酒恣谑，招营妓并坐共饮。王益柔更酒醉作《傲歌》，至有“醉卧北极遣帝扶，周公孔子驱为奴”的狂妄之语。坐中更有人“服惨未除”。这场景成功地给予改革反对派们极大的口实，他们以此去说服宋仁宗，显然最终达到了目的。这种“浮薄之风”引起宋仁宗的怒火，以致亲自派内侍连夜抓人。虽然在韩琦的劝说之下，宋仁宗最终决定宽大处理此事。但是苏舜钦却因为北宋对于贪污罪名的严格处置，在历次的大赦中不能得到赦免，只能遭贬。据释文莹《湘山野录》记载：

> 后朝廷有哀之之意，因郊赦文中特立一节：“应监主自盗情稍轻者，许刑部理雪。”言者又抨云：“郊赦之敕，先无此意，必挟情曲庇苏舜钦，固以此文舞之。析言破律杀无赦，乞付立法者于理。”竟不遂而死。有《郊禋感事诗》云“不及鸡竿下坐人”之句，哀哉。②

后来朝廷有同情苏舜钦的大臣，想要在郊赦文中加入主要针对苏舜钦情况的条文，以使其能获得赦免，却因遭到谏官言者的反对而没有成功。后来文彦博任宰相，才起复他为湖州长史这样没有实权的散官，但苏舜钦很快就去世了。苏舜

① 叶朗主编：《中国美学通史》(宋金元卷)，江苏人民出版社2014年版，第2页。
② (宋)释文莹：《湘山野录》卷下，《全宋笔记》第一编第六册，第47页。

钦死后，在韩琦的建议下，朝廷追复他为大理评事、集贤校理。但斯人已逝，对他本人来说也没什么意义了。

无论是何种原因，苏舜钦以及一批名士被贬，却是一个事实。从充满希望与激情的仕途生活中，忽然以不堪的罪名被除名为平民，给苏舜钦带来的仕途挫折以及心理伤害是显而易见的。

二、南下吴中——苏舜钦谪居生活的选择

处在宋朝这个“以文立国”，儒家士大夫开始占据政治权力的时代，苏舜钦与他的父辈一样，具有追求政治权力、实现自己“治国济民”之志的抱负。在“锁厅而去”考中进士之后，他的自信心更加高涨。在被杜衍赏识，成为当朝宰相的乘龙快婿，又被当时最具声望的贤人范仲淹举荐，成为集贤校理，监进奏院。当此时也，应该是苏舜钦人生最顺利的时候。在文学方面，他的成就也开始得到当时的文坛领袖欧阳修的赏识，与他结交的都是一流的文士。可见，苏舜钦当时无论从政治还是文学的角度来看，都是一颗冉冉升起的新星。然而，“奏邸之狱”事件使他从人生的巅峰跌到了谷底。这次事件引起了严重的政治后果，对于苏舜钦本人的政治前途也是致命一击。正如欧阳修所说，苏舜钦“其材虽高，而人亦不甚嫉忌，其击而去之者，意不在子美也。赖天子聪明仁圣，凡当时所指明而排斥，二三大臣而下，欲以子美为根而累之者，皆蒙保全，今益列于荣宠。虽与子美同时饮酒得罪之人，多一时之豪俊，亦被收采，进显于朝廷。而子美独不幸死矣，岂非其命也”①？并且，这次事件还牵扯到了其他与会的多人。苏舜钦作为召集人，其内心的痛苦与愧疚是非常深重的。他在《与欧阳公书》中写道：“舜钦年近四十，齿摇发苍，才为大理评事。廪禄所入，不足充衣食。性复不能与凶邪之人相就，近得脱去仕籍，非不幸也。自以所学教后生，作商贾于世，必未至饿死。故当缄口远遁，不复更云。但以遭此构陷，累及他人，故愤懑之气不能自平……一夕三起，茫然天地间无所赴诉。天子仁圣，必不容奸吏如此，但举朝无一言以辩之，此可悲也！”②此次事件，让他对当时主持朝政的官员充满了失望之

① 《欧阳修集编年笺注》第三册卷四一，第144页。

② 《苏舜钦集·拾遗》，第220页。

情，对自己的遭遇深感愤懑不平。在这种情况下，他对于自己后半生的安排也是具有深意的。他既没有回到远在四川蜀地的老家，也没有留在亲戚所在自己从小生长的京城，而是买舟南下，来到吴中。作这个选择的原因，他在给自己的表哥韩绛的信中是这样说的："昨在京师官时，不敢犯人颜色，不敢议论时事，随众上下，心志蟠屈不开，固亦极矣！不幸在嫌疑之地，不能决然早自引去，致不测之祸，捽去下吏，无人敢言，友仇一波，共起谤议；被废之后，喧然未已，更欲置之死地然后为快……故闭户或密出，不敢与相见，如避兵寇，惴惴然唯恐累及亲戚耳。"①而自己南下东吴，则"此虽与兄弟亲戚相远，而伏腊稍充足，居室稍宽，又无终日应接奔走之劳，耳目清旷，不设机关以待人，心安闲而体舒放；三商而眠，高舂而起，静院明窗之下，罗列图史琴尊，以自愉悦……渚茶野酿，足以消忧；莼鲈稻蟹，足以适口；又多高僧隐君子，佛庙胜绝；家有园林，珍花奇石，曲池高台，鱼鸟流连，不觉日暮……虽孔子复生，是亦必欲居此也。……人生内有自得，外有所适，亦乐矣！何必高位厚禄，役人以自奉养，然后为乐"②。在信中，他把自己离开京城亲戚的原因解释为避谤、求适。在京城政治中心，自己作为"罪人"，言语稍有不谨，就可能招祸上门，甚至累及亲戚。而在吴中，自己"家有园林，耳目清旷"，所交往者又"不以罪人相遇"，无论从物质还是精神上，自己都获得了前所未有的解脱和舒适，既然如此，又"何必高位厚禄，役人以自奉养，然后为乐"。苏舜钦这样思考问题，可见京城给他留下了极其恶劣的印象。政治环境的险恶、某些政治人物的阴险也逼他从内心远离政坛，去寻找新的实现人生价值的方向。正如李强在《北宋历史语境下的文人政治博弈——"进奏院狱"和北宋文人心态》中写下的，"专制政权中传统政治伦理的守望者对文人独立人格发展的暴力矫正，虽然不可能使中国文人的淑世情怀释然冰解，但确实对权力中心之外文人的政治热情泼了一头冷水。'直回天地入悲吟'是这样文人心态的真实写照。值得注意的是，进奏院狱主角苏舜钦的'悲吟'，并不是中国传统行吟精神的回归，而是开放后的封闭，奔涌后的壅塞，舒展后的束缚"③。苏舜钦

① 《苏舜钦集》卷一〇，第 109 页。

② 《苏舜钦集》卷一〇，第 110 页。

③ 李强：《北宋历史语境下的文人政治博弈——"进奏院狱"和北宋文人心态》，《学术研究》2007 年第 7 期，第 109 页。

在被除名后表现出的对政治中心的疏离，正体现出北宋前期充满变革精神、意气风发的青年士子在受到政治打击之后对现状痛定思痛的反思。这次打击，使他从外向的事功心态转回了寻求自适的个人心境。这种急转弯对于为了寻求好的政治前途而冒着失去官职的危险，“锁厅而去”参加进士考试的苏舜钦来说，是一件非常无奈和绝望的事情。这种对自己政治前途的预期与眼前残酷现实的强烈反差，使苏舜钦做出了远离亲人朋友，远离官场政治，南下吴中去寻求个人存在价值的行动。

三、苏舜钦被除名后的心态

从文学主张来看，苏舜钦早年即同穆修一起学习古文，反对当时西昆体的靡靡之风，他的诗文创作给北宋诗坛带来了清新豪迈的新气息。从庆历四年(1044)到庆历八年(1048)，苏舜钦都在被除名的冤屈压抑中度过。他的政治主张、人生抱负都没有得到施展，至于他的文学理想，由于他生命的短暂，其成就也不能与跟他同辈但比他寿命更长的欧阳修等人相比。但苏舜钦的意义就在于他被除名后对士人群体人生价值的反思以及在生活创作上的实践。从唐代柳宗元的压抑悲愤到宋代遭贬文人的任情自遣，苏舜钦显然是沉浸其间，表现出自己的个性及所处时代的特色。

苏舜钦出狱以后，选择远离伤心之地。他离开汴京，远走吴越，自我放逐。而这种自我放逐不可避免地给他带来了强烈的孤独感。尤其是在节日期间，“每逢佳节倍思亲”，苏舜钦在《中秋夜吴江亭上对月怀前宰张子野及寄君谟蔡大》中写道：“独坐对月心悠悠，故人不见使我愁。古今共传惜今夕，况在松江亭上头。可怜节物会人意，十日阴雨此夜收。不惟人间重此月，天亦有意于中秋。长空无瑕露表里，拂拂渐上寒光流。江平万顷正碧色，上下清澈双璧浮。自视直欲见筋脉，无所逃遁玉龙忧。不疑身世在地上，只恐槎去触天斗。景情境胜返不足，叹息此际无交游。心魂冷烈晓不寝，勉为笔此传中州。”①在中秋之夜欣赏江上明月之时，他遗憾的是此情此景无人与他共同欣赏，强烈的孤独感使他彻夜难眠，只有写此诗传给中原的诸位好友。他通过与诗友的诗歌唱和来获得精神和情感上的

① 《苏舜钦集》卷二，第17页。

交流。他曾经把自己所作《沧浪亭诗》寄给当时身处滁州的欧阳修。欧阳修作《沧浪亭》诗和之："子美寄我沧浪吟，邀我共作沧浪篇。沧浪有景不可到，使我东望心悠然。……清风明月本无价，可惜只卖四万钱。又疑此境天乞与，壮士憔悴天应怜。……丈夫身在岂长弃，新诗美酒聊穷年。虽然不许俗客到，莫惜佳句人间传。"①欧阳修对苏舜钦新修沧浪亭的美景极尽赞美，并给予他精神上的安慰。除了这些朋友诗歌唱和的交流，苏舜钦还收到了来自范仲淹和岳父杜衍的来信宽慰。在给范仲淹的回信中，他写道："日甚闲旷，得以纵观书策，及往时著述有未备者，皆得缀辑之。治易颇有所得，时苦奥处无人商论，乃知君子理身格物之道，自有本也，险难以萌而不之见，宜其悔焉。况某性疏且拙，疏则多触时忌，不能防闲小人；拙则临事不敏，无所施为，因此遂得退藏，盖亦自幸，苟致之剧地，责其功绩，徒自劳困，而无补于时也。"②在信中，他提到研究《易经》后，对自己之所以惹得被除名之祸的反思，认为自己学识、个性均有不足与缺陷，如果留在官场担任重要的职位，其结果必然是自困又"无补于时"。因此，这样的退却，也正是自己的幸运。在《答马永书》里，苏舜钦从精神思想的根源分析了自己之所以能够"不以得丧累其所守，不为怨诽不怿之词"的内在原因，阐述了自己对于"道"位"问题的思考。"夫士之学经术，知道义，非所以贸易爵禄之来，无有以应之耳。道胜而位丧，于道何伤而不乐邪？世有知道而居位者，尚或为众牵蹶，不得尽施其所学，忧道之削，处甚危，内负于己，外愧于人，畏时刑而惧鬼诛，何所乐哉！然贤者必欲推己之乐以乐众，故虽焦苦其身，而不舍爵位者，非己所乐也。苟去其位，则道日益，宜其安而无闷也。"③苏舜钦之所以这样说，主要是鉴于对"庆历革新"领导者范仲淹与杜衍所遭遇的政治困境的了解。对于苏舜钦来说，道"是施于众则劳，而足于己则易，亦物理之常势"。也正因此，真正的贤人不会因为失位而感到痛苦，反而会因为去位而"道日益，宜其安而无闷也"。正因如此，他才能做到"不以得丧累其所守，不为怨诽不怿之词"。他的这种认识，也代表了宋代士大夫心态由外向开始走向内敛的趋势。正是这种对于

① 《欧阳修集编年笺注》第一册卷三，第121~122页。

② 《苏舜钦集》卷一〇，第113页。

③ 《苏舜钦集》卷一〇，第111~112页。

道的理解，使苏舜钦认为“夫道无古今，但时有用舍，有志之士，不计时之用舍，必趋至极之地以学，探求圣贤之意而迹其所行，本原既明，则将养其诚心而泯去异端也。当其未知于人用于世，则修之益勤，守之益坚，内自贵珍而有待也。盖先能置身名爵禄于虑外，然后乃能及此，故君子虽被贼害，颠沛其身，不更所守”①。在苏舜钦这里，“道”与“时”成为相对的两个概念，道是永恒存在的，但是时也就是士人所存在的社会是变动的。有道之士有时会得到施展其道的机会，有时则不会。但是真正的有志之士，学道不是为了时之用舍，而是为了探求道的本原。只有了解了道的本原，才能够得到真正纯粹的道。“修之益勤，守之益坚，内自贵珍而有待也。”道的价值，不在于外在的承认，而在于士人本身内在的修持。而正是因为有了内心对道的体悟，所以君子才能够“虽被贼害，颠沛其身，不更所守”。可以说，苏舜钦对道的思考，已经不是王禹偁对于道与位的思考，用文来代替位来行道，也不是欧阳修在其位就谋其政的与现实的妥协，他更专注于道之于士人内在修养的价值。正是因为苏舜钦有这样对于“道”的认识，所以他才能说“予所以废弃于时，而晏然无闷者，此其得也”②。

苏舜钦的除名事件也导致他的诗歌风格的直接转变。他早期的诗歌创作表现出他对社会民生的关心，诗风豪迈，同时也有些流于粗豪的缺点。但在宋代初期普遍尊崇白体的平易流畅、昆体的华丽板滞的情况下，苏舜钦的豪迈显然是一种新的诗歌风格，他也因此受到当时的文坛领袖欧阳修的赞赏，把他与当时另一位著名的诗人梅尧臣并称为“苏梅”。苏舜钦早期诗歌一直采用直抒胸臆、直书其事的歌行体或排律，他的大部分诗歌都是关于国事和黎民苍生的大事。如《庆州败》《对酒》诸事，诚如欧阳修所言：“众奇子美貌，堂堂千人英。我独疑其胸，浩浩包沧溟。沧溟产龙蜃，百怪不可名。是以子美辞，吐出人辄惊。其于诗最豪，奔放何纵横。”③而“奏邸之狱”之后，苏舜钦远走吴中的诗歌内容基本是山水景致、个人心境，其风格也变得含蓄优美、清幽明净，其内心的痛苦掩盖在悠游山水、品味四季自然风光的淡然情怀之中，绝句、律诗的诗歌创作形式成为主

① 《苏舜钦集》卷一〇，第115页。
② 《苏舜钦集》卷一〇，第115页。
③ 《欧阳修集编年笺注》第一册卷一一，第420页。

流。他的诗歌也从早期的豪放甚至粗犷过渡到精致、含蓄，在句式上具有一定的宋人特色，但在意境上又具有唐人的韵致。比如他的《淮中晚泊犊头》：“春阴垂野草青青，时有幽花一树鸣。晚泊孤舟古祠下，满川风雨看潮生。”《和淮上遇便风》：“浩荡清淮天共流，长风万里送归舟。应愁晚泊喧卑地，吹入沧溟始自由。”《夏意》：“别院深深夏席清，石榴开遍透帘明。树荫满地日当午，梦觉流莺时一声。”这些诗句无疑是对其心路历程变化的真实反映。苏舜钦在人生晚期由“骚人之思”的矛盾心态转化为“吟啸览古于江山之间”的舒放豪迈，其诗歌艺术成就也达到了一定高度，奠定了他在宋代诗坛的地位。可以说，进奏院事件毁灭了一位文人的政治梦想，却同时也造就了一位卓有成就的诗人。

诗歌风格的变化，同他的生活状况分不开，更同他遭贬之后的心态有很大的关系。自放吴中之后，一个偶然的机会，他发现了城南的一块荒废已久的名园，引起了他对自己身世的某种共鸣。他在此建沧浪亭，并写了《沧浪亭》一文，来阐发自己建此亭以自胜的理由，以及由此而领悟到自我存在的真实价值。其在沧浪亭的生活可以说是真正得到了精神上的自由与解放，“君携妻子居苏州，买水石作沧浪亭，日益读书，大涵肆于六经，而时发其愤闷于歌诗，至其所激，往往惊绝。又喜行狎书，皆可爱。故其虽短章醉墨，落笔争为人所传。天下之士闻其名而慕，见其所传而喜，往揖其貌而竦，听其论而惊以服，久与其居而不能舍以去也”①。欧阳修为苏舜钦所作的墓志铭非常具体而形象地展现了苏舜钦在沧浪亭的日常生活。他在此读书求道，写诗抒愤怡情，与天下慕名而来的士人坐而论道，是一种完全属于自己个人的生活方式。“沧浪之歌因屈平，子美为立沧浪亭。亭中学士逐日醉，泽畔大夫千古醒。醉醒今古彼自异，苏诗不愧《离骚》经。”②苏舜钦之所以给这座亭起名“沧浪亭”，来源于《楚辞·渔父》中渔父对屈原讲的一段话：“沧浪之水清兮，可以濯吾缨，沧浪之水浊兮，可以濯吾足。”渔父劝解屈原应该适应环境，做到随波逐流，放下内心的执着与倔强，使自己的心灵得到解脱，但屈原显然是无法做到的，就是到了唐代，那些遭遇贬谪流放的士人们如韩

① 《欧阳修集编年笺注》第二册卷三一，第531页。

② （宋）杨杰：《无为集·沧浪亭》卷三，影印《四库全书》文渊阁本第1099册，第695页。

愈、柳宗元、李德裕之辈，也是深深沉溺在个人失落压抑的情绪之中，无法从被贬黜的痛苦中解脱出来。而到了宋代，“右文”政策的实行，士大夫主体意识的崛起，对于复兴儒家之道的理想信念的勇气与信心，使北宋的文人士大夫不再永久地沉溺于失落之中。正像欧阳修说过的“不作戚戚之文”，才是真正的知“道”之士。因此，苏舜钦能够在《沧浪亭》一文中，反思历代才哲君子因仕宦升黜得失而造成的心灵伤痛：“惟仕宦溺人至深，古之才哲君子，有一失而至于死者多矣，是未至所以自胜之道。予既废而获斯境，安于冲旷，不与众驱，因之复能见乎内外得失之原，沃然有道，笑傲万古，尚未能忘其所寓目，用是以为胜焉。”① 苏舜钦因被除名而失去仕宦之机，而正是这样完全的绝望却使他能够彻底地反思仕宦对人性情的异化，以致多少才哲君子，陷溺于此，不能自拔，甚至因此而死。这完全是因为在这种士人必有用于世的伦理框架中，被绑架而不自知罢了。官场名利欲望之情压倒了作为人的自然本性，苏舜钦甚至庆幸自己，正是因为被贬废这样的机会，才使他能够“予时榜小舟，幅巾以往，至则洒然忘其归，箕而浩歌，踞而仰啸，野老不至，鱼鸟共乐，形骸既适则神不烦，观听无邪则道已明，返思向之汩汩荣辱之场，日与锱铢利害相磨戛，隔此真趣，不亦鄙哉”！贬废使他远离原来的生活，在拉开一定距离之后，有机会深入思考自身以及这个群体的内外得失的最根本的问题，得到真正的答案之后，他就达到了“自胜”的目的。从其写作的背景及原因可以看出《沧浪亭》与唐时柳宗元创作《永州八记》的情景是非常类似的。但他与这些历史文化记忆又有所不同。唐朝柳宗元因“永贞革新”被贬永州，其内心充满了失落和被废弃的彻骨的孤独。无论是他的《小石潭记》中所描写的“凄神寒骨”“不可久居”的“小石潭”，还是被他命名为“愚溪”的虽景致绝佳，但不为人知的山间小溪，都充满了不为人知的孤独和清寒萧瑟的悲剧感，其作品表现的主要是这种悲怆的情绪。而苏舜钦的《沧浪亭》更多的是一种理性的反思和以道自胜的对现实困境的超越。这种思想也是宋代贬谪文人们经过几代的思考和实践，才发展和总结出来的普遍对待贬谪生涯的心理状态与行为模式。这种政治理想失落的士人的文化记忆在恰当的时刻被激发，使苏舜钦创造了北宋时期文人贬谪心灵的一种意象符号——“沧浪亭”。苏舜钦之后历代士

① 《苏舜钦集》卷一三，第 157 页。

大夫对于其所创园林“沧浪亭”的多次修复与诗文吟咏，显示了苏舜钦所创“沧浪亭”意象对于后世文人仕途失意之后所持文化心态的重要影响。

第四节　北宋前期贬谪士人主体精神的内涵及演变

“士”作为中国历史上承担文化精神的阶层，从一产生，就与统治阶级密不可分。自古以来，士人就作为文化的传承者与统治者共治天下。汉宣帝曾说过：“与我共治天下，其良二千石乎？”①东汉末年的党人清议，更是证明了士人对于社会政治生活强烈的参与意识与干预精神。隋唐时期，科举制度的建立，给了大量读书人走上仕途的机会，也使得这些读书人对于皇权的依附性越来越强。要想获得机会施展抱负，就必须走上仕途，进入官僚体系。这种实现自我价值的唯一途径，使得有志之士在面对贬谪时失去常态，也正是欧阳修给尹洙的信中所讲到的：“及到贬所，则戚戚怨嗟，有不堪之穷愁形于文字，其心欢戚无异庸人，虽韩文公不免此累。”连韩愈这样一个从学术传承上把自己高置于继承孔孟道统的大家，也不能免俗。经历了晚唐五代的衰世与乱世，北宋统治者采取的“右文”政策，使士大夫们重新走上了正常的生活轨迹。稳定公平而有相当规模的科举考试，对文人士大夫的宽容，总之，这一套发达的文官治理体制及政治秩序的建立和完善，使得宋代的文人士大夫们比以往任何时候都更具有积极的入世精神、参政意识，充满强烈的与君主“共治天下”的政治主体意识。随着政治主体意识的增强甚至是膨胀，以及以文治国的政治方略，宋代的文儒官僚在整个社会中的道义担当和历史责任感被大大激发。这种道义担当，不仅表现为先天下之忧而忧的天下情怀，而且还表现在官员日常行为上的“慎名器”“守名节”“持廉隅”的道德主体的自律意识。同样，在封建皇权社会里，由于宋代皇帝“以宽容养士人之正气”，即使被贬，也并不意味着政治生命的完全结束，而北宋士大夫强烈的责任感和担当精神也使得他们没有像其他朝代的文人那样沉浸在失位的痛苦当中。这些放臣逐客在贬谪境遇中，通过反思道与位、道统与治统的问题，在“士不可不弘毅，任重而道远”的淑世情怀中仍能优游自处。尽管个人的仕途受到一定挫折，

---

①　(宋)王溥：《唐会要》卷六八，中华书局1955年版，第1198页。

但是作为士人的行道使命却依然存在，他们在放逐过程中虽然失去一定的权位，但可以选择以文行道、勤于吏职、钻研学术等。这一理念和意识，使得他们在被贬谪的境遇中仍勇于进谏，上疏论政，究其原因就在于他们以道自居的文化身份意识，使他们占据着精神的制高点，并怀着宗教般的神圣感和使命意识去行道，去做治国安邦的事业。

而北宋前期士大夫的主体精神的内涵，随着时代的不同而有着一个演变的过程。北宋太宗时期的名臣王禹偁可以说是北宋初期对贬谪问题思考最多的一位。对于王禹偁来说，贬谪使他意识到了作为官员，行道的权位是来自统治者也就是皇帝的，然而一旦"皇情见疑"，这样的权位也是很容易失去的。王禹偁的亲身经历也正验证了这一点。他在给皇帝的谢上表以及其他奏折当中多次提到自己"身处孤寒"，说明王禹偁非常清楚自身在仕途上的处境。但同时，"孤"虽然意味着没有支持者，但孤单、孤独的同时也具有了独立思考的能力。一个人越是处在孤单的境地，越能体现出个人的独立思考能力。"寒"则意味着王禹偁出身的寒微，出身寒微而能年少成名，走上高位，这种现实的境遇又使他从内心深信相对前代，自己所处的时代是清明的。既有独立意志，又生逢盛世，作为一个儒生，想在这样的时代做出一番事业是王禹偁必然的想法，他在《吾志》中写道："吾生非不辰，吾志复不卑。致君望尧舜，学业根孔姬。自谓志得行，功业如皋夔。"因此，对于道与位的思考，对王禹偁而言，就是一个摆在面前的现实问题。他在被贬商州时所写的《东观集序》里通过对历史的回顾解决了这个问题。"士君子者，道也；行道者，位也。道与位并，则敷而为业……道高位下，则垂之于文章，仲尼经籍，荀、孟、扬雄之书之类是也。"①道与位兼具者，就用此建立功业，有道而无位之人，就以文来弘道，以文来寻求永恒的文化价值。王禹偁本人在贬谪期间，并没有完全消解掉被贬的苦闷和不满，他所认为的行道之位在朝廷金马玉堂之上，而不是江湖州郡之间。因此，王禹偁把自己被贬之后用以寄托自己心愿、实现自己人生价值的方式，设定为"以文行道"，希求"他日文苑传，应不漏吾名"的不朽。

到北宋仁宗时期，由于台谏制度的实行，谏官可以与宰相一起参与国家大政

① 《王黄州小畜集》卷一九。

的讨论，士大夫议论之风大起，也因此引起了众多的贬谪事件。范仲淹、欧阳修、尹洙等人均在此时期数次被贬。范仲淹、欧阳修等人对于贬谪的态度与处理与王禹偁相比有所不同。欧阳修更是在数封与友人的书信当中表达了自己的态度。首先，他提到，他希望自己及友人直言敢谏、不畏贬谪，能够起到改善士风的作用。其次，在贬所的作为，不要像前代文人如韩愈那样戚戚怨嗟，也不要像前朝被贬士人，轻小官而不为，而是保持平和的心态，“慎职”，勤于吏事。最后，作为文人，在吏职之余，钻研学术，撰写史书，以求“少希后世之名”。从欧阳修与同道友人的交往与互相勉励来看，仁宗时期的士大夫已经摆脱了宋初王禹偁“身处孤寒”的状态，而进入了注重士大夫群体的主体精神的阶段。欧阳修在《答李大临学士书》中说得明白：“修在滁三年，得博士杜君与处，甚乐。今足下在滁，而事陈君与居，足下知道之明者，固能达于进退穷通之理。能达于此而无累于心，然后山林泉石可以乐；必与贤者共，然后登临之际有以乐也。”①欧阳修认为，对待贬谪，在达于穷通进退之理，内心没有负担的情况下，就可以亲近自然，但最重要的是要有同道的贤者一起登临，这样才能真正体会到登山临水的乐趣。欧阳修本人在滁州时，就有博士杜君与其共处同乐。不仅是在滁州，在夷陵时，他也有好友元珍与其交往同游。除此之外，他还注重与友人书信来往，比如在夷陵、滁州期间，他经常与尹洙、苏舜钦、梅尧臣等书信往来，诗文唱和，互相交流，互相鼓励。这些行为对于建立新的士风，摆脱对权力本身的追求与依附，扩大作为士大夫价值实现的途径，具有非常重要的作用。欧阳修在《送徐无党南归序》中就对儒家的“三不朽”作了具体分疏。他认为修身是最不受外界干扰而由自己所控制的，只要努力追求，必能有所得。立言，有能力者则可立言以求不朽。而立功则有个机会问题，所以在不能得机会立功之时，应选择修身与立言。与此同时，不要轻视小官卑职，所在之处，正该为民理政，为民谋福。在这种思想指导之下，欧阳修重视的是政治实践。“欧阳公云：“吾昔贬官夷陵，方壮年未厌学。欲求《史》《汉》一观，公私无有，因取架间陈年公牍，反复观之，见其枉直乖错，不可胜数，违法徇情，灭情害义，无所不有。夷陵荒远僻小，尚

① 《欧阳修集编年笺注》第四册卷六九，第316页。

如此，天下固可知也！当时仰天誓心，自迩遇事不敢忽。"①贬谪期间的亲身经历，使欧阳修看到了基层行政的"枉直乖错，不可胜数，违法徇情，灭情害义，无所不有"，在大为震惊的同时，也提醒他政治实践的重要性。

相比前代，宋代文人士大夫在此呈现出复合型的文化主体特征。而这种士大夫群体的主体精神的崛起，引起了专制皇权天然的猜忌，而当时一部分保守官员窥知内中消息，借机利用皇权来打击这些主体意识鲜明的士大夫。苏舜钦"奏邸之狱"就是他们的杰作，借此一事，他们把支持改革的士人们"一网打尽"，也使得这批士大夫的精神领袖范仲淹以及范仲淹的支持者杜衍、韩琦、富弼、欧阳修等人纷纷被罢免贬谪。而此案的关键人物苏舜钦则因此遭到"减死一等除名"的处罚，失去了进入宦途的可能。正是因政治生命毁灭得彻底，苏舜钦所感受到的绝望超过了前述诸位，使其对于道的思考，不再是王禹偁的"道位之思"、欧阳修士大夫群体的主体精神改造与实践，而在于对整个士人群体的价值感及存在方式的反思。他亲见范仲淹、杜衍等人博通经典，晓知大道，胸怀"致君尧舜，大济苍生"的宏伟理想，其所经历的艰难困苦有目共睹，最后却归于失败，再加上他自身所受到的残酷打击，使他认为道的追求不应该或者不仅仅是外求人知，外为人用，而是认清自我，以个人的存在为主体来思考问题，寻求自己的本性之所在，最后做到"以道自胜"。正是这种对于道的理解，使苏舜钦认为"夫道无古今，但时有用舍，有志之士，不计时之用舍，必趋至极之地以学，探求圣贤之意而迹其所行，本原既明，则将养其诚心而泯去异端也。当其未知于人用于世，则修之益勤，守之益坚，内自贵珍而有待也"②。他的这种认识，也代表了宋代士大夫心态出现由外向事功开始走向内敛自省的趋势。

① （宋）吴曾：《能改斋漫录》卷一三，刘宇整理，选自上海师范大学古籍整理研究所编：《全宋笔记》第五编第四册，大象出版社 2012 年版，第 118 页。

② 《苏舜钦集》卷一〇，第 115 页。

第五章　北宋前期贬谪事件与士人政治气节的形成

范仲淹自走上仕途，就因直言进谏而历经“三黜”。他在贬谪生涯中“兴学利民”、专心政务的同时，写下《严先生祠堂记》以思考专制皇权之下君臣的相处之道。他以“宁鸣而死，不默而生”的强烈的担当精神和具体的政治实践，以其极具感召力的“以天下为己任”的精神境界唤醒了当时的士大夫群体，共同为复兴儒家之道、改革宋仁宗时期政治弊病而努力。在与保守派官僚的斗争中，他们为了救助被贬谪的范仲淹，不惜“自请贬谪”。而这种刚直不屈的忘我精神却被政敌诬之为朋党。尽管欧阳修撰《朋党论》、范仲淹为宋仁宗当面解释过“朋党”问题，但保守派依然凭借专制皇权对于朋党天然的猜忌和排斥心理，将支持范仲淹、力主改革的士大夫们以“朋党”的罪名贬谪出京。“庆历新政”就在政敌的攻击之下夭折了。范仲淹在无奈之下退居邓州，写下了千古名句“居庙堂之高则忧其民，处江湖之远则忧其君”，“先天下之忧而忧，后天下之乐而乐”。在范仲淹的引领之下，这种崇高的政治气节对北宋及后世产生了极其深远的影响。

第一节　范仲淹的“三光”风范

范仲淹“三光”的典故来自宋代释文莹的《湘山野录》，其书《续湘山野录》卷记载了范仲淹三次被贬情况，其同僚朋友与其饯别之时，分别以“此行极光”“此行愈光”“此行尤光”来赞扬他直言敢谏的作为，范仲淹笑曰：“仲淹前后三光矣。”①可见，范仲淹的三次被贬在当时的士大夫眼中是值得赞扬和表彰的光荣之举。相对于前代士人被贬离京时的凄凉哀怨，范仲淹的遭贬离京透露出不同的氛围与消息。而正是这样不避权贵、不畏贬谪的行为操守，成为北宋及以后历朝历代士大夫群体持守政治气节的楷模和典范。正如朱熹所言：“本朝忠义之风，却是自范文正公作成起来也。”②

一、范仲淹“三光”原因概述

范仲淹(989—1052)，出生于北宋太宗端拱二年(989)八月二十九日、河北成德军(即真定府，今河北省正定县)节度掌书记官舍。其父范墉时任成德军节度掌书记。但不幸的是，他于范仲淹两岁时病逝。由于家贫无依，其母谢夫人带着幼小的范仲淹改嫁淄州长山朱文翰。范仲淹因此改姓朱，名说。其继父对他“既加养育，复勤训导”，范仲淹在青少年时“已慨然有志于天下”。真宗大中祥符八年(1015)，范仲淹以朱说的名字中了蔡齐榜进士，从此步入仕途，释褐授广德军(今安徽省广德县)司理参军。天禧元年(1017)，范仲淹擢任文林郎，权集庆军(即亳州)节度推官，并于是年奉母亲之命认祖归宗，开始以范仲淹的名字出现在北宋真宗、仁宗时期的政治舞台。此后几年，范仲淹一直在地方为官，辗转各地，均有不凡政绩。仁宗天圣五年(1027)，晏殊因得罪刘太后被贬出守南都(河南商丘)，辟丁母忧居此的范仲淹执掌应天府教席。据司马光《涑水记闻》卷十载：“晏公请掌府学，仲淹常宿学中，训督学者，皆有法度，勤劳恭谨，以身先之。”范仲淹并于丁母忧期间“冒哀上书，言国家事，不以一心之戚，而忘天下之忧”，还写下了《上执政书》，针对当时形势，对太平盛世下的内外隐忧做出了自己的预测，并指出“穷则变，变则通，通则久。非知变者，其能久乎”？此封

① (宋)释文莹：《湘山野录》，《全宋笔记》第一编第六册，第71~72页。其书云：“范文正以言事三黜。初为校理，忤章献旨贬倅河中，僚友饯于都门曰：“此行极光。”后为司谏，因废郭后，率谏官伏合争之不胜，贬睦州，僚友又饯于亭曰：“此行愈光。”后为天章阁待制，知开封府，撰百官图进呈，丞相怒奏曰：“宰相者所以器百官。今仲淹尽自抡擢，安用彼相？臣等乞罢。”仁宗怒，落职贬饶州，时亲宾故人又饯于郊曰：“此行尤光。”范笑曰：“仲淹前后三光矣，此后诸公更送，只乞一上牢可也。”

② (宋)朱熹：《朱子语类》卷四七，选自朱杰人、严佐之等主编：《朱子全书》第十八册，上海古籍出版社、安徽教育出版社2002年版，第1636页。

上书得到了当时宰相王曾的赏识。在朝廷要求推荐人才时，王曾提示晏殊举荐范仲淹应学士院试。据《续资治通鉴长编》卷一百六载：

> 甲子，以大理评事范仲淹为秘阁校理。初，仲淹遭母丧，上书执政，请择郡守、举县令、斥游惰、去冗僭、遴选举、敦教育、养将才、实边备、保直臣、斥佞人，使朝廷无过，生灵无怨，以杜奸雄，凡万余言。王曾见而伟之，亦知仲淹乃晏殊客也。于是，殊荐人充馆职，曾谓殊曰："公实知仲淹，舍而荐此人乎？已为公置不行，宜更荐仲淹也。"殊从之。①

天圣六年(1028)十二月，范仲淹守丧期满，因晏殊举荐被召为秘阁校理，从此跻身馆职，担任京官。范仲淹担任馆职的第二年，就上书谏阻仁宗不可在殿廷带领百官行拜太后寿的仪式，因为"天子有事亲之道，无为臣之礼，有南面之位，无北面之仪"②，"亏君体，损主威，不可为后世法"③。后来又上书要求太后"卷收大权，还上真主"④，还政已经成年的仁宗。此奏疏上奏以后没有得到回应，范仲淹自求补外，出为河中府通判。此次范仲淹在朝廷初露啼声，让举荐他的晏殊大为惊惧，因为刘太后当政之时，根本无人敢提及还政之事，反而是处处阿谀奉承，甚至有人送上《武后临朝图》，暗示刘太后可以学习武则天，自己临朝称帝。在这种情况下，范仲淹如此做法，简直就是逆龙鳞而行。尤其是晏殊，正是因为反对刘太后的亲信张耆做枢密使而被贬出朝廷，刚回朝不久的他还心有余悸，范仲淹如此作为，显然有悖当时的官场潮流。

> 晏殊初荐仲淹为馆职，闻之大惧，召仲淹，仲淹正色抗言曰："仲淹缪辱公举，每惧不称，为知己羞。不意今日反以忠直获罪门下。"殊不能答。仲淹退，又作书遗殊，申理前奏，不少屈，殊卒愧谢焉。又奏疏请皇太后还

---

① 《续资治通鉴长编》卷一〇六，第2485页。

② 《续资治通鉴长编》卷一〇八，第2526页。

③ 《续资治通鉴长编》卷一〇八，第2526页。

④ 《续资治通鉴长编》卷一〇八，第2526页。

政，亦不报，遂乞补外。寻出河中府通判。①

明道二年(1033)，刘太后去世，宋仁宗亲政，范仲淹被召回朝廷任右司谏。此职位专掌言路，上书言事是其专职。范仲淹直言敢谏，先后谏阻追斥太后垂帘时事，认为“太后受遗先帝，调护陛下者十余年，宜掩其小过，以全后德”。当年十二月，范仲淹刚从江、淮地区救灾回来，就遇到了宰相吕夷简怂恿宋仁宗废后之事。为了谏阻此事，范仲淹与权御史中丞孔道辅、知谏院孙祖德，率领御史台与谏院的所有成员集体出动，要求进殿面见皇帝，陈述不该废后的理由。而仁宗则紧闭宫殿大门，要宰相吕夷简去向台谏解释之所以废后的原因。台谏官员侃侃而谈，吕夷简理屈词穷，只好使用缓兵之计，要求谏官们回去，明日再与百官一起廷争辩论。待谏官御使离开之后，吕夷简就以“台谏伏阁请对，非太平美事”为理由在此事发生的第二天就不遵循一般降黜的制度与程序，在范仲淹、孔道辅没有任何准备的情况下，“遣使押道辅及范仲淹亟出城”，也可以说吕夷简与宋仁宗为了尽快解决废后问题，仓促地把范仲淹等逐出京城。② 范仲淹此次被贬时间为景祐元年(1034)，朝廷派其出守睦州。他在赴任途中作诗一首：“重父必重母，正邦先正家。一心回主意，十口向天涯。铜虎恩犹厚，鲈鱼味复佳。圣明何以报，没齿愿无邪。”显示出范仲淹谏阻废后的思想理论基础，在他看来，儒家伦理道德强调家国一体，宋仁宗无故废后，不但破坏了家庭和谐，也会动摇国家的根基。同时，也表现出他对自己因此被贬的矛盾的心态，一方面，他忠心进谏却被贬谪，内心不可能没有任何波动，但另一方面，贬为睦州知州的任命又让他感到皇帝对他的厚待和恩遇，因此，他忠心报国的决心变得愈加强烈。

景祐二年(1035)三月，范仲淹升为礼部员外郎、天章阁待制，跻身侍从之列。此次入朝，范仲淹同以前一样论事无所避忌，执政大臣因此都很忌惮厌恶他。宰相吕夷简秉政多年，势力稳固，朝廷官员多奔走其门下。他因循守旧，尽力维持仁宗朝表面的和平稳定，不作任何深层次的思考与改革。他曾派人劝说范仲淹不要过多进言，但被范仲淹拒绝。因此他特意把范仲淹调知开封府，以使他

① 《续资治通鉴长编》卷一〇八，第2526页。
② 《续资治通鉴长编》卷一一三，第2648页。

忙于政务，无暇分心来关心其他朝廷大事。据《长编》卷一百一十七载：

癸亥，龙头阁学士、右谏议大夫、权知开封府王博文为给事中、知天雄军，礼部员外郎、天章阁待制范仲淹为吏部员外郎、权知开封府。仲淹自还朝，言事愈急。宰相阴使人讽之曰："待制侍臣，非口舌任也。"仲淹曰："论事正侍臣职，余敢不勉。"宰相知不可诱，乃命知开封，欲挠以剧烦，使不暇他议，亦幸其有失，亟罢去。仲淹处之弥月，京师肃然称治。①

范仲淹在任上政绩很好，吕夷简的计策没有得逞。针对吕夷简任官员不公的问题，范仲淹向宋仁宗上《百官图》，指出官员升迁"人主当知其迟速、升降之序，其进退近臣，不宜全委宰相"。吕夷简因此更加不悦，加上宋仁宗又以迁都之事征询吕夷简的意见，吕夷简认为范仲淹"迂阔，有名无实"。范仲淹听后，又写四论献给仁宗："一曰帝王好尚，二曰选贤任能，三曰近名，四曰推委，大抵讥指时政，又言：'汉成帝信张禹，不疑舅家，故终有王莽之乱。臣恐今日朝廷亦有张禹坏陛下家法，以大为小，以易为难，以未成为已成，以急务为闲务者，不可不早辨也。'"②把吕夷简比作汉代姑息养奸、酿成王莽之祸的宰相张禹。吕夷简因此大怒，在帝前自辩，且诉范仲淹越职言事，荐引朋党，离间君臣。范仲淹也上书辩驳，言辞愈加严厉。因为与宰相的直接冲突，范仲淹再次被降黜，此次被贬饶州。

经过此次事件，范仲淹的名望已经达到顶点。朝廷公论皆以范仲淹为贤。但是，掌握权力的一方利用"朋党"这一罪名来打击支持和同情范仲淹的士大夫。在这种情况下，有些被范仲淹举荐之人在朋党之论的压力之下，不得不向皇帝上书来解释自己与范仲淹的关系，如韩亿就是如此：

戊子，同知枢密院事韩亿言："昨蒙宣谕，范仲淹尝密荐臣。臣自历周行，惟历朴忠。宸聪过听，擢赞相府，未尝涉朋党之迹，结左右之容。况臣

① 《续资治通鉴长编》卷一一七，第2766页。

② 《续资治通鉴长编》卷一一八，第2783~2784页。

与仲淹即匪姻亲，又非故旧，缘何契义，辄有荐论。若仲淹举臣以公，则臣素无交托。伏望曲照孤衷，免婴浮议。必若以臣备位无补，即进退之际，惟陛下裁赐。”优诏答之。①

可见当时朝廷上下与范仲淹于公于私有所交集的人，都处在与范仲淹互为“朋党”的嫌疑之中。这种情况下，天章阁待制李纮、集贤校理王质，冒着“朋党”的嫌疑，带着酒去给范仲淹送行，王质还单独留下与范仲淹交谈好几个晚上，有人以此来讥诮王质。王质回答说：“果得觇者录某与范公数夕邮亭之论，条进于上，未必不为苍生之幸，岂独质之幸哉?”②可见，当时对于范仲淹的认识已经分为两派，朝廷认为范仲淹“荐引朋党”而将其贬谪出京，而在士大夫群体的舆论中范仲淹则是公认的为国尽忠、不避权贵的贤者。正是在这样的舆论压力下，范仲淹及余靖、尹洙、欧阳修等人在被贬三年之后，宋仁宗命令执政把他们量移到近地。这次量移引起了朝廷里他的政敌的恐慌。他们为再次排挤范仲淹而罗织罪名，大肆诬蔑，而宋仁宗听信谗言，大怒之下，甚至想要把范仲淹贬到岭南，幸得参知政事程琳为其辩白，他才得以幸免。

范仲淹三次被贬，均为以言获罪。第一次与第三次均在担任馆职期间。而宋代馆职，名列侍从之列，虽没有谏官言事的职责，却具有向皇帝进言建议的权利和义务。第二次被贬，正是在右司谏的位置。北宋皇帝对于言事得罪的大臣，都持优容的态度，即使被贬谪，也大多在一两年内得以量移和叙复。尤其是谏官因言事得罪的，“不过薄责，旋即超迁”。范仲淹前两次被贬，都在一年左右的时间被召回，升职任用。第三次被贬，是因“朋党”的罪名，但也是在三年后量移近地，后在韩琦推荐下于康定元年(1040)三月复天章阁待制，知永兴军。范仲淹被贬与叙复的过程，就具备了这样的时代特征。

二、“宁鸣而死，不默而生”——范仲淹直言进谏的心理动因

富弼在所作的《范文正公仲淹墓志铭》里讲：“公为学好明经术，每道圣贤事

① 《续资治通鉴长编》卷一一八，第2784页。

② (宋)释文莹：《湘山野录》，《全宋笔记》第一编第六册，第72页。

业辄跂耸勉慕，皆欲行之于己。自始仕，慨然有康济之志。凡所设施，必本于仁义而将之以刚决，未尝为人屈挠。历补外职，以严明驭吏使不得欺，于是民皆受其赐。立朝益务劲雅，事有不安者，极意辩论，不畏权幸，不蹙忧患。故屡亦见用，然每用必黜之。黜则忻然而去，人未始见其有悔色。或唁之，公曰：'我道则然，苟尚未遂弃，假百用百黜，亦不悔。'咦！如公乃韩愈所谓信道笃而自知明者也。"①范仲淹作为忠实的儒家弟子，擅长和乐于钻研儒家经术，尤其对《易经》有非常高深的造诣。《宋史·范仲淹传》记载，当时天下士子都来向他"执经请教"。范仲淹对于儒家经典尤其是《易经》的熟悉，对他的思想行为起了很强的指导性作用。"先秦儒学六经中的《周易》，已提供了一个将价值变化与宇宙变化合一的世界观。到汉代，《周易》讲天道并推出儒家伦理，其后果是天人感应的迷信猖獗。从王弼开始，用'有'和'无'注解《周易》成为新方向，从本体论高度来谈宇宙生成和变化。佛教传入中土经过漫长的中国化过程，到唐代形成了中国式的心性论佛教，中国文化接受了存在普遍主体的观念，它与《周易》注释的本体化倾向相结合，在唐代出现了不少著名的易学大家。因此，宋代哲学家可以在常识理性基础上重新定义《周易》中使用的理和气、阴和阳等概念，并以这些概念来重建新儒学。"②范仲淹对《易经》的熟悉，表现在他对《易经》在现实层面的运用上。在《睦州谢上表》中，在谏宋仁宗废后时他引用《易经》中"履霜坚冰至"的道理，提醒宋仁宗，无故废后是失德的开始，以后可能会带来更大的灾难。范仲淹在《与胡安定屯田书》中也写道："某念入朝以来，思报人主，言事太急，贬放非一。然仆观《大过》之象，患守常经。九四以阳处凶，越位救时，则王室有栋隆之吉。九三以阳处阳，固位安时，则天下有栋桡之凶。非如'艮'止之时，思不出位者也。吾儒之职，去先王之经则茫乎无从矣，又岂暇学人之巧，失其故步？但惟精惟一，死生以之。"③这封给胡瑗的信里，范仲淹以《易经》《大过》之象来观照现实世界，指导自己的政治行为，并且认为："吾儒之职，去先王之经则茫乎无从矣"。正因为有这样的学术基础与精神追求，范仲淹才会三次上书直

① （宋）杜大珪编纂：《名臣碑传琬琰集》中集卷一二，影印《四库全书》文渊阁本第450册，第303页。

② 金观涛、刘青峰：《中国思想史十讲》上卷，法律出版社2015年版，第239~240页。

③ 《范仲淹全集》上册卷二，第629页。

言进谏，三次被贬出朝。正如范仲淹自己所说：“我道则然，苟尚未遂弃，假百用百黜，亦不悔。”从范仲淹贬谪期间的诗文来细究他的内心世界，考察他对君臣关系的思考，以及在不受君主理解而被贬谪时如何自处，可以窥知范仲淹之所以屡次被贬仍直言进谏的心理动因。

范仲淹在商丘居母丧期间，就曾写有《四民》诗，集中思考了士农工商四民在宋朝应当何为，以及当代四民之中所存在的社会问题，对于所谓“四民之首”的士，更是给予强烈的关注，兹引如下：

> 前王诏多士，咸以德为先。道从仁义广，名由忠孝全。美禄报尔功，好爵縻尔贤。黜陟金銮下，昭昭嗤与妍。此道日以疏，善恶何茫然。君子不斥怨，归诸命与天。术者乘其隙，异端千万惑。天道入指掌，神心出胸臆。听幽不听明，言命不言德。学者忽其本，仕者浮于职。节义为空言，功名思苟得。天下无所劝，赏罚几乎息。阴阳有变化，其神固不测。祸福有倚伏，循环亦无极。前圣不敢言，小人尔能臆。……六经无光辉，反如日月蚀。大道岂复兴，此弊何时抑？末路竞驰骋，浇风扬羽翼。昔多松柏心，今皆桃李色。愿言造物者，回此天地力。①

在这首诗里，范仲淹对于当时的士风非常不满，他在诗中提到的诸多怪相，都与儒家经典以及前王圣贤所要求的“士以德为先”完全不同。求取功名不走正道，善恶对错的区分变得模糊不清。范仲淹在守丧期间就对此种现状痛心疾首，希望造物者能够有回天之力，改变这种士德沦丧的乱象。一旦踏上仕途，范仲淹就以身作则，即使是做地方州县的小官，也为了吏事“日报簿书”与知县争论是非，不怕因得罪上司而碌碌无为。到了中央朝廷以后，更是不改初衷，把自己的政治理想与从政风格带到了北宋仁宗时期“姑息求安”的朝堂之上，并不惜与宰相吕夷简发生剧烈的冲突。

景祐元年(1034)，范仲淹因为谏阻宋仁宗废后而被贬睦州。在睦州，他重修了汉光武帝时高士严光的祠堂，并写《严先生祠堂记》来表明自己之所以重修严

① 《范仲淹全集》上册卷二，第26页。

光祠堂的用意。严光作为一个高士，在少年时与刘秀相交甚好。后来刘秀登上帝位，再三请严光出山为官，都被严光拒绝。光武帝请他一聚，大被同眠时他把自己的脚放在了皇帝的身上，以至于管理星象的官员第二天上奏说昨晚有客星犯帝星。但是汉光武帝并不加罪，而是尊重他的选择，放他回归山林。范仲淹此文既表现自己对严光的仰慕，严光能够对汉光武“以节高之”，“得圣人之清，泥涂轩冕”，同时也对汉光武帝能“以贵下贱，大得民也”表示钦佩。严光与汉光武帝两人能够互相成就，“盖先生之志出乎日月之上；光武之器包乎天地之外。微先生不能成光武之大；微光武岂能遂先生之高哉?”这样的互相成就也使当时的士人得到劝勉，社会风气得到改善，正所谓“贪夫廉、懦夫立，是有大功于名教也”。范仲淹之所以表彰严光，不仅是崇尚严光不为功名利禄所动的高洁情操，同时指出严光的高尚节操之所以能够存在的深层次原因，在于汉光武帝宽大的器宇与胸怀。作为在封建专制皇权下生存的范仲淹，已经深刻认识到在一个时代里，带动社会风气的正是这个帝国的最高统治者。他为严光的高洁情操所感动，“先生之风，山高水长”，严光代表了士人的尊严和以个人为主体的独立性。世俗追求的功名利禄，并不能涵盖士人对于自己人生的所有选择。严光的品格如高山流水一般长存世间，作为儒家后学的榜样而存在。范仲淹在被贬睦州期间写作这样一篇文章，实质上是在呼唤士人能够像严光一样不慕功名利禄，坚持个人的道德选择，坚守自己的尊严与节操。同时，也希望北宋的帝王之器宇能够如汉光武帝刘秀一般，包容与理解并尊重士大夫的道德抉择。这样才能够与代表儒家文化道统的士人相互成就，才能改变社会风气，使北宋的士风能同东汉一样“贪夫廉、懦夫立”，做有功于名教也就是儒家之道的人。无独有偶，南宋著名理学家朱熹在谈起道学家的议论时，认为从范仲淹开始就有了好的开头，其所举例子正是范仲淹的《严先生祠堂记》这篇文章。

先生曰：“亦有其渐。自范文正以来已有好议论，如山东有孙明复，徂徕有石守道，湖州有胡安定。到后来遂有周子、程子、张子出。故程子平生不敢忘此数公，依旧尊他。……”某又问：“以前说后汉之风，皆以为起于严子陵，近来说又别。”曰：“前汉末，极有名节人。光武起，极崇儒重道，尊经术，后世以为法。如见樊英筑坛场，犹待神明。严子陵直分明是隐士，渠高气远迈，直是不屈。又论其不矫激，吕伯恭作祠堂记，却云它中和。尝问之：‘严子陵何须如此说？使他有知，闻之岂不发一笑！’因说：‘前辈如李泰伯们议论，只说贵王贱伯，张大其说，欲以劫人之听，却是矫激，然犹有以使人奋起。今日须要作中和，将来只便萎靡了。’如范文正公作《子陵祠堂记》云：先生之志出乎日月之上，光武之器包乎天地之外。微先生不能成光武之大，微光武岂能遂先生之高哉？胡文定公父子极喜道此语。大抵前辈议论粗而大，今日议论细而小，不可不理会。”①

可见，在朱熹的眼里，已经把范仲淹作为宋代道学发展的先驱。朱熹认为严光的气质正在于“高气远迈，直是不屈”，正是范仲淹所指出的“众方有为，而独不事王侯，高尚其事，先生以之”的独立不屈的精神。如像吕祖谦那样说严光是中和之气，显然是不符合实际的，并且朱熹也看出了范仲淹作此文的用心，在于同时称赞严光之志与光武之器。南宋理学家胡安国父子极喜道此语，说明范仲淹此文所阐发的君臣相辅相成、相互成就的道理对南宋道学家的影响也很大。其实，范仲淹在这里也隐约地把自己与宋仁宗的关系比拟为严光与汉光武帝的关系，如他的《潇洒桐庐郡十绝》最后一首：“潇洒桐庐郡，严陵旧钓台。江山如不盛，光武肯教来。”②事实上，严光本来就是桐庐郡人，他自己选择的隐逸之地，跟汉光武帝是没有关系的。真正被皇帝指派到这里来的人，正是范仲淹自己。所以也就是说，范仲淹已经认识到，在人治的专制社会制度下，士人气节操守的培育与涵养在一定程度上取决于统治者也就是皇帝个人的器宇和心胸。来到睦州，他感觉到皇帝对于贬谪官员的处理还是比较宽容的。这样的时代，正是士人人格尊严养成的好时代，他也希望宋代的统治者能够像汉光武帝刘秀那样器宇恢弘，同时也希望宋朝的士人们能够出现像严光那样具有个人尊严和持守的高尚之士。

范仲淹后来因与吕夷简相争再次被贬饶州。此次被贬，引起朝野上下的震动。尹洙、余靖、欧阳修因为范仲淹辩护而集体被贬出朝，朋党之论也因此而

① （宋）朱熹：《朱子语类》卷一二九，选自朱杰人、严佐之等主编：《朱子全书》第十八册，上海古籍出版社、安徽教育出版社2002年版，第4025～4026页。

② 《范仲淹全集》上册卷五，第84页。

起。在他来到饶州之后，在饶州附近做官的诗人梅尧臣写了篇《灵乌赋》寄赠给他，本意是劝他趋吉避祸，不要引火上身，同时也劝与他志同道合的其他人，不要多说话，这样就不会有任何的祸患，不会给自己带来仕途的挫折。即所谓“结尔舌兮钤尔喙，尔饮喙兮尔自遂。同翱翔兮八九子，勿噪啼兮勿睥睨，往来城头无尔累。”梅尧臣虽是一片好心，但他的劝解就像宋真宗时丁谓写给王禹偁的信所起的效果一样，范仲淹是不能接受梅尧臣这种做官只求自保的理念的。因此范仲淹也写作了同题的《灵乌赋》来表达自己的政治理念及为官之道。在序里，他表达了对梅尧臣的感谢，但同时开章明义地表示：“梅君圣俞作是赋，曾不我鄙，而寄以为好。因勉而和之，庶几感物之意同归而殊途矣。”说明两个人同是因灵乌而有感而发，但所感所想却并不相同。在他的《灵乌赋》里，他首先通过设问的方式，回答了很多人不能理解的问题：“灵乌灵乌，尔之为禽兮，何不高翔而远翥？何为号呼于人兮，告吉凶而逢怒？方将折尔翅而烹尔躯，徒悔焉而亡路。”灵乌的自诉就是范仲淹的夫子自道。之所以不避祸福，告人吉凶，是因为心怀感恩，“思报之意，厥声或异。警于未形，恐于未炽。知我者谓吉之先，不知我者谓凶之类。故告之则反灾于身，不告之者则稔祸于人”。为了不留祸患给别人，他宁愿“虽死而告，为凶之防”，又进一步反驳梅尧臣文中提到的“胡不若凤之时鸣，人不怪兮不惊”，认为“彼希声之凤凰，亦见讥于楚狂；彼不世之麒麟，亦见伤于鲁人。凤岂以讥而不灵，麟岂以伤而不仁”？最后，范仲淹指出自己的选择是“宁鸣而死，不默而生”。他进一步指出，如果大家都对祸患闭口不言，就像官仓里的老鼠一样，不必做任何仁爱之事，就能吃得脑满肠肥，但是如果官仓吃完了，那时又怎么办呢？像住在荒芜城堡的狐狸一样，不做任何有关义的事情，就住在自己深深的巢穴里，觉得自己很威风，但假使哪一天城墙坍塌了，又要怎么办呢？人与人的选择不一样，就像千里马在驰骋的过程中会感到困倦，而劣马却被安适地豢养在马厩里。鹓鸰在云霄之上饥饿地飞翔，而鸱鸢则在草丛中求得一饱。作为灵乌，我岂是喜欢多言，正如孔子所说，我想不要说话，可却是不得已啊。最后，他总结道：“我乌也勤于母兮自天，爱于主兮自天；人有言兮是然，人无言兮是然。”我范仲淹正如灵乌一样对于母亲的孝敬来自天性，对于主人也就是皇帝的忠爱出于天性，不管别人说什么，我的天性不会改变。通过这篇《灵乌赋》，我们可以看到，范仲淹对于国家的强烈的责任感，以及他的深重的忧患意识。同时也能感受到他对作为官员不顾国家的利益，为了个人安危和仕途而选择明哲保身的厌恶。《灵乌赋》就体现了范仲淹“宁鸣而死，不默而生”的刚烈与执着。

宋仁宗庆历四年(1044)，范仲淹的好友滕宗谅因被弹劾侵占公使钱，经范仲淹多次为其辩白，最终被贬谪到岳州做知州。① 应滕宗谅之邀，范仲淹为他重建的岳阳楼作了《岳阳楼记》这一千古名文。岳阳楼处在“北通巫峡，南极潇湘”的交通要道，是贬官外放之人经常路过的地方。而滕宗谅此时正以贬官的身份在此，所以范仲淹此文，首先就交代了写这篇记的来龙去脉。接着就岳阳楼的地理位置，想象迁客骚人“登斯楼也”，在“淫雨霏霏，连月不开”的季节，其“去国怀乡，忧谗畏讥”的悲伤至极的心情，在“春和景明，波澜不惊”的天气，又是如何“心旷神怡，宠辱偕忘”，心情愉悦。范仲淹认为古代的仁人志士其起心动念应与这两者不同，他们不受外界万事万物的干扰，“不以物喜，不以己悲”。不管身处庙堂还是身在江湖，其忧国忧民之心是不会变的。最后，范仲淹提出了自己践行一生的理想与信念：“先天下之忧而忧，后天下之乐而乐。”将这篇文章与《灵乌赋》比较，可以看出，《岳阳楼记》这篇文章的思想与《灵乌赋》里所表达的观点是一脉相承的。《灵乌赋》的灵乌“我乌也勤于母兮自天，爱于主兮自天；人有言兮是然，人无言兮是然”，不畏人言，坚持自己爱母爱主的天性，正是《岳阳楼记》里“不以物喜，不以己悲”的前奏。范仲淹在写这篇文章时，已经经历了“庆历新政”的失败，从宰相的位置上退下来，退居邓州，此时的他心情是沉重的，朝廷上下新政的反对派们以各种方式向皇帝指陈他的过错，其中“朋党”说是最为严重的，甚至有人多次在宋仁宗面前讲范仲淹曾经上书要求废掉仁宗。这样的谗言非常致命，“众口铄金，积毁销骨”，范仲淹虽然为了避谗，已经远离了朝廷，但内心的忧惧伤痛是很难消除掉的。同样，重修岳阳楼的滕宗谅也是经历了一番波折，在范仲淹的连续上书、甘愿同贬的大力支持下才得到现在的比较轻微的贬谪处置。范仲淹在这里不但是勉励自己，也是勉励自己的好友要能够像“古仁人”一样，做到“不以物喜，不以己悲”，“先天下之忧而忧，后天下之乐而乐”。

---

① 《续资治通鉴长编》卷一四六，第3527~3528页。

这篇文章表达的思想是范仲淹一生政治实践的反映，这种高尚的担当精神与历史责任感对中国儒家士大夫的影响是非常大的。朱熹就认为："本朝忠义之风，却是自范文正公作成起来也。"①当代历史学家余英时也认为："以范仲淹为宋代士大夫的典范，并非出自朱熹一人的私见，而是北宋以来士阶层的共识。"②当代学者尚永亮教授也提到："荆湘贬谪文学体现着历代文人强烈的关怀现实的精神，荆湘的景物也成为展示迁谪主体仁民爱物之淑世情怀的客观对应物，成为'先天下之忧而忧，后天下之乐而乐'之人文关怀的明确象征。范仲淹的《岳阳楼记》可以说是一个界碑，对这种淑世精神和人文关怀予以明确厘定和提升，由此内化为身处逆境之贬谪文人的心理要素，并扩大成一个颇具感召力的人文传统，对后人发挥着代复一代的深远影响。"③这是范仲淹对于自己屡次言事遭遇贬谪的动机的解释，他这么做，完全是出于对儒家圣贤经典的专精体悟与严格遵守，以此报国，不畏生死，更何况是贬谪这样的处罚呢？《续资治通鉴长编》卷一百十七就记载了内侍阎文应害死被废的郭皇后，范仲淹冒死劾奏内侍阎文应的事件。

> 昭宣使、恩州团练使、入内都都知阎文应……天章阁待制范仲淹将劾奏其罪，即不食，悉以家事属其长子，曰："吾不胜，必死之。"上卒听仲淹言，窜文应岭南，寻死于道。④

可见，范仲淹忠心报国，追求符合儒家道统的政治理念，死且不惧，何况贬谪。幸运的是，宋代厚待士大夫与言官的国策，使范仲淹这样忠直的士大夫能够免遭迫害，从而能够培养士大夫正气，使北宋一代士风得以张扬。

三、"先忧后乐"的贬谪心态及"兴学利民"的政治作为

范仲淹在贬谪生涯中所做的三件事情，分别是处理政务，兴办学校，以及作

① 《朱子语类》卷四七，第1636页。

② 余英时：《朱熹的历史世界——宋代士大夫政治文化的研究》，生活·读书·新知三联书店2004年版，第210页。

③ 尚永亮：《迁客离忧楚地颜——略说贬谪文学与荆湘地域之关系及其特点》，《湛江海洋大学学报》2003年第2期，第29页。

④ 《续资治通鉴长编》卷一一七，第2764页。

诗写文。从范仲淹贬谪期间所创作的诗文，我们可以观察到范仲淹对于仕途遇挫、遭遇贬谪的态度。而这个态度，又会影响他在贬谪地的作为。正如欧阳修所讲：“公少有大节，于富贵贫贱、毁誉欢戚，不一动其心，而慨然有志于天下。”①范仲淹在初入仕途之时，就表现出强烈的责任心，做广德县司理参军时，就因为案件是非问题“日报簿书”与太守争论。此种为官之道一直保持下来，所以才有做京官时直言敢谏，与宰相吕夷简据理力争，才会导致后来仕途的屡次遭贬。初次贬谪睦州，范仲淹与当时同时伏阁谏诤的御史中丞孔道辅一起，被直接从家里押解出京城。作为一个非罪而贬的官员，范仲淹不可能没有一点戚戚之情，好在他被贬谪的待遇要比唐代的柳宗元、韩愈等好很多。唐朝时期的皇帝对于文人官员并没有特殊的爱护之意，高高在上的威严及专制使得罪皇帝而被贬的官员在精神上备感压力，在实际生活中也受到较大的打击和迫害，他们的贬谪地一般都在当时非常偏远的经济文化都不发达的远小州郡。比如韩愈在潮州，柳宗元在永州和柳州。范仲淹生活的宋代本就采取“右文”政策，宋仁宗是著名的仁爱之君，所以他的贬谪地不是偏远荒僻的小郡，而是物产丰饶、风光宜人的江南大州。范仲淹自己也在《睦州谢上表》中写道：“伏蒙陛下皇明委照，洪覆兼包，赎以严诛，授以优寄。……惟赖高明之鉴，不投遐远之方”，使他能够“乐道忘忧，雅对江山之助；含忠履洁，敢移金石之心”②，再加上范仲淹本人作为儒家之道的忠实履行者，无论在朝还是在外都将为百姓解难作为自己仕宦为官的宗旨。因此，范仲淹被贬的一丝哀戚之情很快就被冲淡了。在乘船江上遇风之时，船几乎倾覆，家人妻子惊恐不已。他则充满自信和坚定，“圣宋非强楚，清淮异汨罗。平生仗忠信，尽室任风波。舟楫颠危甚，蛟鼋出没多。斜阳幸无事，沽酒听渔歌”③。在出守睦州途中，他作有《出守桐庐道中十绝》：

陇上带经人，金门齿谏臣。雷霆日有犯，始可报君亲。

君恩泰山重，尔命鸿毛轻。一意惧千古，敢怀妻子荣。

① 《欧阳修集编年笺注》第二册卷二〇，第169页。

② 《范仲淹全集》上册卷一六，第341页。

③ 《范仲淹全集》上册卷五，第82页。

妻子屡牵衣，出门投祸机。宁知白日照，犹得虎符归。
分符江外去，人笑似骚人。不道鲈鱼美，还堪养病身。
有病甘长废，无机苦直言。江山藏拙好，何敢忘天阍？
天阍变化地，所好必真龙。轲意正迂阔，悠然轻万钟。
万钟谁不慕？意气满堂金。必若枉此道，伤哉非素心。
素心爱云水，此日东南行。笑解尘缨处，沧浪无限清。
沧浪清可爱，白鸟鉴中飞。不信有京洛，风尘化客衣。
风尘日已远，郡枕子陵溪。始见神龟乐，悠悠尾在泥。①

在这组诗里，他回顾了自己作为谏官，因直谏而得罪被贬、到江南履职的整个事件的发生及心路历程。其中展现了自己忠贞报国的执着、出乎意料的结局，以及自我的反思与对隐者的钦羡。总体来说，这组诗表明了范仲淹对于自己直言进谏的不悔与坚持和对贬谪生活的平和心态。到睦州之后，他曾仿白居易《琵琶行》作七言诗《和葛闳寺丞接花歌》②，借对因得罪权臣被流放到睦州的京洛花匠身世的描写，来表达自己对于人生荣辱得失的看法。这位花匠“中途得罪情多故，刻木在前何敢诉？窜来江外知几年，骨肉无音雁空度”，极端的悲苦与伤感使他的身体一日不如一日，“多愁多恨信伤人，今年不及去年身”。有感于这个花匠与自己身世的相似，作者写了自己被贬睦州的心态与行动：“我闻此语聊悒悒，近曾侍从班中立。朝违日下暮天涯，不学尔曹向隅泣。”听到花匠的哭诉心里有些伤感，因为他自己也曾侍从皇帝身边，早上违背了皇帝的意思，晚上就流落天涯，但即便如此，他也不会像花匠一样悲伤地向隅而泣，原因在于“人生荣辱如浮云，悠悠天地胡能执？贾谊文才动汉家，当时不免来长沙。幽求功业开元盛，亦作流人过梅岭。我无一事逮古人，谪官却得神仙境。自可优优乐名教，曾不恓恓吊形影。”抚今追昔，他看到过去文才武功出众的才子贤人都曾经有过贬谪的经历，与他们相比，自己现在的处境还是比较幸运的。在这种环境下，刚好可以好好追求名教（也就是儒家）所追求的乐境，而不是自悲自怜。正是在这样的心境

① 《范仲淹全集》上册卷五，第83页。
② 《范仲淹全集》上册卷三，第44~45页。

支配下，范仲淹在睦州、饶州等地政务之余，通常都置身于两地的山水之间，以写诗作文来歌咏当地风光，展现自己的潇洒情怀。到睦州之后，他写了《潇洒桐庐郡十绝》，每首以“潇洒桐庐郡”开头，表现了自己在睦州悠悠山水之中安闲平静的心情。迁官苏州时也作有《苏州十咏》，吟咏苏州的名胜古迹与自然山水。

在他因与吕夷简相争而被贬饶州时，他写了《依韵酬黄灏秀才》：

再贬鄱川信不才，子规相爱劝归来。客心但感江山助，天意难期日月回。

白云孤琴弥冷淡，浮云双阙自崔嵬。南方岁晏犹能乐，醉尽黄花见早梅。①

从这首诗里可以明显感觉到范仲淹因再次被贬内心的愤懑、无奈与失落，但同时，他对朝廷的处置又抱着感恩之情：“可负万乘主，甘为三黜人。岂量尧舜心，如日照孤臣。薄责落善地，雅尚过朝伦。”②饶州与睦州一样都是山清水秀的江南鱼米之乡，对于一个贬官而言，能来此地，也算是朝廷对他的特殊照顾。两首不同的和诗，表现了范仲淹被贬官之后的两种心情。这两种心情都是真实的，无论谁被贬官尤其还是第二次，都会有不平之意，但是贬官落善地，又令他感到庆幸与感恩。由于饶州离庐山很近，所以范仲淹也多次到庐山游玩，有《游庐山作》，其中描述了庐山优美的风景，同时也展现了自己游山之后的心境：“客爱往来何所得？僧言荣辱此间无。从今愈识逍遥旨，一听升沉造化炉。”③迁官润州之后，作《移丹阳郡先游茅山作》：“竭节事君三黜后，收心奉道五旬初。”④优游山水，与出世之人的交往，使范仲淹对于仕途的得失升沉比以前看得开，心情也变得轻松多了。

范仲淹三次贬谪，无论到任何地方，所做之事除了处理日常政务以外，还格外注重教育与推荐人才。他到睦州之后，就重修东汉高士严光的祠堂，并亲自为

① 《范仲淹全集》上册卷六，第 98 页。
② 《范仲淹全集》上册卷二，第 42 页。
③ 《范仲淹全集》上册卷六，第 99 页。
④ 《范仲淹全集》上册卷六，第 100 页。

祠堂作《严先生祠堂记》，并且动用权力，免除了四家严氏后人的徭役赋税。他这样做，就是为了表彰严光的高洁情操，显示光武帝刘秀的宏伟器量，为当时的社会风气带来好的借鉴和榜样。宋元之际的谢枋得就看出了范仲淹的用心所在，指出《严先生祠堂记》："字少意多，文简理详，有关世教，非徒文也。"①另外就是大兴州学，南宋《淳熙严州图经》里提到，范仲淹到任后，州学"始建堂宇斋庑"。数月之后，范仲淹奉命调到苏州，因其老家就在苏州，范仲淹买了南园，准备兴建住宅，以作归老之用。但听到算命先生说，此地风水极好，居住于此，世代皆可出公卿。范仲淹便决定把此处捐出，来建苏州府学，他说："吾家有其贵，孰若天下之士，咸教育于此，贵将无已焉。"②当时恰逢苏州遭遇大水灾，范仲淹疏导河流，招募工人兴修水利工程，造福一方。《长编》卷一一五载：

> 范仲淹知睦州，不半岁，徙苏州。州比大水，民田不得耕，仲淹疏五河，导太湖注之海，募游手兴作。未就，又徙明州。转运使言仲淹治水有绪，愿留以毕其役。庚子，诏仲淹复知苏州。③

到饶州之后，也是同样。他在谢上表中写道："守土非轻，报天无所。窃念臣出自畎亩……骤升天阁之游，亲委王畿之政。至孤难立，屡请弗谐。眷宠既渥，补报宜异，必将危坠，犹或建明。处事未精，发言多率。智者千虑而有失，愚臣一心而岂周？情虽匪他，罪实由己。然而有犯无隐，惟上则知。许国忘家，亦臣自信。此而为郡，陈优优布政之方；必也立朝，增蹇蹇匪躬之节。"④表达了自己无论立朝与为郡，都许国忘家的自信与决心。因此，他把自己对教育的重视也带到了饶州，他为州郡学校选定新的校址，兴建新的学舍。新校舍建成之后，学生越来越多，饶州的教育事业也越来越兴盛了，饶州人因此而为他立祠纪念。

> 公又迁建饶之郡学。又饶有九贤堂，自开宝迄绍圣，郡守六十八人，而

---

① （宋）谢枋得：《文章轨范》卷六，影印《四库全书》文渊阁本第1359册，第604页。
② （宋）楼钥：《范文正公年谱》，上海书店《丛书集成续编》本第31册，第291页。
③ 《续资治通鉴长编》卷一一五，第2699页。
④ 《范仲淹全集》上册卷一六，第343页。

在九贤之序者，公一人而已。饶人为立祠颁春堂、天庆观、州学之讲堂，凡三所。由景祐距此六十载，牲牢日盛。凡祷晴雨及州官之到罢，皆致礼焉。讲堂每上丁具礼祝。①

《朱子语类》里记载：“朱文公言曰：本朝范质，人谓其好宰相，只是欠世宗一死耳。如范质之徒，却最敬冯道辈，虽苏子由议论亦未免此。本朝忠义之风，却是自范文正公作成起来也。”②论振作士气时，有人问：“本朝如王沂公人品甚高，晚年乃求复相，何也？”曰：“便是前辈都不以此事为非，所以至范文正方厉廉耻，振作士气。”曰：“如寇莱公，也因天书欲复相。”曰：“固是。”③可见，在南宋理学家心里，范仲淹是宋代第一伟大的人物。观察其在面对朝政大事之时，他“宁鸣而死，不默而生”④，考虑的不是个人的仕途，而是国家的前途命运。即使被一贬再贬，也“惟精惟一，死生以之”⑤，没有改变自己按照儒家之道行事的原则与做人的操守。无论立身朝廷还是贬谪到郡县地方，他都抱着许国忘家的信念。他在多次的贬谪经历中磨练了自己的意志，坚定了自己的信念，提炼出了北宋时期文人士大夫忠君爱民的最深切的关怀和牵挂。他的所作所为，展现了北宋时期文人士大夫“以天下为己任”的强烈的政治主体性意识及历史责任感，也是原始儒家道德“人溺己溺”精神的典型体现和后来的理学家张载“民胞物与”思想的前驱。

第二节 “朋党论”的兴起及其负面影响

范仲淹与吕夷简的朝堂之争，导致了吕夷简的极端愤怒。他将范仲淹以“越职言事，荐引朋党，离间君臣”的罪名贬出朝廷，却引来余靖、尹洙、欧阳修等士大夫以“自请贬谪”等各种方式，向范仲淹表示支持。吕夷简利用皇帝对于“朋

① （宋）楼钥：《范文正公年谱》，上海书店《丛书集成续编》本第31册，第291页。
② 《朱子语类》卷四七，第1636页。
③ 《朱子语类》卷一二九，第4021页。
④ 《范仲淹全集》上册卷一，第12页。
⑤ 《范仲淹全集》上册卷一，第629页。

党”天然的猜忌与排斥，将他们都以“朋党”罪名贬黜出京。从此北宋朝廷“朋党之论”兴起，也直接导致后来“庆历新政”的失败。朋党之论使范仲淹及其支持者的政治抱负化为泡影，也对后来的北宋政治造成了极大的负面影响。

一、“自请贬谪”与朋党之论的兴起

景祐二年(1035)三月，范仲淹因屡次言事，与宰相吕夷简发生激烈冲突，最后以“朋党”的罪名被贬往饶州。此次事件在当时朝廷上下引起了轩然大波。欧阳修在为范仲淹所撰写的《神道碑》里提道：“自公坐吕公贬，群士大夫各持二公曲直，吕公患之，皆指为党，或坐窜逐。及吕公复相，公亦再起被用，于是二公欢然相得，戮力平贼，天下之士皆以此多二公，然朋党之论遂起而不能止。”①可见，在当时的朝廷，支持范仲淹和支持宰相吕夷简的大臣分为两派，各行其是。吕夷简把所有支持范仲淹的官员都指为范仲淹的同党，将其贬逐而流窜在外。从此以后，北宋朝廷之上的朋党之论就开始起而不止。当时范仲淹被贬谪出京去饶州任职时，据说许多官员因为惧怕被指为范仲淹的朋党而不敢去为他送行或者接风。在朝廷任职的官员只要听闻自己是范仲淹曾荐举过的，都要上书说明自己与范仲淹的关系。

但是即便是会被指为朋党、面对贬谪的压力下，依然有人主动站出来，要为范仲淹鸣不平。在范仲淹被贬之时，慑于宰相吕夷简的权势，当时的谏官御史没人为范仲淹发声。集贤校理余靖为范仲淹辩解，请求仁宗收回前命。余靖所言，有理有据，引经据典，但仍然因此得罪，落职被贬监筠州酒税。在这种情况下，太子中允、馆阁校勘尹洙上《乞坐范天章贬状》曰：

> 朝奉郎、守太子中允、充馆阁校勘、骑都尉臣尹某。右，臣伏睹朝堂榜示，范仲淹落天章阁待制，知饶州，敕辞内有“自结朋党，妄有荐引”之言。臣……尝以其人忠亮有素，义兼师友。自其被罪，朝中口语藉藉，多云臣亦被荐论，未知虚实。仲淹若以他事被谴，臣故无预；今观敕意，乃以朋比得罪。臣与仲淹，义分既厚，纵不被荐论，犹当从坐；况如众论，臣则负罪实

① 《欧阳修集编年笺注》第二册卷二〇，第174~175页。

深。虽然国恩宽贷，无所指明；臣内省于心，有觍面目。况余靖自来与仲淹踪迹比臣绝疏，今来止因上言，获以朋党被罪。臣不可苟免，愿从降黜，以昭明宪。①

“自请贬谪”本是台谏官员在进言之后不被朝廷采纳时，所采用的倒逼朝廷表达态度的方式，本取自儒家所谓“三谏不从则去之”的政治传统，到了北宋时期，成了台谏官员常用的一种表明自己政治态度，而朝廷也可以此下台阶的处理台谏官员的方式。范仲淹就曾在任左司谏时上疏要求刘太后还政而朝廷不报的情况下，自求补外，而获朝廷允许，但一年后就被重新召回。早在范仲淹在反对仁宗与吕夷简废后被贬之时，侍御史杨偕就曾上奏请求与孔道辅、范仲淹同贬。本来当时对于他的处罚只是罚铜，但他为了表达对此次进言不被采用的不满而要求同贬，皇帝为了息事宁人，对于他的上书采取了“不报”的态度。尹洙此种行为，也是基于同样的理由。尹洙性素刚，他采用此种“自求贬谪”的方式显然是不满朝廷对范仲淹以及余靖的处理，他自认自己与范仲淹“义兼师友”，朝廷如果以“朋比”的罪名贬黜范仲淹的话，就算范仲淹没有举荐他，他也应该从坐，况且连余靖这样跟范仲淹交往很少的人，都以“朋党”获罪，实在让人难以理解。从这个逻辑出发，请求皇帝把他也以“朋党”罪名降黜。在吕夷简大肆打击范仲淹及其支持者的时候，他态度如此强硬，激怒了吕夷简，不出所料地被贬谪出京，为崇信军节度掌书记，监颍州酒税。

无独有偶，右司谏高若讷不但不救范仲淹，反而在与众人议论此事时，认为范仲淹该贬。他的这种态度激起了镇南节度掌书记、馆阁校勘欧阳修的极度不满，他写信给高若讷，指责他的种种不当行为，并说高若讷如此作为是“不复知人间有羞耻事”。高若讷将其信件上交朝廷，欧阳修被指为“显露朋党之迹”，因此被贬为夷陵县令。

范仲淹、余靖、尹洙、欧阳修等相继被贬，引起了朝廷之外地方官员的关注，支持范仲淹的西京留守推官蔡襄作《四贤一不肖诗》，在当时流传甚广，而

① 曾枣庄、刘琳主编：《全宋文》第二十七册卷五八一，上海辞书出版社、安徽教育出版社 2006 年版，第 248 页。

泗州通判陈恢则是宰相吕夷简一派，他上章请求追究作诗者的罪责。朝堂上左司谏韩琦又对陈恢进行弹劾，朝廷息事宁人，两边都不追究，以此了结了这件事情。

> 西京留守推官仙游蔡襄作《四贤一不肖诗》，传于时。四贤指仲淹、靖、洙、修，不肖斥高若讷也。泗州通判陈恢寻上章，乞根究作诗者罪。左司谏韩琦劾恢越职希恩，宜重行贬黜，庶绝奸谀，不报，而襄事亦寝。①

光禄寺主簿苏舜钦虽不是言官，也对此事发表了看法，他上疏认为："前孔道辅、范仲淹刚直不挠……二臣者，非不知缄口数年，坐得卿辅。盖不敢负陛下委注之意，而皆罹中伤，窜谪而去，使正臣夺气，鲠士咋舌，目睹时弊，口不敢论。"②他认为朝廷对于直言敢谏的忠直之臣进行贬窜，必然使正直之士失去进言的勇气，造成压制舆论的严重后果，以此来引起皇帝对于以言逐人的反思，从而营救范仲淹等人。他并且赋诗一首，对范仲淹、余靖、尹洙、欧阳修等人表示支持、赞扬和勉励。

> 朝野蔚多士，裒然良可羞。伊人秉直节，许国有深谋。大议摇岩石，危言犯采旒。苍黄出京府，憔悴谪南州。引党俄嗟尹，移书遽窜欧。安惭言得罪，要避曲如钩。郢路几束马，荆川还溯舟。伤心众山集，举目大江流。……横身罹祸难，当路积仇雠。卫上宁无术，亢宗非所忧。吾君思正士，莫赋畔牢愁。③

"安惭言得罪，要避曲如钩"，对他们来说，因言得罪并不是一件值得惭愧的事情，最重要的评价标准已经不是朝廷和权臣对他们的价值判断，他们追求的是个人政治气节的崇高。欧阳修以一封《与高司谏书》而被贬往夷陵，尹洙认为

① 《续资治通鉴长编》卷一一八，第2787页。
② 《续资治通鉴长编》卷一一八，第2788页。
③ 《苏舜钦集》卷六，第67~68页。

欧阳修失于察觉高若讷的人品，但欧阳修表示自己“当与高书时，已知其非君子，发于极愤而切责之，非以朋友待之也，其所为何足惊骇”①？由此可以看出，欧阳修也是预料到了被贬谪的可能，并且决定承担这样的后果。他同尹洙一样，是出于义愤，敢于冒着被贬的风险，支持范仲淹与吕夷简的斗争。尹洙与欧阳修的这种勇于与权臣作斗争的正气凛然的态度与品格，体现出当时士大夫群体中崇尚气节、追求直道的政治风尚。他们的这种行为得到了时人的赞扬。苏舜钦对他们行为的阐释证明了一个士大夫群体新的价值判断标准的形成。

范仲淹被贬事件之所以引起如此大的风波，朝野内外都分为两派，互相斗争，主要的原因在于北宋经过太祖、太宗、真宗三朝的发展和积累，一方面，结束了五代十国的混战局面，百姓在一定程度上过上了太平日子。但真宗时期的澶渊之盟，虽解决了辽宋之间的战争，却留下了沉重的经济负担。自从结盟以后，怕战、厌战的情绪在宋朝皇帝与大臣之间蔓延，为了掩饰和解决这个心理问题，宋真宗在王钦若、丁谓的怂恿与帮助下，东封西祠，劳民伤财，花费巨大。仁宗时期，西北的西夏也越来越强大，严重威胁到北宋西北边境。东北与西北的外患是压在宋人头上的两座大山。而吕夷简等老臣却如孙沔所批评的“以姑息为安，以避谤为知”，只知巩固自己的权势，一味掩饰社会矛盾和社会问题。范仲淹批评他“以小为大，以易为难，以未成为已成，以急务为闲务”②，这样就导致朝廷积累的问题越来越多，已经到了不得不改革的地步。范仲淹屡次上书，直言敢谏，其所讲的问题也都符合当时的社会现实，是大多数人心中所想而不敢或者没有资格讲的。从学术传承的角度看，《宋史》载：“仲淹泛通《六经》，长于《易》，学者多从质问，为执经讲解，亡所倦。尝推其俸以食四方游士，诸子至易衣而出，仲淹晏如也。每感激论天下事，奋不顾身，一时士大夫矫厉尚风节，自仲淹倡之。”③范仲淹通晓儒学六经，对《易》尤其擅长，四方学者经常向他质疑请教，他都认真讲解，不知疲倦。而尹洙与欧阳修都学习韩愈，致力于古文写作。韩愈之古文，在当时代表着儒家之道的复兴。所以从学术传承上讲，范仲淹同尹洙、

---

① 《欧阳修集编年笺注》第四册卷一七，第 281 页。

② 《续资治通鉴长编》卷一一八，第 2784 页。

③ 《宋史》卷三一四，第 10267~10268 页。

欧阳修等人对儒学的重视和学习是一致的。史载“洙内刚外和，博学有识度，尤深于《春秋》。自唐末历五代，文格卑弱。至宋初，柳开始为古文，洙与穆修复振起之。其文简而有法”①。欧阳修在《记旧本韩文后》也提道：“后七年，举进士及第，官于洛阳。而尹师鲁之徒皆在，遂相与作为古文。因出所藏《昌黎集》而补缀之，求人家所有旧本而校订之。其后天下学者渐趋于古，而韩文遂行于世。”②欧阳修与尹洙之所以能够在范仲淹被贬之时，愤而起之为其辩护，与他们相同的崇尚儒家之道的政治理想是分不开的。正如钱穆先生在《国史大纲》中所讲到的：“与胡、范同时、前后，新思想、新精神蓬勃四起。他们开始高唱华夷之防，又盛唱拥戴中央。他们重新抬出孔子儒学来矫正现实。他们用明白质朴的古文，来推翻当时的文体。他们一起辟佛老，尊儒学，尊六经。他们在政治上，几乎全体有一种革新的要求。他们更进一步看不起唐代，而大呼三代上古。他们说唐代乱日多，治日少。他们在私生活方面，亦表现出一种严肃的制节谨度，而又带有一种宗教狂的意味，与唐代士大夫恰恰走上相反的路径，而相互映照。因此他们虽则终于要发挥到政治社会的现实问题上来，而他们的精神，要不失为含有一种哲理的或纯学术的意味。所以唐人在政治上表现的是‘事功’，而他们则要把事功消融于学术里，说成一种‘义理’。‘尊王’与‘明道’，遂为他们当时学术之两骨干。”③这批以天下为己任的士人群体所代表的时代精神，正是在范仲淹的感召之下而被呼唤出来的。从更深的文化层次来看，范仲淹代表着新派士人的锐气和刚直不挠的道德勇气，在对抗宰相吕夷简的过程中得到了大部分士人的支持。宋朝采取“右文”政策，注重科举取士，培育人才。在这个时期，很多官员都是借由科举走上政治舞台。作为儒家之道的承继者和实践者，他们关心朝政，心忧天下，自然会站在范仲淹的一边。

就以欧阳修为例，他在明道二年(1033)任西京留守推官之时，就曾写信给范仲淹，鼓励他恪尽谏官之职责：“若天下之失得、生民之利害、社稷之大计，唯所见闻而不系职司者，独宰相可行之，谏官可言之尔。故士学古怀道仕于时，不

① 《宋史》卷二九五，第9838页。

② 《欧阳修集编年笺注》第四册卷七三，第406页。

③ 钱穆：《国史大纲》下册，商务印书馆1996年版，第560页。

得为宰相，必为谏官，谏官虽卑，于宰相等。天子曰不可，宰相曰可，天子曰是，谏官曰非，天子曰必行，谏官曰必不可行，立殿陛之前与天子争是非者，谏官也。宰相尊，行其道；谏官卑，行其言。言行，道亦行也。”①谏官的地位虽然卑微，但是谏官的职责却和宰相一样重要。他指出范仲淹任谏官是众望所归，但任职以来，未见范仲淹“直辞正色，面争廷论”，因此感到疑惑，催促范仲淹珍惜担任谏官的机会，“思天子所以见用之意，惧君子百世之讥，一陈昌言，以塞重望，且解洛之士大夫之惑，则幸甚幸甚”②。当时欧阳修在洛阳与尹洙等人交往游从，其所谓“解洛之士大夫之惑”，显然包括尹洙等人。可见，范仲淹在朝廷上屡屡言事是诸位新晋士人所乐于见到的，而在此之前范仲淹已经以直言敢谏成为当时新晋士大夫中的翘楚和领袖。欧阳修在景祐元年(1034)写给范仲淹的一封信中，就认为范仲淹是“每顾事是非，不顾自身安危，则虽有东南之乐，岂能为有忧天下之心者了哉”？认为范仲淹是有“忧天下之心”者，同时他也认为范仲淹身系天下士君子的希望，所以他安慰范仲淹“自古言事而得罪，解当复用。远方久处，省思虑，节动作。此非希文自重，亦以为天下士君子重也”③。欧阳修甚至因为赞同和支持范仲淹的行政举措与政治思想，而与对自己有知遇之恩同时也是自己岳父的胥偃有了嫌隙。据《长编》载：“初，偃爱欧阳修有文名，置门下，妻以女。及偃数纠仲淹立异不循法，修乃善仲淹，因与胥有隙。”④也正因此朝廷中以吕夷简为代表的守旧派官员以“朋党”的名义将范仲淹贬谪，自然激起了这些新晋士人们的愤怒与反对。既是朋党，那当然有朋，承认自己是范仲淹的朋党、自请贬谪是对朝廷成命的一种不满与反抗，也是表示自己对范仲淹所作所为的坚定支持。事实上，尹洙、欧阳修与范仲淹是真正的道义之交，正如后来元人台哈布哈所论：

> 范文正公以论事忤执政，遂落职知饶州。于时直范公者相属于朝，尹师鲁亦自请同黜，可以见一时贤才之盛矣。师鲁既贬监郢州税，观魏公二书中

① 《欧阳修集编年笺注》第四册卷一六，第240页。

② 《欧阳修集编年笺注》第四册卷一六，第242页。

③ 《欧阳修集编年笺注》第四册卷六七，第263页。

④ 《续资治通鉴长编》卷一二二，第2775页。

语，略不及当时事，亦不以师鲁因已被黜而加存问，盖范公所论为国也，而师鲁之请以义也。是岂有一毫私意于其间哉？书末云“惟君子为能乐道前贤之用心”，于此可见矣。①

而欧阳修也曾为了避嫌，在范仲淹重新起复任陕西经略安抚招讨，招辟其为军中掌管笺奏的掌书记时，以亲老而推辞了范仲淹对自己的辟举。欧阳发《先公事迹》中记述欧阳修解释自己这样做的原因：“吾初论范公事，岂以为己利哉！同其退不同其进可也。”②欧阳修进一步解释：“安抚见辟不行，非惟奉亲避嫌而已，从军常事，何害奉亲？朋党盖当世俗见指，吾徒宁有党耶？”③可见，欧阳修与尹洙等人主要是基于与范仲淹同样的政治理想和信念，崇尚范仲淹“先忧后乐”、直言不讳、不避权贵的高贵节操和勇于担当的精神，而根本不是世俗所谓的互相提携支持的“朋党”。

“仲淹初在制中，遗宰相书，极论天下事，他日为政，尽行其言。……考其当朝，虽不能久，然先忧后乐之志，海内固已信其有弘毅之器，足任斯责。”④余靖、尹洙、欧阳修等人的作为、自请贬谪以及以成为范仲淹朋党为荣的现象的出现，说明从道义上和行动上，支持范仲淹的士大夫已经成为一个群体，也说明范仲淹的人品道德与才干见识得到了很大一部分士大夫的认可和推崇。他已经成为宋仁宗时期士人们的精神领袖和时代精神的代表。但这种群体性的推崇与认可却恰恰成了某些人用来攻击范仲淹及其同党的绝佳理由，“朋党之论”也由此而起，并愈演愈烈。

二、“朋党论”的兴起与“庆历新政”的失败

朋党，是历代专制王朝的统治者们深深忌惮的问题。其关键点在于臣下私相结交，有可能分化君主的权力，甚至威胁到君主的统治。中国历史上最早的著之

① （清）卞永誉编：《式古堂书画汇考》卷九，影印《四库全书》文渊阁本第 827 册，第 432 页。

② 《欧阳修集编年笺注》第八册附录卷五，第 560 页。

③ 《欧阳修集编年笺注》第八册卷一五〇，第 178 页。

④ 《宋史》卷三一四，第 10259 页。

史册的“朋党”之说应该是东汉末年的党锢之祸。当时的东汉朝廷宦官专权，朝政混乱，反对宦官专权的士大夫们则形成了处士横议、私相品题的局面。当时在士大夫群体中有著名的“三君”“八骏”“八厨”“八顾”“八及”等具有清望的君子，这些人在与宦官的斗争中失利，被宦官以“养太学游士，交接诸郡生徒，更相驱驰，共为部党，诽讪朝廷，疑乱风俗”①的罪名诬陷，汉桓帝大怒，诏告天下，大肆搜捕党人，接连激起两次党锢之祸，所逮捕者多为天下名士，其中的代表人物李膺、范滂等人都被处死。唐中期，朋党之乱再起，这次的党争以牛僧孺与李宗闵为首。牛僧孺代表了以进士及第而进入政坛的一部分平民出身的官员，而李宗闵则代表了即将没落的唐代贵族势力。这两派在中唐朝廷缠斗几十年，给唐朝内部带来极大的内耗，也给很多士人带来人生和仕途的磨难。著名诗人李商隐就是在党争的夹缝中生存，最后郁郁而终的。连当时的皇帝唐文宗也对朋党问题感到头疼不已，他无奈地说道：“去河北贼易，去此朋党难!”②可见，朋党问题，是封建专制王朝里皇帝最忌惮的事情。而朋党，正如唐朝名臣李绛所说：“自古人君最恶者朋党，小人揣知，故常借口以激怒上心。朋党者，寻之则无迹，言之则可疑。小人常以利动，不顾忠义；君子者，遇主知则进，疑则退，安其位不为它计，故常为奸人所乘。”③在没有个人实际罪状的情况下，以此作为罪名，又是最方便一网打尽政敌的一个方法。

宋朝历代皇帝同样对朋党问题抱有警惕之心。宋太祖在夺得政权的第三年，就曾下诏，要求“及第举人，不得呼举官为恩门、师门及自称门生”④。太宗朝中后期，就多有以“朋党”之罪攻击政治对手，最后成功将其逐出朝堂的案例。端拱年间，以赵普为首的元老派击败了以胡旦、赵昌言为首的太平兴国三年(978)进士“同年党”，至淳化二年(991)，又有以寇准为首的太平兴国五年进士“同年党”扳倒宰相吕蒙正之事发生。赵普公布赵昌言的罪状是：“交结非类，玷辱清朝。”⑤

① (南朝宋)范晔：《后汉书·党锢列传》卷六七，中华书局第2007年版，第639页。

② (宋)欧阳修、宋祁：《新唐书》卷一七四，中华书局1975年版，第5236页。

③ 《新唐书》卷一五二，第4841页。

④ 《续资治通鉴长编》卷三，第71页。

⑤ (宋)徐自明：《宋宰辅编年录校补》卷二，王瑞来校补，中华书局1986年版，第52页。

而《吕蒙正罢相除吏部尚书制》谓吕蒙正罪在："朋党比周，深失苍生之望。"①宋真宗也曾发表过要使大臣们彼此"异论相搅"，则各自"不敢为非"的意见。这都说明，宋朝统治者们最害怕的，"是在朝的大臣之间或大臣和一般士大夫之间结合成派系和朋党，以致成为中央集权的一个分割力量"②。宋仁宗天圣七年(1029)三月癸未，在下诏令"百官转对，极言时政阙失如旧仪"时，就曾嘱咐辅臣说："所下诏，宜增朋党之戒。"③在任命朝廷大员时，皇帝更是注重此事：

> 景祐中，王沂公曾、吕许公夷简为相，宋绶、盛度、蔡齐为参知政事。沂公素喜蔡文忠，吕公喜宋公垂，惟盛文肃不得志于二公。晚年王、吕相失，交章乞退。一日，盛文肃致斋于中书，仁宗召问曰："王曾、吕夷简乞出甚坚，其意安在?"文肃对曰："二人腹心之事，臣亦不能知。但陛下各询以谁为代者，即其情可察矣。"仁宗果以此问沂公，公以文忠荐。一日又问许公，公以公垂荐。仁宗察其朋党，于是四人者俱罢政事，而文肃独留焉。④

盛度就是利用了宋仁宗对于朋党的高度警惕，而成功得以赶走政敌，独任宰相的。

可见，宋仁宗对于朋党问题如他的祖宗一样，非常戒备。在宋仁宗当政期间，吕夷简与范仲淹因朝政问题在朝廷之上争论，吕夷简在无法招架范仲淹的进攻之下，就祭起了"朋党"这面大旗。初次使用，吕夷简就成功击败范仲淹，以"越职言事、荐引朋党、离间君臣"⑤的罪名将其排挤出朝廷，贬谪到饶州。宋仁宗听从了侍御史韩渎的建议，把范仲淹的"朋党"张榜公布在朝堂之上。这次贬谪之事简直是打开了潘多拉的魔盒，以后的多次群体性贬谪，均以"朋党"名义进行。吕夷简此后也是以"朋党"的名义，把"并据要地，锐于作事"的叶清臣、吴遵路、宋庠、郑戬排挤出朝廷。其原因主要在于宋庠与吕夷简在政事上数次争

① 《宋大诏令集》卷六五，第319页。
② 邓广铭：《宋史十讲》，中华书局2015年版，第63页。
③ 《续资治通鉴长编》卷一〇七，第2504页。
④ 《宋朝事实类苑》卷第十六，第186页。
⑤ 《续资治通鉴长编》卷一一八，第2784页。

论，而皇帝又对宋庠颇有好感，吕夷简怕宋庠威胁到自己的位置，想办法要把他排挤出朝廷，最后利用了范仲淹擅通书与元昊的事件，使宋庠处于舆论谴责的中心，最终以朋党的名义把他罢免。据《长编》卷一百三十二载：

> 庚午，龙头阁直学士、权三司使叶清臣知江宁府，权知开封府、天章阁待制吴遵路知宣州。陕西都转运使、龙头阁直学士姚仲孙权三司使，知制诰贾昌为龙头阁直学士、权知开封。清臣与遵路雅相厚，而宋庠、郑戬皆同年进士也，四人并据要地，锐于作事，宰相以为朋党，请俱出之。
>
> 辛未，右谏议大夫、参知政事宋庠守本官，知扬州，枢密副使、右谏议大夫郑戬加资政殿学士，知杭州。先是，吕夷简当国，同列不敢预事，唯诺书纸尾而已，独庠数与争论，夷简不悦。上顾庠颇善，夷简忌之，巧为所以倾庠未得。及范仲淹擅通书元昊，又焚其报，夷简从容谓庠曰：“人臣无外交，希文何敢如此?”庠以夷简诚深罪仲淹也，他日于上前议其事，庠遽请斩仲淹，枢密副使杜衍力言其不可，庠谓夷简必助己，而夷简终无一言，上问夷简，夷简徐曰：“杜衍之言是也，止可薄责而已。”上从之，庠遂仓皇失措，论者哗然，皆咎庠，然不知实为夷简所买也。于是，用朋党事与戬俱罢。①

吕夷简之所以能如此轻易地以“朋党”的名义把自己的政敌排挤出去，主要还是利用了宋仁宗对于朝臣结为“朋党”的恐惧。对于专制皇权而言，朝廷的中心只有一个，那就是皇帝本人，如果朝臣结为朋党，皇室的权力就有可能被架空。这是历代专制君主绝对不可以容忍的。所以在吕夷简以“朋党”罪名攻击范仲淹时，宋仁宗马上就同意下诏“以仲淹朋党榜朝堂”，甚至在吕夷简罢相之后，还有人不断以“朋党”的名义攻击当时已回到朝廷，并担任要职的富弼、韩琦、范仲淹、欧阳修等人。

> 初，吕夷简罢相，夏竦授枢密使，复夺之，代以杜衍，同时进用富弼、

① 《续资治通鉴长编》卷一三二，第3127页。

韩琦、范仲淹在二府。欧阳修为谏官，石介作《庆历圣德诗》，述进贤退奸之不易，盖斥夏竦也。竦衔之，而仲淹等皆修所善。修言事一意径行，略不以行迹嫌疑顾避。竦因与其党造为党论，目衍、仲淹及修等为党人。修乃作《朋党论》上之，于是为党论者恶修。摘语其情状，至内侍蓝元振上疏，言范仲淹、欧阳修、尹洙、余靖，前日蔡襄谓之四贤。斥去未几，复还京师。四贤得时，遂引蔡襄以为同列。以国家爵禄为私惠，胶固朋党，苟以报谢当时歌咏之德。今一人私党止作十数，合五六人，门下党与已无虑五六十人。递相提携，不过三二年，布满要路，则误朝迷国，谁敢有言？上终不之信也。①

在经历了西夏元昊的叛乱之后，宋仁宗看到了范仲淹一心为国的忠诚，以及处理军国大事的能力。为了改变当时国家积贫积弱之态势，宋仁宗听从士大夫的建议，决定任用范仲淹等人来进行改革。但是他对于范仲淹等人的"朋党"问题，依然保持警惕，于是他再次下诏，戒百官朋党。参知政事李若谷因此向仁宗建言："近岁风俗薄恶，专以朋党诬善良。盖君子小人各有类，今一以朋党目之，恐正臣无以自立。"②李若谷对仁宗分析了朋党问题被其他别有用心之人利用的情况，并建议仁宗不要轻易使用朋党的罪名来打击臣下。仁宗认为他说得有道理。但是他对范仲淹"朋党"的问题仍然疑惑不定，甚至自己亲自向范仲淹求证是否真有朋党：

戊戌，上谓辅臣曰："自昔小人多为朋党，亦有君子之党乎？"范仲淹对曰："臣在边时，见好战者自为党，而怯战者亦自为党，其在朝廷，邪正之党亦然，唯圣心所察尔。苟朋而为善，与国家何害也？"③

范仲淹根据自己在边境的亲身经历，回答了宋仁宗的问题，但他等于间接承

① 《宋宰辅编年录校补》卷五，第252页。

② 《续资治通鉴长编》卷一二二，第2881~2882页。

③ 《续资治通鉴长编》卷一四八，第3580页。

认了君子有党，这给宋仁宗疑忌的心理增加了负担。为了进一步解决宋仁宗关于朋党的认识问题，被指为范仲淹一党的欧阳修专门撰写了《朋党论》①一文进献给宋仁宗。其在文章中承认朋党之说是有的，而且也只有君子才有朋，小人则无朋。因为君子“所守者道义，所行者忠信，所惜者名节。以之修身，则同道而相益；以之事国，则同心而共济；终始如一，此君子之朋也”。而小人追求的是利，“及其见利而争先，或利尽而交疏，则反相贼害，虽其兄弟亲戚，不能相保。故臣谓小人无朋，其暂为朋者，伪也”。他希望宋仁宗能够“退小人之伪朋，用君子之真朋，则天下治矣”，并且举了尧舜禹三代时期的君主如何对待朝廷的君子之朋与小人之朋，君主能够善用君子之朋，所以天下大治，而东汉汉献帝时期“取天下名士囚禁之，目为党人”，唐代后期，兴起朋党之论，最后的结果是天下大乱，国家灭亡。他从正反两面举例，逻辑严谨，有理有据，希望皇帝能够从历史中得到借鉴。所谓“治乱兴亡之迹，为人君者，可以鉴矣”！这篇文章是欧阳修非常经典的一篇论说文章，但他同范仲淹一样承认君子有党。关于这个问题，刘子健指出：“欧阳修在仁宗问范朋党以后，即进《朋党论》。本来自古都是说朋党不好。当时实情，已有朋党之名，何况范仲淹自己又先承认了？欧阳乃别出心裁，作翻案文章，反说君子才有朋党，小人倒没有。换言之，被称为朋党的才是好人。……南宋叶适评论甚切。他说此文乃‘迫切之论，失古人意。徒使人悲伤，而不足以为据也’。欧阳尽管如此写，他也明知理论上君子不应该有朋党，实际上他和范仲淹等人也根本无党。所谓朋党，只是政敌用来作为破坏庆历革新的利器。”②因为，只要是朝廷上形成了某个新的政治集团，其影响力越大，人数越多，在专制皇帝看来，都是对他的绝对权力的威胁。宋代虽然说与士大夫共治天下，但也崇奉“异论相搅”，就是不希望在朝廷士大夫中间出现以某个人为精神核心的“朋党”。看后面的情形，欧阳修的文章能否起到释仁宗之惑的作用，还是比较可疑的。

关于朋党问题的讨论，在唐代就已经开始了。唐时名臣李绛就曾经在回答皇

---

① 《欧阳修集编年笺注》第二册卷一七，第68~70页。

② ［美］刘子健：《欧阳修的治学与从政》，（台北）新文丰出版公司1984年版，第190页。

帝关于朋党的问题时讲过，他又进一步向皇帝解释“圣人同迹，贤者求类，是同道也，非党也”①，甚至举了皇帝尊重奉行尧、舜、禹、汤的德行，难道皇帝与数千年之前的君主为朋党吗？同时也讲述了东汉党锢之狱造成的亡天下的严重后果，很好地缓解了皇帝对朋党的疑忌之情。

> 帝患朋党，以问绛。答曰：“自古人君最恶者朋党，小人揣知，故常借口以激怒上心。朋党者，寻之则无迹，言之则可疑。小人常以利动，不顾忠义；君子者，遇主知则进，疑则退，安其位不为它计，故常为奸人所乘。夫圣人同迹，贤者求类，是同道也，非党也。陛下奉遵尧、舜、禹、汤之德，岂谓上与数千年君为党耶？道德同耳。汉时名节骨鲠士，同心爱国，而宦官小人疾之，起党锢之狱，讫亡天下。趋利之人，常为朋比，同其私也；守正之人，常遭构毁，违其私也。小人多，谮言常胜；正人少，直道常不胜。可不戒哉！”②

正如李绛所言：“君子者，遇主知则进，疑则退，安其位不为它计，故常为奸人所乘。”范仲淹与欧阳修作为君子，并没有意识到君主内心关于“朋党”的疑忌之情。在皇帝的认识里，范仲淹与欧阳修等于都承认自己有朋党的事实。虽然欧阳修专门撰写《朋党论》来解释和分析君子之党与小人之党的分别，且认为君子有党，小人无党。他引经据典，指出了历朝历代以来君主起用君子之朋带来的天下大治，而整治君子之朋，“夫前世之主，能使人人异心不为朋，莫如纣；能禁绝善人为朋，莫如汉献帝；能诛戮清流之朋，莫如唐昭宗之世。然皆乱亡其国”，可以说是苦口婆心，但历史事实证明，范仲淹与欧阳修的努力虽然暂时有了效果，但是宋仁宗的疑虑并没有被完全打消，所以在“庆历新政”实行一年半之后，就下令终止。

由于新政损害了一部分官员的既得利益，范仲淹在挑选官员方面又非常严格，对于无能与不称职的官员通常都是直接免掉他们的官职。同朝当政的富弼提

① 《新唐书》卷一五二，第 4841 页。

② 《新唐书》卷一五二，第 4841 页。

醒他说：“十二丈则是一笔，焉知一家哭矣！”范仲淹说：“一家哭何如一路哭耶？”①新政颁布的“恩荫法”也比以前要严格很多，各级官员恩荫子弟的数量和恩荫授官的等级都作了更为严格的规定。诸如此类，都直接从官员的层面来进行革新，大大引起了这些人的不满，他们为了反击，再次以朋党的罪名向仁宗进谗，甚至利用苏舜钦在进奏院祭神时组织的一场饭局而发起了“奏邸之狱”，项庄舞剑，意在沛公。因为苏舜钦与王益柔是范仲淹所举荐，苏舜钦又是参知政事杜衍的女婿，杜衍是坚定支持范仲淹改革的高层官员，在这种情况下，王拱辰在宰相贾朝昌的支持下，发起“奏邸之狱”，成功获得了宋仁宗的支持，通过打击一批支持新政的年轻官员，把范仲淹及其支持者再次排挤出朝廷，顺带也毁掉了苏舜钦这个诗人的政治生命，使他在闲居苏州几年后郁郁而终。欧阳修本人当时并不在朝，他上书朝廷，以悲愤的口吻指出：“今此四人（杜衍、韩琦、范仲淹、富弼）一旦罢去，而使群邪相贺于内，四夷相贺于外。”②但是无济于事，“庆历新政”也因为“朋党”罪名而夭折了。庆历四年（1044）十一月十二日，仁宗借“进奏院案”打击范仲淹，特地发布诏书云：

> 朕闻至治之世，元、凯共朝，不为朋党，君明臣哲，垂荣无极，何其德之盛也！朕昃食厉志，庶几古治。而承平之弊，浇竞相蒙，人务交游，家为激讦，更相附离，以沽声誉。至或阴招贿赂，阳托荐贤。又按察将命者，恣为苛刻，构织罪端……以重多辟。至于属文之人，类亡体要，诋斥前圣，放肆异言，以讪上为能，以行怪为美。自今委中书、门下、御史台采察以闻。③

这道诏书明确地把奏邸之狱牵扯到的年轻官员王益柔等人归于范仲淹的一党，严厉指责范仲淹新政导致的种种弊端，实际上等于皇帝宣告天下，他推翻了自己对于范仲淹新政的支持。当时因西北边境形势趋紧，范仲淹奏请巡边，八月

① （宋）朱熹：《朱子语类》卷七，第216页。

② 《宋史》卷三一九，第10378页。

③ 《续资治通鉴长编》卷一五三，第3718页。

启程宣抚河东、陕西。在这种情况下，他也知道自己重回朝廷已经是无望了。欧阳修听闻此信，匆忙上书仁宗，极言范仲淹等人不应罢去。他在《论杜衍范仲淹等罢政事状》中，指出“朋党”是小人欲“广陷良善”的极好的理由。其原因在于“去一善人而众善人尚在，则未为小人之利。欲尽去之，则善人少过，难为二一求瑕；惟有指以为朋党，则可一时尽逐”①。他还举例证明，杜衍、韩琦、范仲淹、富弼等人不是朋党：“臣料杜衍为人清审而谨守规矩，仲淹则恢廓自信而不疑，韩琦则纯正而质直，富弼则明敏而果锐。四人为性，既各不同，虽皆归于尽忠，而其所见各异，故于议事多不相从。至如杜衍欲深罪滕宗谅，仲淹力争而宽之；仲淹谓契丹必攻河东，请急修边备，富弼料九事，力言契丹必不来。至如尹洙，亦号仲淹之党，及争洛水城事，韩琦则是尹洙而非刘滬，仲淹则是刘滬而非尹洙。此数事尤为彰著，陛下素已知者。此四人者，可谓公正之贤也。平日闲居，则相称美之不暇；为国议事，则公言廷争而无私。以此而言，臣见杜衍等真得汉史所谓忠臣有不和之节，而小人谗为朋党，可谓诬矣。”②他甚至痛心疾首地说出：“陛下于千官百辟之中，亲选得此数人，一旦罢去，而使群邪相贺于内，四夷相贺于外，此臣所以为陛下惜矣。”③可惜，宋仁宗对于范仲淹等人的耐心已经消失，疑忌却与日俱增，无论韩琦还是欧阳修，他们的进言都是无济于事的。

三、“朋党”与皇权的冲突及其被利用

自此之后，“朋党”成为打击政敌的利器。宋神宗时期，以是否支持王安石新法为判断标准，他把朝廷官员分为新党与旧党。新旧党当政之时，互相排挤与自己不是一党的政治人物，但还能做到就事论事，没有进行人身迫害。到了宋哲宗和宋徽宗时期，党争双方则形成了恶性竞争，其排挤官员也不是出于公心，完全成了公报私仇的幌子，尤其是蔡京当政期间，“元祐党人碑”的竖立，标志着以“朋党”的名义，对士大夫的迫害达到了登峰造极的地步。推究起来，宋代的所谓“朋党”从吕夷简对范仲淹的指控开始，到范仲淹以“朋党”的罪名被贬出朝，

① 《欧阳修集编年笺注》第六册卷一〇八，第297页。
② 《欧阳修集编年笺注》第六册卷一〇八，第298页。
③ 《欧阳修集编年笺注》第六册卷一〇八，第303页。

“庆历新政”推行的整个过程都笼罩在“朋党”的阴翳之下，到最后因“朋党”之说而失败的时候，就已经表明“朋党”之说已经是北宋王朝最大的隐忧了。吕夷简是一个复杂的政治人物，他既是一个能够支撑朝廷大局的顾命大臣，同时又会使用不太光明正大的手段以达到自己的目的。正如朱熹所分析的：

且朋党之倡，其萌于范吕交隙之时乎！谓申公为小人耶？争宸妃诞育之功，而丧于成礼；当宫廷避灾之顷，而顾望清光。乃拜手疏八事，如正朝纲，塞邪径，禁贿赂，辨佞士，直得大臣辅相之体。而其大者，释仲淹之宿怨，容孙沔之直言，是未可以小人訾之也。谓申公为君子耶？敕有司不受台谏，夷简倡之；戒百官越职言事，夷简主之，罢相之后，密表之频奏，内侍之阴结，是失大臣进退之义。而其大者，因私憾而预瑶华之议，因北事而忌富弼之能，是未纯于君子也。仲淹与之比肩联事，岂能帖帖阿附而为诡随之态乎？方其姑苏召还，正惬公议，待制之除，俾伸素蕴。而处钧衡之地者思有以陷之，以侍臣噤其口，以剧务挠其心。然百官之图，四论之献，凛然生言者之气。大臣不堪，遂以朋党目之，仲淹于是有鄱阳之行。是行也，李纮、王质载酒往饯，而欲附党以为幸。欧阳修、余靖、尹洙抗疏力争，而愿同贬以为荣，仲淹何慊哉？以至韩琦求蔡襄之诗，程琳议党人之谤，若谷辨君子之类，此皆营救仲淹也。惜夷简之党胜，仲淹之党不胜，至使受知、荐主方尔从坐，同年进士又相继出，诸贤皆以朋党逐矣。①

按照朱熹的分析，吕夷简此人是一个复杂的政治人物，他曾经做过很多与朝廷有利的大事，但也做了很多不是君子所为的事情，如因不堪范仲淹的直言进谏而指责范仲淹“朋党”，并把范仲淹以及其支持者全部逐出朝廷。其实吕夷简自己才真的有党，只是吕夷简本身已经在宋仁宗的心目中占据了有利地位，范仲淹一心为国，忠诚谋事，但却没有料到在人治的国家里，处于最高端的政治人物的想法，才是决定成功失败的最重要因素。宋真宗时，王旦也曾经与真宗谈起过用人的问题：

① 《范文正公集》卷五，上海商务印书馆《四部丛刊初编本》1929年版，第651页。

> 上遍阅侍从官姓名，谓辅臣曰："此等各有所长，然求其文雅适用，可威方面者鲜矣。每念唐贤比肩而出，何当时人才之多也。"王旦曰："方今下位，岂无才俊？或恐拔擢未至尔。然观前代求贤，不求其备，不以小疵掩大德。今士大夫孰为无过，陛下每务保全之。然流言稍多，则不便于任吏。大都迭相称誉近乎党，过相纠讦近乎公。鉴其爱憎，惟托上圣，则庶几无弃人矣。"①

可见对于人才的拔擢与任用，是非常复杂的事情。在宰相王旦的眼里，也只能取决于皇帝的圣明。只有皇帝明察，才能做到野无遗贤。这是皇权专制社会用人的本质。

诸葛忆兵在《论范仲淹与宋仁宗之关系》中提出："范仲淹出将入相之丰功伟业，皆建立于仁宗朝。换言之，范仲淹能够得以施展雄才大略，在仕途上走向显达，或者在仕途上屡遭挫折，终至'庆历新政'被废弃，都与宋仁宗有至为密切之关联。"②很显然，专制王朝的性质决定了一个信奉儒家之道的士大夫，其政治理想的实现在很大程度上取决于当时的统治者。对于范仲淹而言，他面对的就是宋仁宗。宋仁宗在历史上以宽厚仁慈著称，从其行事上来看，也确实如此。但这不能改变他作为统治者对于君权的高度关注和维护，一旦开始怀疑有人或者某些集团威胁或想要染指他的绝对权力，他必然是会采取断然措施的。"如果说，宋仁宗代表'皇权'，他的政治思想和行为体现的是赵宋皇室的政治理想及价值判断，则范仲淹可以说代表的是北宋儒家'原道'主义者群体，他的思想和行为，代表的是这一群体的政治理想及价值追求。"③其实，君臣相得的问题在宋真宗与寇准之间就已经发生过了。寇准在知开封府时，与王禹偁的儿子王嘉佑有一段对话，其中就谈到了作为宰相能否建功立业，取决于君臣能否相得而毫无猜疑防范之心。据《长编》载：

---

① 《续资治通鉴长编》卷八五，第 1952~1953 页。

② 诸葛忆兵：《论范仲淹与宋仁宗之关系》，《江苏社会科学》2010 年第 5 期。

③ 郑志强：《范仲淹与宋仁宗政治关系新论》，《社会科学研究》2010 年第 6 期。

嘉佑，禹偁子也。嘉佑平时若愚……独寇准知之。准知开封府，一日，问嘉佑曰：“外间议准云何?”嘉佑曰：“外人皆云丈人日夕但入相。”准曰：“于吾子意何如?”嘉佑曰：“以愚观之，丈人不若未为相，为相则誉望损矣。”准曰：“何故?”嘉佑曰：“自古贤相，所以能建功业泽生民者，其君臣相得，皆如鱼之于水，故言听计从，而功名俱美。今丈人负天下重望，相则中外以太平责焉，丈人之于明主，能若鱼之有水乎? 嘉佑所以恐誉望之损也。”准喜，起，执其手曰：“元之虽文章冠天下，至于深识远虑，殆不能胜吾子也。”①

寇准自己也认为王嘉佑的分析非常准确，夸他有深谋远虑。而寇准在澶渊之盟以后，也确实没有做出太大的功绩，还多次被罢免相位，出居外藩。连辽国的使节都替他不平，《长编》卷七十载：

辛亥，命户部尚书寇准知天雄军兼驻泊都部署。契丹使尝过大名，谓准曰：“公望重，何故不在中书?”准曰：“主上以朝廷无事，北门锁钥，非准不可尔。”②

虽然寇准在契丹使者面前回答得冠冕堂皇，但也掩饰不了自己不被皇帝完全信任与倚重的事实。寇准最后贬死南荒，虽然有奸臣丁谓作祟，但真宗对寇准内心的不满和猜忌也是其中非常重要的因素。范仲淹在几次贬谪之后，也注意到了君臣关系的重要性。这也是范仲淹被贬睦州之后，其对严光与汉光武帝刘秀之间的关系再三致敬的原因。他写作《严先生祠堂记》，最关注的不是严光不慕荣利的高风亮节，而是汉光武帝刘秀对昔日老友的理解与尊重，以及两者之间开诚布公、毫无嫌隙的君臣关系。但是，遗憾的是，宋仁宗对于士大夫群体来说，是相当宽厚的，也有从谏如流的美德。但是，对于士大夫个人，尤其是范仲淹这样在士林中具有崇高威望、能力卓著的人来说，他们之间并没有建立起一种完全相互

① 《续资治通鉴长编》卷五五，第 1217 页。
② 《续资治通鉴长编》卷七〇，第 1582 页。

信任的关系，再加上反对派的挑拨离间，宋仁宗很难继续保持对范仲淹及改革派的信心。

而这也是范仲淹两次被贬的重要原因。对此类问题，宋太宗时期的王禹偁有很精当的分析。在欧阳修之前，王禹偁在读唐史时，读到李德裕因朋党之争而被贬海南，有感而发，写了《朋党论》一文。他不认同唐文宗所谓“去河北贼易，去此朋党难”的论调。他认为：“君子直，小人谀。谀则顺旨，直则逆耳。人君恶逆而好顺，故小人道长，君子道消也。”他引用《尚书》之言指出：“书曰：‘有言逆于汝心，必求诸道。有言逊于汝志，必求诸非道。’君天下者，能践斯言而行之，则朋党辨矣。”①王禹偁认为朋党问题由来已久，主要在于君主是否有能力和意愿辨别君子与小人，大部分情况下君子之党战胜不了小人之党，主要的原因在于皇帝本人“恶逆而好顺”。由此可见，朋党问题解决不了最根本的原因在于皇帝本人。王禹偁此文直指皇帝，批评的锋芒是很尖锐的。同时，此文也为仁宗时期欧阳修作《朋党论》提供了一定的理论支撑。宋仁宗庆历四年(1044)尹洙也在听闻欧阳修、蔡襄等谏官被驱逐之后上《论朋党疏》，他也提到了皇帝慧眼识别“朋党”的重要性：“伏惟念知之之已明，任之之已果，而终之之甚难，则天下幸甚。然臣爱修等之贤，故恤其去朝廷而不尽其才。如陛下待修等未易于初，则臣有称道贤者之美；如其恩遇已移，则臣则负朋党之责矣。夫今世所谓朋党，甚易辨也。陛下试以意所进用者姓名询于左右，曰：‘某人为某人称誉。’必有对者曰：‘此至公之论。’异日其人或以事见疏，又询于左右，曰：‘某人为某人营救’，必有对者曰：‘此朋党之言。’昔之见用，此一臣也，今之见疏，亦此一臣也，其所称誉与营救一也，然或谓之公论，或谓之朋党。是则公论之与朋党，常系于上意，不系于忠邪，此御臣之大弊也。”②尹洙同样认为，所谓忠邪、朋党之别，在于下臣揣测皇帝之意而已，皇帝想要用谁，那么夸赞他的人，就会被说是天下公论，如果皇帝已经决定疏远他，那么去营救的人就会被称为朋党。

正因为如此，在封建社会里，以朋党的名义去攻击对手，主要还是看皇帝本人对被攻击者的态度及辨别能力。如果作为统治者的君主没有清楚的辨别能力，

① 《王黄州小畜集》卷五。

② 《全宋文》第二十七册卷五八一，第253~254页。

或者说根本没有意愿去思考和辨别朋党问题背后掩盖的真实目的，任由朋党之争在朝野蔓延，就会给国家造成严重的内耗和伤害，正如李绛、王禹偁、欧阳修所言，其结果必然是国破家亡。也正是宋仁宗时期喧嚣一时的“朋党”之说，给北宋中后期神宗、哲宗、徽宗朝士大夫之间因政见不同或者权力之争，提供了斗争的理论武器。到神宗时期，由于对王安石改革持不同态度，士大夫被分为新旧两党。此后，两党之间倾轧不断，就算是哲宗初期宰执们想要新旧兼用，但是两党之间的裂痕已很难弥合。神宗时期由新党勾连发动苏轼的“乌台诗案”、哲宗朝高太后主政时期由旧党发起的导致新党蔡确被贬新州的“车盖亭诗案”，都是不同的政治派别之间为了打击不同政见者所发起的“文字狱”，而这些事件导致新旧党人之间不断冤冤相报。本来只是政见不同的君子之争，如同王安石与苏轼、司马光等人一样，到了后期，新旧两党已由政见之争演变成了意气之争。新党对旧党的报复已经不是因为政见问题，比如苏轼，其实能比较清醒地看到新法的合理性的一面，从而反对彻底废掉新法。但是在哲宗亲政后，他却被一贬再贬，直到海南儋州。连同他的弟子黄庭坚、秦观等人都受到牵连，被远贬出京。徽宗时期蔡京等大肆整治旧党，其所竖立的“元祐党人碑”，彻底证明“朋党”之说已经完全成为权力集团互相倾轧的工具。自宋哲宗亲政之后，士大夫群体中的一部分小人利用皇权对于“朋党”的警惕和恐惧，肆意制造朋党之说，来迫害自己的政敌和私敌，虽然得到了一时的权力与利益，但“皮之不存，毛将焉附”。国破之时，也是他们离家远徙之日，像宋徽宗时期炮制“元祐党人碑”的蔡京，最后也是死在了远贬南荒的路途之中，而北宋王朝，也在经受了“靖康之耻”之后，黯然结束了它的统治生涯。

相对于宋代中后期的党争的残酷性，范仲淹算是比较幸运的了。宋仁宗在范仲淹对西夏战事正确处理的情况下，以及当时士大夫集团对范仲淹的称许声中，起用了他，虽然最后改革并未成功，但他能够在“宣抚之初，谗者乘间峰起，盖以奇中造端飞语，无所不及，甚者必欲挤之以死而后已，赖上宽度明照，知公无他，始终保全”①。也正如朱熹所分析的“唐自牛僧孺、李宗闵对策，至李德裕朱

① (宋)杜大珪编纂：《名臣碑传琬琰集》中集卷一二，影印《四库全书》文渊阁本第450册，第303页。

崖之贬，一报一复，凡四十二年而后息。我仁宗在位四十二年，待遇臣下恩亦至矣，夫岂无药石以针砭之，汤沐以栉制之？未几云开日出……如范文正公以忤申公而得贬，其始也虽为之下朋比之诏，及西事之兴，不惟宥其过，而且大用。杜、富、欧、余以邸狱而尽去，始者所行之人虽尽废黜，而陈执中既罢之后，诸贤复诏，而或畀之钧衡。或列于论思，气类相感，竟不至伤吾保泰之和，诸贤何憾哉？”①朱熹只看到了范仲淹等人在被以“朋党”之说废弃后的重新起用，但是范仲淹在实践儒道理想时遇到的重重阻碍，左支右绌的感觉，作为其同道的欧阳修是看得最清楚不过的了。“呜呼公乎！学古居今，持方入圆。丘、轲之艰，其道则然。公曰彼恶，公为好讦；公曰彼善，公为树朋；公所勇为，公则燥进；公有退让，公为近名。”②对于范仲淹这样的“以天下为己任”的儒家道统的承袭者，其道得行才是真正的幸运吧？所以范仲淹在《岳阳楼记》中感叹：“嗟夫！予尝求古仁人之心，或异二者之为，何哉？不以物喜，不以己悲，居庙堂之高则忧其民，处江湖之远则忧其君。是进亦忧，退亦忧。然则何时而乐耶。其必曰：先天下之忧而忧，后天下之乐而乐乎！咦！微斯人，吾谁与归？”其内心之孤独失落，可想而知。

---

① 《范文正公集》卷五，上海商务印书馆《四部丛刊初编本》1929年版，第655页。

② 《欧阳修集编年笺注》第三册卷五〇，第320页。

第六章　北宋前期贬谪文学与文化的特征及影响

北宋前期的贬谪事件层出不穷，而经历了贬谪的文人士大夫们所创作的文学作品正是这些贬谪事件在他们心灵深处的烙印。北宋前期的贬谪文学，不但数量多，并且成就高。王禹偁、欧阳修、苏舜钦、范仲淹等人均在贬谪期间创作出了他们的代表作品。从王禹偁《黄州新建小竹楼记》到欧阳修《醉翁亭记》再到范仲淹《岳阳楼记》，可以说都印证了文统与道统合一的过程。这也标志着文人士大夫由原来近似附庸的注经者，渐趋转化为彰显价值自信和主体自觉意识的明道、传道者。这样的文学必然产生于彼此适应的文化当中。北宋士大夫普遍认为自己身处明时，并且具备鲜明的主体意识。从"道"与"位"的得失来看，即使宦途遭遇贬谪与坎坷，失去了行道之位，他们也并不以为自己的人生就失去了价值，因为他们还可以"以文行道、修身行己"。因此在被贬谪时，表现出"不以物喜，不以己悲"的超然心态。以范仲淹为代表的北宋前期士大夫，在面对和经历仕途中的挫折——贬谪时，其所表现出的鲜明的主体意识与高尚的政治气节是为后代士人所称颂和钦佩不已的，这种精神财富也给宋代后期经历贬谪的士大夫，如苏轼、黄庭坚等人以借鉴和支持，使他们在身处贬谪时能够摆脱压抑与失落的情绪，积极冷静地寻找属于士大夫自己的人生价值。

第一节　北宋前期贬谪文学

贬谪无疑是士大夫仕途中的低谷，作为官员的他们职位遭到贬降，有的官员被贬谪为散官、闲官，甚至没有权力签书公事。这样一来，他们就有充足的时间和条件来从事诗文创作；同时，儒家"立功、立德、立言"的传统"三不朽"思想使得他们在没有机会充分施展政治才能之时，期望通过修史、注经来影响社会，获得作为儒家士大夫的价值感。另外，文学诗歌作为一种抒情言志的手段，是贬谪期间的文人抒发性情和表达思想、书写在贬所所见所闻的极好方式。宋太宗在位期间三次被黜的王禹偁就在贬谪期间创作了大量的文学作品。他在第一次被贬商州团练副使时就将其在商州所作编为《商於唱和集》，后来的欧阳修、苏舜钦、范仲淹等，在贬谪期间也都有大量的诗文作品问世。他们吟咏贬谪地的山水风光、人文景观，抒发自己的内心情感及所思所想，创作了不少名篇佳作。他们的作品既有文学的优美，又饱含人生况味的体验，同时又提炼出自己对于士大夫人生价值的认识及对于个人信念的坚持，这些作品都体现了他们“传道而明心”的文学精神与理论实践。

一、北宋前期贬谪文学的内容与美学特征

贬谪文学的创作从形式上看，诗词文赋诸体皆有。从内容上看，包含以下几个方面：感怀抒志、关怀民瘼、吟咏江山、表彰先贤等。贬谪对一个怀有政治理想的士大夫来说，无论如何也是一个人生的挫折和失败，这种状态和境遇往往使他们感到迷茫、困惑甚至是愤懑，进而引发他们的思考。发诸于心，形之于文，感怀述志类的诗文在贬谪文学的创作中占有相当大的比例。这些被贬的官员从京城来到州郡，亲身参与州县事务，对老百姓的生活状况有了切身感受，他们亲身体验和目睹了国家政策的制定与实施对老百姓生活的影响。作为深受儒家“仁爱”思想熏陶的士大夫，儒家诗教中“兴观群怨”的思想使他们把对老百姓生活状况的了解与思考都写到自己的诗歌当中去，感怀述志、关怀民瘼就成为他们文学创作中重要的一部分。贬谪，通常是使这些被降职的官员迁徙到另一个自己并不熟悉的陌生环境。在宋以前，大部分是比较僻远的山区与不发达的蛮荒之地。北宋时期，大部分文人几乎都有过贬谪的经历，但与前朝相比，贬谪地区基本不再特别偏远，而且三年任满甚至有时任期未满就会被量移至近地。遭贬官员一路行来，满眼风光，或者到任之后由于事务较少，所以有时间通过游赏山水去慰藉自己内心抑郁不平的情绪。所谓“平生诗句多山水，谁知谪宦是胜游”①，“行见江

① 《王黄州小畜集》卷八。

山且吟咏，不因迁谪岂能来”①？吟咏江山就成为贬谪文学的题中应有之义。同时，中国专制皇权统治历史久远，每个朝代都有官员遭受贬谪，而北宋前期官员所贬之地，很可能就是以前某位著名的文人士大夫遭贬之所，他们留下来的逸闻趣事、创造的一些人文景观从某种程度上成为北宋被贬谪文人的精神资源。另外贬谪之地本身就有一些文人高士曾在此居住，往往会留下一些遗迹和嘉言懿行。被贬文人来到此地，必然要游历瞻仰，吟咏江山之时，或借他人酒杯浇自已心中块垒，或表达对前贤的倾慕与追怀，把他们的精神通过文字发扬光大，也是贬谪文人们文学创作的一个重要方面。

从最早被贬谪到岭南的卢多逊开始，他在崖州就写有一些描述当地风光的诗歌，其中一首写的就是他在崖州时所居住村庄的风光，如《南水村》：“珠崖风景水南村，山下人家林下门。鹦鹉巢时椰结子，鹧鸪啼处竹生孙。鱼盐家给无虚市，禾黍年登有酒尊。远客杖藜来往熟，却疑身世在桃源。”②《宋史·丁谓传》讲到丁谓“在贬所，专事浮屠因果之说，其所著诗并文亦数万言”③。其在岭南的时间长达十几年，创作的文学作品有《知命集》与《青衿集》两种。《东轩笔录》卷三载：“丁晋公至朱崖，作诗曰：‘且作白衣菩萨观，海边孤绝宝陀山。’作《青衿集》百余篇，皆为一字题，寄归西洛。又作《天香传》，叙海南诸香。又作州郡名，配古人姓名诗。又集近人辞赋而为之序，及他记述题咏，各不下百余篇，盖未尝废笔砚也。”④其《青衿集》《知名集》全集已经不可见，但有部分诗歌仍然留存。

> 鹤相在海南，效唐李峤为单题诗，一句一事，凡一百二十篇，寄洛中子孙，名《青衿集》，徐坚《初学记》之类也。贬所无书籍，而默记旧读，历历不忘，且篇篇用李韵。又自序云：“谓三岁欲齿诸兄，行冠礼，祖母云：‘汝能讽五七言诗数十章，当汝从。’”至翌日能诵之，遂免总角。六七岁，侍祖母读《华严经》，即解句读，辨难字。十四五举业，为前辈推赏，擢高

① 《欧阳修集编年笺注》第一册卷一〇，第418~419页。

② 《全宋诗》第一册卷一八，第259~260页。

③ 《宋史》卷二八三，第9566页。

④ （宋）魏泰：《东轩笔录》卷三，《全宋笔记》第二编第八册，第20页。

第，登贵仕，皆早学之力。又云：“家仆至，得琪书，笔札精丽，字字可爱。又得诸孙简牍，各言日夕所学。知患难之门，不废素业，旷然忘迁谪之意。”今之贵人，位望稍通显，便放下书册，子弟怙势奢侈，为不肖而已。鹤相处祸患迁谪，乃能以学自娱，又能以学励其子孙，有过人者，不可以人废言也。①

可见，北宋文人在贬谪期间能以学自娱从丁谓就开始了。但丁谓其学只是“口耳记诵”之学，是为了帮其子孙增长知识，缺乏学术思想的探讨与精神境界的追求。但是，丁谓在岭南所作的诗歌，描述岭南奇丽景色、抒写自己岭南生活的心情，还是具有相当的艺术价值。他的《有感》云：“今到崖州事可嗟，梦中常若在京华。程途何啻一万里，户口都无三百家。夜听猿啼孤树远，晓看潮上瘴烟斜。吏人不见中朝礼，麋鹿时时到县衙。”②深切表达了自己对于京城的思念，以及崖州的荒凉偏僻。丁谓岭南诗作还有不少，总的来说，“丁谓海南诗的基调不是伤感和懊悔，而是大有卷土重来之势。后来，他的愿望局部得以实现，从崖州逐渐内徙。他的《自崖州召还寄友人》诗，有‘九万里鹏重出海，一千年鹤再归巢。且作潇湘江上客，敢言瞻望紫宸朝’之句。其欣喜、期望之情跃然纸上”③。丁谓其人的创作与他的心态都表明，丁谓是一个有才但个人野心极重的人。王禹偁曾称赞他：“其诗效杜子美，深入其间；其文数章，皆意不常而语不俗，若杂于韩、柳集中，使能文士读之，不之辨也。”④王禹偁作为宋太宗朝的文坛宗主，其对丁谓的评价不可谓不高，丁谓的文学才华，可想而知。但可惜的是，丁谓的人品却一直为人所诟病，李觏《答李观书》中就讲到：“彼孙、丁之文，举人之雄者耳，其立朝不闻有所建明，而胎天下之祸，为吾徒羞。”⑤《郡斋读书志》卷一九说丁谓“善为古文章，尤工诗什……世鲜其俦”⑥。可见，丁谓是典型的有才无德之人。他与卢多逊一样，虽博学多才，但是他的才华主要用于对高官厚禄的攫

① （宋）刘克庄：《后村诗话》卷一，王秀梅点校，中华书局 1983 年版，第 55~56 页。

② 《全宋诗》第二册卷一〇一，第 1148 页。

③ ［日］池泽滋子：《丁谓研究》，巴蜀出版社 1998 年版，第 250 页。

④ 《王黄州小畜集》卷一九。

⑤ 《全宋文》第四十二册卷八九五，第 22 页。

⑥ （宋）晁公武：《郡斋读书志》卷四，影印《四库全书》文渊阁本第 674 册，第 277 页。

取，还停留在“技”的阶段，远远没有进于“道”。这样的人在北宋朝廷也是不绝于缕。但是，与宋代士大夫崇尚气节、追求政治作为的主流群体相比，他们是宋代士大夫群体发展形成过程中的一小部分。

王禹偁在贬谪期间，专心致力于文学创作。他在被贬商州之时，就曾写有《酬种放征君》①一百韵，把自己被贬商州时的狼狈情形，内心的凄苦无助，功业无成的失意无奈抒写得淋漓尽致，抑郁不平之气充斥字里行间。他的《送林介》也是同样，“八年困名场，万里省慈亲。吟变闽越声，衣有京洛尘。况复长相依，知子文行淳。不能致一第，虚作金銮臣。昔余贬商洛，相送远涉溱。今予谪滁上，语别清淮滨。途穷与道丧，讵免同沾巾”②。从诗内容上看，林介是一个与王禹偁相依相伴的书生，王禹偁两次被贬，林介都曾去送别。而被贬滁州之时，恰好林介也科场落第，两人都陷入途穷道丧的境地，免不得泪洒衣巾，浓浓的伤感之情，是诗人内心痛苦的真实流露。类似这样感怀述志类内容的还有《七夕·商州作》。感怀述志的同时，王禹偁对于贬地百姓的生活也是非常关心的，在商州时遇到大旱，他写有《合崖湫》，写州民与郡吏辛苦求雨的过程，并指出“水旱盖定数，灾祥与政通。傅岩道丧久，咄尔贪天功”③，表达了对朝廷上层统治者的失道与贪天之功的可恨。另有《感流亡》一诗，流露出对流亡百姓的同情与自责，“峨冠蠹黔首，旅进长素餐。文翰皆徒尔，放逐固宜然”④。除了这类诗歌之外，王禹偁还写了很多表彰前贤的诗歌作品。比如他在商州时作《怀贤诗》三首，分别歌颂桑魏公维翰、王枢密朴和李兵部涛。这组诗的序言里明确说明自己被贬谪之后，没有政务可理，专事吟咏，所以有机会把自己以前所思慕的前贤事迹用于歌咏。商州是汉代时商山四皓所隐居的地方，他还写有《四皓庙》二首，作古风《不见阳城驿》，对阳城因直言进谏而被贬谪南荒一事，表达自己的倾慕之情。第三次被贬滁州之时，他写有《北楼感事》，其序为：“唐朱崖李太尉卫公为滁州刺史，作怀嵩楼，取怀归嵩洛之义也。卫公自为之记，其中述在翰林时同僚存没，且有白鸡黄犬之叹，颇露知退之心。及自滁征拜，再秉钧轴，卒以怙权贾

① 《王黄州小畜集》卷三。
② 《王黄州小畜集》卷五。
③ 《王黄州小畜集》卷三。
④ 《王黄州小畜集》卷三。

祸，贬死海外，则向之立言为空文尔。皇宋至道元年夏五月，仆自翰林学士、尚书礼部员外郎、知制诰，除工部郎中、知滁州军州事。到郡之日，访卫公旧迹，楼之与记皆莫知也。而郡有北楼，通刺史公署，登眺终日，甚亦自得，作《北楼感事》以见志。”①他对唐相李德裕虽有隐退之心却没能实现，最终被贬死海外的悲惨经历发出感慨。他还写八绝诗，歌咏滁州山水及人文景观八处。除了诗歌之外，他也创作有一定数量的文、赋与书信体作品，其中最著名的要数《黄州新建小竹楼记》以及《三黜赋》等。

宋仁宗时，欧阳修被贬夷陵以及滁州之时，也多游览沿途及当地山水，创作了一系列以贬谪地的风景及生活为内容的诗文作品。他在旅途中所写之诗，都在感慨遥远的贬谪地带给他的种种震撼和伤感：“云间征雁水间栖，矰缴方多羽翼微。岁晚江湖同是客，莫辞伴我更南飞。”②在《松门》诗中记录自己“因游始觉南来远，行尽荆江见蜀江”③。在《下牢津》中感叹“迁客初经此，愁词做楚歌”④，《琵琶亭》里则沉吟“乐天曾谪此江边，已叹天涯涕泫然。今日始知予罪大，夷陵此去更三千”⑤。但奇丽的江山也使他感到新奇与惊喜，因此在诗中他写道：“楚人自古登临恨，暂到愁肠已九回。万树苍烟三峡暗，满川明月一猿哀。非乡况复惊残岁，慰客偏宜把酒杯。行见江山且吟咏，不因迁谪岂能来？”⑥在《望州坡》中则是：“闻说夷陵人见愁，共言迁客不堪游。崎岖几日山行倦，却喜坡头见峡州。”⑦这两种心情互相交织，表现了他对初次面临贬谪生活的忧伤以及面对奇丽江山的惊喜。到夷陵和滁州之后，他也在寄情山水之时写有很多歌咏当地民俗风光与名胜古迹的诗歌与文章，如在夷陵所作《自枝江山行至平陆驿五言二十四韵》：“枝江望平陆，百里千余岭。萧条断烟火，莽苍无人境。……九野画荆衡，群山乱巫郢。烟岚互明灭，点缀成图屏。”⑧他用很长的篇幅描写了贬谪地的荒凉

① 《王黄州小畜集》卷五。
② 《欧阳修集编年笺注》第一册卷十，第 416 页。
③ 《欧阳修集编年笺注》第一册卷十，第 416 页。
④ 《欧阳修集编年笺注》第一册卷十，第 417 页。
⑤ 《欧阳修集编年笺注》第三册卷五六，第 562 页。
⑥ 《欧阳修集编年笺注》第一册卷十，第 418~419 页。
⑦ 《欧阳修集编年笺注》第一册卷十，第 419 页。
⑧ 《欧阳修集编年笺注》第三册卷五二，第 409 页。

偏远与美丽景色，还有《三游洞》《下牢溪》《黄牛峡祠》等诗描写夷陵的山水名胜。在滁州时见李阳冰篆《庶子泉铭》，遂作《石篆诗》赞叹歌咏之，其余此类诗歌还有《柏子坑赛龙》《琅琊山六题》等。同时也有抒怀与关怀民情的诸多篇目，如景祐四年(1037)任夷陵县令时作《新开棋轩呈元珍表臣》："竹树日已滋，轩窗渐幽兴。人闲与世远，鸟语知境静。春光蔼欲布，山色寒尚映。独收万虑心，于此一枰竞。"①在《新营小宅凿地炉辄成五言三十七韵》中写道："微生慕刚毅，劲强早难屈。自从世俗牵，常恐天性失。仰兹微官禄，养此多病质。省躬由一言，无枉慕三黜。因知吏隐乐，渐使欲心窒。……兴亡阅古今，图籍罗甲乙。"②均表达自己在贬谪期间以棋自娱或阅读书史的闲适安然的生活与心境。滁州时所作《题滁州醉翁亭》："四十未为老，醉翁偶题篇。醉中遗万物，岂复记吾年。"③《会峰亭》里吟哦："野鸟窥我醉，溪云留我眠。日暮山风来，吹我还醒然。"④诸如此类，抒写自己被贬滁州之后流连山水的陶然之乐。《永阳大雪》描述了少见的大雪给滁州带来丰收的喜悦之情。《汝瘿答仲仪》则表达自己对于贬谪之地百姓的同情与对朋友的规劝。

范仲淹被贬睦州、饶州之时也同样是他诗文创作的高峰时期，他在睦州时就作有《出守桐庐道中十绝》《潇洒桐庐郡十绝》《新定感兴五首》，其《苏州十咏》，分别吟咏苏州著名的十处名胜古迹：泰伯庙、木兰堂、洞庭山、虎丘山、阊门、灵岩寺、太湖、伍相庙、观风楼、南园，还有其他一些散文作品，如《严先生祠堂记》《清白堂记》，感怀抒志、吟咏山水、表彰先贤，其思想内容与艺术成就都是相当高的。

总体而言，丁谓的诗作是技巧性和知识性的，缺乏内心的反省和对现实生活的观照。而王禹偁则在表现对非罪而贬的不满的同时，又不断勉励和提醒自己以道自持，以文自贵。到欧阳修与范仲淹时，他们已经能够坦然接受贬谪，他们的诗歌中多是对自己贬所名胜古迹、山水风光的赏爱，在贬所自适自得的悠然心境，以及对于学术、政治、吏事的关注与思考。

---

① 《欧阳修集编年笺注》第三册卷五二，第405页。
② 《欧阳修集编年笺注》第三册卷五二，第416~417页。
③ 《欧阳修集编年笺注》第三册卷五三，第416~417页。
④ 《欧阳修集编年笺注》第三册卷五四，第479页。

北宋前期的贬谪文学，不但数量多，并且成就高，王禹偁、欧阳修、苏舜钦、范仲淹等人均在贬谪期间创作出了他们的代表作品。比如王禹偁被贬黄州时所作的《黄州新建小竹楼记》《三黜赋》，欧阳修的《醉翁亭记》，苏舜钦寓居吴中后的五七言绝句以及《沧浪亭》，范仲淹被贬饶州所著的《灵乌赋》，应被贬岳州的滕宗谅之请所作的《岳阳楼记》，无一不是世代传诵的名篇佳作。考察北宋前期贬谪文学，可以发现，贬谪文学清晰地展现了贬谪文人心态与精神追求的发展变化过程。

作为宋太宗时期文坛宗主的王禹偁，被认为是宋初“香山派”的代表，他在贬谪期间所作诗文基本模仿了中唐白居易通俗浅近的诗歌风格。从深层次来看，他也继承了白居易在仕宦遇到挫折之时的心态处理方式，作好“兼济”与“独善”的协调。白居易在《与元九书》中写道：“古人云：‘穷则独善其身，达则兼济天下。’仆虽不肖，常师此语。大丈夫所守者道，所待者时。时之来也，为云龙，为风鹏，勃然突然，陈力以出。时之不来也，为雾豹，为冥鸿，寂兮廖兮，奉身而退。进退出处，何往而不自得哉：故仆志在兼济，行在独善。奉而始终之则为道，言而发明之则为诗。”①对于白居易而言，“兼济”与“独善”在他一生中都是并存的，仅仅是根据外部世界的“有道”或“无道”而互为消长。“兼济”与“独善”的原则，在白氏的生活实践中，已成为无可置疑的行之有效的平衡、协调的处世之道。在唐五代及北宋初期，白居易在士大夫群体中有着重要的影响力。李昉与徐铉兄弟，都属于白体诗人。而这些人在当时都和王禹偁有着比较密切的交往。王禹偁初次被贬商州，就是因为抗旨为徐铉雪冤。在王禹偁被贬之后，李昉之子李宗谔也曾写诗给王禹偁，在《得昭文李学士书报以二绝》里王禹偁向其表达了感激之情：“谪居不敢咏江蓠，日永间闲何所为。多谢昭文李学士，劝教枕藉乐天诗。”其在诗下自注：“来书云：‘看书，除庄、老，乐天诗最宜枕藉。’”②庄子的旷达超脱与老子的自然无为、安时处顺的思想，在一定程度上与白居易的乐观坚定、兼容通脱的人生态度有高度的契合性，这是李宗谔劝王禹偁多读庄、老、

① （唐）白居易：《白居易集笺释》第五册卷四五，朱金城笺注，上海古籍出版社1988年版，第2794页。

② 《王黄州小畜集》卷八。

白书的重要原因。显然白居易在宦海风波中的人生境遇与王禹偁的仕途波折构成极大的相似性，更为重要的是白居易进退间泰然处之的自得态度与善道人心中事的平易诗风，对于身处逆境的王禹偁来说，无疑是绝佳的精神偶像。王禹偁在贬谪时期所创作的文学作品早期虽有愤懑不平之气，但他还是能够调节自己的内心，没有沉溺于贬谪的伤痛之中不可自拔，其被贬黄州时所作《黄州新建小竹楼记》更是一篇将贬谪由悲伤转为平静淡泊的代表作。《黄州新建小竹楼记》写于王禹偁第三次被贬黄州期间，其内容主要写自己被贬黄州之后，根据黄州风俗建小楼两间，在小楼之上远望，可见山光水色，风景优美。竹楼还具有一定的清绝音效，所谓“夏宜急雨，有瀑布声；冬宜密雪，有碎玉声。宜鼓琴，琴调虚畅；宜咏诗，诗韵清绝；宜围棋，子声丁丁然；宜投壶，矢声铮铮然：皆竹楼之所助也。”①如此美好的小竹楼，成了诗人公退之后最好的休憩之所。在这所小竹楼里的生活，使诗人感到“待其酒力醒，茶烟歇，送夕阳，迎素月，亦谪居之胜概也”。诗人在这篇小文里，表现出了虽遭贬谪，但是仍能消遣世虑，保持宁静平和的心态。诗人对自己因被贬谪而仕宦奔波的生活也能安然处之，“四年之间，奔走不暇；未知明年又在何处！岂惧竹楼之易朽乎？幸后之人与我同志，嗣而葺之，庶斯楼之不朽也”②。作为一个贬谪官员，尤其是在宋代，一般几乎都是秩满即被迁调，很多官员都呆不满一任就会被调走，所以王禹偁虽然对小竹楼情有独钟，但他也清楚地知道，自己与此楼的缘分很短，所以只能寄希望于后来的同道者，来接着修葺它，使此楼能够得以不朽。整篇文章通过对小竹楼中高洁雅致生活的描述，表达了诗人在贬谪中超然世虑、悠然自得的生活态度。

如果说王禹偁这篇文章还重在贬谪心态的自我调适，而后来仁宗朝的欧阳修在被贬滁州时所作《醉翁亭记》里写“醉翁之意不在酒，在乎山水之间也。山水之乐，得之心而寓之酒也”③，像历代其他贬谪文人一样，他也将自然山水当成自己被贬后的心灵家园。但同时，他又兼具了“人知从太守游而乐，而不知太守之乐其乐也。醉能同其乐，醒能述以文者”④的“与民同乐”的诙谐心态。在这篇文

① 《王黄州小畜集》卷一七。
② 《王黄州小畜集》卷一七。
③ 《欧阳修集编年笺注》第三册卷三九，第 89 页。
④ 《欧阳修集编年笺注》第三册卷三九，第 90 页。

章里，欧阳修虽还有以醉掩饰其忧的隐隐伤感，但其“与民同乐”的心态已经显现出他对于自己官员职责的兼顾，作为太守的欧阳修，首先还是以“为政粗有所成”为乐，而这种为政及民之乐连同自然山水之乐，已经大大消解了他被贬的隐痛。

而几年以后范仲淹应被贬岳州的滕宗谅所邀，为其新建岳阳楼作《岳阳楼记》①，则借着岳阳楼“北通巫峡，南极潇湘，迁客骚人，多会于此”的地域特征，集中描写了迁客骚人们在登临岳阳楼后面对或阴或晴的自然景观而产生两种截然不同的情感，或“去国怀乡，忧谗畏讥，满目萧然，感极而悲者矣”，或“心旷神怡，宠辱偕忘，把酒临风，其喜洋洋者矣”。这两种不同的心态都是范仲淹并不看重的，他所追求的是“不以物喜、不以己悲”的古仁人之心。这种人“居庙堂之高则忧其民，处江湖之远则忧其君，是进亦忧，退亦忧。然则何时而乐耶？其必曰‘先天下之忧而忧，后天下之乐而乐’”，这其实是范仲淹对于仕途遭贬之士的最高要求。正如王禹偁希望有“后之人与我同志”，范仲淹则感叹“微斯人，吾谁与归”？同样都是对于同道之人的内心期盼，但是从王禹偁“亦谪居之胜概”的个人心态的调适，到欧阳修“醉能同其乐，醒能述以文”的“与民同乐”的兼顾，再到范仲淹“居庙堂之高则忧其民，处江湖之远则忧其君”的高度的担当精神，可以看出，北宋前期贬谪文人在文学作品中对于儒家之道的追求的不断强化，无论荣辱浮沉，无论兼济独善，都应以国事君亲为重，其士大夫群体的责任意识与历史担当在范仲淹这里达到了顶峰。这种“先天下之忧而忧，后天下之乐而乐”的“以天下为己任”的精神给后代士大夫群体带来了很大的影响。

北宋前期的士大夫志在复兴儒学，重新接续中唐以来的儒家道统，其最重要的特征即是对提出儒家道统学说的韩愈古文的学习。韩愈模仿佛家“祖统”的形式建立了儒家“道统”之说，他在《原道》里讲道：“斯吾所谓道也，非向所谓老与佛之道也。尧以是传之舜，舜以是传之禹，禹以是传之汤，汤以是传之文武周公，文武周公传之孔子，孔子传之孟轲，轲之死，不得其传焉。”②这个由尧传下

① 《范仲淹全集》上册卷八，第168页。

② （唐）韩愈：《韩昌黎文集校注》卷一，马茂元整理，马其昶校注，上海古籍出版社2014年版，第20页。

来的道统，到了中唐，言外之意是传到了韩愈这里。“宋初三先生”之一的石介则明确提出“周公、孔子、孟轲、扬雄、文中子、吏部(韩愈)之道”①，将其与“杨亿之道”对举。这种现象表明在北宋前期士大夫的政治文化观念中“道统”与“文统”已渐呈合流趋势，他们将扬雄、韩愈等以文儒为代表的宗经“文统”并入儒家的“道统”谱系脉络当中，这一做法既提升了北宋文人士大夫在明道宗经中的文化正统地位，也使士大夫在“因文而明道”的文道关系中树立了极强的理论自信和精神主体性地位。正如林继中先生在《文化建构文学史纲：魏晋—北宋》中所言：“道统与文统这一观念模糊、混一的迹象，正反映了中唐至北宋士大夫深层意识中，伦理学逐渐入主文学的重要事实。”②这里所指的中唐至北宋阶段伦理学逐渐入主文学的事实，本质上即是指文人士大夫由原来近似附庸的注经者，渐趋转化为彰显价值自信和主体自觉意识的明道、传道者。从王禹偁《黄州新建小竹楼记》到欧阳修《醉翁亭记》再到范仲淹《岳阳楼记》，可以说都印证了这样一种文统与道统合一的过程。范仲淹在《南京府学生朱从道名述》里讲道：“抑文与学者，道之器也。”③因文传道，文质兼美，是北宋前期贬谪文学的一个典型特征。

二、北宋前期贬谪文学与宋调的初步形成

在创作的同时，作为经历贬谪的诗人，他们以自身对生活的亲身体验，对文学做出了属于自己的艺术判断，提炼出了属于宋代的诗歌文学理论。作为北宋初期文坛宗主的王禹偁，在当时是学习白居易诗歌的代表性人物。但是经历贬谪之后，他在诗歌形式、内容及情感方面开始倾向杜甫。在被贬商州时，他因写有《春居杂兴二首》中其一：“两株桃杏映篱斜，妆点商山副使家。何事春风容不得，和莺吹折数枝花。”④其子嘉佑指出此诗与杜甫诗句有重合之处。王禹偁因此感到非常高兴，特写诗一首来自贺其事。由此可见，王禹偁对于杜甫的推崇与热

① 《全宋文》第二十九册卷六二六，第 291 页。

② 林继中：《文化建构文学史纲：魏晋—北宋》，北京大学出版社 2005 年版，第 215 页。

③ 《范仲淹全集》上册卷八，第 151 页。

④ 《王黄州小畜集》卷八。

爱。王禹偁生活的时代正是白体大行于世的时代。他在贬谪之时以白居易诗为随身之物，主要还是学习白居易随遇而安、善于调节不良心态的生活智慧。五代乱世对文人心态的影响在宋初建国时期依然存在，在这种文化与文学相对滞后于政治环境的情况下，王禹偁作为北宋培养出来的文学大家，在贬谪生活当中开始意识到了杜甫诗歌的价值，并为自己能够把诗歌写得像杜甫那样而感到高兴。事实上，王禹偁在贬谪商州期间，除白居易诗歌以外，也常常阅读杜诗，并对杜甫诗歌内容的丰富内涵非常钦羡，如他的《日长简仲咸》："日长何计到黄昏，郡僻官闲昼掩门。子美集开诗世界，伯阳书见道根源。"①可见，他的日常阅读已不仅仅只是白诗的清切浅俗，而是已经转向了杜甫诗的博大深厚。王禹偁不仅如他所说有一首诗写得像杜甫的诗，他所擅长的五古文也有向杜甫学习的痕迹，他喜欢作长篇格律，如《酬种放征君一百韵》《七夕》《北楼感事》《月波楼咏怀》等，学习杜甫长篇排律的痕迹很是明显；另外，他的部分作品题材取自日常生活，如《官酝》《观邻家园中种黍示嘉佑》都可追溯自杜甫，其《五哀诗》学杜的《八哀诗》，其自序云："予读杜工部《八哀诗》，唯郑广文、苏司业名位仅不显者，余多将相大臣，立功垂裕，无所哀矣。噫，子美之诗，盖取'人之云亡，邦国殄瘁'而已，非哀乎时也。有未列于此者，待同志而嗣之云。"②序中就提到杜甫《八哀诗》对他的启发，但他认为杜甫诗中所咏大部分为将相大臣，有功业垂世，没有什么可哀之处。所以自己再写五哀诗，均为有才却遭贬，仕途多舛、壮志未酬而被埋没之人，这也是诗人自己在贬谪生涯当中的切身体会，他借用了杜甫的诗歌形式，而从内容和意义上对其加以改造，吟咏了因各种原因而横遭贬黜的五位同时代的贤人，对他们的仕途坎坷，未能大展奇才就郁郁而终表达深切的同情和感慨。其《甘菊冷淘》学杜甫《槐叶冷淘》，在诗末他也提到"子美重槐叶，直欲献至尊(自注：事见杜工部《槐叶冷淘》诗)。起予有遗韵，甫也可与言"③，直接点出杜甫此诗对自己的启发和自己对杜甫的欣赏。但王禹偁对杜甫的学习只可以说是内容与形式方面的模仿，与杜甫"沉郁顿挫"的语言风格差距还是很大的。他对杜甫

① 《王黄州小畜集》卷九。
② 《王黄州小畜集》卷四。
③ 《王黄州小畜集》卷五。

的学习在当时的诗坛上没有造成很大的影响，也没有推动宋初诗坛学杜的风气，正如近人黄节先生在《宋代诗学》篇中所讲："其时去西昆之风未远，前乎苏、梅者，有王禹偁，欲变之而未能，盖王无师友讲习也。至苏、梅稍变之，而和者尚寡，至欧阳修出而尽变之。自欧公以后，宋诗之源流，可得而述，则存乎师友讲习故也。"①黄节看到王禹偁想要在改变文风方面有所建树的努力，但他认为王禹偁之所以没有成功的原因在于没有师友讲习，互相支持。诚然，在王禹偁的时代，他最欣赏的士子是孙何与丁谓，他在《送丁谓序》中，称其"诗效杜子美，深入其间；其文数章，皆意不常而语不俗，若杂于韩、柳集中，使能文之士读之，不之辨也"②。又在《赠孙何丁谓》中云："三百年来文不振，直从韩柳到孙丁。如今便可令修史，二子文章似六经。"③王禹偁用"文类韩柳，诗似杜甫"来奖掖孙何与丁谓二位，可见在王禹偁的心目中，韩柳代表着古文创作的高峰，而诗歌创作的典范显然就是杜甫。但是，他所欣赏的符合自己为文为诗理念的两位，孙何为寿不永，早死。丁谓则有才无德，两人最后也是分道扬镳。所以，王禹偁"欲变之而未能，盖王无师友讲习也"，应该是说得通的。但无师友讲习的背景更在于王禹偁所处的时代，正是五代末期宋代初期，五代的文学习气和欣赏习惯还没有完全消失，士大夫群体关于儒家思想与诗学的观念也并不统一，他们的欣赏习惯还基本停留在离宋朝较近的中晚唐时期。但说王禹偁作为北宋文士主体意识开始觉醒的第一代，首开宋诗之风，也是合乎事实的。

直到宋仁宗时期，北宋的诗文风格才开始建立。其主要原因在于当时宋朝"以文立国"的策略经过三代帝王的统治实践，已经培育出了一批以天下为己任，以恢复儒家之道、建立新的道统与学统为理想的士大夫群体。建立新的文风、诗风也成为一种时代的召唤。清人吴之振讲："元之独开有宋风气，于是欧阳文忠得以承接流响。文忠之诗雄深过于元之，然元之固其滥觞矣。"④欧阳修正是承接了王禹偁诗歌方面清新浅切之风的同时，也吸收和加强了他的诗歌内容上的现实

① 黄节：《黄节诗学诗律讲义》，天津古籍出版社 2007 年版，第 31~32 页。

② 《王黄州小畜集》卷一九。

③ 《全宋诗》第二册卷七一，804 页。

④ （清）吴之振编：《宋诗钞·王禹偁小畜集钞》卷一，影印摛藻堂《四库全书荟要》本第 483 册，（台湾）世界书局 1985 年版，第 11 页。

性与政治性。贬谪生活使他对文学创作有了更深刻的体验与领会，对诗歌理论也有了自己的深刻思考。韩愈在《送孟东野序》中写道："大凡物不得其平则鸣：草木之无声，风挠之鸣；水之无声，风荡之鸣。……人之于言也亦然：有不得已者而后言，其歌也有思，其哭也有怀，凡出乎口而为声音，其皆有弗平者乎！"①意思是任何人与物，遇到不公平之事，总会发出属于自己的声音，表达自己的情绪。欧阳修曾在《答苏子美离京见寄》中写道："退之序百物，其鸣由不平。天方苦君心，欲我发其声。"②这首诗创作的背景正是苏舜钦因"奏邸之狱"被除名，离开汴京之时，苏舜钦寄诗给欧阳修表达自己的悲愤情绪，此首是欧阳修的答诗。欧阳修在此用了韩愈的"物不平则鸣"的观点，来对苏舜钦的处境表现同情。可见，他非常理解和接受韩愈这个关于文学起源的观点。在经历数次贬谪之后，他通过自身的体验、观察与实践提炼出了"诗穷而后工"的诗学理论。在《梅圣俞诗集序》里，他讲到："予闻世谓诗人少达而多穷，夫岂然哉？盖世所传诗者，多出于古穷人之辞也。凡士之蕴其所有而不得施于世者，多喜自放于山巅水涯外。见虫鱼、草木、风云、鸟兽之状类，往往探其奇怪。……而写人情之难言，盖愈穷则愈工。然则非诗能穷人，殆穷者而后工也。"③这种"诗穷而后工"的诗歌理论接续了韩愈"物不平则鸣"的观点，延续和深化了这种文学观。诗人内心所郁积的忧思怨愤使诗人见识更多，思考更深，当他们将这种深刻的思考发之于诗时，必然能够"写人情之难言"，并"愈穷而愈工"。这显然是欧阳修经历贬谪之后的亲身体验。贬谪到地方的具体吏事的经验，也使他主张将个人的感愤郁积与民生疾苦联系起来，使宋代诗歌接续《诗经》的怨刺传统，对宋代诗歌关注现实、表现现实生活提供了重要的理论导向。而与这种诗歌内容相符合的形式必然是议论性和叙述性相结合。正如韩经太在《宋代诗歌史论》中讲到的："从宋诗之渊源的角度讲，'国初沿袭五代之余，士大夫皆宗白乐天诗'，而白居易诗就不乏议论化倾向。许学夷《诗源辨体》云：'其叙事详明，议论痛快，此皆以文为诗，实开宋人之门户也。'且摘钞其议论之句，并终曰：'皆议论痛快，以理为盛者也。'至

---

① （唐）韩愈：《韩昌黎文集校注》卷四，马茂元整理，马其昶校注，上海古籍出版社 2014 年版，第 260 页。

② 《欧阳修集编年笺注》第三册卷五三，第 444 页。

③ 《欧阳修集编年笺注》第三册卷四二，第 177 页。

欧阳修出，论事'谓韩吏部绝伦'，而韩愈以文为诗而擅作议论的特点，自是不待述说的了。"①欧阳修既承宋初王禹偁之后，又主张诗文皆学韩愈，其本人的部分诗作就体现了这样的特征，如他被贬滁州时所作《憎蚊》《重读〈徂徕集〉》《汝瘿答仲仪》等，开始初步体现了宋诗后来的"以文字为诗、以议论为诗、以才学为诗"的典型特征。

近人缪钺认为："仁宗之世，欧阳修于古文别开生面，树立宋代之新风格，而于诗尚未能超诣，此或由于非其精力之所专注，抑或由于非其天才之所特长，然已能宗李白、韩愈，以气格为主，诗风一变。梅尧臣、苏舜钦辅之。其后，王安石、苏轼、黄庭坚出，皆堂庑阔大。"②正如缪钺所说，宋诗早期皆宗白居易，王禹偁独步一时。而仁宗时的欧阳修则在树立本朝文风、诗风方面具备强烈的领袖意识和前瞻眼光。他在未中举前就立下志愿，要学习和发扬韩愈之文与韩愈之道。刚入仕途的他，就在西京留守钱惟演幕下与尹洙等学习古文之士结为同道，互相切磋，共同推进宋代古文的写作和风格的树立。他虽学习韩愈之诗与文，但却与韩愈喜欢使用古僻字眼不同，他的主要风格为平易流畅，提倡简而有法。其贬谪滁州时所写《醉翁亭记》是其古文风格的代表作品。正如缪钺先生所认为的，欧阳修在诗歌创作方面没有达到最高的造诣，成为宋诗风格独具的大家，但他却具有独特的诗学审美眼光，能够看到当时出现的代表诗歌新潮流的倾向。欧阳修仕途坎坷，一生大部分时间遭受贬谪。这种经历使他不能在政治上大展宏图，转而将大量精力倾注于文学与学术方面。他与梅尧臣、苏舜钦等诗人保持着密切的联系。贬谪夷陵期间，他在《与梅圣俞书七》中就要求梅尧臣寄新作给他："自拜别将五岁矣，友益日疏，俗状日增，篇咏之兴，略无清思。圣俞新作，虽京师多事，不惜录示，以开昏钝，而慰相思，故人之惠，莫越于此也。"③他同时要求梅尧臣对自己的诗加以评论，"外有乱道一两首，在谢丈处，为无人写录得也，圣俞略与臧否之"④。他在贬所与梅、苏二人诗歌唱和多篇，被贬夷陵时，梅尧臣曾寄《闻欧阳永叔谪夷陵》等诗安慰欧阳修。滁州时则多有和诗如《和永叔琅琊山

① 韩经太：《宋代诗歌史论》，吉林教育出版社 1995 年版，第 2 页。
② 缪钺：《诗词散论》，上海古籍出版社 1982 年版，第 35 页。
③ 《欧阳修集编年笺注》第八册卷一五〇，第 173 页。
④ 《欧阳修集编年笺注》第八册卷一五〇，第 173 页。

六咏》《寄题滁州丰乐亭》等。欧阳修也在夷陵和滁州的贬地频频写诗寄给梅尧臣，如《秋怀二首寄圣俞》《别后奉寄圣俞二十五兄》等。苏舜钦被贬吴中之后，曾寄《沧浪亭》给欧阳修，并邀请他共作此题，欧阳修写《沧浪亭》七古应之。欧阳修被贬滁州之后，苏舜钦也屡有应和之作，如《和菱溪石歌》《和永叔石月屏歌》等，无不体现了欧阳修与梅、苏二人在贬谪期间诗歌往还的密切。这些诗歌唱和既是感情上的慰藉，同时也是诗艺的切磋。欧阳修在庆历四年(1044)任河北转运使时所撰的《与梅圣俞书一四》写道："昨在真定，有诗七八首，今录去，班门弄斧，可笑可笑。然相别久，无以为娱尔。前有《水谷诗》，见祁公，云子美密不令人见，畏时讥谤。吾徒廓然以文义为交，岂避此辈？子美豪迈，何乃如此！世途万态，善恶由己。所谓祸福，有非人力而致者，一一畏避，怎生过日月也？"①苏舜钦此时已经因"奏邸之狱"被"减死一等除名"，远走吴中。为了不连累朋友，他把欧阳修所写的《水谷诗》"秘不示人"，就是因为此诗中，欧阳修对于苏舜钦诗歌给予了很高的评价，而苏舜钦怕引起时人的讥笑与诽谤。欧阳修信中所讲《水谷诗》即是《水谷夜行寄子美圣俞》，在这首诗里，欧阳修对梅尧臣和苏舜钦的诗歌特色进行了总结，指出他们诗歌较强的个人风格，他说苏舜钦："子美气尤雄，万窍号一噫。有时肆颠狂，醉墨洒滂霈。譬如千里马，已发不可杀。盈前当珠玑，一一难柬汰。"梅尧臣则是"梅翁事清切，石齿漱寒濑。作诗三十年，视我犹后辈。文词愈清新，心意难老大。譬如妖韶女，老自有余态。近诗尤古硬，咀嚼苦难嘬。初如食橄榄，真味久愈在"②。但此时诗坛风气还处在对晚唐李商隐的模仿之中，西昆体风行天下。欧阳修慧眼识珠，能够欣赏他们两人独特的诗风与格调，看出两人诗歌的可贵之处，并不断进行评论和加以勉励。他欣赏梅尧臣之古淡，将他的诗歌风格比喻为"初如食橄榄，真味久愈在"。无独有偶的是，近人缪钺在讲到唐宋诗区别时也认为："唐诗如啖荔枝，一颗入口，则甘芳盈颊；宋诗如食橄榄，初觉生涩，而回味隽永。"③同时他也赞赏苏舜钦诗歌豪健的气势。他所欣赏的古淡与豪健，恰好是后来被称为宋调的宋代诗歌审美

① 《欧阳修集编年笺注》第八册卷一五〇，第180页。

② 《欧阳修集编年笺注》第一册卷二，第75页。

③ 缪钺：《诗词散论》，上海古籍出版社1982年版，第35页。

风格的重要特点。古淡亦可称之为平淡，梅尧臣在《读邵不疑学士诗卷》中写道："作诗无古今，惟造平淡难"①，说明他认为"平淡"的诗风是最难以达到的诗歌的最高境界。而后来的宋诗大家苏轼在讲到诗歌风格时，也提到："发纤秾于简古，寄至味于淡泊。"②"外枯而中膏，似淡而实美。"③宋人所讲的平淡，不是淡而无味，而是在平淡的表面之下，蕴含着丰富的耐咀嚼的情感和哲理。这也正是缪钺先生所讲的宋诗"初觉生涩，而回味隽永"的原因。欧阳修对于梅尧臣古淡诗风的推崇，为宋代诗歌审美风格的发展指明了方向，奠定了一定的理论基础。而欧阳修对于苏舜钦豪健风格的推崇，则是始于苏舜钦对韩愈诗歌笔法的学习与改变。韩愈之诗已经开了"以文为诗"的先河，其在诗歌创作中多使用语助词，把散文创作的句法运用到诗歌创作中来，而造成一种"横空盘硬语"的气势。苏舜钦的诗歌创作恰好体现了与韩诗在句法与用词方面的类似之处。比如他早期的《对酒》："丈夫少也不富贵，胡颜奔走乎尘世。予年已壮志未行，案上敦敦考文字。有时愁思不可掇，峥嵘腹中失和气……"④其中散文句式及语助词的运用，加强了诗歌豪迈刚健的气势。如果说其早期诗歌还有些流于粗疏，那他被除名之后的作品则相对含蓄精致许多。其被除名后退居吴中所创作的《独步游沧浪亭》："花枝低攲草色齐，不可骑入步是宜。时时携酒只独往，醉倒唯有春风知。"⑤"不可""时时"，运用散文化的字句，使整首诗在句法上具有一种散文式的流畅。另一首《初晴游沧浪亭》："帘虚日薄花竹静，时有乳鸠相对鸣"⑥，也运用了"时"这个一般使用在散文中的状语，来显示一种时间上的流动感。苏舜钦后期绝句在情韵上不减唐人，但其句式句法已入宋调。

叶燮在《原诗》中认为："宋初，诗袭唐人之旧，如徐铉、王禹偁辈，纯是唐音。苏舜钦、梅尧臣出，始一大变，欧阳修亟称二人不置。自后大家迭兴，所造

① （宋）梅尧臣：《梅尧臣编年校注》下册卷二六，朱东润编年校注，上海古籍出版社1980年版，第845页。

② 《苏轼文集》第五册卷六七，第2124页。

③ 《苏轼文集》第五册卷六七，第2110页。

④ 《苏舜钦集》卷一，第7页。

⑤ 《苏舜钦集》卷八，第87页。

⑥ 《苏舜钦集》卷八，第87页。

各有至极，今人一概称为‘宋诗’者也。”①王禹偁虽然未能改变北宋时期的诗歌风貌，但王禹偁在贬谪期间转而学杜，也是开了宋代中后期黄庭坚、王安石等诗人学杜的先河。而欧阳修不但继承了王禹偁关怀现实的诗歌主题，他诗学韩愈，继承了韩愈诗歌的散文化与议论文的倾向。他身处贬谪之中，仍不忘与苏、梅二人诗歌唱和，切磋琢磨，推崇他们或古淡或豪健的艺术特色。欧阳修对梅、苏二人诗歌艺术的推崇，使他们受到了当时诗坛的重视，也使他们的诗歌能够在当时广为传播。这几种因素合并在一起，推动了宋代诗风的转变和宋调的初步形成。苏舜钦、梅尧臣之后，苏轼、黄庭坚、王安石等大家辈出，他们的诗歌创作最终形成了宋诗的独特风格，也即可与唐诗相抗衡的宋调。

第二节　北宋前期贬谪文化

如同前面论述过的，北宋的“右文”政策以及被奉为“祖宗家法”的“不杀士大夫与上书言事人”原则的建立，使贬谪成为控制士大夫的重要甚至是唯一的方式。但同时，北宋前期几代帝王均采取依靠士大夫来统治的国策，其对士大夫“恩唯恐不厚”，在实施贬谪时采取“仁义为本，纪纲为辅”的人性化的处理方式，即使被贬之后，也会因“人才实难”而“虽罹谴放，寻沐甄收”，贬者很快得到量移和叙复。在这种制度保障下，再加上北宋前期政治风气较为清明，又历经几代君主的培育，士大夫群体的主体意识与政治气节逐渐形成。如此一来，士大夫在面临以及面对贬谪时，其心态与前代士人面临贬谪时有很大的差异，这种差异我们从宋代贬谪官员对于前代贬官的态度、看法特别是对屈原这个历代贬谪诗人之祖的态度和认识上，可以略窥一二。而如何面对贬谪，也成为士大夫心胸气度的重要判断标准。

一、旷达坦荡的贬谪心态与强烈的担当精神

宋代贬谪官员和汉唐贬官一样，在面临贬谪困境时，最容易联想到的就是屈原。宋太宗时期，王禹偁为徐铉雪冤被贬商州，他有诗云：“身后声名文章草，

① （清）叶燮：《原诗》，霍松林校注，人民文学出版社1979年版，第5页。

眼前衣食簿书堆。泽畔骚人正憔悴，道旁山鬼莫揶揄。”①他把自己比喻为憔悴的屈原，希望山鬼不要因此而讽刺戏弄他，表露出幽默而又酸楚的心境。在《谪居感事一百六十韵》中，他也将自己比拟为被流放的屈原：“迁谪独熙熙，襟怀自坦夷。孤寒明主信，清直上天知。消息还依道，生涯只在诗。何当谕山水，讵敢咏江蓠？”②他在《得昭文李学士书报以二绝》中也写道：“谪降不敢咏江蓠，日永门闲所何为？多谢昭文李学士，劝教枕藉乐天诗。”③两首诗里都出现了“不敢咏江蓠”这样的语句，其意思已经和上首诗里以屈原自比有所不同。他的心态已经得到调整，内心平静坦荡，不会像屈原一样借吟咏香草美人来抒发自己的愤激不平。在王禹偁的时代，白居易善于调和现实与内心矛盾的豁达观是士大夫群体期望达到的境界，屈原的怨愤缠绵已经不再成为主流。王禹偁就曾模仿元、白作《放言》诗，自序云：“元、白谪官，皆有《放言》诗著于编集，盖骚人之道味也。予虽才不侔于古人，而谪官同矣。因作诗五章，章八句，题为《放言》云。”④其主旨都在于以道自解：“吾道斯文如未丧，且凭方寸托穹旻。”“贤人虽学心无闷，君子须知道自消。”“人生唯问道如何，得丧升沉总是虚。”“静算人间事偶然，穷通未必在穹玄。”诗人此组诗是模仿元、白所作，整首诗围绕着关于是非进退的思考，最终诗人还是认为“谁信人间是与非，进须行道退亡机”，不管世间是非真假，进身就行道，贬退就忘掉所有的是非。他把贬谪这种痛苦的境遇归结为命运的安排，而这正是上天对一个人是否真为贤人与君子的考验，所谓“德似仲尼悲凤鸟，圣如姬旦赋鸱鸮。看松好待严霜降，试玉宜将烈火烧”，诗人在面对贬谪时的选择是“宁可飞鸿随四皓，未能鱼腹葬三闾。傅岩偶梦谁调鼎，彭泽高歌自荷锄。不向世间争窟穴，蜗牛到处是吾庐”。正因为对于得丧权位看得非常透彻了，所以他宁可像飞鸿一般追随汉代的商山四皓，也不会像三闾大夫屈原一样葬身鱼腹。由这点我们也可以看出，处于宋代初期的王禹偁与屈原的贬谪心态完全不同。他已经具有了鲜明的个人主体意识，能够把自己的个人价值与权力中心剥

① (宋)北京大学古文献研究所编：《全宋诗》第二册卷七，北京大学出版社 1991 年版，第 810 页。

② 《王黄州小畜集》卷八。

③ 《王黄州小畜集》卷八。

④ 《全宋诗》第二册卷七，第 720 页。

离开来，从而保持自己在精神上的独立与自由。“放言诗什谁堪赠，焚赠微之与乐天。”在这里，王禹偁非常明白地显示出自己与中唐元、白的精神渊源，他的贬谪心态已经完全是元、白平民化的自我消解忧愁，而不是屈原贵族式的执着与愤激。除了王禹偁，欧阳修也曾发表过对于屈原的看法。他在夷陵时，曾有《与谢景山书》，其中提到屈原：“古人久困不得其志，则多躁愤佯狂，失其常节，接舆、屈原之辈是也。景山愈困愈刻意，又能恬然习于圣人之道，贤于古人远矣。”①认为屈原长久处在不得志的状态，变得“躁愤佯狂”，失去了其平时所秉持的节操。而谢景山处在困境之中，能够心平气和，比屈原等人要好多了。欧阳修本人不但不赞成屈原在贬谪中的执着忧愤，他对韩愈被贬为潮州刺史时的怨嗟之态也同样持反对态度。在初次被贬夷陵时，他写《与尹师鲁第一书》就曾讲过：“每见前世有名人，当论事时，感激不避诛死，真若知义者。及到贬所，则戚戚怨嗟，有不堪之穷愁形于文字，其心欢戚无异庸人，虽韩文公不免此累。”②他对于韩愈被贬时表现出来的戚戚之态与穷愁之文深表不满，甚至指责他在贬谪之时的表现与庸人无异。可见，欧阳修认为越是在被贬的艰难困苦之中，越要表现得安之若素，这才是知义、有道之士该做到的。范仲淹也在迁谪之中写下了跟屈原有关的诗句，其《新定感兴五首》之第五首：“江上对嘉客，清歌进白醪。灵均良可笑，终日著离骚。”③《赴桐庐郡淮上遇风三首》其一：“圣宋非强楚，清淮异汨罗。平生仗忠信，尽室任风波。舟楫颠危甚，蛟鼋出没多。斜阳幸无事，沽酒听渔歌。”④他把自己同屈原类比，觉得自己与屈原虽同被贬斥在外，但幸运的是他所处的时代与屈原不同，因此他的心态坦荡平和。可见，在北宋时期，贬官虽然仍以屈原自比，但认为自己身处“明时”也成为士大夫群体的共识。正是在这种共识的基础之上，虽然遭遇了贬谪这样的仕途坎坷，但大都持有自信与达观的心态。

苏舜钦为自己的园林起名“沧浪亭”，也是用了屈原的典故。他的情况与其他谪官不同。因为对他来说，遭逢冤狱、成为政治斗争的牺牲品，真的像屈原一

① 《欧阳修集编年笺注》第四册卷六八，第294页。
② 《欧阳修集编年笺注》第四册卷六七，第280~281页。
③ 《范仲淹全集》上册卷五，第85页。
④ 《范仲淹全集》上册卷五，第82页。

样，充满压抑屈辱永远地离开了政坛。他的园林虽然起名为沧浪，表现的是一种看透是非、安时处顺的人生态度。但他的内在精神其实是最接近屈原的。看他的《独步沧浪亭》："花枝低欹草生迷，不可骑入步行宜。时时携酒只独往，醉倒唯有春风知。"①诗虽短，但细细体味，便能感受到他的孤独伤感之情。但他作为宋人，依然会寻求以道"自胜"。苏舜钦的友人江休复，因为参与了苏舜钦祠神会饮而被谪监蔡州税，其所写《秋怀》诗："西风万里至，旷然天地秋。暮雨生夕凉，百虫鸣啾啾。楚山晓苍苍，楚水亦悠悠。骚人试登临，感物增离忧。所思在遐方，欲往路阻修……白露委芳馨，凋零使我愁。穷年倦羁窘，江湖思旧游。纫兰制芰荷，飘泛一叶舟。肆情云水间，意适何所求。"②描写秋天来临之际，被贬之人登高远望，抒发伤感与思乡之情。诗中多用香草兰蕙之语，最具骚人风旨，是北宋初期最有屈原风味的诗了，但他的这种情调在当时是不占主流的。

总的来说，北宋士大夫的贬谪心态是不同于以往前人的。即使宦途遭遇贬谪与坎坷，失去了行道之位，他们也并不以为自己的人生就失去了价值感，因为他们还可以"以文行道、修身行己"。真宗末年被贬的名相寇准，"其在道州，晨具朝服如常时，起楼置经史道释书，暇则诵读，宾至笑语，若初无廊庙之贵者"③。比他稍后的丁谓在崖州也能做到"知患难之门，不废素业，旷然忘迁谪之意"④。以致北宋哲宗时，"吕惠卿元祐年间贬建州，绍圣初复起，语人曰："吾在谪籍九年，虽冷水亦不敢饮，设有疾病，则好事者必谓吾戚戚所致矣。"⑤吕惠卿在贬谪期间如此注重养生，其主要原因就是怕被人讥讽其在贬谪期间心胸不够开阔，不像君子所为。可见，这种对于在贬谪中如何自处的心态，影响已经遍及整个北宋士大夫群体了。

同时，鲜明的主体意识与高尚的政治气节，使他们在面临大是大非之时，具有强烈的担当精神和责任感，能勇敢地面对甚至自己选择贬谪。范仲淹的名言

---

① 《苏舜钦集》卷八，第 87 页。

② 《全宋诗》第五册卷二七二，第 3440~3441 页。

③ 《续资治通鉴长编》卷九六，第 2212 页。

④ （宋）刘克庄：《后村诗话》后集卷一，王秀梅点校，中华书局 1983 年版，第 56 页。

⑤ （宋）江少虞撰：《宋人轶事汇编》卷一一，上海古籍出版社 1981 年版，第 550 页。

"公罪不可无，私罪不可有"，意思就是在国家大事上要勇于担当，不能因为犯错误而避事不为。一个人如果一辈子从未因公事而遭贬，说明他不是一个尽职尽责、以天下为己任的官员。同样，作为士大夫的一员，应该努力提高自己的个人修养，不应该在私德上犯错。"公罪不可无"强调的就是担当精神。而犯了公罪，就会面临贬谪，这也使士大夫群体早就对遭受贬谪作好了心理准备。正因如此，他们才能够在面临贬谪时保持平静的心态。

北宋统治者采用"右文"政策，用较为宽松的科举制度将大量的优秀士人吸纳进统治阶层，但同时也用贬谪、量移、叙复等制度加强了对士大夫的控制，但这些制度、政策反过来又保障了士大夫重回朝廷的机会。正如成玮在《制度、思想与文学的互动——北宋前期诗坛研究》中所言："对士大夫控制的加强，乃是随着士人阶层地位的提升同步而来，这就使士人一面追求不受缚于朝廷禄位的精神自由，一面又始终未曾丧失对北宋政权的认同。"①制度、文化与士风的相互推动，再加上北宋前期几朝君主对于士大夫的优容以及台谏政策的确立，极大地促发了儒臣士大夫们对名节操守的推重、君子人格及道德人格的砥砺。公共舆论的出现，也使他们能够在关键时刻和大是大非面前仗义执言，表现出铮铮风骨，能够有政治勇气去自主选择和面对贬谪。因此，不同于唐代中期贬谪文人们动辄十年不迁或者活在沉重的舆论压力之下，并因此而导致"他们的生命由沉沦、磨难而一步步被贬值、被抛弃、被拘囚，甚而至于荒废，他们的心理也由惶恐、焦虑而一步步发展为孤独、苦闷、忧郁，直至产生性格的变异。正是被贬谪，打破了他们生活的宁静和心理的平衡，颠倒了他们的人生信仰和价值观念"②。北宋的士大夫在心态上与他们已经大不相同，面对贬谪，他们虽有小小失落，但不再会痛苦绝望，而是内心坦荡，安然处之。在贬谪期间，依然心怀天下，"先天下之忧而忧，后天下之乐而乐"。这种心态的养成也给北宋后期士大夫的贬谪生活提供了借鉴，使他们在面对贬谪时同样保持旷达平淡的心态与强烈的担当精神，苏轼就是其中的典型代表。要研究后期著名的贬谪文人的心态与行为模式，北宋前

① 成玮：《制度、思想与文学的互动——北宋前期诗坛研究》，复旦大学出版社 2013 年版，第 25 页。

② 尚永亮：《论元和贬谪诗人的后期心态》，《文史哲》1991 年第 3 期，第 88 页。

期士大夫的贬谪生活状态是绕不过去的。

二、鲜明的主体意识与高尚的政治气节

北宋接续五代十国的混乱时代，国擅于将，将擅于兵，文人名士随波逐流是这个时代的典型特征。北宋开国皇帝赵匡胤统一天下之后，面临着一个迫切需要重建统治秩序和伦理秩序的社会现状。而这种现状，就必须从注重文治，复兴儒道开始。但这个过程并不是一蹴而就的。就连统治者本身，也存在一个对于儒家之道与士人节操重要性的认识过程。宋太祖赵匡胤最先提出了“宰相须用读书人”的理念。到宋太宗时，才把文治作为宋朝立国的重要策略。但宋太宗对于士人还存在着一种不屑或者说居高临下的态度。从他与当时的枢密使钱若水的一段对话中，可以看出当时的统治者与士人之间的略显不太和谐的关系。

据《续资治通鉴长编》记载：

> 工部侍郎、同知枢密院事钱若水罢为集贤院学士，判院事。
>
> 先是，太宗为若水言：“士之学古入官，遭时得位，纡金拖紫，跃马食肉，前呼后拥，延赏宗族，此亦足以为荣矣，岂得不竭诚报国乎?”若水对曰：“高尚之人，固不以名位为光宠。忠贞之士，亦不以穷达易节操。其或以爵禄荣遇之故而效忠于上，中人以下者之所为也。”太宗然其言。及刘昌言罢，太宗问赵镕等曰：“见昌言否?”镕等曰：“屡见之。”上曰：“涕泣否?”曰：“与臣等言，多至流涕。”太宗曰：“大率如此。当进用时，不能悉心补职，一旦斥去，即汍澜涕泗。”若水言：“昌言实未尝流涕，盖镕等迎合上意尔。”吕蒙正罢，太宗又谓若水曰：“人臣当思竭节以保富贵，蒙正前日布衣，朕擢用为宰相，今退在班列，想其目望穿复位矣。”若水对曰：“蒙正遂登显贵，然其风望亦不为忝冒。仆射师长百僚，资品崇重，又非寂寞之地也，且蒙正固未尝以退罢郁悒，当今岩穴高士，不求荣爵者甚多，如臣等辈，但苟贪官禄，诚不足以自重。”太宗默然。若水因自念，人主待辅臣如此，盖未尝有秉节高迈，不贪名势，能全进全退之道以感动人主故也，将俟满岁即移疾。会春旱，太宗焦劳甚，若水不敢言。既而西边用兵，越明年，太宗晏驾，章不果上。

上即位，若水以母老请解机务，章再上，乃得请。①

据《宋史》记载："（钱若水）幼聪悟，十岁能属文。华山陈抟见之，谓曰：'子神清，可以学道，不然，当富贵，但忌太速尔。'雍熙中，举进士，释褐同州观察推官，听觉明允，郡治赖之。淳化初，寇准掌选，荐若水洎王扶、程肃、陈允、钱熙五人文学高第，召试翰林，若水最优，擢秘书丞、直史馆。岁余，迁右正言、知制诰。"②其人"美风神，有器识，能断大事，事继母以孝闻。雅善谈论，尤轻财好施。所至推诚待物，委任僚佐，总其纲领，无不称治。汲引后进，推贤重士，襟度豁如也。精术数，知年寿不永，故恳避权位。其死也，士君子尤惜之"③。可见，钱若水在当时的士大夫中当属佼佼者，并在士林中颇有声望。在钱若水位列侍从期间，宋太宗与钱若水多次谈论起士人对于高官厚禄荣辱得失的态度问题。太宗言下之意认为功名利禄是士人入仕的最根本动机，统治者可以用高官厚禄来吸引他们为自己竭忠尽智。钱若水显然听出了言外之意，他对宋太宗的这番话持不同意见，他认为只以爵禄荣遇之故而效忠于皇帝的，是士人中的中人以下者所为，而真正的高尚之士并不以名位为荣宠，而忠贞者也并不以穷达易其操。太宗虽然表面看上去认同了钱若水的见解，但后来的表现证明他并没有对士人存有真正的尊重之意。

刘昌言被罢免，太宗见到其他官员，就问刘昌言是不是因为罢官而哭泣，其他官员为了迎合太宗，就回答说是。太宗据此大发议论，认为"大率如此。当进用时，不能悉心补职，一旦斥去，即汍澜涕泗"。钱若水告诉太宗"昌言实未尝流涕，盖镕等迎合上意尔"。吕蒙正罢官，太宗又对钱若水说："人臣当思竭节以保富贵，蒙正前日布衣，朕擢用为宰相，今退在班列，想其目望穿复位矣。"钱若水说："蒙正遂登显贵，然其风望亦不为忝冒。仆射师长百僚，资品崇重，又非寂寞之地也，且蒙正固未尝以退罢郁悒，当今岩穴高士，不求荣爵者甚多，如臣等辈，但苟贪官禄，诚不足以自重。"钱若水与宋太宗的对话不卑不亢，体现出

① 《续资治通鉴长编》卷四一，第 868 页。

② 《宋史》卷二六六，第 9166 页。

③ 《宋史》卷二六六，第 9170 页。

他作为士大夫的铮铮风骨。经过几次与宋太宗的交谈，他深深感觉到宋太宗对士人的轻视与不尊重，以及不理解。他认为之所以会如此，是因为宰辅之中没有“秉节高迈，不贪名势，能全进全退之道”的人能够感动君王，使他见识到有道之士的情操之高洁。因此钱若水决定在职满一年之后辞官不做，以显示自己不贪高官厚禄的清高节操，但是由于其他情况，以及后来太宗晏驾，愿望没有能够实现。直到真宗继位才以母老为由辞掉官位。可见，在宋太宗期间，为了改变统治者心目中对士人的不太良好的印象，重新塑造儒家传统士大夫的形象，钱若水已经开始做出实际的行动。也由此可以看出，在宋太宗的心目中，官员的罢免贬谪是他控制士人、要求士人为他竭忠尽智的重要手段。怎样看待贬谪，是统治者与士人在精神心态上的一种拉锯战。具有理想、想要“致君尧舜上，再使风俗淳”的士人与想要通过“爵赏荣遇”来控制士人，使其为他所用的统治者，在北宋的朝廷上演出了一幕幕悲壮的活剧，导致多次非常紧张激烈的贬谪事件的发生。北宋士人也由此逐渐形成自己高远的精神世界，在仁宗朝这个最开明宽容的时代，终于出现了“先天下之忧而忧，后天下之乐而乐”的以范仲淹为代表的一批重名节、有理想、有实践能力的儒家士大夫群体。

北宋建立以后所采取的“右文”政策，以及“不杀士大夫及上书言事人”的祖宗家法，使贬谪成为对士大夫最重要的惩罚方式。也正因此，宋代贬谪制度非常严密，贬谪之后的量移、叙复等制度的实施也给士大夫贬而复用带来了心理上的期待。而士大夫对于贬谪的态度也是随着时代的变化而变化的。太祖时期，文官政治还未最终定型，此时对文官的贬黜数量极少。而到了太宗时期，就有了以各种理由而被贬谪的文官群体。宋太宗非常关注这些官员被贬谪后的心态与状态，他希望看到的是官员被贬后的痛苦与失态，从而体现皇家权力对于士大夫的生杀予夺的威力。而事实上，像钱若水这样自尊自重的儒家之士是看不下去宋太宗对于士大夫群体的不屑与蔑视的。详细考察太宗朝的贬谪官员，基本可以分为两种，一种是卢多逊这样，虽博学多才却贪权固位之人，正因为如此，他陷入与开国元勋赵普争夺相位，又牵扯进皇室内部的权力之争，最后被远贬岭南。一心依附皇权，最后却落得如此下场，也是可悲可叹。而太宗朝的另一位历经“三黜”的诗人王禹偁，却恰恰与卢多逊相反，他每次的被贬都是因为对朝廷事务有自己独特看法，从而得罪皇帝或权臣，导致自己被一贬再贬。也是因为每次都“非罪而贬”，导致他不断反思“道”与“位”的关系。皇帝和朝廷可以贬黜他的官职，放逐他于远方，但他所信仰和奉行的儒家之道是不会向任何权力屈服的。在王禹偁这里，儒家士大夫的自我主体意识已经开始苏醒，他把“道”与“位”关系分开，认为在没有“位”的情况下，士大夫依然可以行道。这种治统与道统的分开，为北宋前期贬谪文人主体精神的重塑打下了基础。跟王禹偁同时并称为“直臣”的田锡，也同样由于其“在贬废中乐得其心”，而受到范仲淹的推崇与仰慕。真宗朝宰相寇准与丁谓的贬谪，说明了这个时期士大夫群体的分化。寇准这样以国事为重，能够在辽国大军压境的情况下，不顾自身安危，力劝真宗御驾亲征，最终签订“澶渊之盟”，给北宋争取了多年的和平。但是他在真宗病重之际，谋事不密，反被丁谓设计陷害，结果被贬岭南。寇准在这场权力的争夺战中暴露了很多性格上的弱点，他对于作为南方士人的丁谓的蔑视，使丁谓这个睚眦必报的人对他产生了很深的恶感，同时丁谓对权力的渴望，在他谋求再次登上相位的时候，为了投宋真宗所好，他用了进奏“天书”这样的由头，使自己重新登上相位。《朱子语类》记载了朱熹与门下弟子讨论北宋前期官员对于爵禄权力的追求时，提到关于寇准的评价：“便是前辈都不以此事为非，所以至范文正方厉廉耻，振作士气。”曰：“如寇莱公，也因天书欲复相。”曰：“固是。”①说明北宋前期官员在追求功名权力这方面都是比较无顾忌的。欧阳修后来在洛阳做推官时，因王曙指责他们游玩过度，应以寇准为戒时，欧阳修回复王曙，寇准之所以后来被贬岭南，主要原因是他“仕不知止”。王曙默然，也等于是默认了。

真宗时期以“神童”入仕的晏殊为人非常谨慎，如真宗所言，他“沉谨，造次不逾矩，甚为缙绅所器”②，但是由于仁宗朝初期比较复杂的政治局面，他也曾两次被贬。经历这些他意想不到的贬谪，晏殊的政治品格变得圆滑，他不像卢多逊、寇准、丁谓等那样主动去追求权力，而是消极被动地避免被权力所伤害。也正因此，晏殊虽然举荐了众多贤才，但是一旦这些人像范仲淹那样做出一些出格的举动，比如谏太后还政等，他就惧怕受到牵累，以至于要面斥当事人。在受到范仲淹的反驳与申诉后，他又不得不承认，范仲淹的所作所为是对的。晏殊内心

① 《朱子语类》卷一二九，第 4021 页。

② 《续资治通鉴长编》卷八五，第 1959 页。

是矛盾的，他认识到权力的反复无常，以及权力的得失导致的人情冷暖，但却无法摆脱权力带给他个人的荣耀和利益。因此，他一方面尽自己所能，荐举贤才，兴办学校，做好自己分内之事，另一方面，他要为保全自己的地位而小心翼翼，不敢越雷池一步。也正因此，导致他既发现和引荐了范仲淹、欧阳修、富弼等人，但同时，他与他们的相处却并不愉快。由此，我们可以看到，晏殊是北宋士大夫气节操守发展确立过程中的一个重要转折点，他作为太平宰相，不像寇准那样经历战争，具备为国谋百世太平的勇气和决心，但也不像丁谓为了实现自我的权力欲望而对皇帝的任何要求竭忠尽智，不顾天下士子的议论与百姓的死活。他被贬之后在地方任上，兴学荐贤，专心吏职，重新回到宰执位置，又大力选拔和荐举贤才。《续资治通鉴长编》卷一百七十八记载："虽早贵，然养奉清俭。累典州，吏民颇畏其狷急。善知人，如孔道辅、范仲淹皆出其门，而富弼、杨察皆其婿也。"①而他在贬谪生涯中的作为，对范仲淹也产生了很大的影响。范仲淹在被贬睦州之时，曾写信给晏殊，在《与晏尚书书》中，范仲淹写道："罪有余责，尚叨一麾，敢不尽心以求疾苦？二浙之俗，躁而无刚。豪者如虎，示之以文；弱者如鼠，示之以仁。吞夺之害，稍稍而息。乃延见诸生，以博以约。非某所能，盖师门之礼训也。"②他讲述了自己如何根据民情引导和处理当地事务，而这些都是秉承师门礼训，从老师晏殊那里学习到的。晏殊在贬谪应天府期间重视教育、兴办学校的所作所为也对范仲淹产生了极大的影响，促使他在贬谪期间同样重视教育，每到一地，必兴办府学，延请名师，把晏殊的这一做法发扬光大。这样一来，晏殊恰好成为宋代士大夫主体意识及责任担当意识萌发的中介，他荐举的范仲淹、知贡举所录取的学生欧阳修，最后都成了宋朝的名臣。当然，他们也没能避免被贬谪的命运。他们在国家前途命运与大是大非面前，考虑的不是自己的仕途，而是国家的安危与百姓的福祉。他们追求的是千秋万代的永恒价值，而不在乎一时一地的贬谪与惩罚。

随着政治经济文化的发展，中国古代社会经历了由封建士族地主向庶族士大夫群体转化的过程，如《宋史》所言：

① 《续资治通鉴长编》卷一七八，第4305页。

② 《范仲淹全集》上册，第619页。

士大夫忠义之气，至于五季，变化殆尽。宋之初兴，范质、王溥，犹有余憾，况其他哉！艺祖首褒韩通，次表卫融，足示意向。厥后西北疆场之臣，勇于死敌，往往无惧。真、仁之世，田锡、王禹偁、范仲淹、欧阳修、唐介诸贤，以直言谠论倡于朝，于是中外缙绅知以名节相高，廉耻相尚，尽去五季之陋矣。故靖康之变，志士投袂，起而勤王，临难不屈，所在有之。及宋之亡，忠节相望，班班可书，匡直辅翼之功，盖非一日之积也。①

可以说，从中唐到北宋初期，庶族也就是平民士大夫已经成为中国封建社会中承载文化、参与政治的重要群体。但是，士大夫群体具备鲜明的主体意识，应该是从宋初开始，到宋仁宗时期完全建立起来的。从宋太祖“陈桥兵变”建立宋朝，然后“杯酒释兵权”之后，中国传统的士人群体就成为宋室皇帝依靠其来进行统治的必然选择。宋太祖时期，并没有完全提出“重武轻文”的口号，他只是凭借自身在五代乱世的切身体会经验性地认为，文人当国要比武人造成的社会危害性小得多。后来的宋太宗，在对北汉的战争胜利之后，想要乘胜追击，攻打契丹所建立的辽国，却没想到无功而返，还差点丢了自己的性命。在武力讨伐失败之后，宋太宗把建立一个文治王朝作为自己的毕生事业。他使科举考试变得更加规范，录取的人数更多，并且录取之后马上就授予官职，不像唐朝科举考试，本身录取的人数很少，还要经过吏部的考试，合格才能授予官职。在这种情况下，宋朝培养的士大夫群体迅速扩大，这些被录取的士人们被派往全国各地州县为官，其中的优秀分子留在中央朝廷任职。可以说，文官在宋朝政府的各个部门占据了重要位置。随着士人群体的壮大，复兴儒家之道的理念与实践成为宋代士大夫的集体理想。自从汉武帝“罢黜百家，独尊儒术”以来，儒家士大夫群体就以儒家之道的传播者自居，到了中唐韩愈那里，提出了道统的说法。宋代初期，柳开、穆修等人提出学习韩柳古文，但由于柳开等人的创作成就不高，没有引起更大的关注。直到宋仁宗时期，欧阳修的出现，才使韩愈古文在文坛占据了重要位置，而韩愈，也因为欧阳修的推崇，代表了道与文的结合，成为宋代中期重要的

① 《宋史》卷四四六，第13149页。

学术、政治及文学的偶像。对于以欧阳修为代表的宋代士大夫来说，韩愈不仅是著名的古文作家，更是儒家之道复兴的重要标志和代表性人物。欧阳修在《新五代史》中对冯道大加挞伐，认为人不知廉耻，则无所不为，“况为大臣而无所不取不为，则天下其有不乱，国家其有不亡者乎”①！他甚至说：“予于五代得全节之士三，死事之臣十有五，而怪士之被服儒者以学古自名，而享人之禄、任人之国者多矣，然使忠义之节，独出于武夫战卒，岂于儒者果无其人哉?”②宋太宗对于冯道的态度应该与欧阳修是一致的，在评论太祖时期由周入宋的宰相范质时，宋太宗认为范质一切都好，只是“惟欠世宗一死耳”，可见他把范质身事二朝看成了一个污点。同样，在同钱若水谈到官员与皇帝的关系时，他认为官员应该对得起为他提供官职尊荣的国家，他显然把士大夫做官的目的很简单地看成是为了富贵尊荣。而作为士大夫的钱若水则不这样认为，显然他觉得士大夫的存在价值不仅仅是作为皇帝的附庸而存在。后来宋太宗多次在他面前提到对被贬官员的荒谬想法，使钱若水作为士大夫群体的一员，觉得很有必要维护士大夫群体的人格尊严。也正因此他直接戳破了有些官员为了讨好太宗所说的谎言，并且决定以自己的行动为士大夫群体的尊严正名，毅然辞掉官职，以改变宋太宗对于士大夫的不够全面和不够尊重的看法。在钱若水这里，士大夫群体的主体意识已经若隐若现。

钱若水显然成了儒家士大夫在政治秩序、伦理规范、政治准则等实践理性上的典型代表。钱若水与宋太宗关于官员被贬后态度的对话，体现了儒家士大夫群体与帝王在思想与情感上的距离感。作为皇帝，掌握着赋予儒家士大夫得位行道的最高权力，而儒家士大夫群体则相应地处于权力的弱势方面，一旦得罪君主，就面临着被贬失位的状况。北宋王朝对于士人群体在统治上的倚重，不惜提出“与士大夫共治天下”的理念。无论是前期范仲淹推行的“庆历新政”，还是后来王安石主持的变法革新以及旧党对新党的反对活动，本质上还都是文儒士大夫们的“致君尧舜”的行道政治实践。宋朝文人士大夫人格独立精神、主体意识的觉醒甚至是帝师意识的膨胀，使得他们带着强烈的行道意识和经邦济世情怀积极入

① （宋）欧阳修：《新五代史》卷五四，（宋）徐无党注，中华书局1974年版，第611页。
② 《新五代史》卷五四，第611页。

世，特别是积极地介入政治活动、推动社会的改革，以此践行儒家的政治文化理念。即便是屡遭贬逐，这些文臣仍然孤忠不减、志节不改，以至后来屡遭黜陟的苏轼将贬谪称之为“无乃迁谪反便美”①。不以贬谪为悲苦，反视贬谪为“便美”的孤臣心态，在宋代具有典型性。从宋初开始经历“庆历新政”、朋党之议、新旧法之争，文臣士大夫当廷谏诤、直言规劝，士人因为直言说论获罪，贬窜蛮荒、远离朝廷中心，个体虽遭磨难，但却在士林那里获得公论，甚至以此博得高名，这便是宋人“便美”贬谪心态的精神基础。可以说，士大夫的政治地位和社会声望从来没有像宋代社会这样如此之高，出现了一大批像田锡、张齐贤、王禹偁、王旦、范仲淹、钱若水、欧阳修、苏轼这样，以振士风、厉名节、弘扬儒家之道为己任的文士官员。孔子在《论语·先进》中指出：“所谓大臣者：以道事君，不可则止。”②“以道事君”即是以正道事君，如果君主有过失，为臣者就应当以道谏正，做到“以道格君心之非”，道如不可行则去位表明己之志，鲜明地体现出宋代士人风骨铮铮、卓然挺立的精神。朱熹有言：“以道事君者，不从君之欲。不可则止者，必行己之志。”③以现代的政治眼光来看，从宋初开始文人士大夫开始自觉有意识地建构起事君与为臣的关系共同体，在尊道的共同前提下君臣双方默守君臣礼节，可以说在这个基础上宋代士大夫成功地获得了相对独立自由的活动空间。所以在一定程度上，宋代文人获得了孟子所说的古之贤士“乐其道而忘人之势”④的现实活动空间。尽管在皇权专制的基本体制下这个关系共同体内在地包含着不可克服的矛盾，结构关系还比较脆弱，特别是皇帝在皇权、相权、台谏的制衡体制下，强化了士大夫对政权的依附性，并使得君臣关系共同体常常受到破坏。

在这种时代背景下，宋代士大夫将“自任以天下之重”的历史责任感和儒家的“修齐治平”理想结合起来，主体意识进一步增强。以王禹偁、范仲淹、钱若

---

① （宋）苏轼：《苏轼诗集合注》第一册卷八，（清）冯应榴辑注，黄任轲、朱怀春校点，上海古籍出版社 2001 年版，第 389 页。

② （宋）朱熹撰：《四书章句集注·先进第十一》，中华书局 1983 年版，第 130 页。

③ 《四书章句集注·先进第十一》，第 130 页。

④ （清）焦循：《孟子正义·尽心上》下册卷二十六，沈文倬点校，中华书局 1987 年版，第 888 页。

水等人为代表的北宋前期士大夫们直言敢谏，不惜得罪权臣甚至皇帝，希望通过自己的努力从而能够“致君尧舜上，再使风俗淳”。正是宋代的士大夫将“修齐治平”的治国理想上升到道的高度，才使得他们能够在荣辱浮沉之际、出处进退之间，以超然静定的心态去看待坐罪远谪的困厄处境，践履独善与兼济并存的天下情怀。

历史后来发展的结果是，这些充满政治文化理想与献身精神的士大夫，一个个都走上了贬谪的路途。在这种情况下，解决“得位”与“行道”的关系，就成了士大夫群体所面临的必须解决的问题。只有解决了这个根本的问题，士大夫群体的主体性才能在被贬谪时仍然存在，也只有主体性的存在，才能使他们在面临贬谪失位之时，仍然能保持平静的心态，依然能以自己的方式行儒家之道，从而获得主体存在的价值。这就是王禹偁和苏舜钦在被贬和被除名之后，对“位”与“道”的问题进行深入探讨的原因。士人君子的本质属性和文化身份是以奉儒守道为职志，而文人士大夫因为被贬谪失位之后，依然可以依靠文章立言与对道德名节的坚守来树立不朽的价值。苏舜钦所遭遇的贬谪应该是最严重的，他是以“监守自盗”的罪名被“减死一等除名”的，这种严重的污名化的罪名，使他背上了沉重的精神负担，但他依然在努力地试图借由深刻的思考，来解开心头的郁结：“夫士之学经术，知道义，非所以贸易爵禄之来，无有以应之耳。道胜而位丧，于道何伤而不乐邪？世有知道而居位者，尚或为众牵踬，不得尽施其所学，忧道之削，处甚危，内负于己，外愧于人，畏时刑而惧鬼诛，何所乐哉！然贤者必欲推己之乐以乐众，故虽焦苦其身，而不舍爵位者，非己所乐也。苟去其位，则道日益，宜其安而无闷也。是施于众则劳，而足于己则易，亦物理之常势。”①士之秉持经义、道义是士人君子的立身行事之本，士人的习经义与知道义本身不是为了追求爵禄，而是士人主体文化人格的内在追求。就此而言，士人君子是将个体作为具有本体论意义上的道的承担者，这种本体论意义上的道的承担不因现实的贬谪境遇而就此消失，而是具体化为文人士大夫的日常行事准则及人格的修持。当然这一士大夫政治文化理念的理论确立，是在以张载、二程、朱熹等人为代表的宋代理学家那里才真正得以完成的，但是苏舜钦在这里鲜明强调了道体对

① 《苏舜钦集》卷一〇，第111~112页。

于士人君子的重要性，对于他们来说要是得到道而丧失了权位，对于道来说又有什么损失呢？这世上有知“道”又身居其位的人，也还是被人牵制不能施展所学，一方面忧虑“道”的日渐削弱，处在危险的境地，另一方面对内来说，负了自己，对外，又感到惭愧，畏惧刑罚害怕神鬼的怪罪，这在苏舜钦看来又有什么快乐呢？他认为贤者之所以不放弃爵位，是因为想要推己之乐以众乐。贤者不舍弃爵位，不是为了自己的快乐。如果离开其位，对道的领悟反而日益增加。因此可以说，将道施与众人是辛苦的，而使道来满足自己，则是容易的，这是常理之所在，也因此，苏舜钦在失位之后，能够以道自持。作为建立在情感、欲望、自由等生命本质之上的个体主体，如何在现实世界的人生波动中践行儒家的政治理想、外在事功，就成为宋初士人着力思考的典型问题。进一步讲，就宋初遭受贬黜的大部分士大夫而言，正是因为王禹偁与苏舜钦等人能够从理论上较为有效地解决了“道”与“位”、“进身”与“行己”、“成己”与“成圣”的关系问题，使得他们能够在精神心性上得以解脱，从而在贬谪生活中寻找到自身存在的价值根基，升华了自身的生命人格境界。

令人欣慰的是，宋朝前期的朝廷政争还处在比较正常的情境之下，没有出现后期的恶性倾轧与报复。这些被贬的臣子大部分没有被彻底废弃，他们还会再回到庙堂，重新走上高位，实践自己的政治理念。正如范仲淹和欧阳修等屡次因言获罪，被贬到地方为官，但始终保持着“先天下之忧而忧，后天下之乐而乐”的理想信念，并没有因为遭受贬谪而陷入深深的忧郁而无法自拔。这与宋仁宗时对贬谪官员的处理方式有关。一般情况下，他们被贬的地区都不是最偏僻边远的，像范仲淹，第一次因奏请太后被贬，自请外放河中府，第二次被贬睦州，第三次为饶州，河中府距离都城不远，睦州、饶州都是江南水乡，并且三两年内即召回复用。这种宽仁的做法使得大臣们言事之时更无后顾之忧，反而更大地激发了他们为国分忧的勇气与信心，也使他们在贬谪所在的州县能够以吏事为重，不以迁谪为痛。当然，历史的局限性决定了改革一旦触动官僚集团的既得利益，其遭到猛烈反对、最终失败的结局是必然的。但在这样的历史必然性之下，他们抱着“不以物喜、不以己悲”“先天下之忧而忧，后天下之乐而乐”的高尚的道德情操，凭借自己的才能和努力获得了施展抱负的机会，虽然失败，但历史上也留下了他们正气凛然的光辉形象。潜说友在《吴郡建祠奉安文正公讲义》中说：“正如公生我朝盛时，实钟天地间气，光明俊伟，二三百年后犹使人肃然起敬，况当时乎？考亭朱子论本朝人物，或叹其初，或议其小，独与公而称其杰出之才。夫才而谓之杰出，则必有参天地之化，关盛衰之运者矣。盖公之于仁义，如饥渴之于饮食，须臾不置。其见于修身齐家，处宗族，待闾里，居官行事，爱民利物，浩如也，此非富公之所谓道大德具者乎？我是以知公之德之立，皆仁义之所充拓。陈宫壶之戒，弭朝廷之忧，腹中甲兵，西贼破胆。而天章一疏，实将振起我宋一代大治。若使尽见施行，则后来者无所用其纷更，而国家蒙福莫之与京矣，此非韩公大忠伟节者乎？我是已知公之功之立，皆仁义之所成就。"①以范仲淹为代表的北宋前期士大夫，在面对和经历仕途中的挫折——贬谪时，其所表现出的鲜明的主体意识与高尚的政治气节是为后代士人所称颂和钦佩不已的，这种精神财富也给宋代后期经历贬谪的士大夫，如苏轼、黄庭坚等人以借鉴和支持，使他们在身处贬谪时能够摆脱压抑与失落的情绪，积极寻找属于士大夫自己的人生价值。正因如此，苏轼才会在《自题金山画像》时说："问汝平生功业，黄州、惠州、儋州。"②这三处贬谪之地，本是政治斗争失败、宦途流落的象征，但在苏轼的眼里，却是成就其文化人格的机缘所在。大部分宋代贬谪文学的研究都集中在北宋后期。诚然，北宋前期仁宗朝由范仲淹与吕夷简的政治斗争而引起的朋党之争在北宋后期愈演愈烈，朋党成为不同政治集团互相打击对方的工具，也直接导致北宋后期的政治斗争更加激烈，被贬人数增多，被贬士大夫的境遇相对前期而言更加恶劣，但是，北宋前期士大夫面对贬谪时的所思所想、所作所为对于后期贬谪士大夫的精神面貌而言更具有不可忽视的连续性，北宋前期的贬谪文化与文学应该可以看成是北宋后期贬谪文化与文学的先声与前驱。

---

① （宋）潜说友：《吴郡建祠奉安文正公讲义》，选自范仲淹：《范仲淹全集》下册，（清）范能濬编集，薛正兴校点，凤凰出版社 2004 年版，第 1004 页。

② 《苏轼诗集合注》第六册卷五十，第 2475 页。

参考资料①

一、古籍类

[1](南朝宋)范晔撰:《后汉书》,中华书局2012年版。

[2](唐)韩愈撰,马其昶校注,马茂元整理:《韩昌黎文集校注》,上海古籍出版社2014年版。

[3](唐)白居易撰,朱金城笺注:《白居易集笺释》,上海古籍出版社1988年版。

[4](宋)窦仪等撰:《宋刑统》,中华书局1984年版。

[5](宋)王禹偁:《王黄州小畜集》卷六,《四部丛刊初编》(集部)本,上海书店1939年版。

[6](宋)田锡撰,罗国威校点:《咸平集》,巴蜀书社2008年版。

[7](宋)寇准撰:《忠愍公诗集》,《四部丛刊三编》本,上海商务印书馆1936年版。

[8](宋)范仲淹撰,(清)范能濬编集、薛正兴校点:《范仲淹全集》,凤凰出版社2004年版。

[9](宋)梅尧臣撰,朱东润编校:《梅尧臣集编年校注》,上海古籍出版社1980年版。

[10](宋)欧阳修、宋祁撰:《新唐书》,中华书局1975年版。

[11](宋)欧阳修撰,(宋)徐无党注:《新五代史》,中华书局1974年版。

① 注:第一,所引古籍类文献,按著者或编者所处朝代编排。第二,近今人著作(包括中国台湾地区与外国),按作者姓名拼音首字母顺序编排。第三,论文按发表时间顺序编排。

[12]（宋）欧阳修撰：《欧阳修全集》，中国书店 1986 年版。

[13]（宋）苏舜钦撰，沈文倬校点：《苏舜钦集》，上海古籍出版社 2011 年版。

[14]（宋）蔡襄撰：《端明集》，影印《四库全书》文渊阁本，台湾“商务印书馆”1986 年版。

[15]（宋）曾巩撰，陈杏珍、晁继周点校：《曾巩集》，中华书局 1984 年版。

[16]（宋）司马光撰：《温国文正司马公文集》，《四部丛刊初编》本，上海商务印书馆 1929 年版。

[17]（宋）范纯仁撰：《范忠宣集》，影印《四库全书》文渊阁本，台湾“商务印书馆”1986 年版。

[18]（宋）苏轼撰，孔凡礼点校：《苏轼文集》，中华书局 1986 年版。

[19]（宋）苏轼撰，（清）冯应榴辑注，黄任轲、朱怀春校点：《苏轼诗集合注》，上海古籍出版社 2001 年版。

[20]（宋）黄庭坚撰：《豫章黄先生文集》，《四部丛刊初编》本，上海商务印书馆 1929 年版。

[21]（宋）魏泰撰，李裕民点校：《东轩笔录》，中华书局 1983 年版。

[22]（宋）郑樵撰：《通志》，中华书局 1987 年版。

[23]（宋）晁公武撰：《郡斋读书志》，影印《四库全书》文渊阁本，台湾“商务印书馆”1986 年版。

[24]（宋）胡仔纂集，廖德明校点：《苕溪渔隐丛话》，人民文学出版社 1962 年版。

[25]（宋）江少虞编撰：《宋朝事实类苑》，上海古籍出版社 1981 年版。

[26]（宋）李焘撰：《续资治通鉴长编》，中华书局 2004 年版。

[27]（宋）朱熹撰：《四书章句集注》，中华书局 1983 年版。

[28]（宋）吕祖谦编，齐治平点校：《宋文鉴》，中华书局 1992 年版。

[29]（宋）楼钥撰：《范文正公年谱》，《丛书集成续编》本，上海书店 1994 年版。

[30]（宋）徐自明撰，王瑞来校补：《宋宰辅编年录校补》，中华书局 1986 年版。

[31]（宋）何坦撰：《西畴老人常言》，中华书局 1985 年版。

[32]（宋）杜大珪编：《名臣碑传琬琰集》，影印《四库全书》文渊阁本，台湾“商务印书馆”1986 年版。

[33]（宋）吕午撰：《左史谏草》，影印《四库全书》文渊阁本，台湾“商务印书馆”1986 年版。

[34]（宋）黄震撰：《黄氏日抄》，影印摛藻堂《四库全书荟要》本，台湾世界书局 1985 年版。

[35]（宋）吕中撰：《宋大事记讲义》，影印《四库全书》文渊阁本，台湾“商务印书馆”1986 年版。

[36]（宋）赵升编，王瑞来点校：《朝野类要》，中华书局 2007 年版。

[37]（宋）王称撰：《东都事略》影印本，（台湾）文海出版社 1980 年版。

[38]（宋）谢枋得撰：《文章轨范》卷六，影印《四库全书》文渊阁本，台湾“商务印书馆”1986 年版。

[39]（元）脱脱等撰：《宋史》，中华书局 1985 年版。

[40]（元）马端临撰：《文献通考》，中华书局 1986 年版。

[41]（明）陈邦瞻撰：《宋史纪事本末》，中华书局 1977 年版。

[42]（清）王夫之撰，舒士彦点校：《宋论》，中华书局 2015 年版。

[43]（清）卞永誉编：《式古堂书画汇考》卷九，影印《四库全书》文渊阁本，台湾“商务印书馆”1986 年版。

[44]（清）厉鹗辑：《宋诗纪事》，上海古籍出版社 1983 年版。

[45]（清）徐松辑：《宋会要辑稿》，中华书局 1957 年版。

[46]（清）焦循撰，沈文倬点校：《孟子正义》，中华书局 1987 年版。

[47]（清）陆心源撰：《宋史翼》，中华书局 1991 年版。

[48]丁传靖撰：《宋人轶事汇编》，中华书局 2003 年版。

[49]顾宏义、李文撰：《宋代日记丛编》，上海书店出版社 2013 年版。

[50]朱易安、傅璇琮等主编：《全宋笔记》（第一、二、三编），大象出版社 2003 年版。

[51]朱杰人、严佐之等主编：《朱子全书》，上海古籍出版社、安徽教育出版社 2002 年版。

[52]司义祖整理:《宋大诏令集》,中华书局 1962 年版。

[53]北京大学古文献研究所编:《全宋诗》,北京大学出版社 1998 年版。

[54]唐圭璋编:《全宋词》,中华书局 1965 年版。

[55]吴文治主编:《宋诗话全编》,江苏古籍出版社 1998 年版。

[56]曾枣庄、刘琳主编:《全宋文》,上海辞书出版社、安徽教育出版社 2006 年版。

二、近今人论著

B

[1][美]包弼德著,刘宁译:《斯文:唐宋思想的转型》,江苏人民出版社 2017 年版。

C

[2]陈来著:《中华文明的核心价值——国学流变与传统价值观》,生活·读书·新知三联书店 2015 年版。

[3]崔际银著:《文化构建与宋代文士及文学》,天津古籍出版社 2011 年版。

[4][马来西亚]陈湘琳著:《欧阳修的文学与情感世界》,复旦大学出版社 2012 年版。

[5][日]池泽滋子著:《丁谓研究》,巴蜀出版社 1998 年版。

[6]成玮著:《制度、思想与文学的互动——北宋前期诗坛研究》,复旦大学出版社 2013 年版。

D

[7]邓广铭著:《宋史十讲》,中华书局 2015 年版。

[8]邓小南著:《祖宗之法:北宋前期政治述略》,生活·读书·新知三联书店 2014 年版。

F

[9]冯友兰著:《中国哲学史》,重庆出版社 2009 年版。

G

[10]龚延明编著:《宋代官制辞典》,中华书局 2013 年版。

H

[11]黄节著:《黄节诗学诗律讲义》,天津古籍出版社 2007 年版。

J

[12]金观涛、刘青峰著:《中国思想史十讲》,法律出版社 2015 年版。

[13]金强著:《宋代岭南谪宦》,广东人民出版社 2009 年版。

L

[14]林继中著:《文化建构文学史纲:魏晋—北宋》,北京大学出版社 2005 年版。

[15]劳思光著:《新编中国哲学史》,生活·读书·新知三联书店 2015 年版。

[16]李春青著:《在文本与历史之间——中国古代诗学意义生成模式探微》,北京大学出版社 2006 年版。

P

[17]潘守皎著:《王禹偁评传》,齐鲁书社 2009 年版。

Q

[18]钱穆著:《国史大纲》,商务印书馆 1996 年版。

[19]钱穆著:《宋明理学概述》,九州出版社 2014 年版。

[20]钱穆著:《中国历代政治得失》,九州出版社 2015 年版。

S

[21]孙望、常国武著:《宋代文学史》,人民文学出版社 1996 年版。

[22]尚永亮著:《贬谪文化与贬谪文学——以中唐元和五大诗人之贬及其创作为中心》,兰州大学出版社 2004 年版。

[23]施懿超著:《宋四六论稿》,上海古籍出版社 2005 年版。

[24]尚永亮著:《唐五代逐臣与贬谪文学研究》,武汉大学出版社 2007 年版。

[25]尚永亮等著:《中唐元和诗歌传播接受史的文化学考察》,武汉大学出版社 2010 年版。

[26]尚永亮著:《弃逐与回归:上古弃逐文学的文化学考察》,上海古籍出版社 2017 年版。

[27]沈松勤著:《宋代政治与文学研究》，商务印书馆 2010 年版。

[28]孙康宜、宇文所安著:《剑桥中国文学史》，生活·读书·新知三联书店 2013 年版。

T

[29]唐红卫著:《二晏研究》，南开大学出版社 2010 年版。

W

[30]王兆鹏著:《两宋词人年谱》，(台湾)文津出版社 1992 年版。

[31]王水照、崔铭著:《欧阳修传》，天津人民出版社 2013 年版。

[32]王泽应、唐凯麟著:《中华民族道德生活史》(宋元卷)，东方出版中心 2015 年版。

X

[33]徐规著:《王禹偁事迹著作编年》，商务印书馆 2003 年版。

[34]许倬云著:《说中国》，广西师范大学出版社 2015 年版。

Y

[35]虞云国著:《宋代台谏制度研究》，上海社会科学院出版社 2001 年版。

[36]余英时著:《朱熹的历史世界——宋代士大夫政治文化的研究》，生活·读书·新知三联书店 2004 年版。

[37]余英时著:《国学与中国人文》，广西师范大学出版社 2014 年版。

[38]叶朗主编:《中国美学通史》(宋金元卷)，江苏人民出版社 2014 年版。

Z

[39]张兴武著:《宋初百年文学复兴的历程》，中华书局 2009 年版。

[40]张兴武著:《两宋望族与文学》，人民文学出版社 2010 年版。

[41]祝尚书著:《宋才子传笺证》(宋代前期)，辽海出版社 2011 年版。

[42]曾枣庄著:《中国古代文体学》，上海人民出版社 2012 年版。

[43]诸葛忆兵著:《范仲淹传》，中华书局 2013 年版。

三、参考论文

(一)期刊及集刊论文

[1]杜文玉:《宋太祖誓碑质疑》,《河南大学学报》1986 年第 1 期。

[2]徐规:《宋太祖誓约辨析》,《历史研究》1986 年第 4 期。

[3]马茂军:《王禹偁儒学思想与诗歌创作》,《北方论丛》1996 年第 6 期。

[4]张海鸥:《宋代文人的谪居心态》,《求索》1997 年第 4 期。

[5]杨果:《宋朝时期诏令文书的主要制度》,《档案与历史》1999 年第 3 期。

[6]沈松勤:《宋代文学主体论纲》,选自王水照等编:《首届宋代文学国际研讨会论文集》,复旦大学出版社 2001 年版。

[7]尚永亮:《迁客离忧楚地颜——略说贬谪文学与荆湘地域之关系及其特点》,《湛江海洋大学学报》2003 年第 2 期。

[8]周尚义:《北宋贬谪诗文论略》,《西华师范学院学报》2003 年第 2 期。

[9]范立舟、蒋启俊:《两宋赦免制度新探》,《暨南学报》(人文社科版) 2005 年第 1 期。

[10]张文静:《唐宋贬谪文人的自我精神重建》,《天水师范学院学报》2006 年第 6 期。

[11]尚永亮:《唐宋贬谪诗的发展与嬗变》,《山西大学学报》2007 年第 3 期。

[12]李强:《北宋历史语境下的文人政治博弈——“进奏院狱”和北宋文人心态》,《学术研究》2007 年第 7 期。

[13]刘勇:《白居易、苏轼贬谪诗文意蕴之比较》,《牡丹江大学学报》2007 年第 11 期。

[14][马来西亚]陈湘琳:《夷陵与滁州——一个主题性空间的建构》,《长江学术》2008 年第 2 期。

[15]尚永亮、钱建状:《贬谪文化在北宋的演进及其文学影响——以元祐贬谪文人群体为论述中心》,《中华文史论丛》2010 年第 3 期。

[16]诸葛忆兵:《论范仲淹与宋仁宗之关系》,《江苏社会科学》2010 年第 5 期。

[17]郑志强:《范仲淹与宋仁宗政治关系新论》,《社会科学研究》2010 年第

6 期。

[18]刘勇:《穷达皆能为国忧——论唐宋贬谪文学的济世心态》,《牡丹江大学学报》2010 年第 6 期。

[19]杨海文:《"宋太祖誓碑"的文献地图》,《学术月刊》2010 年第 10 期。

[20]张英:《宋代词人贬谪与词体的"诗化"》,《文艺评论》2011 年第 4 期。

[21]诸葛忆兵:《论唐宋诗差异与科举之关联》,《文学评论》2012 年第 5 期。

[22]徐海容:《论宋代制书的文体形态和文学性》,《文艺评论》2012 年第 8 期。

[23]郭庆材:《论宋代海南谪宦的渡海诗》,《中国文学研究》2013 年第 2 期。

[24]赵彩娟:《关于宋朝"贬谪"文学的分析》,《语文建设》2013 年第 5 期。

[25]王强:《淳化二年王禹偁与道安事件初考》,《洛阳理工学院学报》2014 年第 1 期。

[26]李合群:《北宋东京太庙誓碑有无辨》,《开封大学学报》2014 年第 4 期。

[27]张海鸥:《宋代谢表文化和谢表文体形态研究》,《学术研究》2014 年第 5 期。

[28]杨芹:《宋代谢表及其政治功能》,《中州学刊》2016 年第 10 期。

(二)博士学位论文

[1]高良荃:《北宋前四朝官员贬谪研究》,山东大学 2003 年博士学位论文。

[2]吴增辉:《北宋中后期贬谪与文学》,复旦大学 2011 年博士学位论文。

[3]赵忠敏:《宋代谪官与文学》,浙江大学 2013 年博士学位论文。

后　　记

本书是在我的博士论文的基础上修订而成的。初中时期，语文教材里选了柳宗元的《小石潭记》，那时我就喜欢经常朗读这篇文章，感受其中“四面竹树环合，寂寥无人，凄神寒骨，悄怆幽邃”的清冷，体会到那种“毫端蕴秀临霜写，口齿噙香对月吟。满纸自怜题素怨，片言谁解诉秋心”的凄美而孤独之感。后来再读到范仲淹的《岳阳楼记》：“先天下之忧而忧，后天下之乐而乐！是进亦忧，退亦忧，然则何时而乐耶?”又感受到另一种更深广的忧患意识。他们的生活背景在我读了西北大学中文系之后，有了清晰的认知，了解了什么是“贬谪”，也明白了柳宗元为什么要写《永州八记》，范仲淹又为什么要为被贬友人写《岳阳楼记》，从此对他们的人生境遇和文学创作产生了浓厚的兴趣。

大学本科毕业论文，我选了柳宗元的诗文作为研究对象。研究生毕业论文我选择了苏轼被贬岭南时与其“南迁二友”陶渊明和柳宗元的关系作为论文的主题。读博期间，我有幸拜在尚永亮教授的门下。尚老师毋庸置疑是研究贬谪文学的泰山北斗。在尚老师的指导下，我选择了北宋前期贬谪文化与文学作为研究对象。北宋士大夫群体具备鲜明的主体意识，应该是从宋初开始，到宋仁宗时期才完全确立起来。他们将“修齐治平”的治国理想上升到“道”的高度，才能够在荣辱浮沉之际、出处进退之间，以超然静定的心态去看待坐罪远谪的困厄处境，践履独善与兼济并存的天下情怀。历史后来发展的结果是，这些充满政治文化理想与献身精神的士大夫，一个个都走上了贬谪的路途。这段时期，可以说是大家迭出，像王禹偁、欧阳修、范仲淹、苏舜钦等，他们也都宦途偃蹇，但却在贬谪生涯中创作了诸多经典之作，成为古典文学中的瑰宝。研究北宋前期的贬谪文化与文学，对我来说是一种兴趣，更是一种责任。同时贬谪文学也是集政治、文化、文学及地理于一身的比较复杂的研究对象，作为本硕博都是中文出身的我，本书也只能是抛砖引玉，如有错漏之处，责任均在本人，还请诸位前辈学者及同行不吝赐教。

感谢我的导师尚永亮教授。我不是千里马，尚老师对我的知遇之恩确实难以为报。每次因为琐事缠身想要躺平的时候，第一个念头就是“不能浪费了尚老师当年的那一个博士名额”，所以还不敢彻底躺平。学生不才，但是“驽马十驾”，还是会继续努力。感谢武汉大学出版社的李琼老师，为本书的出版所付出的努力。感谢我的父母和我的先生吴亚南，是他们为我提供了稳固的大后方，让我能够心无旁骛地完成我的工作。

赵雅娟

2024 年 3 月 4 日于潮州